文春文庫

ダンスと空想

田辺聖子

文藝春秋

目次

本書は一九八六年四月に刊行された文春文庫の新装版です

●DTP制作　ジェイ エスキューブ

ダンスと空想

はしゃぎざかり

新聞記者のハッちゃんこと、八田青年が、

「ファッションショーはいつやったたっけ？」

と店をのぞいたとき、私はおかしかった。

彼も、夢の中にでてきたんだ。

この頃、私は仕事で疲れすぎているせいか、よく夢をみる。たいてい、明け方にハッキリした夢をみることが多い。そうして、わりにケンカするとか、言い合いをするとか、そこまでハッキリしていなくても、漠然とした悪意にみちてる、とかいう夢が多い。しかしハッちゃんとはケンカした夢ではなく、友好ムードにみちた夢だったようにおぼえている。

ハッちゃんは地もと新聞「兵庫タイムス」の学芸部の記者である。三十ちかい独身の気のいい青年で、ファッション関係も彼の係りになっている。

「兵庫タイムス」は兵庫県を押えている有力新聞で、県下のどんな辺鄙《へんぴ》なところにもか

なり浸透している。県下では長い馴染みのある新聞で、人々に愛読されてるけれど、ただ一つわるいところ、私たちにいわせると、

「オナゴの記者の人、なんで使わへんの」

という文句があるのだ。男ばっかりで寄ってたかって「男手」でつくってる新聞なんか、

「オナゴに読まそ、いうほうがむりやないのさ」

といって、ハッちゃんをいじめるのである。

むろん、ハッちゃんが「兵庫タイムス」を持っているわけではなく、婦人記者を採用しないのはハッちゃんの考えではない。新聞社のトップの方針なのだから、ハッちゃんに責任があるわけでもない。そうして、ハッちゃん自身、性差別意識はないのだから、彼にいうのはお門《かど》ちがいなのだが、まあ、ハッちゃんには言いやすい、ということだ。

ハッちゃんは、私たちがそういっていじめると辟易《へきえき》して、

「かなんなあ。ナカザワはんにいうてえな、それは」

というが、「ナカザワはん」というのは「兵庫タイムス」の社長である。コーべはパーティの多いまちなので、何かのパーティでよく見かけることはあるが、「ナカザワはん」が、女性差別論者かどうかはわからない。

しかしハッちゃんに、いろんなことをいっていじめやすいのと同様に、「兵庫タイムス」はそんないちゃもんをつけたくなるほど、地もとの人から親しまれているというわけである。

私たちに関係のあるのは、おもに、「兵庫タイムス」の学芸部で、ここは私たちだけでなく、町の文化関係の人々のたまり場や待ち合せ場所のようになっている。

学芸部長の大波さんが、いつもいて、

「やあ。こんどはなんのパーティですか」

なぞというのである。まるで私はパーティ屋みたいだ。だけど、私たちの仲間「ベル・フィーユ」がいないと、どうにも会の熱気が盛り上らないというので、何かというとひっぱり出されるから、パーティ屋と思われてもしかたないところはあるけど。

そうしてまた、コーベの人はパーティ狂いであって、たとえば誰かが受賞をすると、

「受賞しなくてもよかったが、やっぱり受賞した方がよかったパーティ」

になるし、落ちるとむろん、

「くやし泣きパーティ」

「落選祝賀パーティ」

である。勤続何十年表彰、なんてことであると、「十年一日パーティ」、であり、退職すると、

「ご苦労さんでしたパーティ」

であり、銀婚式でもあると、

「○○さんの銀婚式を肴《さかな》にするパーティ」

会社をやめて独立すると、

「乳離れを祝うパーティ」

この前は、

「台風が逸《そ》れたお祝いパーティ」

というのもあった。まともに台風がきていたら、

「やけくそパーティ」

というのをやっていたかもしれない。コーベのまちの人は、グループごとにみな顔見知りだから、

「会費なんぼ。どこで。会の名称と顔ぶれは」

というのがわかりさえすれば、パーティの性格のアウトラインがつかめる。手帖をみて、ほかのパーティとから合わなければ、「いく」といえばすむのである。

大波さんは仕事の性質上、あちこちへ顔を出すので、人の顔さえみると、

「こんどはなんのパーティや」

といい、回転椅子をくるりと廻して、うしろの戸棚から、ウイスキーの罎《びん》なんか持ち出してくる、(もっともこれは夕方、学芸部へ寄ったとき)そのせいで、この部屋は「バー・三階」なんて呼ばれている。学芸部は三階にあるからだ。ホカの、社会部とか経済部とかは大部屋であるが、この学芸部だけは独立して、二十人ばかり入ってる小ぢんまりした個室を与えられているので、「バー・三階」なんてのが存在できるわけである。

でも私は、残念ながらお酒がイケナイ。

グループの三分の一は、お酒がイケナイ。

三分の二が、お酒を楽しめる人、あとひとにぎりほどは、男顔負けの酒豪、というところ。私はたいてい、大信田《おおしのだ》さんと一緒だが、この人は、ややいけるほう。私のほうは、濃縮ジュースを水でうすめたのを飲んだりして大波さんと話したり、部屋で仕事している人たちとしゃべったりして、用件をすませ、帰ってくる。大波さんは接待と称して、これは自分で水割りをつくって飲む。

「バー・三階」では、ひけどきになると、誰か彼か来ているという状態で、それも一つには大波さんの人柄のせいもあるだろうけれど、「バー・三階」ひいては「学芸部」ひいては「兵庫タイムス」は、地もとの人（おもにコーベ市の人々）にそれだけ親しまれている証拠のように思う。

大波さんは四十五、六で、ずんぐりと背の低い、童顔の人である。もう学芸部長を長くしていて、私たちとも古いつきあいだった。

「ベル・フィーユ」のお姐《ねえ》さまがた、などといって、私たちをいい気分にさせてくれる。「ベル・フィーユ」というのはべつに、バーの名前でも何でもなく、私たちのグループの名前である。ハッちゃんがつけた名前で、「美少女」という名前のフランス語だというのだけれど、ハッちゃんは大学の仏文科出だというのに、だれかに、

「おい、フランス語ォいうのは、エービーシーいわんと、アーベーセーいうねんてなァ」

とふしぎそうに聞いたという伝説があるくらいだから、「ベル・フィーユ」が正確に「美少女」だかどうか、わからない。グループは十人くらいいるけれど、誰もフランス

語にくらいのでよく知らない。私は以前、フランスのファッション誌を読むのも仕事のうちと思って、フランス語を勉強しかけたけれど、忙しくなってやめてしまった。

オートクチュールのアトリエをやっている私、カオル。

女流シナリオライターの大信田さん。

ブティックを経営しているけい子。

ミニコミ紙「港っ子」の女編集長、平栗《ひらぐり》ミドリ。

ニットデザイナーの青柳みち。

手芸家のモト子さん。

テレビディレクターの阿佐子さん。

モダンダンスの雪野さくらさん。

そんな人が「ベル・フィーユ」のグループである。平均年齢は三十四、五ぐらいかな。大波さんが「ベル・フィーユ」のお姐さまがた、と尊称をつけてくれるだけの貫禄のある年恰好、というところ。

尤《もっと》も、そういう、理解ある好中年の大波さんにくらべ、片一方では、毎朝新聞のコーベ支局長の竹本さんみたいに、

「あんな大年増にモテたってしようがないじゃないか」

と不敵にうそぶくのもおり、竹本さんはべつに私たちの前で、挑戦的にそういったのではないが、そこは狭い町のことだから、どんなに陰でいったって、私たちにつつぬけになるわけ、

「何さ、けしからんやないの、毎朝新聞が何さ」

と大信田さんはいきっていた。

「もう、毎朝新聞なんか、読んだるかいな、あんなもん」

「そや。この前のファッションショーかてとり上げてくれへんかったし」

「記事が偏向してると思えへん？」

「不親切やわな、すべてにわたって」

「竹本さんはエリートコースめざしとうさかい、早よ栄転したいねん」

「転勤地に愛着ないねん」

「毎朝支局の建物の色も、あたし、前から気に喰わん、思うてた」

「あんな新聞、不買や。不買運動や」

などと発展してゆく。みな働きざかりの女たちばかりで、商店街の役員さん、市役所の局長さんなんかとも顔なじみなので、私たちがワルクチをいうと、町じゅうに、かなりの広い波紋をひろげてしまう。

竹本さんは悪気はないのだろうけれども、私の見るところ、あまりにも、モノを知らなさすぎるところがある。そうしてそれは、エリートコースのお皿に乗って、そのまま上へ直通でのぼってゆくたぐいの人、ひやめし食わされるとか、スカタンばかり味わうとかの目にあったことのない人の、率直さであるように思われる。

同じモノのいい方でも、竹本さんみたいに直截《ちょくせつ》にむきつけに飾りけなくいったのでは、ぶちこわしである。竹本さんは、怖《こわ》いもの知らずというべきかもしれない。

竹本さんは、東京本社からコーベ支局へ来るそうそう、この町には「ベル・フィーユ」マフィアというのがあり、「めったなことで、この怖いオバハンらのワルクチ、いうたらあきまへんで」と釘《くぎ》をさされてるにちがいないのである。しかし竹本さんは気にもとめず、鼻にもひっかけてなかったにちがいない。

竹本支局長は大波さんよりずっと若くて、がっしりした体の男前、如才なくて彼の出席するパーティは、主に県会、市会の関係やら、商工会議所の関係が多く、つまり、政治家や経済人だけに関心があるようであった。

かつ、「夜の商工会議所」または「夜の市役所」「夜の県会」といわれるような、要人のあつまるバーに、よく顔出ししていて、文化人や女こどもには、あんまりつきあいもなく、つきあう気もないみたい。

それで、竹本さん自身は知らないから平気なのかもしれないが、彼につながる毎朝新聞まで、目のカタキにされ、女性連に、

「不買運動や」

なんて、かげ口を叩かれてるのである。

そのへんが、この町の小さくまとまった面白いところでもあり、偏狭さでもある。

みんなパーティへいくと、ナアナアで仲よくしているが、むろん、それぞれ商売仇《がたき》で、下では張り合ってるわけ、私たちはどうしても、地もとに密着した「兵庫タイムス」に肩入れして、大波さんのところへ寄りたがるのであるが、いつか、これも誰かのつげ口で、

「竹本さんがさ、『兵庫タイムス』のことを『カンベ村役場・広報部』とワルクチいうたんやて」

というこどもひろめられた。

まさか、そんなオトナ気ない放言はしないだろうけど、(カンベ村というのは、コーべは百年前までそうよばれていた、小さい漁村だったからである)でも、私たちのことを、彼が、

「あんな大年増にモテたってしようがないじゃないか」

といったのは、ほんとうかもしれないのだ。

竹本さんなら、いいそうな感じだからだ。

くわしく竹本さんとつき合ったわけではないが、どうも彼は、いつも忙しそうである。そして、絶対、パーティの終りまでいたことのない人。新聞社の人というのは、何でも広く浅く、というのがモットーのように思われるから、それも当然の配慮であろうけれど、私たちが顔を出すようなパーティには、もう全く、一、二分もいいとこ、万遍なくずっと顔を見せ、いそがしく口早に、

「やあ、これは」

「いやあ、どうも」

と如才なく挨拶して、スッと消えてしまう、そうして政界人、財界人のパーティには、ずうっと長く腰おちつけてしゃべりこむようである。

「兵庫タイムス」の人は私たちのパーティにはたいてい、顔をみせている。ハッちゃん

なんかだと、会の設営まで手伝い、大波さんは、腰おちつけてマイクで歌を唄う。

そういうのを見なれているので、竹本さんのように忙しい男だと「大年増」という侮辱的言辞が出やすいように推量するわけである。忙しい男は、ちょっと見のきれいなものにしか、心をひかれないからである。

従って、若い子にしか、目がいかない、ってこと。

「あんな大年増」

という不用意な一言で、はしなくも竹本さんの全人格が露呈してしまった。忙しがりの人間は、楽しむことも下手じゃないか、ということまで看破されてしまう。

そうして、ここコーベでは、楽しむことの下手な人間は、気の毒がられ、足もとを見られ、内かぶとをみすかされてしまうのである。

竹本さんは、私たちにあうと如才なく、

「やあ、カオルちゃん、元気ですか、こんどポートピアの……」

なんて取材するけど、毎朝新聞なんかに協力してやるもんか。何しろ忙しそうに私にいう言葉の、あと半分は、となりにいる大信田さんに話しかけて、

「そうそ、ゆうべ、大信田さんのドラマ、僕、見られなかった。見ようと思っているうちについつい、寝てしまって」

などという。どうせ見るつもりないくせに、と大信田さんもいっている。

しかし竹本さんは、そういう私たちの気持が分らないらしい。

「コーベへ来て一年たちました。マスマス、いい町だと思うねえ」

などといいつつ、眼はきょろきょろと、私たちの頭ごしに、あら手の顔見知りをさがしている。そうしていそいで次の人間に、

「や、どうも」

と挨拶して寄るのである。尤も、そういうのは、竹本さんだけでなく、いつかはコーベをはなれてゆくサラリーマンの宿命みたいなところがあり、任地にいる期間、彼としては精いっぱい、つとめているのかもしれない。

しかしそれは、大波さんだって同じのはずだが、なぜか大波さんは、じっくりと、人と会う雰囲気や、会そのものの華《はな》やぎをたのしんでいる気がされる。記者のハッちゃんもそうである。ハッちゃんが酔っぱらって、「襟裳岬」などパーティで歌うのを何度も見るけど、その姿には、

(ああ、おもろいなあ)

(おい、オレはおもろうてたまらんよ)

というような、切ないほどの溺《おぼ》れこみかたが感じられる。

それであればこそ、

(ハッちゃん。大丈夫?)

と私たちは手をさしのべて介抱してやり、

(これは「ベル・フィーユ」マフィアのお姐さまがた。おおきに、大丈夫です。酔うてまへん。ハイ)

などとハッちゃんも快《こころよ》さそうに甘えるのである。その頃にはすでにもう、パーティは

ダンス会場に変じていて、ボーイさんたちも心得て、テーブルなどを壁の方へ寄せている。

バンドが、ここを先途と、サンバでわめきたてていて、みんな踊り出しているという寸法、私や大信田さんのいつものプラン通り、パーティは成功してる、ってわけである。

そうしてハッちゃんは浮かれてテーブルに立ち、

「カンベ村万歳！」

と三唱しているのである。

まあ、たいていの人は、こういうふうに気持よく溺れて、それはつまり、私の感じでいえば、たのしみに、

「淫する」

という風なんだけど、私はフランス語はむろん、国語も自信あるとはいえないので、そういう、いい方が合ってるかどうか分らない。

溺れてる、というより強い感じであるのだ。

そういうのが、大なり小なり、コーベの人にはあり、そこが私は大好きなのだ。そして、みんなそうなのだ、人間なんて、楽しいときにはそうなんだ、と思っていたが、そんな人ばかりではないことがわかった。――竹本さんみたいに、いつも、

「浮足立ってる」

人もあるのだから。

ところでハッちゃんを見て思い出したんだけど、私は竹本さんの夢も見たんだ。

なぜか、竹本さんと私はケンカしていた。

何か私が誤解し、彼に、彼の前にある上等の（と思われる）高価なワレモノ（それは壺《つぼ》か鉢か分らないが）を、指さして、割ってもいいか？　と私は聞いた。

（どうぞ）

竹本さんは、唇をゆがめて笑って、静かにいった。髯《ひげ》の剃《そ》りあとの青い彼の笑いは、傲慢《ごうまん》であった。私は片はしから、高価なワレモノを割った。あとで、（なぜかいきさつは分らないが）私の誤解だったらしい、とわかった。はずかしくて竹本さんに顔を合せられない。――そういう、ヘンな夢である。竹本さんに現実では、なんの弱みもないのに。

もちろん、竹本支局長を私たちは憎んでる、というのではなかった。

私たちのグループ「ベル・フィーユ」は男性が大好きなんだし、仕事をしていく上でも男の人たちに世話になるし、また男の人たちに、

「カオルちゃん、協力してくれへんかなあ」

といわれると、

「よっしゃ」

と引き受けてあげる。あるいはスグ電話をかけて、

「ちょっと、市役所の経済局長さん、こない、いうてはったよ」

と方々へ知らせたり頼んであげたり。あるいは何かのショーの裏方さん、下働きを引き受けたり。

私たちデザイナーたちも、ファッションショーを一年一回やっていた初期のころ、(このグループは、「ベル・フィーユ」とはべつであって、仕事の上での仲間の集まりである)あんまり経費がかかるので、私たちはやりきれなくなって、

「ちょっと。なんでこない、あたしらだけが苦労せんならんのん。コーベはファッション都市にしよう、いうて売り出してるのんちがう？　あたしらかて、そのパワーの一端を担《にの》うてるのやさかい、男の人にチーとばかり助けてもろてもええ、思うわ」

「そやそや」

といいあった。

それで私は市役所の市民局へたずねていった。なぜというと、ここの局がいちばん親しいからで、毎年のコーベ祭に企画の会合でよくくるからだ。そこでは、

「そら経済局と相談したらええやろ」

といってくれて、またもやノコノコと私はそこへいった。コーベの男の人の面白いところは、役人さんでも、役人というより、男の人、という感じで、

「何やねん、どないしてん、『ベル・フィーユ』のお姐さんがマジメな顔してきたぞ」

といって、スグ会ってくれることだ。パーティ会場でいつも会っているから、というだけでなくて、だれもあんまり威張ったり、物々しくかまえたり、しない。これでみても、あんまり人口ばかりふえてお役所がやたら、つまらぬことで忙しくなるのはやめた方がいいと思う。「ベル・フィーユ」の会でもいつもいっていることだけど、

「人口ふえるのんと、活力ある、いうことは別やんか、なあ」

ってことだ。人口なんばんめになった、ということばかりいう人もいるが、私たちとしては、

「もう、あんまり人口、ふやさんといて下さいよ、あんまり大きな町になったら、かえって無性格になってしまいますやんか、市長さん」

と、コーベ市長にパーティで会うと、文句をいっているのである。そんなことを、われわれ女の子たちがパーティで市長さんにいえるところが、この町の面白いところだ。

経済局で、「マジメな顔して」といわれたけど、私、べつにマジメな顔なんかしていない。マジメになるのは新しくできたレストランへいって、最初のひとくちを味わうときだけ、だいたいコーベの街って、マジメな顔は似合わない。この街には青空が似合うように、いつも微笑の波紋のある顔が似合う。

私が、男の人に、

「チーとばかり助けてもろてもええ、思うわ」

という話をしたら、じっと聞いてくれていた局長さんが、

「そやな。わかった、紹介状書いたげるさかい、商工会議所へいき」

といってくれた。

「それから、『兵庫タイムス』にも声かけてみ。共催してくれるかわかれへん」

「ハイ。どうせ、あかんかってもモトモトやから、そうします」

というので、私はスタコラとどこへでも出かけてゆき、そこで「思ってることをスックリ」しゃべると、男の人たちはじーっと聞いてくれるのである。

更に会場にする予定のホテルへいき、宴会課長をつかまえて、大宴会場を借るについてまた、「スックリ」しゃべると、男の人はまたもや「じーっと」聞いてくれて、何となく協力してくれる、という仕組み、私は、コーベの男の人はやさしいと思うのだが、男の人にいわせると、

「あかんかってもモトモトや」

という精神でこられると、

「ブルドーザーみたいに薙《な》ぎ倒される」

というのだ。男の人は、私たちが、

「向うから来るのん見ただけで怖うて、逃げよ、思《おも》ても足うごけへん。しゃァないから、観念して、言うてることじーっと目ェつぶって聞いてる」

というのである。

で結局、私たちファッション関係のグループが、ショーを催すとき、商工会議所が協力してくれるようになって、仕事はまたあたらしいひろがりを持つことになったわけ、そんなこんなで、私たちは男の人を信頼してるし、助けてもらって有難がってるし、尊敬してるし、持ちつ持たれつで（向うは持ちっ放し、というだろうけど）この町では、男と女、友好ムードであるのだ。

だから、代々の毎朝新聞コーベ支局長とも仲よくしてきた。（支局長というのはよく替るものである）竹本さんとも、そんなわけで、こっちはいつものようにつき合おうと思っているのに、向うが煙たがるというのか敬遠するというのか、そこへもってきて、

(あんな大年増にモテたってしようがないじゃないか)

といったというニュースが洩れてきて、

「何やのさ」

とコーベの女マフィアたちの眉をキリリとあげさせたってわけである。

「ねえ、そういうたら、竹本さんをまだ呼んでないわねえ、『例会』に。いっぺん呼ばへん?」

とテレビディレクターの阿佐子さんがいった。

「そやな、それもええやないの、この間できた天ぷら屋の『天幸』の二階、どやろ」

とブティックを経営しているけい子がいう。

「来るかしら?」

と「港っ子」編集長の平栗ミドリ。

「首に縄つけて引っぱって来たらええねん」

大信田さんが恐ろしいことをいった。

「むしって赤むけにしたったら、ええわ」

「かわいそうやないの」

というのはモダンダンスの雪野さくらさん。

この人は女マフィアの中ではいちばん、気がよわくておとなしい方である。

「竹本さん、一人でくるやろか」

「でしょ、こっちに単身赴任してるから」

「女ぎらい、っていう噂あるよ」

「どうかな。それより、バカにしてるんやない？」

「女性蔑視《べっし》なのよ。大年増・若いの、という区別なんやなしに、バカにしてるのや、と思うな」

「女性蔑視の男は最低やな」

「赤むけどころか、骨までしゃぶったったらええわ」

とけい子が煙草をくゆらしながらいった。

「まあまあ、あたしらで話してるとどんどんエスカレートしていくやないの。竹本さんまだ、来るとも来《け》えへん、ともいうてないのに……」

と私はいった。

「そやわ、竹本さんをじっくり、そばで見てみたいわ、あたし、ワリカシあの人、好きよ、男前やないの、あの人、白いマフラーして異人館通りに、夜明け、立っててみ、アラン・ドロンみたいやしィ」

というのは手芸家のモト子さんである。彼女は四十二、三だけれど、グループの中ではいちばん無邪気で、少女少女している。仕事にはファイトがあって、真っ赤な車を乗り廻して、あっちの教室、こっちの教室と走りあるいているのだが、どこということなく一点、いまでもオトメチックである。

（そういえば「ベル・フィーユ」の人たち、一般にそんなところがあるかもしれないけれど）

「コーベのドロンやったら、コードロやな」

と大信田さんは、あくまで、竹本さんにいいイメージを与えたくなさそうであった。

「でも、ま、いっぺんそうしょうか、面白いやないの、呼んでみよっと」

呼ぶ役目は私になった。

昼のお休みが終ったころ、支局へ電話を入れてみたら、折よく、竹本さんはいた。

「やあ、カオルちゃんか、そっちから電話があるときは怖いな」

と、歯切れのいい東京弁が、ビンビンひびいてくる。私はアトリエからかけていたので、レースや、染め上った布地やらの間に埋もれて電話していた。

「あのねえ、いっぺん『例会』に招待します。来て頂けませんか、あたしらと一緒にゴハン食べへん？」

「例会って『ベル・フィーユ』の？」

「ハイ。そうです」

「何をするんですか」

「あつまってご馳走たべるだけ。月に一ぺんやってます。新しいレストランなんか、さがしてね、月に二回ぐらいのときもあるし。そしてね。二、三カ月にいっぺんぐらいは、コーベの男性をお一人招待して、お話をうかがいますねん」

「ハハア、つまり、皆でよってたかって、男をむしるってわけ？」

「そんなことしませんよ、皆でよってたかってヨイショしてあげて、殿方に男性の優位を再認識して頂き、明日への勇気と活力をよびおこしてさしあげようってわけなんでございます」

「ひえっ」

と竹本さんはしばし動悸《どうき》の早くなったのをしずめるごとく、間をおき、

「それ、どうしても受けなきゃいけないものかな」

「当り前よ。受けなかったら敵前逃亡よ」

「あのう、何人くらいくるの？　お姐さま方は」

「そうね、時によるけど、竹本さんがゲストということになれば、みんな勇んでくると思うから全員そろうかもしれません。ま、なにも、怖がることないのよ、だって竹本さん、物凄う評判、ええもん」

「どうしてですか」

「竹本さん白いマフラーして夜明けに異人館通りに立たそうか、いうてんねん。コードロぴったし、やて」

と私は一人で笑っていた。

「今まで、どんな人が招待されたんですか」

なんて竹本さんは真剣にきいていた。

「そうね、画家の花本先生、彫刻家のイノシン先生、小説家の田淵先生、『兵庫タイムス』の大波さん……最近はそんなとこかな、そうそ、動物園の鹿内さん」

と私は思い出すまま、あげていった。

「もし一人で怖いようやったら、誰か加勢連れて来てやってもええよ。でも、そういう人は、今後ナメられるから」

「うーむ。敵にうしろは見せたくねえな。よし、いこう、単身のりこむぞ」

「いやー。ほんま。うれし、歓迎するわ」

と私はいって、にんまりした。

竹本さんとしゃべっていると、なぜか、いつかの夢のように、丁々発止、という感じの渡り合いになり、片っぱしから、
ボカッ！

ボカッ！

と壺を割りたくなるような気持になる。

大信田さんにその夢を話したら、

「フフフ。えらい挑発的やねんな、あんた、竹本さんを挑発しよ、思《おも》てんのちゃう？」

といわれてしまった。

「あほらし。やめて。あんなんきらいや」

と私はいったが、どんなんが好きやといわれても分らない。強いていえば、私は男の人全般が好きでもあり、全般がきらいという気味もある。

私たちの「例会」では、竹本さんにいったように、コーべの著名人、というか、私たちがその人の話をききたい、と思うような人をゲストに招いて、食事をともにしつつ、おしゃべりすることにしている。男の人と膝をつき合せて、文字通りその謦咳《けいがい》に接する、ということは、とても私たちハイ・ミス・グループには有益でたのしいことなんだ。

このゲストは、知っている人もあるし、全員、初顔合せという方もある。「兵庫タイ

ムス」の大波さんに来てもらった時は、兵庫県と文学、ということについてしゃべってもらった。私たちは、それまで兵庫県にどんな文学者が生れ、また、どういう作品の舞台になっているかを知らなかったので、たいそう珍しい、有益な話だった。

動物園の飼育係をしている鹿内さんを呼んだときは、私たちがつい、私語していたものだから、

「こらッ！　静かにせんかッ！」

と大喝《だいかつ》されてしまった。

日常生活で、そういう男の大声を聞く機会のない私たちは（何しろ、みな独身、それにたいていひとり住みして親や兄弟とはなれているか、それとも母親と二人ぐらし、という人が多いので）みんなビックリし、しーん、としてしまった。

鹿内さんはニッコリして、

「と、こういう風に、しきどききびしくすると、動物たちはチャンということをきく。だらだらと甘やかしてるとなめられてしまう。動物たちは、ほんとの愛情は、本能で見分けるからね」

と私たちも動物なみにされてしまった。しかし何十年の動物飼育歴のある鹿内さんの、動物に関する話はよかった。雪野さくらさんだけでなく、皆が、涙の出るような話があった。

おかしかったのは、前衛画家の花本センセイ。だいたい、このセンセイは、大きな体をして、そうして外国の賞をたくさんもらってえらい人なのだということだが、個展へ

いくと、子供の描いたような、あかるくてたのしい、スカッとした色の絵がならんでいて、センセイの人柄通り、爽快で、気どりがなくていい。丸や三角が大好きな人。

花本さん（センセイというと居心地わるそうな顔をする）は、まず、

「今日は、画の話やない、アンタらに女性の魅力について教える」

といった。

「今でも充分、魅力的であるが、もっとチャーミングになると、たちまち、更に男にモテるようになる。アンタらも、もっと男にもて、あるいは結婚を申しこまれたいと思うてるやろう。物干へ三日吊るしといても、カラスもつつかん女になりたいとは思わんやろ?」

「ハーイ」

と私たちは声を合せた。

「ようし、そこやぞ。そのハイがいかん」

花本画伯は、私たちを見廻し、

「何ちゅう色けない声を出す。ええトシしたオナゴが、『ハイ』なんぞと小学生みたいな返事をしたらいかん」

「では、どういうんですか」

「フとハのあいだのような、やわらかい、女っぽい、含みのある、触れなば落ちん声を出す。パリ女はそういう声を出してるぞ」

画伯はみずから、実演してみせた。

「フハイ……」

というような、へんな発音である。

「やってみい」

そこで私たちも口々に、

「フハイ……」

「フハイ……」

といった。

「鼻をつまめ。鼻にかかった声の要領をおぼえなさい」

それで、皆は各自、鼻をつまみながら、

「フハイ……フハイ……」

とやっていると画伯はついに笑い出し、

「うそや、うそや。早《はよ》よ酒飲も。酒飲んだら、しぜんにそんな声になるわ」

といった。そうしてたのしく画伯をかこんで、コーベ名物の肉料理をたべた。画伯は、

「あんたら、今のままでええよ。充分、色けある。皆、仕事もって一人でイキイキ生きとる。とれとれのイキのええ明石ダイみたいなオナゴらや」

とほめてくれた。

まあ、たいてい中年後半の男性で、ハッちゃんなんかのように若い男は招《よ》ばない。しかし中年でも、怖がって何やかやと口実を設けてやってこない臆病者もおり、中には、

「家内といっていいですか」

という、オドオドしたのもいる。

竹本支局長は単身、敵陣へのりこむ、というのだ。

さあ、どないしてむしったろかしらん。

コードロことコーベのアラン・ドロン、竹本支局長はきちんと定刻にきた。こっちも定刻まえに十人あまり、勢揃いしていた。モダンダンスの雪野さくらさんは、このごろとても忙しい人なのだが、

「コードロ、近くで見よっと」

というので、ワザワザ、おけいこの時間をはしょってお弟子さんの弓ちゃんにまかせて、やってきた。雪野さくらさん、なんて、あろうことかあるまいことか、本名なのである。しかも、名の通りに、手にとれば消えるかのような、あえかなほそい軀《からだ》をしているる。でも、ダンスで鍛えた四肢は、中にピアノ線でも入ってるみたいに勁《つよ》くてしなやかで、美しい人である。そしてリサイタルとか、そのためのおけいこのときは、とてもきびしく人が変ったようであるが、ふだんはどこにいるか分らぬくらいおとなしくて、雪のひとひらか、桜の花びらのように透きとおってしまいそうな佳人であるのだ。

どことなく神秘的な人で、占いの大好きな人。長い黒い髪と、大きな瞳をもっていて、軽やかにあるく。つま先が地についたかつかないか、というような、音の全くないあるきかたは妖精《ようせい》のよう、といったらいいかしら、ファッションショーの振付けのとき、モデルさんたちを指導して、

「そこでこう、引き返してふりむいて」

などといって、さくらさんがやってみせると、

「まァ……」

モデルさんがいっせいにため息をもらすという、プロのモデルさんもみとれる、身ごなしのきれいな人である。それでいて、あちこちにある、モダンダンスの教室、このごろは主婦のあいだにもモダンダンス熱がさかんらしいのだが、そこでのさくらさんは、とてもきびしい先生らしい。でも、きびしいほうが生徒たちによろこばれているということだ。

けいこ場や教室以外のさくらさんは、いつもどこか、「うっとり」した感じで、みんながしゃべっているあいだも、じっと耳をかたむけてほほえんでる、というような人、それがワザワザ、けいこを切り上げて、

「コードロ、見よっと」

と来たのだ。私たちの熱にあおられたのかもしれないけど、今夜の「例会」はいつもより、熱気があるみたいだった。

竹本さんは、紺色の地に、ほそい白い縞《しま》のはいった、若々しい感じの背広を着て、ちゃんとネクタイをしめてきた。金茶ひといろで、下にちょっと緑の模様のあるもの、元町のネクタイ屋のヤツだな。ワリにおしゃれである。

「毎朝さん」の記者は、「兵庫タイムス」より更に砕けて、とっくり首のセーターにジャンパーなんかひっかけてる若い衆が多い。しかし竹本さんがセーターなんか着てるのを見たことがなかった。

「天幸」の二階座敷のいちばん大きな日本間を用意してもらっている。新築なので、木口も白々と新しく、畳は青く、気持がいい。「天幸」の親爺さんとも古い馴染みなので、

「『ベル・フィーユ』です。例会するからお願いね」

というと、

「ああ、『ベル』の会ね、ハイハイ」

という。この親爺さんに限らず、「ベル・フィーユ」という名が発音できない、おぼえられない人は多いみたい。「ベルリン」という人もあるし、「べなんとか」ですます人、ここの親爺さんのように「ベル」で片付ける人もいる。

竹本さんがはいってきたとき、みんないっせいに期待にみちた顔をして拍手で迎えた。

「どうも今夜はお招きありがとう」

竹本さんはにこにこして空《あ》けられた上座へすぐ坐った。いつ見ても動作にムダがなく、

(時間が勿体ない)

というような感じの人だ。おしぼりで手を拭きながら、ぐるりとみんなを見まわし、

「壮観だなあ。――これでみんな?」

「エーと、まだ一人、二人いますし、準会員も二人ぐらいいるはずやけど、でも大体の顔ぶれはそろってるはずです」

と大信田さんは、胸もとのキラキラする、大きな蝶のブローチをきらめかせながらいった。

ついでにいうと私たちは、いつも例会にはドレスアップしてくる。ふだん男物セータ

ーと、ぴっちりしたジーパンで働いている人も、レオタードの上に毛皮コートひっかけて車を乗りまわし、汗みずくで稼いでいる人も、例会には、エレガントなロングドレスや、赤い小紋の綸子《りんず》に、銀箔の帯なんか締めてやってくることになっている。

大信田さんも、黄色いタフタの優雅なドレスだった。

「準会員って何ですか」

と竹本さん。

「『ベル・フィーユ』に入りたいというんやけど、あたしらが資格審査して考査中の人やら、それから結婚してぬけたけれど、でもこの会から離れとうない、というような人です」

私がいった。幹事のりい子の指図で、お料理が次々とはこばれてきて、竹本さんは、

「僕、じつはあんまり飲めないんで申しわけない」

といいながら猪口《ちょこ》に日本酒を受けた。

「やっぱり男の人が、一人、座に加わるだけで、いっぺんに花やかになるわ、女ばっかりの席は花やかみたいやけど、どこか弾力がないのよね。男の人が加わると、とたんに、何やこう、精彩が出てきて、ええわ」

と私は竹本さんに花を持たせていった。

「あ、舞台の踊りでも芝居でもそうなのよね」

と大信田さんがいうのは、彼女はシナリオライターでもあるし、コーベの劇団の演出家でもあるからである。

「男ばかり、女ばかりという舞台は死ぬのよね。そこへ、女なり男なりが入るとピッと引きしまるわ。それも、微妙な人数の配分があってね。半々の数では相殺《そうさい》して、どっちも引きたたへん。六四《よん》でも七三でも同じ、あたしの経験では八二、ぐらいの割合が、どっちも引き立ってええねん。女十人としたら、男二人のほうが、見てて釣合とれてええのよ。——でもそれは舞台の話。『ベル・フィーユ』の例会では、男の人みんな大物に来て頂くよって、女の子二十人でかこんでも、うまくバランスがとれますねん。まして、竹本さんやったら、女の子十人で、一騎当千や、思うわ」

大信田さんは早速、いじめにかかっていた。

「どうもどうも」

竹本さんは動じないで、

「そりゃ僕だって、こういうキレイなお姐さま方と同席する光栄を、ホカの男と分け合いたくないですよ」

と調子いい。

「竹本さん、水割りにしやはりますか、大丈夫ですか、それで」

「竹本さん、それ、冷めてしまいますから早《は》よう、おあがり下さい。天ぷらは次々と出ますから」

などと、竹本さんに近い女の子たちが世話をやくので、

「竹本さん、ハレムみたいでええやろ」

と大信田さんがまた、いやみをいった。

「いや、僕、こんなに女性にやさしく世話を焼かれたことがないので、おちつき悪いな。――だけど何ですか、この令名たかき……」

「悪名たかき」

とけい子が訂正した。

「――どっちでもいいけど、この『ベル・フィーユ』の会は、オール未婚女性の集まり？　結婚すると出ていくわけ？　どうして？」

ブン屋さんは何かいうと取材口調になる。

「どっちみち、結婚すると旦那に手を取られるし、例会にも出られへんようになる、第一、仕事もでけへんから」

と私は説明した。竹本さんはいった。

「桐島洋子さんは独身婦人をあつめて『あしびき会』というのを作ってるらしいですな、『あしびきの山鳥の尾のしだり尾の』って、百人一首にもあるでしょう。『長々し夜をひとりかも寝ん』なんて」

「あ、なるほど」

とみんな笑った。

「『ベル・フィーユ』というのが、僕、おぼえにくくてね。外国語によわいから。コーベのこの会も東京に張り合って『きりぎりす会』とでもしたらどうですか」

「どうして？」

「『きりぎりす　鳴くや霜夜のさむしろに』ってあるでしょ」

「フン」

「——『衣《ころも》かた敷き　ひとりかも寝ん』——しかしキリギリス、という体格ではなさそうだ、皆さん、アハハ」

大きにお世話だ。みんなムッとする。

「べつに東京に張り合う必要なんてないわよ」

大信田さんは冷くいった。

「それに、どうして『ひとり寝』しなきゃいけないの、『ベル・フィーユ』の会はべつに『ひとり寝』であること、なんていう規約はないんやもん、それより『ひとりだち』のほうが大切やと思うわ」

「いや、そりゃ、どうかな」

竹本さんはよく食べ、よく飲んでいた。酒に酔うと顔に出る人らしく、瞼《まぶた》も薄赤くなっている。

「何たって、女の子は『ひとりだち』なんてことを考えるより、かわいい妻になることを考えてください——なあんていうと、カッカとするんだろうねえ。お姐さまがた」

「竹本さん、かわいい女好み？」

「ということなく、女性はすべてかわいいですよ。その要素をもってる、でも自分の信念や生きかたの好みや自我が出てくるお年頃になると、男のほうも、小っぽけながら信念や好みがありますのでね。信念と信念の調整が大変になる、自我対自我、火花をちらすさわぎ、うーっ、怖い」

「なんでそんなかたい話になるのん？」

ニットデザイナーの青柳みちがいった。彼女はひょうきんなところがあって、海苔《のり》を歯にあてて、お歯黒のような黒い口の穴を見せながら、体をくねらせ、

「上《うえ》さま、おひとつ、どうぞ」

とお酌をするので、みんな笑ってしまう。

「天幸」の御飯は最後に、手巻ずしで、めいめい、勝手に巻くのである。海苔やら、イカ、胡瓜、などが一人ずつ、セットになってきれいな塗りの盆に出てくる。青柳みちのお歯黒ごっこも久しいものだ。青柳みちみたいに、海苔をオモチャにして遊んでるような子はべつとして、「ベル・フィーユ」では、食べるのにおくれをとる子はいないから、みんな、

「パリパリ……」

といい音をさせて、自分でかるく、指二本ぐらいの太さに巻いたすしを、いくつもつくり、いそがしく食べていた。

竹本さんは、自分で巻くのが不器用のようで、面倒くさそうに一つ二つつくり、あと、

「すしめしより、ふつうの白いゴハンのほうがいい。自分で巻いたのなんか食えない」

と拒絶して、赤だしと漬物をとりよせた。

そういうところ、どこか頑固な生活信条をもっているようにみえた。いかさま、竹本さんと自我の衝突をきたしたら、うっとうしいことになるだろう、という感じ。だれかが、

「コーベの印象はどうですか」

「いいね、食物がうまい、美人が多い、街の空気があかるい」

「ええことずくめ？」

「みんなノビノビくらしてる。男も女もY組も」

と竹本さんがいったので、みんな笑った。Y組は、コーベ最大の暴力団で、全国に名を売っている。

「そんならさ、なんで毎朝新聞コーベ支局で、女の子、使わへんのですか。女の子が作らない新聞を、女の子に読まそ、いうのがむりやないのん」

ときいたのは私である。竹本さんを迎えるときは、もっと砕けた、やわらかい話をしよう、と思っていたのに、なぜか、かたい話ばかりになってしまう。

「いや、率直にいっていいかな」

「どうぞ」

「使うに堪えるだけの女の子がいないってこと」

またや、またや。

なんで東京男《もの》、っていうのはこうもハッキリ、ぬきさしならぬほど、白か黒か、っていい方で区別するのかしら。どうも東京式発想とちがうので、こうむきつけにいわれると、かえって怒るより、バツがわるくなってしまう。私が、というより、竹本さんのために。

「それはねえ、育てなきゃいけませんよ、気ながに、ゆっくり」

大信田さんが諭《さと》すようにいった。

「使うに堪えるだけの女の子を育てるのは男の責任ですよ」

「そういうけど、男社会の戦いは激戦でね。そういう悠長なことはしていられない。もし女の子が、男社会に割りこみたいんなら、戦って克《か》ちとるべきだ、と僕は思いますね」

「あたしはそうは思わないね」

大信田さんはオトナ気なく、まともに向き合って返事している。

「それは右から左へ儲けることばかり考えてる男の発想とちがう？　今までの社会はそれですんでたけど、これからは経済効率だけやなしに、幅広う、ゆとりもって考えな、おくれをとるよ。女の子の優秀なんはいっぱい、いるんやし、それを引きのばしてやったら、男も思いがけない収穫をもたらすと思うねんけどなあ。戦って克ちとるなんて発想、古いわよ。——さあさ、どうぞ、と席をあけて、これ、やってみい、これ、考えてみい、と先達は後進を鍛えなきゃ」

「そうよ、そうよ」

とみんなはいった。竹本さんは、

「いや、ま、それはそうだけど、たまにそういう機会を与えても、女の子は何も応《こた》えてこないし」

「それは今までの道が鎖《と》ざされてたからで、即効性を期待してもむりですよ」

「お姐さまがたはそうおっしゃいますが、女の子をサツ廻りさせるわけにもいかず、夜っぴて張り番させるわけにもいかず。まあでも、東京大阪本社じゃ、かなり女の子もいるはずですよ」

竹本さんはうすら笑いを浮べていた。

「竹本さんかて、『きりぎりす会』とちがいますか、ときに」

私は話題を変えるつもりでいった。

「おくさん東京でしょ、一ト月に何べんくらい、会いはりますか」

「ま、その話はいいですよ」

「何でやのん、聞かせてほしいわ、あたしら、独りもんやから夫婦のことに物凄う興味あります。おくさんが来られるのですか、それとも、竹本さんが行かれるのですか」

「いいじゃないスか、そんなん」

「ヒャ、けったいやな、何も恥かしがること、ないやん」

みんな、さわがしくなる。

「入れちがいになること、ありませんか、つまり竹本さんは早《は》よ、おくさんに逢《あ》いにいこう、連絡もせんと、突然、東京へ戻ったら、どないおくさん喜びはるかと、東京へ一直線にいく」

「おくさんはおくさんで、突然、逢いにいったら、どんなに主人は喜ぶであろうかと、急に思いたって、コーべさしてまっしぐら……」

「浜松あたりで、下りと上りの新幹線、スレちがいはんねん」

やっと、わが「ベル・フィーユ」の本領が出てきた。

みんないい気になって、口を出している。

「偶然、窓と窓から、お互いの姿をみとめる。いとしい妻が向うにいる」

「あっという間に列車はみるみる引きはなされ……」

「あとへ残った竹本さんは悶絶《もんぜつ》するのよ」

「なんでか、いうたら、まさかおくさんが自分に逢いに大阪へ向う途中と思えない。浮気しにいく途中やと思う」

「嫉妬《しっと》と猜疑《さいぎ》心とで胸は煮えくり返る」

「次の駅で降りる？　どうする？」

「そこは男のプライドよ。じっと座席に坐り、かつての楽しかりし愛を思い出すのみ、思い出ぼろぼろ」

「そこへ『火を貸して頂けます？』と女がいう。『あ、ここは禁煙車ですよ』『あら、どうしましょう』『東京までがまんなされば』『じゃ、お話相手になって下さる？』」

「となりの席の女だったわけね」

「東京まで一時間ぐらいのうちに、もう情《じょう》が移っちゃう」

「今泣いたカラスが、もうニコニコと、二人、手を携えて降りるのであります」

「おいおい、ヒドいなあ」

と竹本さんは、しょうことなしのように笑い、私たちが、

「ちがってますか」

というと、竹本さんは、

「いや、違いません。男は、一時間ぐらいで情が移る安物です、ハイ、そこはほんと」

やけくそのように答えた。

コードロの竹本さんを総括すると、

「突っぱってる」

という一言につきる、というのが、「ベル・フィーユ」のお姐さまがたの批評である。

気のやさしい雪野さくらさんなどは、

「でも一人でくるんやから、えらいわよお。おくさんも友だちも引っぱってこず、雄々しく一人で出席して、ちゃんと赤だしとおしんこでゴハン食べてるなんて、胆《はら》が据わってる」

とほめて肩を持った。

竹本さんは酒があまり飲めないというだけあって、食べるほうはしっかり食べた。

私たちはみんな、食べるのが好きなハイ・ミスばかりなので、食べることに興味のない人、偏食の人、講釈ばかりして食わずぎらいの自称食通などは軽蔑する気味がある。

またお酒の飲めない子も多いので、お酒ばかり飲んでひとりで酔っぱらって支離滅裂、という男の人も、みんな白けてしまう。

竹本さんはその点もすべて適当でソツがなかったのだが、

「その、ソツのなさもいけない」

と大信田さんはけなしつけた。

「突っぱってる上に、ソツがない、なんてエリートサラリーマンの定石や。あんまり男の可愛げない」

だいたい、大信田さんは男に点がからい。しかし、点がからい、ということは男に期待して夢をもっているから、とちがうかなあ。

私もそうだから、大信田さんのいうことがよくわかるのだ。

ブティックのオーナーのけい子は、

「あら、突っぱってる、って可愛げがあることやない？　ほんとうに肝《きも》の太い人はニヤニヤデレデレして、突っぱらないわよ。押されたらうしろへ倒れて、手ェ出してひっぱって起こしてもらお、いうようなズウズウしい男は、突っぱるはずないし。――身がまえて突っぱってる、というのは、弱味をみせまいとすることやから、可愛げない、ともいえないわね」

と、ちょっと竹本さん寄りの発言をした。

竹本さんと間近で二時間あまりしゃべって、かなり、認識を変えたのかもしれない。手芸家のモト子さんなどは無邪気に、

「やっぱりよかったな、ななめ右横から見た角度なんかすてきやったよ。好中年よ」

なんていっていた。

ところで私としては、竹本さんの立ちかたに興味があった。竹本さんは雪野さくらさんのいうように、「ちゃんと赤だしとおしんこでゴハン食べ」て、旺盛な壮年男性らしい食欲を示して、そのぶんはいいのだが、座がおひらきになるまでチャンといて、そう

したのなら、もっとよかった。もしそうなら、突っぱってる、突っぱってないはともかく、オトナという感じなのだった。でも竹本さんは例によって例のごとく、

「じゃあ――これからもういっぺん社へ帰らないといけないので。どうもご馳走さま」

といって鳥が立つようにさーっと、一人引きあげてしまった。来るときも時間を惜しむようにスグ坐り、立つときもあっという間、私はあのあと、竹本さんは別の「きりぎりす会」へでもいくんじゃないかと考えたくらいだ。まあ、新聞屋さんというのは忙しいものなんだし、むりもないかもしれないが、あれは、あの竹本さんが出席したのも、

(何でもみてやろう。何でも聞いてやろう)

精神、つまりブン屋の取材精神、骨がらみにからみついている商売のクセというような好奇心からじゃないか、と考えついた。

べつに私たちコーベの女マフィアが怖くて、とか「敵にうしろを見せない」男伊達《だて》精神からではないであろう。

実際、この世には二種類の人間がいるのだ。

一つのものをじっくり食べつくす人間と、あちこちかじり散らして、広く浅く知ろうという人間。

またいえば、パーティのおひらきまでいる人と、途中で帰る人。

更にいうと、楽しみごとの最中には、あとのことなんか考えてられないという人と、楽しい最中にも、あとのことを考えて手まわしする、つまり今のうちに出とくと、タクシーがつかまえやすいだろうとか、このあと、ドコソコへ廻ることにしよう、そうすれ

ば時間を逆算して今ごろ出るべきだ、とか。

どんなに楽しい会でも、さっさとあたまの中でそんなことを考えてる、そういう人はいるものである。

そして竹本さんはそういう人だろう、とわかった。それは人間のタイプだから、しかたないが、しかし私としては、あまりあとあとのことを考えて、いつも現在がおるすになる人というのは好きではない。東京に残って暮らしている、竹本さんのおくさんは、どっちのタイプなのであろうか。

というのは、コーベのパーティ、夫婦同伴というのがたくさんあるが、これが、夫と妻、同じ資質ならいいのだが、ちがうタイプだとたいへんである。

パーティへ出るが早いか、帰りをいそいでいる旦那さん。それをうっちゃっておいて、おくさんが、ここを先途《せんど》とはしゃぎまわっているのもいる。コーベでは、パーティ会場へ一歩はいると、夫と妻が二タ手に別れて人ごみにまぎれこむので、捜すとなると大変である。

「ウチのヤツ、居《お》りまへんでしたか？」

と早く帰りたい旦那さんが必死にいってあるいている。おくさんはどこかの隅でカラオケに夢中だったりして、その反対のときもあり、どっちかが出口でじれじれしている、などという風景もよく見られる。

そうして、

「なんでそう、帰りをいそぐのよう、そやからアンタとくるの、嫌いなんだ、もっと居

那で、
たいよう！　いやだ、いやだあ」

と喚きながら旦那に手をつかまれてグイグイと引きずられる妻もいるわけ、旦那は旦
「あほ、終電出てまうやないか、どないして加古川《かこがわ》まで帰るねん」

「だから、北野町あたりにマンション買《こ》うて下さい、いうのに。この甲斐性なし」

「あほか、甲斐性あったらオマエなんかもろとるか、もっと別嬪の女房《よめはん》もらうわい」

と、これはケンカをしているのではなく、早く帰るための挨拶みたいなもので、みんなゲラゲラ笑いながら道をあけて早退《はやび》け組を通すのである。

歓楽《たのしみ》ごとを半ばでたちきる、というのは粋《いき》なことだ、と思っているような野暮は、このコーべにはいないので、みんな、中退組の人々は小さくなって抜けるわけ、それでそんな夫婦漫才をして出るのだ。しかしコードロこと竹本さんは、そのへんのおもんぱかりも何もなく、

「じゃあ——どうもどうも」

とサッサと帰ってゆく。私には、竹本さんがこのあと、人に「ベル・フィーユ」のことをきかれて、

「あ、知ってる、あの人たち」

といい、例会へ呼ばれましたか、ときかれて、

「あ、行きました」

むしられましたか、ときかれて、

「どうってこと、なかったスなあ」

というのが目にみえるようであった。そうして、もし新聞にグループ紹介なんて欄があるとすると、

「八〇年代を飛翔《ひしよう》する自由な女たち」

という見出しでその横っちょに、

「〝ひとりね〟で〝ひとりだち〟――ミナト・コーベの美しい〝きりぎりす〟」

なんて書かれて「使うに堪える女の子はいない」という放言とウラハラに、一人一人の活躍ぶりを持ちあげるであろうことも想像できた。女性差別は本音で、新聞は建前で通すだろうからだ。

そして私には、あの竹本さんと、

「あんな大年増にモテたって仕方ない」

というコトバが、ぴったりするように思われた。ひらたくいえば、近間《ちかま》でじっと竹本さんを見てると、いかにもそういいそうな感じの男であった。ま、べつにそういったってかまわないわけであるが。（事実だろうし）

それでも突っぱってるにしろ、ソツがなさすぎるにしろ、一緒にゴハンをたべ、膝を交えてしゃべったおかげで、（一人先にかえってしまったのは目をつぶってあげるとして）竹本さんはこれで、

「コーベの仲間」

に入った、というかたちになった。竹本さんが、歯に衣《きぬ》きせずポンポンというのも、

あれは「クセ」というものだ、とわかり、悪気というより、頑固なのではないかという、みんなの結論になった。

「毎朝新聞の不買運動は、当分、見合せることになりそうやね」

と私がいったら、

「ふりあげた手のおろし場所がないわねえ」

と大信田さんはいった。彼女は竹本さんにもっと女性の職場進出や、新聞社における適性などについてまじめに見解をただしたかったのに、雪野さんといい、モト子さんといい、

「みんなボーっと竹本さん見てるんやもん、気合い入れへんかったわ」

と怒っていた。そのうち、またまた、

「『ベル・フィーユ』なんて、噂《うわさ》ほど怖くない、みんな甘かった、どうってこと、ないオバサンたち」

と竹本さんがいった、と伝えられた。

全くせまい町だから、つまらない噂が飛び交う。それを本当に竹本さんがいったかどうかは問題ではなく、いかにもいいそうな雰囲気なので笑ってしまう。噂というのは「あの人なら、さもありそうなことだ」と思わせる雰囲気をもっていれば成功で、その出来具合に感心するのも噂のたのしみである。だからコーベでは、噂の真偽よりも、「……らしいなあ」と楽しむほうに重点をおいてる、屈折人種もいる。

しかし大信田さんは屈折人種ではないので、

「甘かったとは何よ」

と不機嫌だった。尤も、そういう噂をつたえたのは、バー「らんぷ」のママである。ママといっても、まだ若くて、「ベル・フィーユ」の平均年齢ぐらい、黒いセーターに、ピンクのジーンズを穿《は》いたりして、ちっともママふうではない。一人でくるくる働いている。

「らんぷ」は「ベル・フィーユ」のたまり場のようになっているが、だいたい、女の子は金払いがいいし、手もかからないと思うけど、

「大変やわ、この商売も」

とママはこぼしていた。

「誰かて、そら、女ひとりやっていこ思たら、えらいワ。でもみんながんばってるねんさかい、あんたもがんばりィ」

と私はいった。「らんぷ」は私たち「ベル・フィーユ」に釣られてくる中年の男性客も多く、あんまり若い客はいないが、ママの料理がいいので、おそくに、

「腹、へった。何ンか、食わしてェな」

と顔を出す常連もいるのだ。ママはおもちとかお好み焼とか、かけそばを、あっという間に美味《おい》しく作った。見た目にもきれいに、小さい鉢や皿に小ぢんまりと作ってくれるので、そのへんもよけい美味しいのかもしれないが。

それでも「ベル・フィーユ」の連中は、お酒のイケナイ人が多いため、よそでしっかり食べてくるので、ここで食べてる人はあんがい少い。私は大阪へ仕事で出たりして、

食べはぐれ、神戸へ帰っても夜おそくなってしまい、店は閉まっているというときなど、ここへ顔を出す。どうせマンションへ帰ってもひとりなので、「らんぷ」で食べたりしゃべったり、するほうがいい。

で、その夜、十一時ごろ「らんぷ」をのぞいたら、ちょうどママが一人っきりだった。今夜も黒のセーターだが、胸もとが光るビーズでキラキラしていて、ちょうど夜光虫の水たまりへうつぶせに倒れたようだった。

「何か食べさして」

といって、私はトイレへいった。

女ひとりでやっている、地下の小さなバーは、トイレも赤いタイルで、きれいに片づいて気持がいい。あちこちに骨董《こつとう》品のランプやランプの絵が掛っているのだった。

「にゅうめんでいい？」

とママはいって、もう作っている。手足の長い、眉《まゆ》の濃い美人である。髪の毛がしっとりして、ほんとうに黒々ときれいなつやがあるが、本人は「みどりの黒髪」などといわれるのがいやだそうで、いつ見ても短めのオカッパあたま、ショートといいたいが、

「髪の毛が剛《こわ》いので、あたまにぴったりくっつかなくて」

ちょうど一九二〇年代のモガ、といった感じなので、「断髪」あたまというべきなのだろう。

こんなに美人で料理もうまく、雰囲気よく、そして女一人でバーを五年もつづけて(このまえ五周年記念パーティをした)いる才覚もあるのに、どうして独りものなんだ

ろう、と私は思いながら、にゅうめんをおいしくたべた。そうして、

「またセーターやな、ドレスもたまには着て下さい、我らの商売上ったりやから」

といって鉢をおいた。早春の、まださむい晩は、上方ふうな、うすいコクのあるお汁《つゆ》が、いちばん美味しくていい。

「ほんとね、働きやすいからつい、夏も冬もセーターやけど、ときどきちゃんとドレスも着な、あかんなあ。けど、店で一人でしょ、ドレス着て目刺し焼いてられへんねん。缶詰あけたり、おにぎり作ったり、もせんならんし、ねえ」

とママはいい、そのあいだも洗いものをしていた。

お酒のイケナイ私のために、ママは、ジンの入ったペパーミントのカクテルをつくってくれるわけ、それをゆるゆると飲んでると、たいがい、パーティの三次会あたりの連中が来て、看板の十二時すぎまで粘ったりする、大方は顔見知りなので、私もつい長居したりすることになる。

今夜は、打ち合せたわけでもないのに、大信田さんが来た。彼女も仕事で、大阪の、「NHKのかえり」

といっていた。そこで竹本さんの噂をきいたわけだ。ママが直接きいたわけではなく、お客さんが、

「竹本さん、こういうてた」

といったそうだ。「どうってことないオバサンたち」というのも、そのままではないかもしれない、べつの表現かもしれないが、

「『ベル・フィーユ』で呼んだんですって？　竹本さん」

とママがいったので話が出てきた。それで大信田さんは怒っているのだ。突っぱってたくせに、あとで「みんな甘かった」なんて、

「へんな奴。ま、ええけど」

「でも、感じどうやった？」

とママはきいた。

「ここへ来たことない？」

「二、三べん。十分ばかりで、すぐ立ってしまいはったから」

ママは大阪弁である。十分ばかりですぐ立つところが、竹本さんらしい。

「爪のきれいそうな男やったよ」

これは大信田さんの、男性評価の一つのランクである。

「へえ。大信田さん、いつもそんなとこ見てはるんですか」

「それは、かなりイイ線よ、大信田さんの」

私は口を出して説明した。

「うん、それはさ、外貌、見だしなみから受ける感じをチェックしてる。更にすすんで男の内面美、ということになると、これは、『ハラワタのきれいそうな男』というのよ」

大信田さんは水割りですこし酔いがまわったのか、なめらかにしゃべる。この人は私より、すこしはお酒がいける人である。

「あ、そうするとそれが、ナンバーワン？」

「そう」

「その次が、爪のきれいな男、とくるのね」

「爪がきれいから、ハラワタもきれい、とは限らないところがかなしい」

「爪はきれいか汚いかは見てすぐわかるけど、ハラワタは一々断ち切るわけにゃいかないし、困るわね」

とママは笑った。

「だけど、お互い、中学生やないのやからそこはもう、わかるわよね、ハラワタはハラワタを知る」

と私はいって、三人で笑っていた。

「女の評価のランクづけって、あるんですか」

とママは大信田さんにきく。「ベル・フィーユ」の仲間だけでなく、大信田さんには、誰もがそういって、ききたくなるような、たより甲斐のあるところがある。

「あるわよ、下着のきれいそうな女、というのが外のみてくれのいいの。もっとすすんでリッパなのは、やっぱり『ハラワタのきれいな女』ね。いい人間は男も女も一緒よ」

「大信田さん、よくせきハラワタがお好きなのねえ」

待ってる亭主も子供もいない私は、仕事がえり、カクテル飲んでにゅうめん食べて、こんな話をするのが一ばんの楽しみ。男たちの晩酌、ってこんなのをいうのかしら。

私はマンションへ帰った。

私は生田区のさるマンション、2DKにひとりずまいしている。さるマンション、としか誰にもいってない。連絡はみな、三宮のアトリエへしてもらうし、ここのマンションはもう、まったくのネグラというか、かくれ家というか、電話は教えるけれど、それも「ベル・フィーユ」のごく親しい仲間だけ。そのほかは、明石にいる姉夫婦ぐらい。

ましてや男性にはぜんぜん教えてない。

いや、「ベル・フィーユ」の大信田さんにも、電話は教えても、この部屋へ招《よ》んだことはなく、全くここは秘密のかくれ家である。それはほかのみんなもそうで、私は大信田さんの電話は知ってるが、家へ行ったことはない。大信田さんが家でひとりっきりのとき、どんな恰好をしているか、けい子がベッドで誰と一緒にいるか（いないかもしれないが）全く知らないわけである。手芸家のモト子さんが自分の部屋をどんな風に飾りつけているか、ディレクターの阿佐子さんがひとりのとき、どんな食事をしているか、想像もつかない。

お互い、みんな知ろうとも思わないみたい。

寄ろうと思えばそれぞれ、店やアトリエや教室やテレビ局があるし、「らんぷ」へいけば誰かいるし、いなくても電話をかければ、かけつけてくれることもあるから、べつに、個人生活まで侵犯しなくても、充分、交歓の目的は果せるわけである。

プライバシーは、みな、きちんと守り、守られている。

そうでなければ、女のあつまりが仲よく何年も続かないかもしれない。「いつも電話に出るの、お母さん？」ぐらいは聞き、何となくお袋さんと二人ぐらしなんだな、と推察する程度で、あんまりせんさくする人もない。普通、女同士の交際は、全くよそよしいか、それとも、どっぷりと浸り切ってしまうか、そのどちらかになってしまいやすいが、それでは友達の旨味《うまみ》はないわけである。

仕事をして一人で生きてる女の子なら、誰に教えられなくても、そのへんの感じがつかめるわけ。

「協調すれども介入せず」

というのは、こういうことをいうのかしら、これは花本画伯に教わった言葉だが、花本センセイは、「例の会」にゲストでよんだとき、

「女の子の集まりが長つづきするヒケツは、『ＫＩＮＴＡＭＡ』のひとことに尽きるな」

といった。

「なーんですか、それは」

とみんなは、開《あ》いたなりのままの口の恰好できいた。

「なんでやの、なんでやの」

と目を輝かせて、画伯にすり寄ってきくのはモト子さんである。花本センセイは、

「つまり『協調すれども介入せず』ということ」

「アッハッハ」

とすぐわかったのは、大信田さんだった。

三秒ぐらいたって私が笑った。けい子は六秒ぐらい、青柳みちは九秒ぐらいたって笑った。三、六、九の割合でススんでいるわけである。モト子さんは笑っている皆の顔を見まわし、あやふやに　人おくれて、

「ハハハ」

と笑ったが、あんまりおそい笑い方だったので、ちょっともわかってない、ということを皆に悟られてしまった。で、結局「ベル・フィーユ」の中で、いちばんおくれた人、ということになった。

そういうことで、何となく人生キャリアが推察されるけれども、私たちは、仲間の一人一人がどんな私的生活を送っているか、いままでどんな人生を送ってきたか、知らないのである。それでも働く女はカンがいいし、女あいての仕事をしていると、いわば「女に関するプロ」になるので、誰かのことを、

「あれ。この頃、いやにきれいになったみたい」

と一人が気付くと、みんなが、「私もどうもそう思ってた」といったりする。そういうとき、モト子さんは必ず、

「そうかなあ」

とあやふやに首をかしげていたりする。以前「ベル・フィーユ」の仲間で、結婚してやめて東京へいった人があった。ちゃんと教会で結婚式もあげたのに、「ベル・フィーユ」にだまっていた。そのときも彼女のことを、

「何だかきれいになったね」

とみんな言い合っていたが、こっそり結婚式をあげたなんて思いもしなかった。

そのうち、大信田さんが、真っ先に、

「どうも、おめでたじゃないかと思うな」

といい、けい子が同調して、

「○○ちゃん、コレやない？」

と手でおなかの前に弧をえがいてみせた。

「未婚の母になるのかしら⁉」

「応援したげよう。勇気あるなあ」

なんていっていると、「実はこっそり結婚してた、でも共かせぎしてるし、『ベル・フィーユ』から仲間はずれになりたくなくて、だまってたんだ」ということで、旦那の転勤について東京へいった。

そういうとき、少々の遅速はあるが、誰でも彼女が、「きれいになった」こと、その次に、「すこし顔の相が変って、体つきが不自然に重くなり、胸から下が総体に坐りよくなり、はやくいうとおめでたの徴候である」こと、に気付くのに、モト子さん　人は、またまた、

「エーっ」

と奇声を発してのけぞってみせ、

「おめでた？　そうやったかなあ」

と迂遠《うえん》でトロいのだ。

しかしそういうトロくささと、芸術的天分は別のものであるのだろう。モト子さんはいい閃《ひらめ》きのある作品をものする人である。

私はマンションの中を、明るいグレーで統一して、赤をアクセントにしている。ここ

は寝にかえるためだけのことが多いので、寝室にがっちりしたベッドを据え、部屋のなかではたいてい、パジャマでいるのだ。

けい子は、一人ぐらしでは家具を動かすのが大変なので籐《とう》のものにして、みな軽くしている、といっていたが、私は、このごろ太ったせいか、籐の椅子なんか腰かけたら潰《つぶ》れやしないかと不安である。そうしてまた、軽い家具というのは、滑りそうで不安である。

籐の箪笥《たんす》は、ゴミが入らないかと心配になるし。

一人だけの部屋だから簡素に、ほとんど物をおかない、という大信田さんのような人もあるが、私は何年かに一つ、というようにして、とびきりの上等品をあつめるのが好きである。いまの家具はそうしている。

ほんというと、一人ぐらしがもう長いので、籐の家具も、簡素式も、みなひとわたり試みてきた。そうして今は、上等品の本格派になっている。

これも何年かすると、飽きるかもしれないけど。

いまは、かっちりした手造りの、頑丈そうで質朴そうで、そのわりに都会的な線をもつ木の家具が気に入っている。昔は、いい部屋やいい家具にあこがれ、そういう部屋で、男と過す時間や、仲間とあそぶたのしみを、うっとり想像したものだった。

しかし、年を食って、何年も仕事をつづけてきて、生活の基盤も固まってみると、その城に、誰も入れたくなくなったのである。誰にも私の私生活を覗《のぞ》かせないでいるから、いまの家具や、部屋に飽かないのかもしれない。

まあ、覗かれたって、べつにどうということはないけど、家へ帰って、ブラジャー、ガードル、ストッキング、と次々に取っていっても、あんまり見せ甲斐もない軀だし。尤も、いまは、(私は女のからだを触りつけている商売だからよく知っているけれど)五十代でとてもムチムチしてきれいなからだの人もいる。

六十代はじめでも、日本の女の肌はきれいである。それを知っているのは女のほうで、だから自信のある女のほうが、年齢《とし》をかくす。

住居を知らないのと同じで、みんな仲間のトシを知らない。いや、いっぺんや二へん、聞いただけではすぐ忘れてしまう。要するにどっちでもいいことなのである。

熱いめのお風呂へ入って、私はライラックの匂いのタルカム・パウダーをからだにすりこみ、春らしいピンクのパジャマを着ると、全く、

(この快適な、ひとりぐらし)

としみじみ、満足のタメイキが出てくる。

いつか「ベル・フィーユ」の例会で招《よ》んだ小説家の田淵さんは、

「みな独りもんか。女ざかりが不自然やないか」

といった。

この人は三十代はじめの、売り出し中の推理作家で、コーベのラジオ局で深夜番組をもっており、若者にたいそう人気のある先生だ。

「なんでやねん。なんで結婚せえへんねん。まあ、べつにかまへんけど、みな、誰か居《お》

るねんやろな」

会のあいだ中、そんなことばかり、いっていた。

「そんなん知りませんよ」

「カオルちゃんはいてるのんか、男は知ってるねんやろな」

「どのへんまでのを、知ってる、っていうんですか」

「カマトト。淋しいことないのんか、ほんまに」

「先生の淋しがり。女は、あまり淋しくないもんです。仕事してたら男の人ともたくさん会うし」

「そら会うやろうけど、そんなん、男として、という意味がちがう。仕事では打算も駈引もあるし、公人やからな。ちゃうちゃう、私的な場でのことや。そんな欲求、ないですか。男の手を握るとか、男に甘えるとか、目がさめて横に男が居るのん見て、幸せな気分になるとか、ともかく、そういうムードをみな、知ってるのやろうな。知ってて、それから離れてたら淋しいやろ」

田淵さんはどうでも私たちを、性に渇《かつ》え、悶《もだ》えさせたいようであった。

「本音をいうたらええがな、ええ年齢《とし》して」

ええトシもなにも、女は男のいうほどに淋しくないのだから、きょとん、としてしまう。

朝、目がさめてまず思うのは、

(今日は、あれをして、これをして、そのあと、どこそこへ廻って。そうそ、電話をあ

そこへかけて確かめなくては）

などという仕事の手順で、それはとても嬉しい充実した時間である。その上に横に男の肩や、腕があれば、いっそう充実するかもしれないけれど、ないものはないんだし。いればいるで充実するかもしれないけれど、心おきなく仕事の手順なんか、考えていられない。

そうして、夜だって、熱いシャワーを浴びたり、風呂へ体を沈めたり、それだけでもう、満足度一〇〇パーセントになってしまう。タルカム・パウダーと石鹼の匂いを同じにすると、体を動かしただけでいい匂いがあたりにただよい、独りのベッドのシーツにも、ライラックの匂いがこもって、いい気分である。

男の人がいつも横にいる充実感は、それはそれで、また格別なものがあるであろうが、どだい私は、男と同棲した経験も結婚した経験もないので、

「ほんとの欠乏感なんて、まだないですよ、先生」

というのである。

「ああ、かわいそうな『ベル・フィーユ』。はよ、男で堕落するような目ェにあわんかい。男でしくじってみろ。金ばっかり貯めないで男に貢《みつ》いですっからかんになってみろ。それでこそ、女の面白みが味わえるかもしれんのに。一人で風呂へ入って、香料入り石鹼ぐらいで満足しとるようでは、せっかく女に生れた甲斐がないぞ。あたら名器も持ち腐れや」

田淵さんはマイクに向ってしゃべり慣れているせいか、言葉が淀《よど》みなくなだれ落ちて

くる。

しかしその考えは、どこか偏向していて頑固である。

自分でこう、ときめつけていて、こっちのいうことなんか、耳にも入れないところがある。

若いのに、すこうし、動脈硬化の気味あり。

大信田さんたちも、やや、うんざり気味のようであった。

「あたしが名器だ、ってなんでわかるんですか」

と私はきいた。

「そんな感じがする。大事にして下さい。大事にしすぎてしまい込まんと、うんと使うてよけい磨《みが》いて下さい」

「あほらしい」

「みんな、なあ。女も堕落の味おぼえないかん。もっと男狂いせな、いかん。もっとお気張りやっしゃ」

と最後はふざけて舞妓《まいこ》さん風にいった。

この田淵さんは、いつか私と、ばったり、須磨のホテルで会って、

「よう、カオルちゃん。こんなとこで会《お》うたら、人は、僕とカオルちゃん、何かある、思うやろうな」

と、にやにやしていった。そして、

「どうせそう思われるのやったら、何かあることにしようではありませんか、なあ」

なーんて。

田淵さんは白いレインコートのベルトをきりりとしめて、いなせな男っぷりなのであるが、ほんとかうそか分らない程度に、つまり振られて元々、という恥をかかない程度にごまかして誘っていた。

「何でもしたい放題したほうが、人生では長生きするねんで。ディック・ミネでも松鶴《しょかく》師匠でも、酒飲むわ、女つくるわ、やりたい放題して、いつまでも元気で、ツヤツヤしてはるねん」

田淵さんは小説家だけあって言葉惜しみしない人である。

「やりたいこともせず、じーっとこらえ、四角四面に、体裁や噂ばかり気をくばって自分を殺してきた人は、ストレスがたまって早死にするのです。かわいそうに、『ベル・フィーユ』の人も、そうなるかもしれん」

「おやおや。そんなら、いま、田淵センセとドウコウしたら、あたし、自分を殺してしまうことになりますわ。何でもしたい放題してきたあたしですから、気の進まないときはどうも、しようがないんです」

私は笑いながらいった。

「またこんど、気の進んだときにお願いします」

「そうか、しゃァないな、残念、僕、今日はラジオもないし、体あいてたんやけどな」

人の仕事の具合になんか、合せてられない。

どこまで本気か冗談か、わからないようにして、田淵さんはおしゃべりをたのしんでいる。

「電話、何番？　カオルちゃん」

「えーと、アトリエは……」

「アトリエより、自宅の」

「ないんです、電話。ああ悪い、悪い」

なんていって、帰ってきた。

こういうのは、「ベル・フィーユ」の人たちも、それぞれ何回か、(相手が田淵さんにかぎらず) 身におぼえがあるらしくて、

「なんで、あない、男って誘いたがるのやろ」

「あたしらやったら、若いことないし、経済的に自立してるし、あとぐされないと思うのかなあ」

とけい子はいう。

美人ではない私まで誘われるのだから、けい子のような美人は、ずいぶんそんな機会が多いことだろう。私はいつか、あんまりしつこくくどかれたので、冗談にして、

「ポートアイランドができたころにね」

といったら、相手はそれをおぼえていて、もうすぐやね、とにやにやした。

ポートアイランドというのは、コーベの背後の山を削って海を埋めたて、海上都市をつくろうというもので、コーベはいませっせとやっている。コーベの人はそれを「ポーアイ」と呼ぶのだが、ポーアイができるのに合せ、大きな博覧会をやろうという計画を

すすめている。

　私にせっせと海野《うんの》さんがくどいたのは、もう、七、八年も前であった。そのころは、ポーアイなんて夢みたいな話であった。だから私はからかって、

「ポートアイランドができたころにね」

といっていたのだ。

　あっという間に、月日がたち、いっぽう、山はどんどん削られて、海は埋め立てられ、だだっぴろい島ができた。あと一年位で完成する。

　このあいだ、久しぶりにあった海野さんは、

「いよいよ、ポーアイができましたな」

「ハイ」

と私は忘れていた。自分のいったことなんか。

「あんた、こんなこといいましたデ。あのとき」

　海野さんはアクセサリーの卸問屋の社長である。

「いよいよ、あと一年ほどしたら僕の思いも叶うわけです」

　海野さんはつき出たおなかをゆすって笑った。ほんとうに物おぼえのいい人にはかなわないが、田淵さんがやたら迫るのよりは、やはり五十くらいの海野さんのほうが、ユーモアの貫禄勝ちである。

　海野さんが「しつこく私をくどいた」といったが、海野さんは本気でそんなことを考えているとも思えない。

むろん、ちゃんと家庭をもっている人だし、（そんなこととくどくのは無関係だけれど）何十人かの社員を抱えて商売している社長さんで（それも関係ないか）要するに、キチンとした社会人である。

商売、といったけれど、海野さんはほんとに商売人で、商売人というのは、自分の言い分も通すけれど、こっちの言い分もよく聞いてくれることだ。融通が利いて、しゃべりやすいこと、話をするのに、いくら「ダンプカー」みたいな私でも、しゃべりにくい相手としゃべりやすい相手がある。それは相手の人がらが、

「よい」

「悪い」

ということよりも、ただ単に双方の、

「波長が合う」

「合わない」

ということである。これはどっちの責任でもないのだから仕方ない。人間は、すべての人に、波長を合せるわけにはいかない。合せられるものなら、嫁姑の確執も夫婦のイガミ合いもないわけだ。でも現実には、親子でさえ、イガミ合うのがあるのだから。それは波長が合わないのであって、組合せが悪かったのだ、とあきらめなければ仕方ないだろう。

そしてこれ、波長の合う人でも、商売の上で合う人やビジネスで合う人と、異性としての波長が合う人は別である。だから私は今まで結婚できなかったのだ。波長の合う人

にめぐり合わなかったからで、べつに私が高望みなのでもなく、私にまるきり女の魅力がなかったのだとも、思えない。(思いたくない)

でも、ここんとこも、ようく考えてみると、いくらビジネスで気の合う人でも、男としていやな奴だと、気が合うといえるだろうか、微妙なところである。商売のつきあいで、互いに信用し合って気持よく順調につきあえる、というのは、たいてい、男としても厭味でない、いい人である。

男性の方はどうだか、分らない。

男は儲けさえすればいいのだから、相性や波長などかまっていられない、というだろう。

竹本支局長あたりに、いわせると、

(そういう個人的なことにすぐ話を持ってくるから、女の子はやりにくい)

というかもしれない。

(仕事は仕事で、いやな奴、好きな奴のより好みなんか、してられない)

というのが目に見えるようだ。

しかしそういう発想自体が、男の考えの固いところかもしれない。そういう考えに慣れ切って、自分の考えにマチガイは絶対ないと思いこむと、とんでもないときに、足もとをすくわれることがある。あるだろう、という気がする。

たとえばホメイニさんだ。

大使館の人間を人質にとる、なんて無茶苦茶も甚だしい。いってることも、常識的には無茶である。しかし、その常識は、みんながマチガイは絶対ない、と信じてたことだけで、ホメイニさんにとっては「波長が合わない」のだ。

これからは、今まで常識で、絶対マチガイない、と信じられてきたことが、どんどん、ズンズン、壊《こわ》れてゆく時代になりそうな気がする。

あ、この常識っていうのを、「男性の発想」と置きかえてもいいんだけど。

そして、ホメイニさん、ってとこを、「女性の発想」と置きかえてもいいんだ。

今までは、男の考えかたで、すべてを裁断して、ちょっとちがったものの考え方をすると、

「何をバカな」

とせせら笑われていたけど、どうかな、これからは、世界中の人間がホメイニさんの無茶にビックリしたように、

「オナゴはんの無茶」

に、ビックリするかもしれないな。

これから先の時代は、発想の転換を強いられる時代かもしれない。転換、転換で、しまいに元へ戻るかもしれないけど。

何だか評論家みたいなことをいってしまった。

海野さんといつか、あるニュースについておしゃべりしていたら、

「そない、評論家みたいなことをいいなさんな、ええ女の子が」

とたしなめられてしまった。

「コーベの人間は、評論なんかせんでもよろし、やりたいこと、やっとって、楽しィに人生送ったら、ええねん」

「評論家は、楽しんでないのかなあ」

「評論する人は権力志向あるよってな。そういう人は、しんから楽しまれへん。パーティへ出ても早退《はやび》けしはる」

そんなことをいって海野さんは笑う。そんなところが私と波長が合うわけである。そうだ、海野さんが私を「しつこくくどいた」という話をしていたのだった。

海野さんは冗談らしく、いつも私に、

「僕の彼女になってえな」

と笑うが、本気とは私は思えないわけである。冗談一〇〇パーセントのようでもあるが、しかし誰にもそういうわけではなく、私にはその種の冗談がいいやすいらしい。そして、仕事の点でも、よく便宜をはかってもらうことがある。海野さんはボタンやレース、小物の卸もしているので。

よく太りよくしゃべり、汗っかきで陽気な人である。「らんぷ」なんかで私の横へ坐り、

「カオルちゃん、早《は》よ、その気になってえな」

なんていう。

「その気てどの気ですか」

「あんたが心で思《おも》てはる気」

海野さんは戦災に遭《あ》うまで大阪で育った人なので、大阪弁である。コーベ弁には「はる」という敬語がないので、五十ちかい中年男の海野さんが、

「……思《おも》てはる」

「……言いはる」

などというと、モッチャリと、からみつくような、やさしい色気が感じられる。コーベ弁はもっと粗放でからっとしているので、海野さんの大阪弁はことさら耳につく。

しかしそれは、不快なものではない。

海野さんは前額が禿げて、汗がそこへ集まって光っている。眼がすこし垂れ目で笑うとねっとりと可愛くなるが、それに釣られて海野さんをみくびってはいけない。

とても海野さんはシッカリした人で、商売のことだけでなく、いろんなことを私に教えてくれる。

大信田さん風にいえば、海野さんは爪もハラワタもきれいな男性である。

この前、三宮の国際会館で、シャンソンリサイタルがあって、私は毛皮を着ていった。トイレにいきたくなり、まわりを見廻してもちょっと知った顔がなかった。海野さんがベンチに坐っていたので、

「すみません、海野社長さん、ちょっとこの毛皮、あずかって頂けます？　トイレいくの」

といったら、

「毛皮着たらトイレなんかに行くな。みっともない。ちっとは恰好つけぇ」

と無茶をいった。

しかし手を出して毛皮のコートを受けとり、にやにやして垂れ目でねっとり、やさしく笑って、

「色けないなあ、そんなことというようでは、ワシを男と思《おも》とらへんのやなあ」

といった。そうかもしれないが、しかし全く海野さんに色けを感じていないわけではない。少くとも推理作家の田淵センセなどより色けがあるように思う。

コーベの人間はやりたいことやって楽しィに人生、送ったらええねん、と海野さんはいったが、そういわれて私は、今まで自分がその通りに生きてきたことがわかった。いわれてみると、知らず知らず、そうしていた。べつにお金を貯める気もない、仕事が面白くって生きてきている。大信田さんだって、雪野さくらさんだって、モト了さん、けい子、みな、そうである。

「有名になりたいとか、お金貯めよう思う人は、みなコーベ出て、東京へ行っとってやわ」

私は誰かれの顔を思い出しながらいった。

人間だけではなく、お店も、どんどん大阪や東京へ支店が出る。それはそれでいいことで、生々発展はめでたいことであるが、

「しかしなあ、この世の中で手にしてるもんは、みな、神サンに、あずからしてもろてるだけやデ」

と海野さんは、ウイスキーの水割りを飲みながら、おだやかにいう。

「あずからして、もろてる?」

「そや」

海野さんは私の方を指して、

「その美貌も、その豊満なるオッパイも、そのよう動く舌も」

私は舌を出した。

「みな、神サンが、あんたにあずけてはるねん。あんた、みな自分は自分のもんや、思てたやろ」

「ハイ、そう思うてました」

「それがマチガイのもと。神サンはなあ——『これ、あずけとくよって大事に使いや』いうて貸してくれたはんねん。健康も金も仕事もそや」

「神サンてリース業やっとってやの?」

「しかもタダのリースや。お金かて、自分で儲けたんや、思《おも》たらあかんで。神サンに借りてるだけ。やがて返さんならん。金、持って死なれへん、いうのは、ここのとこをいうのです」

「ふーん。そうか」

「この世でちょっとおあずかりしてるだけ、品物でも何でもそう。地球自体、神サンからおあずかりしてる。それを汚して返したらあかん。神サン、怒りはる」

向うで、ママが小耳にはさんで、笑っていた。私はいった。

「そんなら、大事に使わな、いかんわけやわねえ。返すとき、損料払わんならん。団地みたいに、完全にモト通りにして返して下さい、と叱られるわねえ」

「そういうこと。そやから同じことなら、ちょっと、借りついでに、ワシもカオルちゃんを借ろかしらん、ちょっとだけ」

「それは話のスジ道ちがうよ。あたしは神サンからお借りした大事な身でございますから、又貸しは信用に反します」

「ようマタ貸しなんていうわ」

そうして私も海野さんもママも、大笑いになってしまうが、私は海野さんが、

「神サンから借りてる」

といったのが耳にのこった。ほんとにそうかもしれない。

せっかく気前よく人生を貸して下さったのだから、できる限りたのしく、そして、きれいに使い切って、死ぬときは、

(神さま、ありがとうございました、ほんとに充分、楽しんで使わせて頂きました。また、おねがいします)

といって、きれいにしてお返ししなければいけない。神サンはサラ金ではないから、借りた以上のものを返せとは決していわれないであろう。

海野さんはそんなことを、ふとしたときにいって、私の目を開かせてくれる。

あるニュースについて話していた、というのは、この前、宝塚であった事件である。

兵庫県と宝塚市が、市のまん中の宝塚大橋に、裸婦像のモニュメントを設置しようとした。

そのことを書いた市の広報ニュースだかに、

「男の手に舞う女の像」

という説明があった。写真でみると、大きなてのひら（それは男か女か神の手か、分らない）に両手を掲げて空へ舞うような裸婦が乗っているものだった。宝塚は、歌劇があるので有名なまちだから、そのモニュメントは、町にふさわしい美しいものなのだが、地元の主婦たちは、

「なぜ男性の手の中で女性が大空へ向わなければならないのか。男女平等の憲法の精神に反する。女性差別だ」

と反対してハンガーストライキなどをした。婦人議員や評論家、婦人運動家らが支持して大さわぎになったことがあった。

宝塚市は、あわてて広報で、

「広く人類愛を表す像」

と訂正した。その像をみて、男に囲われる女の像だと怒る人もあり、やっさもっさしたことがある。

私は海野さんに、

「なんで怒るのやろ。男の人が舞わしてやる、いうてくれたら、あたしやったら喜んでてのひらへ乗らしてもらうわ」

といった。

「男の人がせっかく、てのひらを出してくれてるのやったら、おおきに、いうて乗らし

てもろたらラクやないの」

いつも男の人に「チーとばかり」助けてもろてもええように思うわ、と交渉しにばかりいく私は、そういった。何でもたくさんの人に協力してもらわないと、物ごとはでき上らない。私は男性の協力を要請しなれているので、男の手が、いわば踏台になって女性が大空へ舞うというのは、男女差別どころか、男女協力のうるわしい姿ではないかと思うのだ。

宝塚市広報課も、そう解釈すればよかったのだ。

海野さんは笑って、

「しかし、反対する人があってもええやないか、反対して坐りこむ人も、居ってもらわないかん。なかなか、できんこっちゃ」

とほめた。すべてそういうふうに、私は、海野さんに、いろんな見方を教わるのである。

海野さんは、ポーアイができて、ポートピア'81の、神戸博覧会には、「思いを叶えて下さい」と冗談をいってたのしんでいる。

あれは、お互いをたのしくする冗談なのであろう。神サンのご趣旨にもかなうことである。

しかしポートピア'81まではまだ一年あるから、

「冗談が冗談でなくなるかもしれません」

という冗談を、私はいった。

「それはもう、出逢いも別れも、神サンから貸してもろてる運命やから」

と海野さんは動じない。

別れ、といえば、花本画伯が急にニューヨークへ旅立つことになった。コーベはしじゅう、これがあるのだ。

港まちゆえ、仲よくした外人さんが、急に本国へ帰ってしまったりする。また来るからね、といって別れても、そのまま来ないときもある。

と思うと、こちらからいった人が、パリやロンドンで、彼や彼女に会い、

「久しぶりに飲んで歌って、まるで三宮そのままでした」

という便りがタウン誌にのせられたりする町である。

花本さんはニューヨークに一年、滞在する。子供のいない画伯夫妻は、

「ことによると二、三年いきっきりになる」

といっていた。一年間は招待の留学生であるのだそうだ。

大いそぎで「花本さんを送る会」パーティがひらかれた。急だったので、設営に大わらわ。「兵庫タイムス」のハッちゃんが手伝ってくれて、酔いがまわると「襟裳岬」を歌うのはいつもにおなじ。

大波さんが「王将」を歌った。これはところどころ歌詞を変え、「明日はニューヨークへ出ていくからは……」と歌うのである。毎度のことで、ここが「スペイン」になったり「ローマ」になったり「パリ」になったりする。そしておわりの、

「空に灯がつく　六甲山に

花本の闘志が　また燃えるゥ……」

と歌うのも、いつもの通り。

サンバになってみんな踊って踊りくたびれ、

「いってらっしゃい、花本センセ」

「また帰ってよ。コーベ、わすれたらあかんよ」

「よっしゃ、あっちへ来たときは、また寄ってや」

と花本先生はグラスをあげていう。バンドが（といったって、大学生のアルバイトなんだけど）私たちの指示した通り、「蛍の光」をやりはじめた。

「そら、花本センセイに！」

と、私たち「ベル・フィーユ」の連中は、パーティの出席者に色とりどりの紙テープを渡す。花本さん夫妻は、ばらばらと投げられたテープを持って手をふりながらぐるぐると会場をまわる。テープは色の滝のように、シャワーのように人々の体にからみつき、やがて誰の顔も見分けられないほど、テープの花にまみれてしまう。

「蛍の光」がますます高まる向うに、コーベの町の灯がみえる。ほんとに、この町の人、みな、はしゃぎざかりというのかしら。

うろたえざかり

港まちというのは、別れもあるかわりに、出会いもあるのだ。花本画伯が行ったかと思うと、入れかわりに出会った人もある。

私と大信田さんは、三宮の生田神社へいった。これは、神社の中の会館のホールを予約するため——。まだ春先なのに、十二月の予約を早々とするのは、この生田サン、コーベの人たちに愛されていて、ここで結婚式をあげる人が多いため、あるいは三宮で足の便がよいため、なにかの会合にも打ってつけなので、すぐふさがってしまうからである。

十二月半ばすぎは、恒例の「ベル・フィーユ」の忘年会で、この日は私たちがホステスになって、お客さんを接待する。もっとも会費制のパーティだけど、もうそれは請合い、楽しんでもらえるのだから……。

一年の終りの忘年会と、五月のコーベ祭、この趣向を考えるのに「ベル・フィーユ」十なん人が一年間、あたまを絞る。いつも何かアイデアを持ちよって、

「こんなん、してみィひん？」

などといいあうのは、どんなことより面白い。竹本支局長は、いつかバカにしたように、

「パーティ・フィーバーだな、町じゅう」

と嗤《わら》ったことがあるけど、私にしてみると、人が寄り合い、楽しむから、着ることを楽しむ。

服をつくったって着てゆく所がなければしようがないではないか。服は自分も楽しむが、人にも見せて楽しむものである。

だからパーティをすると、

（こんどは何を着ていこうか）

と考えるだけでも、沈滞した人生のよどみがひっかきまわされる、ってもんだ。いや、べつに、いちいち服を新調しなくても、少くとも、おとつい着た服でもアイロンをあてて、ヒダをきりッとし、千円ぐらいのスカーフを新しく買って胸にむすんだだけで、「パーティへ出よう」という、心の華やぎになる。

そしてまた、どうせ、出席者はみな知った顔じゃあるけれど、

（ヤヤ。あんなオシャレしてる）

という互いの張り合いが、また気持を刺戟してくれて、無言のうちに、

（オヌシ、やるな）

という親愛感をかきたててくれる。

そういう心の華やぎ、気持の張りこそ、「ファッション都市をつくる原動力とちゃいますか」

と私は、コーベの商工会議所の人にいったことがある。

これも、パーティでの会話である。

「そらそうです。やっぱり、着ていく所や機会がたくさんある、ということは必要やね」

「コーベにもっとたくさん劇場やら広場あって、そこは年中、何かかんか、祭やらパーティがあったら、コーベだけやなしに、全国から来はるかもしれへんよ」

知事さんが一人で、焼鳥を食べていたので、

「ねえ、知事さん、兵庫県とコーベ、そういうたのしい地方にしません？　兵庫県とかコーベ、いうただけで、みな、『あ、行きたい、いってパーティへ出てみたい』いうような」

といって話に引きこむのである。だから、私は誰にでも怖《お》じずにしゃべる、

「口裂け女」

といわれるのだが、でも、ほんとうに、そう思っているからだ。

「全国から風見鶏の館《やかた》、見に来はる人の服見てたら、地味でちっともおもしろないよ」

「そうかね」

「少くとも、コーベへ来たら似合えしませんねん。この町明るいし、色があざやかでしょう、きれいに冴《さ》えた色でないと、うつれへんのや、思いますわ」

「神戸色、いうのんあるのんやなあ」

「ハイ、それ、きっと、ほかの地方にもアッピールする、思います。コーベへ来て、色の好み変って帰ってもらう、いうのも、楽しいんやないですか」

「そやな、東京あたりから帰って、大阪はそない思えへんけど、コーベの駅へ一歩おりると、娘さんが垢《あか》ぬけて綺麗やわなあ」

と商工会議所はいう。

「コーベで買物してもろて、あと、田舎で遊んでもらうというのがいいですね、知事さん。兵庫県の田舎いうたら、コーベがモダンでハイカラなんにくらべて、ぐっと素朴で、ほんまに田舎田舎してて、その対照がものすごう、面白いんやもん」

「そうですわ、そこですよ、温泉もあるし、食べもん美味しいし、瀬戸内海と日本海、双方にまたがってるよって、景色もいろいろちがう」

そこへ「ベル・フィーユ」の女の子がパーティ会場の屋台そばなんか持ってきて、知事さんに「どうぞ」とすすめながら、

「知事さん、兵庫県、通過税取りましょうよ。西日本と東日本のまん中やもん」

などと建言する。いや、こんなことをおしゃべりしたあと、男性と女性、ペアになって、二人で一つの風船を割り合う、それもお尻で突いて割り合おうという、何とも雑然としたパーティである。

だが、そんなことで、パーティはいつも大にぎわいになるのだが、私は、ほんとに、商工会議所の人にいったように、コーベをもっと楽しい町にする方法を考えたらいい、

と思う。半世紀ぐらい前のパリみたいに、世界中から人が集まるかもしれない。

パリというと典雅の代名詞のように世界中の人があこがれたけれど、私は、コーベ生れのコーベ育ちだから、いまに世界中の人に、

「アイ・ラブ・コーベ」

といってほしい。「アイ・レフト・マイ・ハート・イン・コーベ」なんて。

ま、でも、私たち「ベル・フィーユ」だけでも楽しんでりゃいい。ほんとに楽しんでたら、しぜんに周《まわ》りの人が、

「どれどれ。何がそんなに楽しいのかね」

と寄ってくるかもしれない。

いや、べつに寄ってくれなくてもいいよ。

何となく空気感染して、みんなが楽しくなれば、生きやすいっていうことだけ。

海野さんではないけれど、

「コーベの人間は、評論なんかせんでもよろし、やりたいこと、やっとって、楽しィに人生送ったら、ええねん」

ということだ。そのために、一生けんめい働くし、力のありったけ出して、がんばるんだし。

――で、まあ働くときは働くけれど、遊ぶほうも遊ぶ、というので、早くも忘年会の予約に来たというわけである。遊ぶにも遊ぶ器量が要《い》るが、その一つに企画力というのがある。何となく、みんな集まって、「何ンかしたいわねえ」というだけではダメなの

で、実行委員会、企画委員会、というのがいなければ、コトは前へすすまない。

生田神社というのはコーベの繁華街のまっただなかにある神社である。まわりはキャバレーやラブホテルがひしめいている。コーベでお寺や神社というと、観光の本にはたいてい在留中国人のおまいりする関帝廟、それからイスラム教徒たちのための回教寺院、楠公さんを祭った湊川神社などの写真がのせられている。しかしコーベでは、生田神社へまずいく人が多い。なぜって――境内に駐車場があるから。

「生田の森」というのは昔から歌枕で名高いところだそうで、「枕草子」にもあげられているそうだ。朱塗りの楼門のそばにも、上田秋成の歌を書いた書碑がたてられている。

「汐なれし生田の森のさくら花　春の千鳥のなきてかよへる」

というのである。この森は戦前、うっそうとした大木が繁って空も見えぬほどだったそうであるが、社殿もろとも第二次大戦で焼けてしまった。

でも今は、美しい社殿も復興し、森も昔の姿にかえろうとしている。

「都心でカラスのくるのん、ここだけやからね」

と浮田宮司さんは自慢する。

浮田さんはコーベの名物男である。そして「ベル・フィーユ」の顧問というか相談役というか、後見人というか、とにかく、コーベ女マフィアらの、さらにうしろにいる黒幕、といったって、神主サンだから、大信田さんふうにいえば、清く正しく、

「ハラワタのきれいな人なのよね」

ということだ。

浮田さんは自分のことを、

「『ベル・フィーユ』のファンやがな」

と自任している。そうして私たちを「可愛がって」くれるのだそうである。

初老だが、がっちりした体つきの、よくしゃべり、明るい人柄で、そのへんもコーべの町の性格にうってつけなのかもしれない。

とっても商才のある人で、オートメ式の結婚式場を建て、全国ではじめて境内に駐車場をつくり、「がっぽり儲けた」と評判であるが、人によると、「ナマカン」というアダナで呼んだりしている。

なまぐさ神主、というのだそうだ。

でも浮田さんは平気で、

「神社は、あんた、どっからも助けてもらわれへんのやから。戦前とちがいまっせ。それに神社いうのは栄えて、みんなに活気を与え、現世利益の希望を与えな、あきません。それが、神社が現代人に見捨てられへんコツですがな」

というのである。ほんとにコーベの人は、戦前にまして「生田サン」を好きになり、元旦なんか押すな押すな、のにぎわいだ。秋の月見、夏のまつり、いつも大にぎわい、それに、まわりが盛り場ゆえ、「生田の森」ならぬ、「ネオンの森」である。

でも私は、浮田さんのいつもエネルギーまんまん、という活気が好きだ。そして、「あんた、人間いうもんはパーと大らかに、朗らかに儲けな、あきませんな。神道やいうたかて貧乏たらしいのはだめです」

と力強いがらがら声でいわれると、こっちも元気が湧《わ》いてくるというもの。

「清く明るく生きて、すがすがしい心持で神サンをおがむ。あんたら、『ベル・フィーユ』の人は、まさに神サンのお気に入りの氏子や」

などといってもらえる。

会館ホールの予約をしてから、私たちは社務所へ浮田さんの顔を見にいった。二十分に一組ずつ、新夫婦をつくるというほど結婚式の多い生田神社は、とてもいそがしいのだが、浮田さんは若い男と二人で、のんびり話し合っていた。

「やあ、大信田さんにカオルちゃんか、今日はどないした、結婚式の予約申込みかいな」

浮田さんは、垂れ目で、その垂れ目がいっそうこまめな精力家を思わせるという、垂れ目なのである。

「その予約もいずれはしますが、とりあえずは、今年の忘年会ですよ。今からしとかないと、土曜日はすぐ売れるんですもの」

大信田さんがいった。

「もう年のくれの話かいな。あんたらよう働くが、よう遊ぶね。まあ、結構なことです。しっかりがんばってや」

「どっちのほう、儲けるほうに、遊ぶほうに」

「まず遊んで下さい。そしたら、金もそれにつれて入ってくる」

「浮田さん、さすがネオンにかこまれてくらしてはるよって、遊ぶほうにやっぱり肩入れしとってやわ」

と私はいった。

「何いうてんねん。まわりのネオンの下で働いてる人ら、そら真剣なもんですよ。真剣に稼いどる内幕がようわかりますよ。年のくれなんか、キャバレーの開店間際の、あれ、ミーティングいうのんかいなあ、ようきこえてくる」

「へえ」

「境内を掃除して落葉なんか焼いてるとな、塀の向うのキャバレーで、大きなマイクで男がしゃべってる、支配人いうのんか、店長いうのんか、『皆さん、いよいよ十二月や、がんばって下さい、どこそこ会社は何日にボーナスが出た、何々造船は何割のボーナス、何とか電鉄は何ぼ』いうとるのや」

「よう調べてますねんねえ」

「『このボーナスを、家庭の奥さん方は、一日千秋の思いで待ってる。子供の学用品買おとか、電気製品買おとか、PTAいきのスーツ買いたい、とか思うて、旦那からもらうのを待ってるわけや、しかし君らかて、靴や服やハンドバッグほしいやろ、このボーナスを奥さんに取られるか、こっちが頂くか、これから、その戦いです』」

私たちは笑った。

「えらいハッパかけてますよ、そら。――『さあ、今から会社へジャンジャン電話せえ。男いうもんは、会社へ電話するなと怒るかもしらんが、女がかけたら悪い気ィはせえへんはずや。ボーナスが出たら、きっと行こ、思うにちがいない。ではがんばって下さい』——えらいもんやな、こないいうて、訓示しとんねん」

浮田さんが力づよくいうと、そのままキャバレーでミーティングしてもいいように説得力がある。それが、白い着物に水色の袴《はかま》、ノリトを上げるのにふさわしい、底力のある堂々とした声で、かつ、神主さんらしい風貌でいうものだから、おかしい。

「あんたらかて、キャバレーのホステスにまけんようにがんばりなさいや」

この浮田さんは、夏まつりには、氏子のバー・キャバレーのきれいどころをあつめ、ミニの法被《はっぴ》姿でお神輿《みこし》を担がせるのである。商才というより、私は、浮田さんの捉われない発想のほうが好きだ。中には、神魂商才、なんていう人もあるけれど、

「ワッショイ、ワッショイ……」

なんて、黄色い声をはりあげるお神輿の、かつぎ手の姿が、色っぽいので、町の人々は大よろこびだった。

「あ、ちょっと紹介しよか」

浮田さんは、そばの青年をかえりみた。

青年は二十五、六といったところで、セーターにジャンパーを着た、無造作な恰好である。

人のよさそうな、おだやかな表情で、ニコニコして浮田さんの話を聞いていた。

「この人、釈迢空の手紙を見たい、いうて紹介状持ってきたのでね、いま見せてあげてたところ。水口さんいうて、何や、ルポや小説書いてる人やそうや」

浮田さんが私たちを引き合せた。浮田さんは古い手紙を蒐《あつ》めるのが趣味で、ときどき

会館に陳列して、市民に見せている。近代の文豪や歌人にまじって、古書簡もあるのだ。

水口青年は、大阪から来たそうである。

「でもコーベに友達がいるので、ときどき飲みにきます」

といっていた。私はきいた。

「コーベ、大阪とだいぶちがいます？」

「はあ。コーベはとても、どういうか、ようまとまって、同人雑誌みたいな町やなあ、と思いました」

私は物書きではないから、同人雑誌なんていわれてもよく分らないのだけれど、

「町ぜんぶが同人雑誌みたいなかんじです」

と、青年はくり返した。私たちはおのずと品定めするような鋭い目で青年を見てる。ハラワタがきれいか爪がきれいか、と。

青年は何も知らないでニコニコしていた。浮田さんに礼をいって出て、私たちは「兵庫タイムス」へいった。青年も「兵庫タイムス」に用がある、といってついてきた。そうして三人でいっしょに学芸部へ行ったら、

「よう、水口」

といったのは、ハッちゃんである。水口青年は、ハッちゃんこと、八田青年の後輩だったらしいのだ。友人というのは彼のことらしかった。

今日は学芸部は何だか忙しそうで、大波さんにもお客があり、「バー・三階」はオープンしそうになかったので、三人で、「らんぷ」へいくことにする。尤も「らんぷ」も

まだ開いてるかどうか、という明るい夕方。

「あとでオレもいくから」

とハッちゃんは私たちのうしろ姿に叫んだ。

灯《ひ》がつくかつかないか、という夕暮のコーベは美しい。もう少しすると山に、イカリの市章の灯が大きくきらめいて、港から見ると、巨大なダイヤのペンダントのように輝くのであるが。

「あのう、コーベの女の人って、背すじのばして歩いてますね」

不意に水口青年がいった。

「歩きかた、きれいですね」

「そうかな」

「おばあさんにいたるまで洋装がきれい」

と、彼が指さすのは、あきらかに中国婦人だった。中国婦人は、みな姿勢がいい。

「ああいうのを見てるから、しぜんにコーベの女の子は姿勢がようなるのやわ」

と私は教えた。水口君はしみじみと、

「ええなあ、コーベは」

と、私と大信田さんの間に挟まれて、臆する気味もなく、楽しそうにあるく。こわくないのであろうか、女マフィアが。

まだ「らんぷ」の開《あ》くまで時間があったので、私たちはぶらぶらとトアロードのほうまで散歩して、時間をつぶすことにする。早い夕ぐれどきのコーベの町は、四季とりどりに美しい。ましてこれから日が長くなろうかという季節の夕暮はいい。空が明るくて、天心はまだ日の光のあたたかみを湛《たた》えているのに、山ひだはもう早いかげりを帯びている。

海が暮れるのを渋っているのに、山はもう早く眠りたがっている。海は宵《よい》っぱりの若者で、山は初老の早寝というところであろうか。

その代り、朝は、山のほうが早く目をさまし、山頂に日があたるのに、海は靄《もや》や水蒸気に包まれて、ボーとしていて、中々ねむりからさめない。

コーベは海と山に抱かれた町なので、いつも双方の表情を見て暮らすから、そんなことを考えたり、する。

コーベの町に住む楽しみというのは、そういうこともある。

「そういうたら、ポーアイは海と山の結婚ともいえるわね」

と大信田さんはいった。ポートアイランドは、高倉山という山を削って、その土を持ってきて埋めたものである。

「海と山の結婚式」

と水口青年はつぶやいて、

「コーベの人の発想って、いつもそんなにロマンチックなんですか?」

と私にともつかず、大信田さんに、ともつかずきく。私は、

(なあに。「ベル・フィーユ」だからよ)

といいたかったが、この青年はコーベの人じゃないので、郷土愛のために、

「そうよ、コーべってロマンチックなんです」

といっておいた。

「がむしゃらにお金もうけだけしよう、って気持ないから。お金だけもうかったたって仕方ないでしょ。あたしら、ファッションの仕事してて、いつもそれ、思ってる。みんなの見たがる夢とか、欲しがるロマンとか、どんなもんにあこがれてるか、とか。……あたし自身、どんな夢があるやろ、と考えてたら結局、ロマンチックになってゆくねんわ。お金だけもうけたらええのやったら、もっと手っとり早い方法あるかもしれへんけど、そんなん面白うないもんね」

「そう、結局、作り手いうか、売り手いうか、その人間自身、面白い思うて、楽しんで送り出さへんかったら、買い手、受けとり手の方も、面白うないもんね」

と大信田さんも、水口クンを挟んでいった。

「しかし、ロマンチックなのはいいとして、オカネがもうからなくては困りますなあ」

水口青年はヒトリゴトのようにつぶやいた。

このコトバ、同じ言葉でも竹本支局長が東京弁で歯切れよくいったのだとしたら、まるでせせら嗤われたような感じになって、いい気分ではなかったろうが、水口クンのは、当惑したようなヒトリゴトだったので、おかしく聞かれた。

「うん、もうかるわよ、絶対に、これからの時代はそうよ。これからの八〇年代は、みな、ユメを買うわよ。ココロが商品なのよ、オカネだけをやったりとったりする男性文化なんて、もう古くなったのよ」

と大信田さんは淡々という。

この人に、淡々といわれると、いかにも自信が湧いてきて勇気づけられる気がする。

「ベル・フィーユ」の人たちだけでなく、ホカのコーベのオトナたちも、

「大信田さん」「大信田さん」

と頼りにするはずである。大信田さんは、男性文化を、箸のあげおろしにつけてこき下す感じであるが、でもべつに気負っていうわけでなく、いつも淡々という。だから、ちゃんと見通しがあっていうのだろう。

私はといえば、すべてこれ、楽しいからしてるだけ。

本音をいうと男性文化も女性文化もなく、男が女をたすけ、女が男をたすけ、お互いに、

「セーノ」

とかけ声をかけあって、いっしょに何かやると、うまくいくのではないかと思ってるだけだ。

ロマンチックを売るといったって、男でもそれの好きな人はあり、女でもきらいな人はあるのだ。でも私の好きなコーベの町が、そういうロマンを売る町になったら、日本中、世界中の人で、そういうのを好きな人が、やってきてくれるだろうし。

「そういうたら、僕、大阪の喫茶店とコーベの喫茶店、ちゃうと思うこと多いです」

水口クンはいった。

「コーベの喫茶店、わりに鷹揚《おうよう》いうのんか、もっとつめたら席がつくれるようなトコを

遊ばしてますね。大阪はセコいから、ぎゅうぎゅうにテーブルや椅子おいて、ヒコーキのエコノミークラスみたいなトコ多いけど」

「まあ、店によるけどね、コーべかて、ぎゅうぎゅうの店あるけど、わりにゆったりしてる店も多いかもしれへん。ココロよ、ココロの問題よ。喫茶店はユトリやくつろぎを売る商売やわ。コーヒーだけ売ってるのやったら、駅のホームでタダの水飲んでた方がええわ」

と大信田さんはいった。

ぽつぽつと灯がついた。町は充分まだ明るいのに、灯がきれいにみえるのは、もう気付かないうちに、うすいかげりが出はじめているからかもしれない。

「ココロいうたらなあ……」

大信田さんは水口クンをさしおいて、私をのぞき、

「ほら、浮田さんが何のパーティやったか、こんなこというてはったわ。『銀《しろがね》も黄金も玉もなにせむに　まされる宝　子にしかめやも』いう歌のもじりで、『銀も黄金も玉もみんな要る　まされる宝　心なりけり』なんて」

水口クンは大声をあげて笑い、

「心、心の大安売り、大バーゲンセールだあ」

「結構なこっちゃないの」

と私。

「コーべがその最初の町やなんて」

「独占企業ですな、すると大信田さんや織本さんは、ココロのセールスウーマンてわけですね」

私はいつも皆に「カオルちゃん」と呼ばれているので、「織本さん」なんて呼ばれることは少い。

水口クンはこのまえ、生田神社のお月見の宴にきて、そのあとの直会《なおらい》でビックリした、という話をした。ハッちゃんこと八田記者に連れられて来たのだが、直会では神さまのお下りのお酒やたべものが出る。朱塗りの大盃になみなみとつがれた清酒を、お客の外人がぐっと飲み干し、やんやの大喝采を浴びていたというのだ。

「それにもビックリしたけど、そのあとのパーティ、あっという間にタベモノがあれへんようになった。早いのなんの」

水口クンは、いまもなお呆然《ぼうぜん》としたようにいったので、私と大信田さんは笑いこけた。

「コーべってのは、ココロやロマンの売り手、ひろめ手であると同時に、食欲の町でもあるわけですね」

水口クンはしみじみという。

「とにかく、あっち向いてこっち向いてるうちに、おでん、お握り、すし、焼鳥の串、おそば、サンドイッチ、何やらおつまみのたぐい、いやもう、みんなきれいになくなってました、量が少いというのやない、パーティに出た人は『もうハラいっぱいや』なんていうてたから……」

「あんたがノロマだったわけです」

「そういうことです。僕一人、腹ぺこ抱えて、そこ出てラーメンの屋台で食べました」

「そんな人もいるのかしらねえ」

私のほうがびっくりしてしまう。

私たち「ベル・フィーユ」のめんめんなら、どんな喧騒の中でも、どんな混雑の中でもうまくもぐりこんで、手早く、しこたま食べてしまう技術にたけている。しかもその合間に猛烈にオシャベリし「口裂け女」の本領を発揮しつつ、人を引き合せたり、ついでに商売の打合せをしたり、仕事もこなしたり、しつつ、である。

「フーン、それもコーベのココロですかね」

水口クンは感心した。

この青年は、何をいってもいや味にきこえなくて素直でいい。そうして、若いが、ちっともブラずに、キザでないのがよい。

「うわ」

と彼がいって立ち止まるので、何かと思うとま正面にイカリの市章が灯をつけて浮き上っているのだった。山腹につけた輝くブローチのようで、沖から入る船によく目立つ。

「あれは、僕はてっきり、牛の首やと思てた。神戸牛の広告をしてる、と思てたなあ」

と水口クンはぼそぼそいっていた。

かなり歩いているうちに、さすがに昏《く》れかけてきた。「らんぷ」も開いてるだろうというので、また引き返していってみたら、まだ扉が閉まっている。いつもの開店時間より三十分もすぎてるのに、まだ開かないというのは、これは、

「お休みかもしれない」

と大信田さんはいった。「らんぷ」は赤く塗った扉で、その上の方に小さい黄色いランプが下っており、営業してるときは灯がついているが、それもいまは消えている。めったに休むことはないのだが、でも、ときたま、旅に出たりすることもあるママだから……。

「どうしよう、どうせハッちゃんも来るから『妻』へいこうか、『妻』から電話してもいいし」

大信田さんが、てきぱきといった。

この人は、お芝居の演出もするし、テレビドラマを書いて、制作者と渡り合ったりするので、ちゃんと物事を即決し、指図したりする力のある人である。

「けど、あそこはタベモノないよ、あたし少うしオナカすいてきた。ここのにゅうめん食べるの、たのしみにしてたのにな」

と私は反対した。

「じゃ、先に何か食べる？　それなら、食べて飲める店がいいかな、食べる専門がいいかな。ええーと、インド料理の『サリー』」

と大信田さんはいい、

「いや、イタリヤ料理がいいか、『ベニス』……」

とあげた。私は反対。

「でも、そこはこのあいだ、いったばっかりやし、『サリー』はすこしもたれるな、それともいっそ、『天幸』へいくか」

「いや、そう簡単にきめないで下さい、もっといろいろ考えてから。予約なしにポッといけるところで、かるく食べられる、というのがええわ、あんた、カオルさん、『ロベルト』どう思う？　あそこで軽う、ピッツァでも食べたら……」

「いや、あの店、すこしこの頃、味おちたよ。ものすごう、たくさん若い客入れて、数でこなすようになったから」

「うーん、そうかなあ」

「それに、悪いけど、この頃、あたし、ピッツァパイ、不味《まず》うなってきたわ、日本のお好み焼は美味しいわよ、あれは世界に冠たるものや、思うな、ソースとメリケン粉と、山芋、かつおぶし、青のり、豚肉のとり合せほど、美味しいもんあらへん、思うわ」

「なんや、結局、またお好み焼屋へいくのん」

「お好み焼屋か、たこ焼になってしまう」

「いや、それもすこしマンネリですぞ。われら『ベル・フィーユ』としては、つねに停滞したらあかん。現状維持は退歩やからね。うーん、うなぎもダメ？」

「いや、それはええのんちゃう？　しかし今はちょうどいっぱいやろな」

「表で待っててもスグ空くよ、腰掛けの席は」

「電話入れといてもいいな」

　こういう会話のあいだ、水口青年は辛抱づよく、じーっと横に立って待っていた。

我々は閉まった「らんぷ」の赤い扉の前で熱心に討論していたのである。

そうして、やっと話がきまって歩き出すと、水口クンはためいきを一つ洩《も》らし、

(やれやれ)

というように、ついてきた。

ところが、大信田さんが立ち止まり、

「しまった、今日はあの店、お休みよ。一週間まえ、行こうと思ったら、お休みやった」

といった。

「じゃ『妻』へとりあえずいって、そこで考えようか、何をたべるか」

「そうね」

水口クンはおずおずと後からいった。

「僕はあの、ラーメンでいいですけど」

「ラーメンたって、それぞれの好みがあるから、そのへんですませるわけにはいきませんよ」

「そんなもんですか」

「ごひいきの店や、ごひいきの味があるので、意見の調整が大変なんです」

「オナカ空いてりゃ、どこでも美味しい、という……僕なんかは……」

「そういう杜撰《ずさん》な、無神経な、いきあたりばったりな、没個性な食事は、男性文化の悪《あ》しき所産です」

と大信田さん。

「しかし……女性文化というのは時間が、……あのう、長くかかりますねえ」

「いいでしょう、それ位。アンタ、そのちぢめた時間を何に使おう、っての」

水口クンは空腹になったせいか、しきりにあたりの店に視線を走らせつつ、のろのろとついてきた。このへん、右も左も、ギョーザ屋だの、焼肉屋、すし屋、うどん屋、鍋もの屋のあいだに、「ちょっと一杯」と看板を出した立ち飲み屋、炉ばた焼の店、なんていうのがあり、いい匂いがたちこめてるのだ。

そのせいもあるが、私たちが、あれかこれか、しゃべってるのをきいているうちに、水口クンが食欲を誘われたこともあるらしい。

「その、さっきのインド料理とかイタリヤ料理ってのはどうなんでしょう。僕はどっちも大好きですが」

と遠慮ぶかげに口を挟む。

「それはどっちでもいいようなものの、あたしとしては、『らんぷ』で何か食べる、と思いこんで来たのでね、そうかんたんに気持が変らない。まあ『妻』で考えしから」

と大信田さんは、容赦なくいう。

「『妻』とかいう店がしまってたら、どうしますか」

「そしたら、また、どこかへいって考える。いまの自分にいちばんぴったりくる店を選ぶのが大切なことです」

大信田さんは水口クンをからかっている。

水口クンは、でも文句をいわないで、私たちについてきた。ハッちゃんと飲む約束もあるし、あまりこの町を知らないので、地理がわからず、ともかく、私たちにはぐれると、ハッちゃんとも会えなくなる、と心配したように、いそいでついてくる。

「妻」はさいわい、開いていた。

路地の突き当り、「妻」はたよりなげな灯をともしている。「妻」の看板に灯が入っているのが、これも営業しているあかしだが、この前、酔っぱらいがコードを足にひっかけて倒し、ガラスが割れた。割れたところへ、バンソーコーを貼《は》ってある。つまり、ガムテープでやっとつなぎ合せてあるわけ、ここのママが、よくこんな「昭和の大修理」というような一大事業をしたと思ったら、この前、青柳みちが、

「あたしがしたったんやないの。ママが何するものですか、ものぐさなんだから」

といっていた。

「妻」の店内には、青柳みちが先客でいた。

みな、それぞれ好き好き、向き不向きがあるらしく、青柳みちは、この「妻」が、居心地いいらしい。彼女はすこし飲むほうである。

ママはおでこにサビオを貼っていた。

「おやおや、こわれたのは表の看板だけかと思ったら、ママもこわれたの？」

大信田さんはいう。

「今晩は」

と水口クンは、おずおずと女ばかりのまん中へ坐ろうとして、

「あっ」

とよろけた。

「あ、その椅子ダメ。その椅子、こわれてんの。坐るのにコツがあるの、傾けないでまっすぐに坐ってよね」

と、「妻」のママは平然としていう。実際、どこもかしこも、こわれっぱなしのバーなんだから。素直に水口クンは、

「ハイ」

といい、こわごわ坐った。

私は何となく、この青年と波長が合う気がする。

花本センセイを港町から送り、別の人を迎えた、というのは、ほんというと、この男のことである。

「あんた、その椅子に坐ったが最後、立てないよ」

とママが水口青年を脅《おど》すようにいった。

「は？　なんでですか」

と水口クンはていねいに聞いている。

「いえ、その椅子ね、立つと転倒《こけ》るのよ」

「ひどいなあ……」

「大信田さんにつかまって立ちなさい、それとも、ずーっと坐ってなさい」

「ここにずーっと？」

「そ」

「それは望むトコやけど、そうしたらメシの食いあげになるし……」

水口クンは呟《つぶや》くようにいう。この人は、いつもマジメにひとりごとをいうのがクセだとみえ、おかしい。

「メシぐらい誰かかんか、食べさせてくれるわよ」

ママは男のように笑って、ウイスキーの水割りをどぼどぼと作っていた。水口クンは珍しそうに、ぐるーりと店内を見廻していた。

「大信田さんは水割りでいい？　カオルちゃんはジュースにする？」

ママは、一見《いちげん》の客に店内を珍しそうに見られるのは慣れているので、蚊がとまったほどにも思わず、平然として私に聞く。

「ジュースは食事前やからやめとくわ。あたし、この前、どっかでのんだ『ギムレット』いうのん、美味しかったけどな」

「そんなややこしいこと、いうてもろたらかなわんな、水で割るか、氷入れるか、だけ」

と横着なバーであるのだ。

「梅酒の水割り、ってのはないの？」

「美容食屋じゃないよ、ウチは。あんたが来るトコとちがうよねえ」

といいながら、それでも、ジンにペパーミントやレモンを混ぜて、カクテルをすこしつくってくれる。それもめんどくさそうに、

「あ、じゃまくさい……」

といいながらだから、

「どうもすみません、ありがとう」

といわされる。

すこし、ママは今夜もお酒が入ってるようだ。

「らんぷ」のママは、「らんぷ」からもじって皆に「らんちゃん」とよばれてるけど、ここのバー「妻」も、ママの名前がつま子さんだからである。つま子さんの年ごろはさだかではないが、本人は、

「『ベル・フィーユ』の平均年齢と同じだよ」

とうそぶいている。とすると、三十四、五ということになるではないか、でも、そうとは思えない点もある。ときどき、いろんな話のはしばしに、私たちの知らないことを知ってるからだ。

「あんた、飯田蝶子って、昔はかわいい娘役だったのよ」

とか、

「勤労奉仕をさぼって『オーケストラの少女』見にいったわよ」

なんていう。

「あたしゃ、さぼりの名人で、点呼のときだけ顔を出すのが巧《うま》かった」

「点呼って、何の点呼？」

「学徒動員よ。兵隊さんの乗るヒコーキをつくる工場だったんよ。あたしゃこうみえても、女学生時分はモテたのよね、挺身隊と女学生合せて三百人くらい働いてたけど

……」

「ママがいちばんモテた？」

「まあまあ、その話はいいとして」

なんて、わざとらしくいうけど、私も大信田さんも、学徒動員なんてやってない、ママはまた、こんなこともいう。

「高田浩吉って、そりゃ昔はきれいで色けあったわよ、ほっそりしててねえ……」

「あ、そう」

「藤田進ってのもよかったわァ。あれ、『姿三四郎』よ。その映画、工場さぼって友達と見にいったのよね、さぼってよかった！」

「そんなによかったの、藤田進って」

「ちがうわよ、その日、工場が空襲に遭《お》うて、一緒に働いてた人の四割ちかく、吹っ飛ばされて死んだわいナ」

「無茶苦茶でござりまする」

「何しろ、手足がバラバラと雨みたいに降ってきた、いうから。もうそれから、終戦まですーっと、工場は動かなんだわよ。壊滅的打撃」

「フーン」

「二カ月して終戦になった。――でも、いまは、昔の兵隊サン、悪くばっかりいうけど、そんな人ばかりでもなかった。あたしはその日休んだから知らないけど、命拾いした友達の話では、警報出たとき、いつも点呼とってる兵隊さんやら、将校が、顔色かえて走って来て、『学生、退避せい！』て、まっ先に逃がしてくれたって。『今日は、敵機は大編隊だ、逃げろーっ』て。なるべく遠くの壕へいけ、って声をからして逃がしてくれたって」

「空襲のときは、みんな、逃げるんでしょ」

ママは、私がそういうと、どやされるわよ、着物の袖をまくりあげていきまき、

「そんなことしてたら、踏みとどまって壕で待機しているのよ、敵機が退散したら、すぐ出ていって消火活動する。学生もそうよ。持ち場を死守せよ、いわれて」

「ハア」

「ところがその日は、学生をまっさきに逃げさせ、それから挺身隊の女の人、そのうちにもう、空がまっ黒になるほどの大編隊で、
バガーン！　ヒュルヒュル。

ドガーン！　ザバーッ！　ダーン！

ときたって。爆弾、焼夷弾、黄燐弾、雨あられ」

「やったあ！」

なんていっていると、必ず、だれか、これも学徒動員派の世代らしいのが、隅っこから、

「もっぺん戦争しよう！　今度は負けへん」

なんて叫んだりして、軍歌を歌ったりする、そういう、つまり、年頃のママなのであ

って、「ベル・フィーユ」の平均年齢とは思えないんだけどなあ、つま子さんは。

でも本人がそういうんだから、そうしとこう。

つま子さんは「学生時代モテた」というだけあって（この、「女学生」というのもおトシがわかる、ってものであって、それも可愛らしい）いまも美人である。

「そして、逃がしてくれた将校や兵隊さんは行方《ゆくえ》知れずになっちゃった。爆弾でこっぱみじんになったんやろうねえ」

と、東京弁大阪弁、ごたまぜ、アクセントもどこのものとも分らない言葉である。きれいに着物を着付けているが、カウンターの中へ入ると、

「どうせ見えないでしょ」

というので、着物の裾をくるりとはしょって帯に挟みこみ、裾は長襦袢一枚、という、野放図もない女である。いつも入念におめかししているが、気まぐれなのか、描《か》き眉の形はいつも変っている。わりあい、めんどくさがりである。それで、大信田さんが、厚手の紙に眉の形を切り抜いた型紙を考案し、

「それ、眉に当てて描いたらきれいに描けて手早うできて便利やない？」

と、作ってやったことがあった。

ママは大よろこびで、それを使って眉を描いていたが、私たちが見て、どことなくヘンだった。

大信田さんはドラマやショーの舞台監督もするし、メーキャップにもうるさく、絵心のある人なので、つま子さんの眉のかたちも、細心の注意を払って、いろいろ試みて、

考えたあげくにおちついた形なのであるが、何となくママの顔にはおちつかないのだ。

眉の形は左右すこしちがうものらしい。だから型紙を使って描くより、つま子さんの表現によれば、

「その日その日の出来ごころ」

で描く方がいいのかもしれない。

眉はともかく、商売も「その日その日の出来ごころ」だから、かなわない。つま子さんはときどき店をやすむ。二日酔のときもあり、「女学校のクラス会」のときもあり、「娘のお産」のときもある。

そういう日は、突発的休業とみえて、表の、しまったままの入口に、配達された氷がそのまま置かれてある。時間がすぎても店が開かないと、

「氷が溶けるから、ウチが頂くわ」

と、となりのバー「教室」の、若いママが笑っていた。

だから私たちの間で、

「『妻』は氷が置いてあったよ」

とか、

「氷、溶けかかってたよ」

というのが、「お店休み」という代りの表現である。

酔っぱらうと早く店を閉める。愉快だと早く閉めて遊びにいく。不快なことがあると早く閉めて帰る。店の開いているときに、うまくぶつかるのはむつかしい。

ことによると、店のドアを内からロックしている。客がノックすると、面体をあらためてから入れる。気に入らない客だと、からっぽのときでもつま子さんは、

「満員やでェ」

と叫んで入れないのである。

尤も、路地の奥だから、ママが一人でいるときに、外国人の水兵に入ってこられたりすると怖いといっている。コーベは、ある日、どっと異国の水兵が町に溢《あふ》れるときがある。彼らの集まるバーや、たべもの店はお国べつに大体きまっているようだけど、開拓精神旺盛なのが、路地うらへ来て「妻」のドアをあけてのぞいたりする。するとママは、

「ジャパニーズ・オンリィ」

ときまって叫ぶのである。小説家の田淵さんは英語に堪能《たんのう》なので、いつか、

「かめへんやんか、入れたりィな。コーベは国際親善の町やがな」

といったことがあった。

「あかんあかん、あんな連中に入られたら、店つぶれてしまう」

とママは手を振った。

「あいつら、そない飲みよンのか、踏み倒しよるか」

「ちがいますねん、図体大きいから椅子も扉も壊れてしまうわ」

「まだ壊れる余地がありますか。こないボロボロやのに」

「そないボロボロになってるかしらねえ……」

とママは、急に自信なさそうな、あやふやな顔になった。

「いつも見慣れてるから、こんなもんや、と思いこんで……。自分のことは分らんもんや」

「それはあんた、『終戦直後の新宿思い出す！』と叫んだ東京の作家があったんやから」

と田淵さんがいった。

それで、以後コーべでは一時、

「そないボロボロになってますか」

と反問するのがはやった。「自分のことは分らんもんや」というのも、ハヤリ言葉になった。

何しろ、ドアのキイもガタガタ、うまくいっぺんでかかったら幸運である。椅子は十二、三脚あるけど、使えるのは七つ八つ、カウンターの前の羽目板は、みんなが靴の先で蹴るので破れ、ママは蹴られないように紙を貼って、赤いマジックで鳥居の形を描いた。

それで花本先生がそれを見て、

「お、ここで小便《しょんべん》する奴までおるのんか、翔《と》んでるのう」

といったのがたちまちコーべじゅうに知れわたり、

「『妻』で坐ったまま、小便洩らした奴おった」

などというデマになり、さすがのママも閉口したのか、いまは赤いお稲荷さんの鳥居の代りに、松坂慶子のポスターを貼っている。

壁紙は煤《すす》と煙草の煙で色目も分らず、その上にマジックでいろんな落書がしてある。

花本さんみたいな画家も多いので、ママの似顔やら、マンガやら、詩やら、サインやら、いまではもう描くところもなくなってしまった。

カウンターの奥は酒壜が並んでいるが、その前にたいてい、劇団の公演のポスター、リサイタルのお知らせなんかがぶら下ってるのだ。そうしてあらゆるものの上に、お稲荷さんの棚があるが、ママは開店以来、そこへ上げっぱなしで、拝みもしないし、掃除もしないみたい。

ときどき、

「うちのお稲荷さん、こういうてはった」

というが、むろんお告げがあったからではなく、ママ一流の冗談だけど。

それでも正月には、伏見のお稲荷さんへお詣《まい》りしている。

「たまには造作替えでもしたらどやねん」

と客がいうと、ママは目をみはって、

「あら、しましたよ、最近」

「へー。これで。いつしてん」

「四、五年前かしら。スグ、前と同じようになっちゃって、し甲斐がないわ」

「四、五年前では、スグとはいえまへんよ」

でも造作替えからこっち、ずいぶん明るくなった。以前はもっと暗くて、まだ椅子があると思っていたら、もうなくて尻餅をつきそうになったり、声をきいて、

（おや、ハッちゃん来てるのか）

なんて、闇夜の手さぐりのようだった。

ともかく、そういう店なのに、つぶれもせず、ほそぼそつづいているのは、ママが人がいいのと、青柳みちみたいに、どこかが壊れると、「しょうないわねえ」といいながら「昭和の大修理」を買って出る篤志家がいるからだ。そうして篤志家の中には、べつに精勤に「妻」に顔出ししないのに、「妻」がコーベにある、と思うと安心して、行かないという人もある。そういう人たちは、つま子さんに、

「ここ、造作替えでもしてきれいにしたら承知せえへんどォ」

と怒るのである。めったに店に来ないが、しかし「妻」のファンだという人たちは、

「このままのほうがええ。きれいにしやがってみい、また、壊したる」

というのだから無責任だ。

私はというと、「妻」はボロボロだけど、気がおちついていい。ただし、ここは「らんぷ」とちがって、いつまでいても食べ物が出ない。

お酒のみ専門である。つま子さんは料理の巧い人だが、何しろ、めんどくさがりなので、めったにこまごましない。

店開けからごく少しの時間、やっと突き出しめいたものが出るだけで、何人めかからは、

「悪いね。今日は何もないよ」

といわれる。そうして、ピーナッツかおかき、あられ、やがて夜が更《ふ》けてそれらもなくなると客は、

「ちょっと待ってて」

と酒のグラスをそのままにして出てゆき、帰ってくると、ひとつまみのおかきやチョコレートといった酒の肴《さかな》を鼻紙に載せて、お客たちに廻したりしている。よそのバーへ顔出しして、そそくさと一杯飲んで、おつまみをポケットに入れて戻ってきたのであって、実に世話のやけるバーであるのだ。

私はお酒が飲めないし、(練習すると強くなるって大信田さんはけしかけるけど、おいしい肴があっても、これでゴハン食べたら三膳はいけるのになあ……と思うくらいだから、根っから下戸なのだろう。日本酒は二、三杯おいしいし、ウイスキーの水割りもコップに半杯ぐらいは涼しい咽喉《のど》ごしなのだが、それ以上はイケナイ。練習する、ったって、これも相手によりけりで、心ゆるした男相手なら、上達も早いんじゃないかしら、しかし私にはそんな男、目下はいないのだから仕方ない) おいしいものを食べるのだけがいまの人生でたのしみなので、その点、バー「妻」は見当はずれ、お門ちがいというところである。「らんぷ」みたいに、おいしいものが食べられ、ついでに、酒のイケナイ人間にも、酒飲みのムードが味わえるという、たのしみは、「妻」にはない。

しかし「妻」には「妻」の雰囲気があって、面白いことは面白い。青柳みちが、たいていここにとぐろを巻いてるのも分る。彼女はこのあいだ「プライベートコレクション」のショーをして、その骨休めだといっていた。小柄なオカッパあたまの、ちまちました、ちまちま美人である。小さいけれど、バストもヒップも完璧の美しさで、だからニットなんていうものが似合うのだ。そこへくると私なんか、最近、少し重くなりすぎたので、完全重装備のファンデーションをつけないと、ニットなんか着られない。そしてコーベの町というのは、私にいわせれば、完全重装備、ギリギリにしめ上げた下着なんかつけて気取ってあるく町じゃないのだ。肌に風を、太陽を、海の匂いを受けて、「ほっつきあるく」町なのだから。

そういう気分が、いうなら「妻」にもあるのだ。それが好きでない人も、もろん、いるわけである。そういう人たちは、ママが酔っていず、勘定もキチンとして、快く清掃し、造作も小まめにし、気の利いた肴もあり、という店へいくわけである。いうなら竹本支局長みたいに。

彼は「同じウイスキーでも『妻』で飲んだら馬の小便みたいだ。あんまり周りが汚なくて」といった（と伝えられている）。

「鞍馬天狗のおじさんがきた、きた！」

水口クンはどう思うだろうか。

とみんなはいった。

ハッちゃんがはいってきたのである。

「何や、杉作、いじめられとったんか」

ハッちゃんは水口青年にいった。

「そんなことないです。大事にしてもろてました」

水口クンはハッちゃんのために席をつくった。青柳みちは勝手知ったようにカウンターのなかへはいり、ママのつま子さんのお手伝いをしている。みちは、客席の椅子に坐っているより、中へ入っていることが多いので、客か従業員か、わからない。

尤も、客の中には、みちの方を、つま子ママより信用する人も多い。ママはたいてい酔っぱらってるからである。ふかく酔ってるか、ほんのちょっぴり酔ってるかのちがいだけだからである。みちは酒に強いのか、酔っても乱れずチャンとしてて――この、チャンとしてて、というのは、このバーではたいへんなことなのだ。後や頭上に置き壜がいっぱいあるのだが、これをまちがわず、出してきて注《つ》ぐ、この、ヨソのバーだったら当り前のことが、ここの店では、いやもう、えらいことなのである。

ママは、客のボトルに、名前を書いてあるのが、まるで目に入らないとしか、思えない。誰の壜がどれか、しまいに分らなくなってしまう。

それで以てたとえばけい子なんかは、

（あたしのボトルを、ママはホカの人に注いだ）

とやかましくいう。また、

（自分が飲むのに、客のボトルから注ぐ）

と冷静に観察していっている。コーベの人々のあいだでは、けい子は、

〈意地悪《いけず》〉

だということになっているが、しかし私はそうは思わない。べつにことさら、けい子は底意地はわるくない。人のいいほうであると私は思ってる。

ただ、考えてることをストレートに口に出すから、人に、

（イケズ女）

といわれるのである。そうしてその観察力が鋭いことを隠そうとしないからである。

それはつまり、人々の悪意に対して無防備なことである。無防備な人は赤ちゃんと同じでいたいたしい。人のよさがむき出し、ということである。

だから、けい子はちっともイケズではない。

ほんとうにイケズな人は、一見、優しくみえる人であろう。そして、八方美人で、誰からも悪くいわれない、みんなが、そろって、

（あ、あれはいい人だ）

とうなずくような人こそ、うさんくさいであろう。そうして、しゃべる言葉も適切で、目立ちすぎず、頃合いにふるまい、人に好印象だけ与える、そういう人はどうも、私にはほんものの、

〈意地悪《いけず》〉

に思われる。

だって何を考えてるか、わからない、というような人こそ、ホンモノのイケズでなくて何であろうか。

そこへくると、わが「ベル・フィーユ」の連中には、けい子だけでなく、ホカの人たちも、イケズはいないみたい。

大信田さんは、「ベル・フィーユ」の女ドンみたいに思われ、また何かあると頼りにされ、仕事もばりばりするので、コワイ人だと思われてる。コワイ、と思われることは大信田さんがイケズでないことだ。

また私はオシャベリの口裂け女といわれるが、オシャベリというのは、自分の考えをそっくりさらけ出すことで（少くとも私はそのつもり）手の内を見せてしまうことだから、ほんとのイケズならこういうことはしない。

けい子が人にイケズといわれるのも、けい子の人のよさの証明といってもいい、けい子はそれに、シロクロをはっきり、きめたがる所がある。ナアナアですませたり、しない。

（けい子のつくる服も、キッパリして線の強い、個性的なものが多いが）

けい子はだから、勘定をきっちりするのが好きなのだ。「ベル・フィーユ」の例会はいつも割勘だが、その上に、

「お酒、一本いくらって、自分が飲んだ分は自分が払おうよ」

というのもけい子である。けい子は、

「そうでないと、集まりは長つづきせえへんよ」

と主張する。花本センセイのいう「ＫＩＮＴＡＭＡ」理念を、早くから身につけてること、けい子がいちばんである。

だからけい子は、「妻」のつま子ママが酔っぱらってひとりよがりに、

「学徒動員でさ……」

などという昔話をするのを好まない。そして話に夢中になって、他人のボトルをべつの客のグラスにどぼどぼとつぎ、何もかも分らなくなっちゃう、というようなことがゆるせないのである。

けい子は、そのせいで、ここへはほとんど顔を出さず、つま子ママのことを、

「プロじゃないよ、あのママは」

と陰口きいている。

「チャンとしてないもの。……あたしの酒をムラケンについだ」

いつまでもそれをいう。ムラケンというのはコーベの若いマンガ家である。村中健太郎だからムラケンとよばれている。ムラケンは酒飲みで、少々ぐうたら男であり、けい子はぐうたらとか、ナアナアの関係とか、ルーズ、どっちつかず、ということが大きらいな女であるから、「チャンとしてない」ところの、酔っぱらったママが、

「ぐうたらのムラケン」

に、自分のものである置きボトルの、自分の酒を、自分にことわりもなく、勝手に、いいかげんに、ついだ、ということで、気をわるくしているのだ。自立女は「自分」ということに重い意味をつける。

それで以て、けい子は、「チャンとしている」「突っぱった」コードロこと、竹本文局長の方にいい感じを持っているらしい。けい子はぐうたらぎらいな子である。

だからそこんとこ、ようく考えてみると、べつに、けい子がイケズなのではない。ぐうたらぎらいなのと、観察力が鋭い、注意力がある、ということだけである。

観察力についていえば、私も、じーっと見るほうだけれど、私は、ママがボトルをむちゃくちゃに使っても、べつに腹はたたないのだ。私は、お酒はそう好きではない、また私のグラスに、ヨソの人のお酒がつがれることもあるんだし。

「らんぷ」のらんちゃんママは、チャンとしてるからこそ「らんぷ」であり、「妻」はチャンとしてないからこそ、「妻」らしいのだ。その双方を、私はたのしんでるのである。自分に合う合わない、ということより、自分の発想にない衝撃を与えられるのを楽しんでる、っていえばいいのかしら。

だって、私も、ホントウは、チャンとしてるのが好きなんだもの。

そうでなければ、女一人、店を張って食べていくことはできない。税金を払って商売をしてゆこうとすれば、ナアナア、ぐうたらでは潰《つぶ》れてしまう。「ベル・フィーユ」の人たち、どんなにおっとりした、たとえばモト子さんあたりだって、女一人で生きてる以上は、「チャンとして」きっちり計算できる、良識ある実業家のはずである。

だけど、それはまあちょっと、横へ置いといて、ぐうたらや、ナアナアに出あうと、新鮮な感動を受けるわけだ。

(ナンという、ナアナアのすばらしさであろうか!)

(ナンという、ぐうたら、ルーズのよさであろうか!)

と感激するのもたのしい。

チャンとして、キチンとした「ベル・フィーユ」のお姐さま方が、チャンとしてないバー「妻」をときどきのぞいて、「今晩はァ——」の代りに、

「ただいまァ」

と入ってゆくのも、そんな魅力があるからである。店先に「氷が置いてある」とがっかりするのもそのせいである。

だから、ママが、ヒトのも自分のもボトルをごっちゃに使うのも、みんな、けい子にいわれるまでもなく知ってるが、問題にしない人が多い。こうなると、好き嫌いというより、波長の合う、合わぬ、の問題であろう。

青柳みちがカウンターの内側へはいって、ママの代りに馴れたふうにグラスを洗ったり、ウイスキーをまぜ合せたりしはじめると、ハッちゃんは、

「今日は安心して飲めるな」

といった。

「その代り、勘定もきちんと取られる」

というのは、ママはいつも酔っぱらって計算ができないからであるが、

「何やのさ、一年に二回のボーナス払いのくせに」

とママはいった。ママの大福帳はどんぶり勘定で、書いた本人もあとで字がよめない。

青柳みちは、ママに歩合を貰ってるわけでもないのに、

「どうなってんの、チャンと払ってもらいなさいよ」

とママをけしかけて、「キチンとさせる」のが趣味である。それで、青柳みちがカウンターのなかにいると、ドアをあけて入ってきて、

「お、なんや、おみちがいよるワ。今日はうま味ないな、たかい酒、飲まされるぞ」

という、ムラケンのような常連もいるのだ。

ムラケンはハッちゃんのあとから、あまり間をおかず入ってきて、そういった。黒いセーターにジーパンで、革ジャンを着ていて、この恰好は冬中かわってないみたい。ま

だヒトリモノであるが、「兵庫タイムス」にマンガを連載していて、それがオトナより子供に人気があり、ムラケンにいわせると、新聞社へムラケンのサインをもとめるファン・レターが殺到しているそうである。

マンガ週刊誌にも書いていて、マンガのシリーズ本も何冊か出している。マンガだけでなく、やんちゃぶりも有名な人だ。酔っぱらって舗道で寝込んでいて、コーベ市清掃局のゴミ収集車に、ゴミとまちがわれてすくいこまれた、という伝説がある。コーベでは路上でオシッコ、つまり立小便をすると罰金をとられる条例がある。市会議員の環境衛生委員が、たまたまひっかかって、罰金をとられたことがあったくらい、きびしい。ムラケンも立小便をしていて咎《とが》められたが、そのお巡りはたまたまムラケンファンだったので、罰金をとってから、サインをねだったそうである。

いかつい大きい顔で、眼は小さくほそく、口だけ大きい。笑うと顔中、口だらけになる。

「ベル・フィーユ」に対抗して、美少年会をこしらえる、といっているが、コーベは独身男が多いから、その気になればつくれるかもしれない。女の子の友人もかずかずいるし、立小便さえしなければ、コーベは暮らしやすいとムラケンはいうのだが、「ムラケンみたいに大きな顔でのさばっていたら、コーベに限らず、どこだって暮らしやすいはずよ」と、けい子はワルクチをいっている。

けい子はなぜか、ムラケンを毛ぎらいしている。

ムラケンはけい子が美人なもので、いつもけい子のブティックへ顔を出して、

「もう、閉める時間やろ？　いっしょに『らんぷ』へいこ」

などと誘い、気を惹《ひ》いているが、けい子は相手にならないのである。

私はムラケンは好きでも嫌いでもないが、ムラケンはあつかましいので、どっちかというと、弱いのだ。それに声が大きい。彼のマンガはわりにデリケートなのに、声がわれ鐘のように荒々しい、とはどういうことだろう。中央から仕事の注文がくる、ということをムラケンは、同業者に自慢するのでいやがられてる、という、これは大信田さんの話だ。

しかし大信田さんは、ムラケンにもやさしい。

けい子みたいに剣つくをくらわしたり、しない。というのは、ふつうに、私たちにしゃべるように、ムラケンにも接している。私はけい子ほどではないにしても、何しろ、「人間の波長が合う」ことを大切にしてるので、わりに、より好みするところがある。波長が合う人と仲よくし、合わない人を敬遠する。自分でも、

（いつまでも小学生みたいに、そんなことではいけない。人間が大きくなれない）

と反省することもあるが、また、

（大きくなって、なんぼのものであろうか）

と思い返したりもする。

（人間の大きいの、小さいのは、人間がきめるのではない。神リンが最終的にきめはることと、ちゃうやろか）

と思うのは、しらずしらずのうちに、海野さんの考え方が沁みてるせいであろうか。

だから気ままに、波長の合う人とだけ、つきあう。

ムラケンは、青柳みちがカウンターの中へはいっていると「うま味ない」といった。みちはママとちがって、客の帰りがけに、

「ありがとうございました、お愛想は千五百円」

とか、

「三千円でーす」

とかいって払わせるからである。

私は水口青年のとなりにいたので、客についてのアウトラインを小声で教えていた。そこへまた、推理作家の田淵先生が、ラジオ局の帰りでもあるのか、女の子を連れてやってきて、バーはいっぱいになった。水口クンは田淵さんの顔を知っているようであった。しかし田淵さんは水口クンを知らないらしい。

「僕ら、まだかけ出しですから」

と水口クンはいい、しかし、紹介してほしい、とはいわなかった。

ハッちゃんとで四人、顔がそろったので、私たちはどこへ何を食べにいくかを相談する。それを聞きつけて、

「お、カオルちゃん、何かめしを食うのか、ようし、オレもいく。いこう」

ムラケンは大声で叫んだ。

「ついていきます、鬼退治――カオルちゃんらはうまいもん食うとるからな。こんなバーで、おみちのうま味ない酒飲むのん、早よう切りあげて、いこいこ」

ムラケンはいった。

ムラケンが仲間にいやがられるのは、こういう、いやみをいうからだろう。けい子は、ムラケンのことを、

（男の独身貴族のいやらしさをことごとくそなえてる）

とふしぎな批評をしていたが、べつに独身貴族だから、いやらしくなったわけではなく、これはムラケンの体質である。

「いや、困るわよ、今日は定員いっぱいで——。こんど誘うわ、村中さん」

と大信田さんがきっぱり、いった。

こういうところが、シッカリしてる、というのだ。

「おや、四人でないといかんのか、男の数が余るのか、スワッピングでもやらはるのんか、田淵センセの彼女、貸してもらおか」

ムラケンは冗談のつもりでいっているのかも分らないが、ムラケンがいうと、挑発的になるのだ。

田淵サンは「彼女」と話していたが、

「何やねん。まだ酔っ払うには早いデ。今から酔うてたら、明日の朝、また粗大ゴミで持ってかれまっせ」

と流暢にいったので、みんな笑った。ムラケンも笑って、

「いっそもう、ゴミ屋になろかしらん。自分で自分、拾《ひろ》とった、いうて」

そのへんがコーベらしいところで、ケンカにならない。

いです」

水口クンは、外へ出てから、

「コーベは同人雑誌みたいな町や、思うてましたけど、それよりやっぱり、大家族みたいです」

と感想をいった。

私たちは、安いしゃぶしゃぶを食べに、もうすっかり昏れた夜の町をあるいている。

「大家族が町になってるみたいです」

「そうかなあ。こんなにバラバラで、個人主義のまち、ない、思うのに」

ハッちゃんがいった。水口クンは熱心に、

「けど、町の肌ざわりが何となし、家族的です。全市あげて大家族みたいですもん」

「大家族都市なんて非文化的で、あんまり自慢にならへんわねえ。田舎くさくていやよ」

大信田さんがニベもなくいった。

「そうですかねえ……」

水口青年はたよりなげに、つぶやいた。

「僕はまた、血イのつながらへん者どうしが、仲よう家族みたいにしてる、いうのこそ、最高の文化や、思いますけどねえ……」

そのとき、しゃぶしゃぶ屋に着いたので、空腹なみんなは、いそいで店へはいっていったから、水口クンのつぶやきを聞いていたのは私一人であるのだ。水口クンの言葉を考えていたせいか、大信田さんに私は、

「えらいおとなしいね、今日は」

とひやかされてしまった。

でも、水口クンて、ときどき、面白いことをいうのだ。

水口クンはそれから、神戸へくると私のアトリエに寄るようになった。といっても、三宮にある私の「アトリエ・ミモザ」はビルの二階で、ここはペンシルビルと人のいう、細長い、ひょろひょろしたビルだが、ほとんどは会社や事務所である。一階はレストラン、三階が美容院や託児所――盛り場のビルに託児所なんておかしいけれど、ショッピングを心ゆくまで楽しもうという女の人たちが、手のかかる幼児や赤ん坊をここへ預けていく。ちょうどこの階にお医者さんの診療所もあるし。この頃はデパートの中にも託児所や「お子さまおゆうぎしつ」なんて設置してあるところもあるのだ。ここをやってる人は、女の人で、女らしい着想である。ついでにいうと、大信田さんやけい子は、私のところを訪れるたびに、

「ケンネルのぞくみたいやな」

といいながら託児所をのぞいてゆく。ドアをあけると、ほんとに犬屋さんみたいにガラスの仕切りの向うで子供たちや赤ん坊があそんでいる。大きなスヌーピーとキリンのぬいぐるみがあって、そのまわりで匍《は》ったり泣いたりしている幼児たちが、ガラス越しに見られるのだ。

「あ、あの子がええわ、ほら、二つぐらいの女の子で、こっち見てる、色の白い、かわいい子」

などと、「意地悪《いけず》のけい子」も夢中でいう。

「ええわ、って犬屋で血統書つきの犬を買うようなわけにいかへんやないの」

「買えたら、ええのになあ」

「自分で産みなさいよ。まだ高年初産、というトシでもないやろし」

「めんどくさい」

「呆《あき》れた。ヒトのを買《こ》うてすまそ、なんてずぶとい料簡」

「カオルちゃん、欲しィないのん?」

「そやな」

と私は考えた。

その女の子は、私たちのほうへ来ようとして、よちよちと歩き、ストン、と腰をおとして尻餅をついてしまう。まだ歩きなれない子のようだった。茶色っぽい、やわらかな髪の毛がふわふわと渦巻いてるところ、子犬そっくりである。尻餅をついたまま、私たちの方をむいて、

(ニターッ)

という感じで笑うと、小さい花びらのような唇がしまりなく可愛らしくゆるんで、たらたらとよだれがたれるのだった。

「くそ。可愛いなあ、こん畜生」

とけい子は笑いだした。

「あたまからマヨネーズつけて、ばりばり食べたいくらい、可愛い」

可愛いことは可愛いけれど……そして私自身、二十代なら自分で産む元気もあったけれど、いま仕事の合間に産むと、いつもここへ預けっぱなしになってしまうだろう。ここはきっかり五時じまい、そのあとはどこへ、こんなチビを置こうか、紐《ひも》をつけてアトリエの中につないでおかねばならず、ピンや針や鋏《はさみ》のいっぱいあるアトリエではなんとしようか。経済的には一人ぐらいの子供は育てられるだろうけれど、心労と手間を思うと目の前が暗くなる。

第一、自分で産むとしたら、子供より前に男といろいろの交渉というか、折衝があって、これの手続きが面倒だ。私の仕事は、急ぎのときは徹夜になるし、ファッションショーをするとか、見にいくとかで東京へ出ると、泊らなければならない。仕事を持ってると、夫の扱いがむつかしいにきまってるのだ。これがあべこべに、夫の方からいうと、出張だの、単身赴任だのと当然のような形で、家庭をはなれてゆくけれど、妻の出張や妻の単身赴任に堪えられる夫が、

「現在、日本になん人いますかねえ」

という話になってしまう。

「何もそんな、家庭評論家みたいなこと、いわんでもええやないの、べつに夫や家庭なくったって、子供は男がいりゃ、産めますよ」

とけい子はいった。

「ちょっと、男のレンタルというか、夫のレンタルというか、それで以て産むと手っとり早うてええわ、出張も単身赴任もなく、旦那を言いなだめたり、顔色みたりする手間、

はぶけてええやないの、あの、亭主のご機嫌とり、っていうのは、精神衛生に悪いぞう。よっぽどよくできた男ならともかく、だいたい男ってのは、母親に手とり足とり大事にされて育ってるからさ、嫁サンにもそうしてもらおうと期待してるので、すぐむくれると思うな」

私たちは、アトリエでしゃべっている。アシスタントのノブちゃんらは、時間が来たので帰っていった。二階はウチのアトリエと、となりの喫茶店「白馬」のほかはみなオフィス、五階までそうである。夕方になると、上のフロアは人がいなくなってしまう。

「だから、いつもいつもいなくてもええのです——レンタル夫でいい。男の側もそうやないかしら、レンタル妻、のほうが気楽でええやろうなあ」

「あたしは、子供も、レンタル子供でええなあ」

と私はいった。気が向いたときだけ可愛がれたら、どんなにいいであろうか、オムツの世話とか、夜中に泣いたときの世話とかは誰かにしてもらって。あの、子犬みたいなクルクルの髪をした、ニターッとよだれをたらして笑う幼い子を、ちょっちょっと抱きあげてあやしたりして、日曜とか夜とか、仕事から解放されたときだけ、相手になってやる。

仕事に一生けんめい、うちこんでいるときは、子供のことなんか忘れてる。

私、というより私たちファッションの仕事をしているものは、いつも、絵とかレビュー、お芝居、などを見てあるくことも必要である。コーベは展覧会にしろ、映画、音楽会にしろ、なんでも一流のものに接することができる街で、この街だけでみな、コトがすむところなのだ。私はアシスタントのノブちゃんたちにもいうけど、センスを磨くのは、お金だけではダメで、手間とコマメがたいせつだと思うのだ。いろんなものをコマメに見歩く。

（いや、いつか海野さんにそういったら、笑われてしまった。

「何いうてんねん、デザイナーのセンスを磨く、なんて勿体つけて口実にせんかて、結局、アンタは、遊び好き、いうだけやがな」

なんていわれてしまったけど）

とにかく、そういうことに時間も割《さ》くので、日曜や夜も、ろくろく、家におちついて子供の相手ばかり、していられないであろう。だって、どういうところでヒントを得るか、わからないもので、発掘品の埴輪《はにわ》の写真を見て、ショーのモデルの頬に、斜めに紅を描いたり、領巾《ひれ》の感じにストールを巻いたり、する。エジプトの古美術展覧会で見た、いい腕環の模造品を海野さんの会社で作ってもらい、それに合せたイブニングドレスを考えたこともあった。

いつも仕事でいっぱいのあたまに、子供のことがどのくらいの割合で占められるであろうか、しかし、決して愛していないわけではなく、子供を見れば心のなぐさめになる。

ことに寝顔なんか見ると、きっと、

（この子のために一生けんめい、働こう！）

という気持が湧きあがるにちがいない。

もし、その子供を、貸し屋が、

（レンタルの期限が切れました、再契約なさいますか）

といわれたら、

（する！　する！）

と叫ぶにちがいない。

しかし、仕事をしているときは、べつに要らないので、誰かにあずけっ放しでよい……。

「ちょいと、それはねえ、男親の感覚ですよ」

大信田さんが呆れていった。

「オムツの世話とか、夜中に泣いたときの世話は誰かにさせて、日曜とか夜とか、仕事から解放されたときだけ、相手になってやるってのは、これは男親、父親そのものやね」

「そうか」

「女のセンスやないわなあ」

「すると、父親、いうのは、みな子供を借りてきて、都合ええときだけ相手になってるわけね。レンタル子供ですませてるわけね」

「そのうち、女のほうが、いまの男親みたいになるわよ。男親がオムツの世話や、夜中に泣くのを面倒みて、こまごま世話をする。女の方は仕事があるから、ふだんはかまえない。出張や単身赴任や残業のないとき、仕事から解放されたときだけ、子供の相手をして、心なぐさめられるのよ」

「そういう時代がくるまで待つことにしよか、べつに自分の子供でなくてもええわ。――子供見て慰められるんやから、レンタル子供でええやないの」

これは三人の結論であるが、大信田さんはその上に、

「けど、子供育てる、いうのも、きたないことやでェ。自然に人を押しのけることもおぼえるし……」といった。

「ウソもつかんならんし、ね」

「エッ。子供にウソ教えたらあかんやないの」

「いや、子供育てる、というのは、つまり大ざっぱには社会生活に適応できる人間にする、いうことでしょ。そうすると、あきらかに、いやらしい常識や、とわかってても、教えな、いかんし。一人だけ社会からトビぬけた考え方を教えこむと、その子が苦労するやろし」

「そやろか。子供なんて雪だるまと一緒で、ころがしといたら大きィなると、ウチのおばあちゃんなんか、いうてたわ」

「それは戦前の価値観が一律の、平和な時代やな」

なんで大信田さんは、確信ありげに、「子育てはきたないこしだ」といえるのか。

「ウン、一人育てたんだ」

と、こともなげにいった。

「おーや、おや」

私たちの仲間のおかしいところは、これだ。何年もつき合ってて、身の上ばなしなん

か、くわしくきいていない。そうして、ヒョイ、ヒョイと、ときどきこぼれる断片的な情報をつなぎ合せるだけ、人間はたくさんの面があるので、その、こっちに見せてる面だけでつき合ってる方がいい、と私は思うものだ。ピターッと全面的にくっついているのは具合わるい。

けい子は電話をかけちらしている。夕方になるとみな、それぞれ「ベル・フィーユ」の連中は、あちこちへ電話するのに忙しいようだ。

仕事の電話か何の電話かわからない。四つ五つ電話をした。

「エー。なーんで。……ふーん、……ようし、今にみてろ」

なんていっている。美人ですらりとして姿のいいけい子が、春先らしい白いスーツに、黒いシルクのブラウスを着込み、緋桃色のマニキュアの指に煙草を挟んで、電話にそんなことをいっているのは、ちょっといい眺めだった。

そうして小さいバッグと、大きい紙袋をひっさらえると、

「お先ッ!」

と風のように出てしまう。

恰好いい、すらりとした脚を見送って、

「忙しいねえ、どちらさんも夕方は」

と私と大信田さんは笑っていた。そういうところへ、水口クンがやってきたのである。

「あんた、この頃、ようコーベへくるね」

大信田さんは水口クンにいった。

「いっそもう、コーベへ引っこしなさいよ。モノを書いてるんならどこにいてもいっしょでしょう」

「モノ書いてるったって、まだ、そんなんで食えませんよ。僕」

水口クンは笑うと目がなくなってしまう。

「僕、大阪で塾の教師にやとわれてます」

「コーベにだって塾はあるわよ」

「ハイ」

大信田さんにいわれると、たいていの人は素直に「ハイ」というコトバが出てくるものらしい。

「だけど、僕、コーベにいたら、勉強せえへんやろうなあ。たのしい町やから、しまいに『どうでもええやないか、そんなん』、いう気ィになってしまう」

「なったらなったで、ええやないの」

「うーん、ですけど」

と水口クンはあたまへ手をやった。

私は仕事をひとまず片づけ、布地をたたんで積み重ね、しまい支度をしていた。水口クンは、これから取材で逢う人があるが、そのあと、また、

「『妻』か『らんぷ』へいきませんか」

といいにきたのだ。

水口クンが帰ってから、大信田さんは、

「あの子もコーベの毒が廻ったね」

といい、二人で笑いあった。

トイレから帰ってきた大信田さんは、へんな顔をしていた。

「ちょっと。廊下、妙に煙いっぱいよ」

「煙がどうかしたの?」

「何や、白い煙、『白馬』から来てる」

「『黒馬』やったら黒い煙やろうねえ」

私はまだそんなことをいって、上衣をひっかけていた。

へんな臭いがどこからともなく漂ってくる。それは臭いというより、胸さわぎ、というものかもしれない。

大信田さんは、いま入ってきて閉めたドアを、もういちど、おそるおそる開け、

「あっ!」

と、見てはならないものを見たように、またあわててしめた。

私がチラと見た廊下は、濃い煙が充満していた。

「火事?」

「火事?」

双方から聞いている。いつか喫茶店「白馬」で、換気扇の故障のため調理場の煙が廊下へ流れてびっくりしたことがあったけれど、これはそんなものではなさそうだった。

私は反対側の窓を開けた。ビルとビルのあいだは路地になっている。私のカンはよく

働いた。水口クンがのんびり、二百メートルぐらい先をあるいている。

「水口さーん」

と叫んだら、通行人が教えて、水口クンがふり向き、いそいで走って来た。こういうとき、若い男の子は、はしっこくていい。

「水口サン、火事、火事よ、下で受けとめてよ、荷物投げるから。たのむ！」

「ハイッ」

私の血相は変っていたにちがいない。何しろ、今日ちょうど服地が入ってきたばかりで、中にはあずかりものの高級品もあるのだ。

私は次々に袋に入れた服地を投げおろした。ようやく路地がさわがしくなり、人々が集まりだした。

「一一九、一一九……」

私は大信田さんが消防を呼んでくれているものとばかり、思っていた。私がそう叫んだら、いつものように、

(大丈夫、電話したわよ！)

とキビキビした声がかえってくるもの、とばかり信じていた。しかし、返事がない。ちら、とふりむくと、大信田さんはドアを開けて、廊下の奥を透かし見ていた。

「何してんのよ、電話してよ、早くう！」

とどなったら、

「だって」

と大信田さんはドアをしめ、私と同じように息を切らせていた。

「ホントに火事かどうか、……」

またもや、ドアを開けて、おそるおそる外をうかがい、再び、ぴしゃりとドアを閉めた。

「ほんまに火事やろか」

「きまってるやないの、この煙、見てよ！」

いざとなると服地の次に何をアトリエから持ち出せばいいのか、私はボディに手をかけ、ひき出しをあけてみたりし、それと同じように大信田さんも、

「ほ、ほんまに火事やろうねえ……消防署へ電話して、ちがうかったらハジかくやないのさ……」

とおろおろしつつ、またもやドアを開けて及び腰でうかがっているではないか。

「あかん、あかん！　そんなことしたら、煙入ってくるやないの、窓あけてるさかい、風で火がつくやないの」

「たしかに、まちがいなく、火事やろうねえ……」

大信田さんはふるえながら、確認しようとまごまごしている。

「まちごうてたらハジかくやないの……」

と大信田さんは呆然として口走るが、これは、消防署に誤報を入れはしないかと心配する、というものではあるまい。たぶん、大信田さんは、

(ほんまに火事かどうか!?)

というのが、今でも信じられないのではあるまいか。私は直観的にそう思った。いつも人に指示し、命令し、決断し、劇団の稽古のときはメガホンでどなり、

（何べんいわせんの！　動きを大きく、笑って笑って！）

と叱りつけたり、また、ファッションショーの舞台稽古のときは、客席のまん前に陣どって、ピッと指を鳴らし、

（もういっぺん、パートスリーから小返し！　モタモタしない、そこでターン！）

などとコワイ感じで叫んでいる、みんな大信田さんの顔を見、彼女に、

（ハーイ、よろし）

といわれると、はじめて安心してニッコリする、といった、そういう、たのもしい存在の人が、ソワソワウロウロして、

「ほんまに、ほんまに火事なんやろうねえ、これは……」

と、なんべん目かのコトバを発して、ドアをあけて、

（じーっ）

という感じでたしかめているのだ。半分がた、度を失っている、といってもいい。

私はそれどころではなかった。大信田さんがドア開けたときにチラ、と見た廊下の濃い煙で、もうすぐ、

（タダゴトじゃない！）

とひらめいた。私は「口裂け女」ではあるが、それと同時に、手も体もはやいのだ。

そして元来、健康なものだから、やり出すと手足も体もはずみがついて、ひとりでにド

ンドン動いてしまうのだ。

私は大信田さんにどなった。

「閉めて！　風が入ったら火がうつるやないの、何してんの、電話した⁉」

大信田さんにどなったなんて、私、はじめて。いや、世界ではじめてじゃないか。

窓の下では水口クンが何か叫んでいた。私が窓から顔を出さないので「大丈夫ですか」と叫んでいるらしい。二階だから飛び下りようと思えば逃げられないことはない。看板やら手すりを伝って下りることは、私にもできそうであった。しかしその前に、焼けたらいけないものは（みんな、いけないにきまってるけど）運び出そうというので、私は手あたり次第に段ボール箱に詰めた。

大信田さんが受話器を耳にあてながら、

「電話出えへん、出えへん……」

とわめき、また髪の毛をかきむしって、

「まちごた、電報局かけてしもた……」

というので私はカッとして、

「何してんの、早《は》よしィ！」

とどなったりしていた、と思うのだが、すべて夢中である。大信田さんはまだ、

「しかし、煙の白いのや黒いのばっかり、赤い火ィはみえへんよ……」

などといっている。

「あほやな、赤い火ィみえるくらいやったら大火事やないの！」

私は、「ベル・フィーユの二人、煙にまかれ死ぬ」という、ハッちゃんのところの「兵庫タイムス」の記事が、一瞬、頭に浮んだ。また、「ベル・フィーユ」葬というのか、「故織本カオル」と「故大信田ミサ子」と書かれた名札や、花束にかこまれてにんまり笑ってる私たちの写真が、反射的にぱっぱっと浮んだ。

そして、

（あっ、しまった！）

と思った。私の、イイ写真がないのだ、こんどの春夏コレクションのショーのプログラムに使う写真の、イイのがないので、近々、うつそうと思っていたのだ。ずっと前「コーベのファッション傾向」という座談会で、テレビコーベに出たとき、うつしてくれた写真がまあまあ、だったので今まではそれを使っていたが、大信田さんは、「貫禄がない」とその写真をけなした。あんまり昔のものなので、瘦せすぎて娘々していて、吹けば飛ぶような感じだというのだ。私もそう思う。

（ベル・フィーユらしい、がっちりしたところを、チャンと一枚、ええのんうつしとき）

と大信田さんはいっていた。

そういう大信田さんにしてからが、元来、脚本や演出という陰の役廻りなので、表へまわって写真をなんかにのせる、ということがないから、「イイ写真」なんて、ないにきまってる。

「『ベル・フィーユ』のボスにふさわしく、がっちりしたチャンとした」風貌の写真一

枚、大信田さんは残していないのだ。私も、気に入りの写真一枚のこさず、

「故カオル」

になったんでは、死んでも死にきれない。

こう書くと、じっくりと長い間の省察のようだけれど、ほんの瞬間、心にパッパッと浮んだ連想である。女というのは、死んだあとまで、見ばよく美しく飾られたいのである。


消防というものはなかなか来ないものだと思ったのはイライラしていたからだろうか、表通りにサイレンがひびいたのは、かなりたってからである。あるいは、あんがい、間をおかずに来たのかも分らないが、主観的にはずいぶん長かったように思われる。繁華街からちょっと入っただけなので弥次馬が多いらしく、どーっとざわめいているのは、放水がはじまったのだろうか。

様子がわからないが、ドアを開けるともう一寸先も見えない煙、息が詰りそうになって心臓があばれふためく。

「大信田さん、窓から逃げよう、早ようおいでえな、何してんのん!」

と私はいった。

ぐるりと部屋を見まわして、

(まあこんなトコやな)

と私は思った。

さっきの箱の中に、金銭出納簿やらノートやら、書類、大事なメモ、心おぼえ帳、そ

れに今まで作ってきた服の、目ぼしい好きなものを写真にとってファイルしている、そういうもの、(私的な大切なものはマンションにおいてるから)税金関係の書類、(これを失《な》くすと、来年の申告のとき困る)そんなものを入れて、ロープでゆわえ、その端を持って水口クンにそろそろとおろした。水口クンは足もとの服地や荷物を濡らさないよう、盗られないようカバーをかけて守っていたが、

「もう、荷物はええ、早よう、逃げなさいよ、早く早く……」

と気が気ではないようだった。

あとはもう、しかたない、「アトリエ・ミモザ」は、私がいれば、どこでだって開けるのだ。私は、いいヒントやプランがひらめくように、仕事場に、好きな壁紙を貼ったり、アクリルの棚をつくってボタンやレースを置いたりして、さまざまに楽しんできたが、このお気に入りの仕事場も燃えるかもしれない。アシスタントのノブちゃんたちと、(また、力を合せて、やらな、しょうない)と思ったり、火災保険もかけてるし、と思ったりする、それが、

(まあ、こんなトコやな)

というあわただしい感懐になるのである。

物のたおれる音、何かを叩きこわす音、ガラスの割れる音、男たちの怒号、私は人信田さんが、よたよたと椅子にすがって、

「立たれへん……」

というのをむりやり、窓際へひっぱっていった。

「腰、ぬけた……」

大信田さんはさめざめと泣き出した。

「ぬけてへん！　窓から飛び下り」

と私は叱咤《しった》する。

「窓から、……窓から下りるなんて、……脚立《きゃたつ》あるのん？」

大信田さんは声が嗄《か》れきって、息もたえだえ、というさまである。脚立ではすこし、たけが足らないんじゃないか。棚のモノをおろすのとはわけが違う。

「大丈夫、あたしがおろしたげる」

私は火事場の大力、というコトバを思い出しながらいった。同時に、今まで大信田さんに頼っていた気持が、（私がしっかりしなければ）という勇気にとって代ってしまった。

「おーい、大丈夫かあ！」

と窓の下で水口クンが、あるかぎりの声で叫んでいる。私は大信田さんのはいてるジーンズの（この人、またジーンズがトシに似合わずよく似合い、ぴっちりしたのをはくのだ）ウエストコースト風の太いベルトをつかんだ。足で椅子を窓ぎわへ寄せて、大信田さんをまず外へ出そうとする。その拍子にカギのかかる戸棚が目についた。この中には、海野商会からあずかっている、ちょっと値がさの張るアクセサリーが入っているのだ。この戸棚を開けるには机の四ばんめのひき出しの袋をもってこないと、カギがあかない、そんなことをしているひまはもうなかった。ぐたっとしてる大信田さんのお尻を蹴り上げて追い落さないと「故人はいい人でした」と弔辞をよまれてしまう。

なあに、海野商会のアクセサリーは、ほんものの宝石じゃないし、また働いてかえしゃいい、それでもダメというなら、海野さんに、色けたっぷりに迫って、

(ねえ、あの話、いいわよ、考えてみても。ポーアイもできたことやし、何年も待ってもらったんやから。……その代り、私も一つ、提案があるんやけど、火事で焼けたアクセサリーの代金、帳消ししてね)

というのだ。海野さんは、実際そういう場面になるとうろたえて、

(いや、もうその件はべつにかまいません、急《せ》いて急かんこっちゃし、べつに右から左へスグというもんでもない、こっちも心の準備というもんがある、アクセサリー代金も帳消しする)

というかもしれない……。

私は大信田さんをいっぺん手荒く、ゆすぶった。「ベル・フィーユ」なら、たかが二階ぐらい、優雅にとびおりられるぐらいの体力と気力をもつべきだ!

「オーッ!　カオルちゃん、大信田さん」

「ようし、受けたる、飛んでこい!」

という声は、水口クンではなく、推理作家の田淵センセだった。その横には、福松福太郎というマンガ家の先生もいた。福松先生はムラケンの師匠である。福松センセはぱっと上衣をぬいだ。

「ようし、助けにいったる、待っとれ、これでも海軍あがりや、タラップ、登り慣れと

んねん」

そうして一階のレストランのゴミ箱にのぼり、看板に手をかけようとした。

「やめた方がええ、テ。福サン、危い！　年よりのひや水や、海軍あがりやいうて、いったい何十年前の話やねん」

田淵センセは、福松センセをひきとめる。

「そない、いうて女の子二人、煙に追われとんのに……」

「飛び下りられますがな、大丈夫や、そこの出っぱりへ手ェかけて……カオルちゃん、何しとんねん」

田淵サンが手をメガホンにしてどなった。

「大信田さんから先に……」

「どっちが先でもええ！」

「あたし、スカートやもん」

「あほ、この際、誰が見るか、ふだんでも見るかい、『ベル・フィーユ』の連中なんか」

と福松センセは大声で叫んだ。なんでコーべって、こういう危急のときでさえ、こんなモノのいい方になるのやら。

そこへ消防のハシゴ車が来て、私と大信田さんはたすけられた。

三階の託児所「こどものくに」や美容院が仕事を終えて閉じていたのでよかった。三階の診療室にいた数人の人は、外の非常階段から逃げた。

火元は一階のレストランの半地下の物置きで、地下と調理場の一部、従業員階段から上の喫茶店「白馬」の一部を焼いて鎮火した。新聞ではボヤと載るんだろうけれど、焼け跡を見るとまるで、「妻」のつま子ママがいう、大空襲のあとか、それとも関東大震災のあとみたい。

階段は何もかも水びたし、「白馬」は、いちはやく客が逃げたのでよかったけれど、客席は洪水のあとのようで目もあてられない惨状である。

私のところの被害は、廊下においていた、「アトリエ・ミモザ」の看板が横っ倒しになり、ガラスが割れてこなごなになったぐらいのもの、福松センセと田淵サン、それに水口クンとで「疎開した」荷物をはこびこんでくれた。

福松センセと田淵サンは、ちかくのバーにいたそうである。福松センセはコーベの名物男で、コーベ中のバーに置き壜があるというくらいだから、この近くでまだあかるい内からもぐりこんで、夜のにぎわいを待っているのも、いかにもセンセらしい。バーテンが、

「この先のペンシルビル、ボヤ出してます」

というので、

「カオルちゃんの店のあるトコとちゃうか」

と、田淵サンと二人で、かけつけてくれたのであった。

「うれしいわァ」

と私はいった。何やかやいったって、ホント、コーベの男の人は親切である。生きてこう親切なのだから、死んだら故人にどんなにやさしいか。

それにしても火事というのは、その最中より、あと始末がいかに大変かということを勉強した。掃除整頓ということより、火事の原因を調べるのがひとさわぎである。ロープを張って立入禁止にし、焼けのこりの材木や椅子、机、燃えかすのカーテンなんかが積み上げられていて、その異臭は胸がわるくなるほどだった。

その上、私はその折の事情をききたいというので警察へ呼ばれていかなくてはならない。

すぐ、すみます、ということだったけれど、

「ええわ、あんた帰るまでるす番してるから」

と大信田さんがいってくれたので、私は警察へいった。大したことにならなくて、よかった、よかった、と福松センセたちはいってくれても、私もまだ火事場の昂奮《こうふん》がのこっていたので、

「火ィも、あたしら見て逃げたんかも分りません、『ベル・フィーユ』にかなわん、て」

と笑っていた。

しかし警察から帰ってみると、体も精神もクタクタに疲れきっていた。「アトリエ・ミモザ」の前の廊下から階段、焼けのこりの材木がひとまとめにころがされ、天井にもドアにも物の焦げた匂いが沁みついて、気のめいる思いである。

アトリエには、思いがけなく、雪野さくらさんがいた。

「おかえり。大変やったわねえ……。疲れたでしょう」

とやさしくいって、

「ココア、飲む？　いま、大信田さんにあげたから……」

その大信田さんは、壁ぎわに、スツールやソファを寄せ集めて横になっていた。

「――だって、心細うて怖うて、淋しィて、……気分悪うなってきて」

大信田さんは涙ぐんで、ほんとに蒼い顔になっていた。

「カオルちゃんは出ていってるし、福松センセら、いてへんし……雪野さんに電話して来てもろてん」

雪野さくらさんは、大信田さんのシャツのボタンをはずし、ブラジャーのホックをはずし、ぴっちりしたジーパンのベルトをゆるめ、ジッパーをはずし、ゆったりさせ、私の膝かけを大信田さんにかけた。そうして、大信田さんの額の汗を拭《ふ》いた。

いつものように優雅な、しなやかな動作で、長い黒髪をさらさらと指ではらいながら、さくらさんは、透き通るようなきれいな声でいった。私を慰めるともつかず、勇気づけるともつかず、

「けど、よかったわねえ、――なま焼けで、たいしたこと無《の》うて」

それをいうなら、「なま焼け」でなく「半焼」とでもいうものじゃないかしら。

「どうお？　気分は。少し快うなったら、タクシーで帰りましょ、あたし送ったげる」

「たのむわね、お願いね」

大信田さんは目をつぶった。大信田さんがそんなたよりないありさまではどうなるのだ。

あの大信田さんが。

そうして、消えそうにあえかな細い腰の、やさしい雪野さんが、たのもしく、

「ふん、ええわ、任しとき」

だなんておっとりいい、大信田さんの手をとって、ぴたぴた、叩いておちつけさせようとしている。

人間なんてわからないものである。いつ、どういう拍子にぐらりとひっくり返るか。

「ベル・フィーユ」はみな、うろたえざかりである。

しとやかざかり

私と大信田さんの燻製《くんせい》ができあがるところだったというので、あくる日から、じゃんじゃん電話がかかってきた。

竹本支局長からの電話は、

「カオルちゃんがハシゴで下りる最中、突風にスカートを煽《あお》られてる、という、激写の写真で『毎朝新聞』を飾られなかったのは残念だったな」

なんて。

「マリリン・モンローみたいね。でもそれどころじゃなかったのよ」

「知ってる」

竹本さんのクセが出た。この人、「知ってる」「聞いた」が口グセの人で、何か知らないこと、聞いてないことがあると、取り返しのつかないことをしたように、

「真《ま》ッ青《つあお》」

になるっていう、いかにもブン屋さん気質《かたぎ》の人。

「二人とも腰抜けて、福サンに助けられたんだって？」

「いやァねえ、腰を抜かしたのは大信田さんよ、何せ、ヒーヒーいうて窓までも歩けなかったんやから。あたし、お尻をうしろから蹴り上げてやった」

「へー。噂では、腰抜かして震えてる二人を、福サンが勇ましく凛々《りり》しく、海軍仕込みの早わざで二階の窓から救出した、ってことになってるよ」

「あははは」

誰や、見てきたような嘘をいうのは。全くコーべって、噂ばっかり、噂を以て噂を制すで、こっちも噂してやればいいんだけど、そういう創造力はなくて、私なんかは人にきいた噂をそのまま伝えるだけ。

ハッちゃんの新聞には、

「ビル中、煙が充満し、救助を求めて窓から身を乗り出し、泣き叫ぶ人も見られた」

なあんて、これを読んだ人は「タワーリング・インフェルノ」を想像するではないか。

では私も、「泣き叫ぶ人」の中へ入るのであろうか。この「兵庫タイムス」ったら、記事は面白いんだけど、記者自身が面白がってるところがある。そこも人気の一つなんだが、このあいだ、組員同士のピストルの撃ち合いがあった。普通の住宅街で、夜中ドンパチの大さわぎがあったのだが、あくる日の朝刊を見ると、

「街路に血が流れ、学童たちは血だまりを飛びこえ飛びこえ、怖そうに登校していた」

とあった。

けい子はその近くに住んでいるのだが、

「なあに、血だまりだなんて——。イタチの足あとみたいな血のあとが一滴二滴、あったくらいよ、呆《あき》れるわ」

とハッちゃんをとっちめていた。でもまあ、暴力団関係の記事は、このくらい誇張してちょうどいいかもしれない。

東京へいって、

「コーベファッションというものを打ち出したいんです」

なんて話をしてると、へんな顔をする人がある。

「だって、コーベって、ほら、Y組のご城下でしょ。怖いところじゃない？　私、連想ゲームで『コーベ』といわれたら、すぐ『ピストル・麻薬・シャブ・密輸・密航・市街戦・やーさん』なんてのをいっちゃうわ」

というのである。これではいくらファッションイメージを売り出そうとしても、さっぱり、わやくちゃである。

私はいつもそんなとき、ムキになって、

「だってニューヨークも、みんなこわいこわい、っていうけど、でも何百万の人は普通に暮らしてるんやし、そこに住んで子供育ててるんでしょ。コーベだっておんなじやわ」

とコーベの弁護をするのである。

でも内心は、ときどきコーベの町のなかに迷いこんでる黒服、黒ずくめの男たちの集団を目にするので、あれは実際、コーベのイメージダウンだと思うことがある。コーベファッションを拡《ひろ》める面からいうと、黒ずくめの制服っていうのは、じつに目ざわり、コーベの明るい陽光の下では、黒ずくめ、というのは似合わないのだ。いや、黒ずくめの男ずくめ、というのが似合わないのだ。

町なかの、教会やお寺の前で喪服の一団を見ることがあるが、その中には、婦人も子供もいる。老人、若者、とりどりの人が喪服をまとっている。そういう黒い色は、町のなかの一つのアクセントである。そういう黒があるから、ホカの、いろんな色が引き立って、照り映《は》えるというものである。

しかし黒ずくめの男たちの集団は、男ばかり、それも壮年の男ばかりだから、異様である。そういう異様なものは、もっと陰へ廻ってこっそりしているか、それとも、女性や老人もふくめた集団になるか、あるいは、黒白ダンダラや、赤と黒のシマシマの服でも着るとか。

黒という色は、ぜいたくでいい色だが、こればかりですますと間がぬけてくるのである。それを更に、男ばかり集まって身にまとうと、一そう、間のびするのである。だから竹本支局長ではないが、

「コーベではY組までのびのび暮らしてる」

というように、ホントにしようとすれば、黒をほかの一色に加え、

「ダンダラ」

にするか、

「シマシマ」

にするか、しなきゃいけない。

かつ、イキのいい女の子や中年の、「ベル・フィーユ」の平均年齢ぐらいの粋なお姐さんも混じって、「ダンダラ」「シマシマ」の服を着てる、と、そういう風にすれば、

「さすがコーべは、やーさんまで垢ぬけてる」

といわれるだろう。なんでY組はファッションに関心ないのか。

いつだったか、大信田さんと町をあるいてたら、大きいお寺の前に、黒ずくめ、男ずくめの集団がいっぱいで、花環がずらりと並んでそっちの方面の人のお葬式らしかった。周囲の車道は駐車禁止の標識もものかわ、外車がずらーっと並び、大信田さんは、

「なんでやーさんと医者は外車、好きなんかなあ」

とひとりごとをつぶやいている。そういう発見が、大信田さんのおかしいところ。

私はといえば、なんで物々しい集団に美がなくて、間抜けてみえるのかと考えて、(彼らはそれで充分、誇示できてると思っているのだろうけど）黒ずくめ、男ずくめだから、なのだ、と気がついたのだった。でもこの連中「シマシマ」や「ダンダラ」を着せたら、サンバでも踊るみたいで、肩肘張って意気がっていられなくなるだろう。世の中には、肩肘張るのが好きな人もいるんだし、いちがいに排斥してはいけないかもしれない。

そういう考えも海野さんに教わったものだ。

「いろんなんが、ごちゃごちゃ居てるほうがええやないか、みな、ひといろになったらつまらんし、おもろないですよ」

というのだ。

「僕らの商売かて、大きな資本のトコ、ひといろになったら旨味《うまみ》ない。小さい店が、小さいなりに何十年もつづいて、客に好かれるような特色持ってる、いうのがええねえ。人間かて、何や、いろんなんが居よる、いうのがええ」

そういうことをいってもらうと、何だか世の中の人みなが、愛すべき存在にみえてくる。私のお得意さんの一人に、レストランのママで、六十五、六の人がいるけど、

「愛らしい服をつくってな、カオルさん」

といつもいっている。

「人間は、どこか愛らしいトコがないとあかんよ、とくに女は、そうやしィ」

というのだ。海野さんの口を通して語られる人間の存在は、みなそういう、愛らしさがある。これはいいかえると、

「可愛げ」

ってもんかしら。

そういえば、その組関係のお葬式を、大信田さんと通りがかりに横目で見て、そのとき発見したのだが、樒《しきみ》の名札の一つに、

「片木組　舎弟一同」

というのがあった。

「ああいうのはやはり『片木一家のもんです、お控えなすって』とやるのかしらね、片木の親分、なんていうのかしら、何かおちつきわるいやろうね、片木のやーさん、とは

これいかに」

と私がつぶやくと大信田さんはげらげら笑い、

「あんたって、ほんと、へんな発見するのね」

と両方で相手の発見をおかしがった。

「前には、地道組なんていう暴力団もあったっていうから」

と大信田さんは何でも知っている。

「ほんとう？　ワザとつけたのかな、そんな名前」

「ちがうわよ、そういう姓名だったのよ、親分が」

「ちょっといい」

と私はいい、そういうのも、海野さんのいう、人間の可愛げに思える。地道のやくざ、なんていいじゃない。

ところで、その海野さんも、電話をかけてくれた。近火見舞というやつ。

「大丈夫やった？　怖い目ェに会《お》うたねえ。尤も、大信田さんもカオルちゃんも、しっかりしてるから、大丈夫やろうけど」

「しっかりしてるのはあたしよ。大信田さんはオタオタして泣いたんやから」

「可愛げあるなあ」

と海野さんは喜んでいた。

「やっぱり大信田さんも女の子やな。――まあしかしよかった。無事で」

「神サンがついてるから大丈夫です、あたしには。特別出来の丈夫な体と、あつかましい心臓を貸して頂いてるから」

　と私は笑っていた。

「うん、そやけど、どんな拍子に神サンは気を変えるかもしれん。そないなったら、あんたなんか、わんぐりといっぺんに食べられてしまうデ。――神サンは肉食やから。ほんなら、また」

　と海野さんは電話を切った。

「神サンは肉食」だなんて――。

　全く、海野さんて、ニコニコ笑いながら、「すッごい」ことを教えてくれる。私は海野さんの「海野商会」から借りてるアクセサリー類が、もし焼けたらその代りに、海野さんがかねて提案している事柄をのんでもよい、と火事のまっ最中、あたまに思い浮べたことを思い出した。しかしそれは海野さんにいう必要なかろう。

　おまけにあれはせっぱつまった火事場のまっ最中のできごと、すんでみると、やっぱり、

（アクセサリーには代えられません）

　というところで、海野さんとドウコウするなんて考えられない。

　海野さんだけでなく、どの男とも考えられない。田淵センセも福松センセも好きだが、ドウコウできるとは思えないわけである。向うも、口に出していうだけで、「ベル・フィーユ」あいてでは、きっと、

（いやまあ、その、急《せ》いて急かんこっちゃし……）

と逃げ腰になるにちがいない。

ムラケンこと村中健太郎は、けい子が火事のちょっと前まで、このアトリエにいた、というのを聞いて、

「よかった！　カオルちゃんの店はどうでもええけど、けい了さんにもしものことがあったら、えらいことやった」

というので、私は腹をたてた。けい子ならしっかりした子だから、たとえ火事場に居合せても、剛毅果断に、迅速に働いてくれて心丈夫だったかもしれない。しかし人間なんていざとなると、どう引っくり返るか分らないので、もしかしたら、けい子も大信田さん同様、腰を抜かし、私は二人を両脇にかかえ、疲労困憊《こんぱい》していたかもしれない。

「カオルちゃんて、しっかりしてるわねえ」

という評価が内外にたかまった（「ベル・フィーユ」だけでなく、神戸全市、という意味である）のに反して、大信田さんは、

「可愛げある。あの大信田さんが腰を抜かした」

と伝えられて、大信田さんはそれをいわれると、

「へへ、へへへ……まあ、ええやないの、それは」

と、きまり悪そうにまぎらせている。そんな大信田さんの顔を私ははじめてみた。ちょっといい、可愛げある顔である。私は、シッカリしているとみんなにいわれるのは、わるくない気分だが、ほんというと、「可愛げある」といわれたかった。

ムラケンにいたっては、

「いよいよ、男が寄りつかんようになるデ、カオルちゃんには。――なんせ、猛炎の中から髪ふり乱して大信田さんを救出した、ということになってんねんから」

「お不動さんやあるまいし。いやなこと、いわないでください、助けてくれたのは消防署よ。あ、水口クンと田淵センセと福松センセ――かな、声援を送ってくれたから」

「大信田さんはひたすらよよと泣いてたけど、カオルちゃんは煤だらけで歯を食縛って、ミシンも担いで出たって」

「うそですよう！」

「オレいうてんの、ちゃう。みんな、いうてる」

ほんとに、バー「らんぷ」へいくと、

「カオルちゃん、冷蔵庫も一人で持ち出したんやて？」

なんて、だんだん噂は大きくなっていた。

第一、あくる日、新聞を読んでびっくりして出てきたアシスタントのノブちゃんやまさちゃんらが、早くも噂をきいていて、

「センセ、ミシン持って出て、また元へ戻しはったんですって？」

とおどろいているのだ。噂はどこをどうまわっているものやら、あの火事は結局、

「大信田さんて女らしい」

「カオルは男まさりのシッカリ者の力持ち」

という印象を人々に植えつける結果になった。

市役所へいっても県庁へいっても、顔見知りの人が、通りすがりざま、笑いながら、

「よう、力《ちから》おんな」

なんていっていく。何や、それは。

力うどんていうのはあるけど、力おんな、なんて、女の見栄にも手柄にもなりゃしない。

それに、「女らしい」といわれて大信田さんは、ニタニタ笑うくせに、私が「力おんな」といわれて怒ってると、いっそう嬉しそうに笑うのである。

許せない。

しかしそういう私も、実は甚だ、女らしいことを内外に証明することになったのだ。

コーベは五月に、コーベ祭がある。これとポーアイに協賛して、ということで、春・夏コレクションのショーをひらかないといけない。もう、会場のホテルもきまっている。みんなの仕事も、あらましめどがついて、音楽、照明、司会、あとはこまかい段階のツメだけ。

プログラムに広告をもらおうということで、みんな手分けして、広告を出してもらえそうなところへいく。

これも、私の「波長」説ではないが、波長の合うところへは、

「広告下さいませんか」

といきやすいのだ。それぞれ、そういう向き向きがあり、私は海野商会をはじめ、三軒ばかりへいく。広告料の割り出しなんかの計算は、企画の名手の大信田さんがしてくれる。

私の属しているファッションクラブは女と男、半々である。しかし広告を頼みにいったりするのは、たいてい女である。

「男がいったかて、くれへん」

と男たちはいう。

「ベル・フィーユ」の会員で、ファッションクラブの会員でもある人も、多い。

私はモデルさんの振付をしてくれる雪野さくらさんといっしょに、けい子の紹介状を持って、彼女の知り合いだという、婦人服店を訪れた。広告を出してあげる、という話であったのだ。

中山手の、かなり大きいブティックである。五十ぐらいの太った婦人が、シルクの明るい茶色の、仕立ての凝ったドレスを着てあらわれた。

大粒の真珠のネックレスがよく目立って、かなりおしゃれな人である。

そうして、力ある声でモノをいい、それは人生に自信満々というか……何となく海野さんの、「肉食」というコトバを思わせる。

髪は染めているのか、黒々としすぎ。

これで髪がちょっと焦茶っぽい色ならいいけどなあ……なんて、私は商売がら、考えていた。

「お話はきいてますわよ、ハイ、引きうけましたよ」

婦人は身振りも大きくて、

「その話は承知しましたわ、ところでちょっとその前に、おまいりしません？」

「このへん、お寺か何か、あるんですか」

「いえ、『まごころ会』というのがこの裏にございますのよ。ファッションには、まごころがなくちゃ、いけませんわ」

関係あるような、ないような……。

春というのに、妙にうすら寒い日で、雪野さくらさんはふんわりした明るいグレーの、モヘアのジャケットをまとっていた。

私は青磁色の、あたたかなジャージイ、それも、もっこりしたような生地のスーツを着ていたのだが、それでも衿元《えりもと》が寒くて、シルクのスカーフを巻きつけているくらいだった。

「この裏に」

と、その婦人は気軽にいうから、ほんとに店の裏だと思っていたら、

「さ、どうぞ、お乗り下さい」

と車を引き出してくるではないか。赤いスポーツカーである。

「あら、車で出かけるのですか」

私がよっぽどおどろいた顔をしたのだろう、婦人はころころと笑って、

「いえ、歩いてもゆけますけれど、何しろ、坂でござんしょ。車でいくと、つい、そこですから。北野町の上ですわ」

なるほどと思った。コーベは山から海へなだれ落ちるようにできた町で、東西は長いけれども、南北の距離は短い。そして山へ向って急坂が幾すじも、滝のようにかかって

いる。十年ばかり前の風水害のときも、雨は、ほんとに坂道を滝のように流れ、鉄砲水となってドッと町の低地帯へそそぎこまれたのである。

大阪や京都の平地盆地に住む人には、

「鉄砲水」

なんていっても、何のことか分らなくて、キョトン、とするだろうけれど、コーベで、「鉄砲水だ！」

という声をきくと、一瞬、みんな、ギョッとするのである。

コーベの豪雨のときの山崩れ、鉄砲水のおそろしさは、みんな身に沁みている。坂の町だから、仕方がないけど、ドバーッと鉄砲水がそそぎこまれると、その下の道、つまり南の、海側の低地帯の町は水びたしになる。商店街の通り、あるいは車道に、ぐんぐん水がふくれ上り、急流となって、駐車していた車はみるみる、目の前でぷかぷか浮くのである。

歩道がえぐられ、やがて家の軒が傾《かし》ぎ、小さいビルは水煙をあげて、急ごしらえの濁流の中に水没してしまう、そして、海へ流れるのだ。

それが雨があがって二、三時間もたたぬうちに、道路の濁流はなくなり、あとには坂の上から流されてきた大石やら自転車、車、冷蔵庫、なんていうものがごろごろと残される、信じられないような光景が現出する。

山裾にへばりつくようにして生れた町の宿命かもしれないけれど、そういう災害が過ぎ去ると、また忘れて、人々は坂の両側に家をつくって住むのである。そして坂の上から見おろす夜のコーベは、灯が美しく連なって首飾りのようだと、ほれぼれと見入ったり、している。

海野さんではないけれど、こういう、町の美しさもまた、

（神サンに貸していただいている）

というものかもしれない。

婦人はみずから運転して私たちをうしろに乗せ、坂をのぼりはじめた。

その坂の急なことといったら。

車の鼻面がフロントガラスいっぱいにみえるほど。婦人は心得た風に、自信ありげに運転し、右へ折れ、行きどまりの坂を左へ折れ、これはとうてい、

「この裏に」

というような距離ではない。

私はどこへ連れていかれるのかと、心ぼそくなってきた。雪野さくらさんは、おっとりした人だから、手をつかねて行儀よく、ちんと坐っている。ときどき窓の外を珍しそうに見て、そのさまはいかにも、

（あなたまかせ）

という感じである。この人のあたまには、

（何をしにゆくのか？　どこへ連れていかれるのか？　なんのために、いったい？

……）

という疑問は、浮ばぬのであろうか。

「ねえ、雪野さん……、これ、どのへんやろ」

私はこっそり、さくらさんにいった。

「さあ」

とさくらさんは気高く、あたまをかしげて、

「異人館通りの上ちゃう？……」

この人は物のいいかたも、ゆっくりしているのだ。

コーベでは、上、というのは北で、下、というのは南をいうのである。町じゅうの、どこを走っていても、山が見えるのがキタにきまっているから、方向をまちがわないですむ。それで、コーベ人の方向感覚としては、南北が基準で、それによって、ウエ・シタといういいかたが、専ら、おこなわれている。異人館通りのシタに住んでます、というのは、異人館通りの一階にいる、というのではなく、異人館通りのシタ、その南、ということである。

異人館通りのキタなら、急坂も、当然かもしれない。

婦人は私たちの耳打ちを聞きつけたのか、

「はーいはい、もう、着きましたわよ、……」

といった。

「わたくしはね、お知り合いになった方々を、すべてまず、ここへご案内しますのよ。そうしてまごころとまごころの結びつきをまずたしかめて、それをおつきあいの第一歩といたしたいんでございます。商売といい、物をつくることといい、何たって、まごころがなくちゃ、長つづきしませんわ、織本カオルさん、あなたもただ、儲かりゃいい、

というものでもないでしょ、きっとそういう、がめつい、商業主義のかたではいらっしゃらない、と思いますわ、わたくしね、一目見たとき、わかりました、あ、このかたは、人間のまごころを大切になさるかただって」

「ええ、それはそうですわ」

と私は思わず、婦人の口ぐせがうつって、上品な東京弁になってしまう。

婦人は日本人離れのしたりっぱな鼻梁の線、表情のゆたかな、よくうごく顔面の筋肉をもって流暢《りゆうちよう》にしゃべるが、どうも、どういう人か、もうひとつよく分らない。私の仕事関係にもたくさん中年、初老婦人はいるけれど、みな、コーベ女らしく、ざっくばらんで、六十五、六のレストランのマダムみたいに、

「可愛らしい服、つくってえな」

というような人ばかりだった。初対面でとうとうと、哲学をぶちかます人なんて、はじめて。この人がいったい、何を考えてるのか私にはちっともつかめないけど、でも、いっていることは私の考えてる通りのことで、まちがいないから、

「それはそうですわ」

と相槌《あいづち》を打ったのだ。私はべつにがめつく儲けりゃいい、というものでもないし、人間の心の結びつき、ということに人生の大きい意味をおいている。

(ただし、それは「心」であって、べつに「まごころ」でなくてもいいけど)

そして、人間にとっての大きな財宝というのは、これは、いい人間の愛情を、自分がもらうこと、自分のそれも他人にあげること、そこに尽きるように思う。親子兄弟夫婦

の愛情もそうであろう。血がつながっているからといって、アテにはならない。血は分類学的な目安の一つで、それが絶対ではない。親子や姉妹だからといって、みんな仲がいいわけではないのである。他人同士の愛情のほうがホンモノで深いことがあるのだ。他人のなかから、いい人をみつけ出して、その人と仲よくなり、やさしさをわかちあう、というのは、私にとって、ほんとに、タカラモノに思えるのである。

そういう点では婦人のいうことにまちがいはなかろう。

「雪野さくらさん、っておっしゃいましたっけ、わたくし、雪野先生のリサイタルをずっとせんに、拝見したことがございます」

と婦人はいった。

「まあ、ありがとうございます」

さくらさんはおっとりとほほえんでいた。

「すばらしい舞台でしたわ、まごころが感じられました。夢がありました、織本カオルさんと同じように、女でなくてはできない表現でしたわ、あなたも、まごころを大切になさるかたなんです。まごころダンスなんです」

婦人は満足そうにいった。さくらさんの舞台衣裳を私は手伝ってデザインするが、さくらさんは、芸術的天分のひらめきで踊る人だけれど、私にはべつに「まごころ」ダンスとは思えない。しかし、婦人のいう「女でなくてはできない表現」、というのは当っているかもしれない。

そんなわけで、いつのまにか、婦人のなめらかな、力あるアルトの声に酔わされて、

「さ、来ました。お疲れさま」

と、洋館の前に車が停められたとき、まるで以前からきまっていたことのように、ふらふらと降り立った。

さくらさんも、まるで予約していた訪問のように、当然の顔をして、しとやかに降りてきた。

婦人は門を開いて車を入れ、また門を閉じ、（といっても、門にカギは掛ってはいない）車を前庭において、

「どうぞ」

とひびきのいい声で私たちに呼びかけた。

洋館には蔦《つた》がからまっていて、かなり古い建物のようであった。異人館には銹朱《さびしゅ》と濃緑の、ふた色の鎧扉《よろいど》があるが、ここの邸は、くすんだ濃緑色に鎧扉が塗られていた。ドアも濃緑であった。そうして、ドアの横には大きな黒ずんだ標札が掛っていて、

「まごころ会」

と読める。私は異人館通りから山手へかけてぶらぶらしたことはあるけれど、こんなところは来たことがなかった。「まごころ会」というのは何をするところかも知らなかった。

「あ、こっち、こっちへどうぞ」

婦人はドアをあけて私たちを招じ入れた。高い天井、こまかな、手のこんだ細工のある木の手すり、正面の階段の上に、ステンドグラスのはまった明りとりの窓、古びた絨《じゅう》

毯《たん》、奥のドアを開けると、そこは広間になっていて、もしかしたらこの大きな洋館が、異人さんの住居だったころ、食堂にでもしていたのではなかろうか、ガラス窓の向うに中庭がみえた。広間は、現在ではちょうど教会、といった風なしつらいが施されてあり、右手の奥の凹みは、祭壇になっていた。

十字架が壁に掛っているのを見て、私は、

（ハハア、キリスト教の教会だったのか）

と納得した。そうして、あの婦人の言葉が、信仰から出ていたのかとわかった。だから、商売の儲けより、「まごころ」を大切にしたんだな、と腑《ふ》におちた。

今日び、儲けより心のむすびつき、なんていうのは「ベル・フィーユ」の連中か、海野さんぐらいのものであろう。いや、海野さんは会社の社長で、社員を食べさせないといけない責任があるから、心のむすびつきと同時に儲けも重要視するであろうが、わが「ベル・フィーユ」の連中ときたら、みな気らくなヒトリモノで、そこそこに儲かっておいしいものが食べられればいい、という、ノンキな人種である。

そういう人種ならわかるが、フツウの人である婦人が、「ベル・フィーユ」と同じことをいうのは、おかしいな、と思ったのだ。

それで違和感があったのだ。

そうか、わかった、この人は信仰者だったのか。

無信仰者たる私は何となく、この婦人の正体がわかって安心して、ついていった。さっき、店を出るとき（ちょっとおまいりしません？）と気軽にいわれたので、この教会の祭壇にちょっとお辞儀をすればいいのだ、と思った。ひょっとしたら、お説教を十分か十五分間聞かされるかも分らないけど、それもまあ、仕事のうち、婦人は広告をくれる、といっているんだし、広告がとれれば、

(大信田さんが、よしよし、とほめてくれるやろ)

と思うと、少々のお説教ぐらい、神妙に聞こう、という気になる。

広間には古い家特有の、ぞくっとする寒さがあった。異人館は天井が高いので、何十年かの寒気と湿気が沁みついているのだ。壁には「神は愛なり」というような、聖書の文句と、何やら、修道女か修道僧の集団のような写真が飾られてある。椅子《ベンチ》が祭壇に向ってびっしりと並んでいるのだが、そこから小柄の女の人が一人立ってきて、私たちのほうへにこにこと歩み寄り、

「よくいらっしゃいました」

と手を出した。眼鏡をかけ、白粉《おしろい》げの全くない中年の婦人である。髪を白い布で覆い、体にもぶかぶかの白い布をつけていた。

「お待ち申し上げておりました。お目にかかれて、とても嬉しいですわ」

そのとき、ベンチに坐っていたとおぼしい人々が、ぞろぞろと立って私たちをとり巻いた。男もいれば老婦人もおり、みんな、白い貫頭衣の如きものを身につけているのであった。

「やあ、いらっしゃい」

「ようこそ」

「よくおいで下さいました」

「よかった、よかった、よく来ましたねえ。よくまあ、ねえ」

てんでにいうので、誰が何をいっているのかわからない。こんなに歓迎してくれるなんて、ほんとうに私たちのことであろうか、あの婦人は前以て、私たちを連れてゆくことを連絡していたのであろうか。

それよりも何よりも、私は全く心の準備も予備知識もなかったので、なぜこんな歓待を受けるのか、さっぱり分らないのであった。

そんな資格が、果して私にあるであろうか。

もしや、ホカの人と人まちがいをしているのではなかろうか、と思ったりして、

「あの、あたし、織本カオル、いいます」

といってみたが、みんなはニコニコとうなずき、

「はい、ようこそ、おいでになりました」

というのである。

では人まちがいではないのだろうか。

雪野さくらさんは、大名のお姫さまのような人なので、べつにまごついたり、居心地わるくなるようなこともないらしく、おっとりして、

「こんにちは」

なんて、みんなにいったり、している。

そして私は気がついたが、この人々は、さきの婦人と同じように、声に力があり、そ

れがこちらをつい、ふらふらと誘いこませるような雰囲気をもっている。

「さ、さ、どうぞこちらへ」

と小柄な、眼鏡の婦人ににっこりして、美しい、力づよい声で誘われると、私もさくらさんも、思わず、すーっとついていった。

白衣の人たちの一部は中庭に出、一部は祭壇のそばに残って、いつとなく、誰からとなく、力づよい歌声（讃美歌というのだろうか、しかし私が今まで聞いたことのないふし廻しで、よく教会で聞く讃美歌とは、全く、趣を異にしている）が湧きあがった。

窓ガラスも割れそうな、力強いひびきである。

歌声はだんだん昂《たか》まり、人々はその歌に陶酔しているようであった。

そういえば――これは、ふつうのキリスト教会とはちがうようだ。コーベはカトリックの教会もプロテスタントのそれもあるし、結婚式お葬式、みな、よくそこで行なわれるので、馴染み深いけれども、こんな雰囲気のところははじめてだ。

いまは、いろいろ、毛色のちがう宗教ができているというけれども――。

でもそういう考えが私のあたまを掠《かす》めたのは、ほんの一瞬のことで、私はなかば、夢見ごこちになって、眼鏡女史のあとについてあるいた。

あとから考えると、もう、そのとき、何か暗示にかけられたような状態だったのかもしれない……。それに、私だって「ベル・フィーユ」の口裂け女、悪意や策略には敏感なはずなのに、ちっとも警戒信号が心の中で光らなかったのは、まわりが、じつにいい人たちに思われたからだ。眼鏡女史の表情には、善意そのもの、ほとんど慈愛、というような、ごくやさしい、いつくしみ深い、かざらない微笑が浮んでいた。

だから、私はすっかり、心をほどいて、あずけてしまったのだ。

さくらさんは、この人はどこへいっても何を見ても、あらかじめそうなることがわかっていたように、あわてふためいたりせず、鷹揚《おうよう》に、まわりのする通りにしたがう。だから、にこにこと、白衣の女の人のあとについて歩いた。私も、ふらふらとついてゆく。

——と、飾りの全くない、質素な部屋に通された。

寒い日のせいか、石油ストーブがついている。

石油ストーブは真ッ青な、ガスのような火でもって燃えていた。それは満足すべき、完全燃焼の状態であることを示す。だからべつに臭い匂いもせず、室内を静かに暖めていた。

それどころか、何か、得《え》ならぬ薫香《くんこう》が漂っていて、いい気分にさせられる。

ストーブのそばに籐《とう》の籠と、質素なテーブルや椅子があった。古びた木製のもので、この異人館同様、明治の開化期から伝わっているという感じのしろもの、木のがっしりしたテーブルの上には、なぜか、ヘアドライヤーがあった。

(なんでこんなものが、ここにあるんやろ?)

と私は一瞬考えたけれど、すぐ忘れてしまった。

あんまり部屋のなかがあったかくて、心をおちつかせるようないい匂いがするため、それよりほかのことは忘れてしまうからである。

つまり、それほど、今日は寒い日だったのだ。

（ここで、お説教でもされるのかな？　ついでに暖かい紅茶でも、出してくれるのやろうか？）

なんて私はちらと思った。どうも、食いしんぼうみたいだけれど、私は、教会というと紅茶とクッキーを連想する。ずっと前、コーベのだれかの結婚式のとき、教会で行なわれたそれは、式のあと別室で、参会者一同、紅茶とケーキをたべておしゃべりして終り、という簡素なものだった。また、教会のバザーで、世話役をしてあげたときも、お礼は紅茶とクッキーだった。だから何となく、教会というとお紅茶、と反射的に考えてしまう。この頃の女の人は、家庭にいる人も外で働いてる人も、ケーキづくりはうまく、それにコーベには、おいしいお菓子屋さんがうんとあるんだもの。

しかし眼鏡女史はにこにこと私たちを連れてこの部屋へ入ったが、べつにお説教もせず、紅茶も出さなかった。そうして、やさしい声で、

「さ、ここでどうぞお着替え下さいませ。——ええ、ハンドバッグもどうぞ、ここへそのまま。時計、指環、すっかり、おはずし下さいませ。決してここでは、まちがいはございません、鍵はかけませんでも大丈夫でございます。『まごころの家』でございますから、失《な》くなることは誓ってございません」

「ハイ」

雪野さくらさんはうなずき、しとやかに脱ぎはじめた。

この人は舞台でも稽古場でも、人のいるところで裸になって、するりと着替えたり、脱いだりするのは慣れている。

でも私だって、何となく、平気な気がしてきたのはなぜかしら。

(脱いでから、お話をきくのかなあ……)

なんて漠然と考えながら、スーツの上衣をぬぎはじめた。

そのあいだ、眼鏡女史は、たえまなくやさしい声でしゃべり、快い微笑を浮べつづけていた。

「神さまのみ前で、人間のまごころとまごころが結び合され、力強くあたらしく生きるのですわ。あたらしく生れかわったようになって、更にひとまわり大きな、心のそこから生きる喜びを感じる力が湧いて出るんでございます。そうなるにはまず、いままでの自分のみにくいもの、汚いものをすっかり、洗い流して、きれいになりませんと、神さまにも近づけません。それを大切に考えるのが、この『まごころ会』の特質ですわ。これを行ないますと、あなただけではございませんで、あなたのお父さま、お母さま、更にそのご先祖さまの、遠い遠い先のみ祖《おや》のかたがたの魂のよごれまで、きれいになるんでございます。——この洗礼を受けませんと、どうしてもまごころとまごころが通じ合いません……」

私は、はじめて、

(洗礼)

というコトバを耳にした。

なるほど、洗礼をするから、身につけたものを取れ、というのだな。神さまの前に出るときは、それも当然のことだけど、「洗礼」というのは、私の貧弱な宗教知識では、

入信の覚悟がかたまったときに受けるものじゃないかしら、私はべつに、

（「まごころ会」に入信させてください）

と申し出たおぼえはないんだけれど……。

「あ、あのう、お下着もお取り下さいませ」

と眼鏡女史がやさしく注意した。

「すべてその、お身につけていらっしゃるものは、糸ひとすじ残さずにどうぞ……はい、お靴も、靴下も、おぬぎ下さいまして……そうそう、そうでございます」

と女史がいったのは、さくらさんに対してである。「そうそう、そうでございます」と満足そうに讃《ほ》めるだけあって、さくらさんは、まるで前もって打ち合せてあったように、

「スルスル……スポン」

という感じにみんな脱いで、すっぽんぽんの丸はだかになり、しとやかに籐の中にある、白い、ゴワゴワの布をかぶった。

雪野さくらさんは、美しい肢体に恵まれたダンサーだから、ほんとにドレスの下は、スリップ一枚、その下はブラジャーとパンティという簡単なものだけど、私ときたら、このごろ、下腹が出たので、ガードルなんか着けてて、脱ぐのにもたもたしてしまう。「お靴」や「お靴下」を脱いで、やっとのことで何とか、はだかになった。

はだしになっても、べつに気にならなかったのは、床には、古びてすりきれてはいるが、絨毯が敷いてあるからである。

白いゴワゴワの布というのは、どうやら天竺《てんじく》もめんのようで、するりとかぶると、上端に穴があいており、着こんでしまうと、ちょうどテルテル坊主という恰好なのであった。

眼鏡女史をはじめ、このたてものの中にいて私たちを歓待してくれた信者たちも、みな同じようなものを着ているのだ、と、いまになって気がついた。

「さ、どうぞ、こちらへ」

と私たちは案内された。どこへいくのかと思うと廊下の突き当りのガラス戸を開けて、中庭へ出るのである。

そのとたん、猛烈な寒さが私たちを包む。空は曇って、雪花というのか、何だか、霞の氷片とでもいうようなものが、風に乗って舞い落ちてくる。

煉瓦だたみの中庭のぐるりには灌木や木々が生い茂って、その向うはどうなっているのか見えない。中庭のまん中に、まわりを石で組んだ浅いプールのような、または岩風呂といったような池があり、満々と水が湛《たた》えられていた。

そして池のまわりには、私たちに、

「ようこそ」

「よく来ましたねえ」

といってくれた人々が立って、熱心に空を仰いで、

「ハレルヤ

ハレルヤ……

神のみこころ
人のまごころ……」
と唱っていた。その歌は、ふだん私たちがきく、耳なれた美しいしらべの讃美歌ではなくて、きわめて力強い、——（悪くいえば威嚇《いかく》的な）まるで戦意昂揚軍歌といったようなマーチ風のものであった。歌声は、右からおこり、そのあとを承《う》けて左側の人が歌い、ついで正面の人が捲き返し、やがて中庭いっぱい、
「ハレルヤ
ハレルヤ
神のみこころ
人のまごころ……」
と力強い大合唱になり、耳いっぱいにふさがれ、眼もくらむばかりである。
「どうぞ、この池へおはいり下さいまし、深くはございません、お風呂ぐらいの浅さでございます。……ハレルヤ……ハレルヤ……」
と眼鏡女史まで歌い出した。
彼女の歌声は、しゃべり声のやさしい、しおらしい声と打ってかわって、底力のある、(悪くいえば凄味のある）声であった。「七色《なないろ》の声」彼女は、その両方の声を交互に出して、なんの矛盾もなさそうなのであった。「七色の声」というほどではないが、少くとも眼鏡女史は、「二色《ふたいろ》の声」を使い分けるのである。
「(やさしく）さ、どうぞ、この中へ……あたらしく、力づよく生れかわりましょう、

心の底から生きる喜びを与えて頂けるよう、きれいに汚れを清めましょう……（力づよく凄く）ハレルヤ……ハレルヤ……」

しかし私は、眼鏡女史の「二色の声」に感心していたのではない。

「二色の声」に、何だか本能的恐怖を感じてしまったのだ。ぞくぞくとくるような鉛色の寒空の下、冷たそうに蒼く光っている池の水を見て、私は震えあがってしまった。素足に踏む煉瓦の冷たさに、だぶだぶの白もめんの貫頭衣に包まれたおなかまで、

（グルル……グルルル……）

と鳴るのであった。

歯の根までがちがちしてくる。

「さ、神さまのおかげで決して冷くございませんのよ、みなさん、おはじめての方も、そろってそうおっしゃいます。まごころが通じて、この『みそぎ』で、お体もお心も、ぽかぽかなさるんですのよ、これが『みそぎ洗礼』のありがたいところでございます……（凄味のある力強い声で）……ハレルヤ……ハレルヤ……」

「ちょっと、ちょっとお待ち下さい」

私は池の縁《へり》に踏みとどまって、突き落されそうになるのを必死にこらえながら、

「あの、あたしは、ですね、べつに洗礼など受けるつもりはなく……」

「ハレルヤ……ハレルヤ……」

「あの、広告とりに来ただけなんです、あたし、無信心者で、こういうこと、やりつけてませんので、あの、ですね……」

「ハレルヤ
　ハレルヤ……」

の唄声は、無信心な私を叱りつけるごとく、かつ、包囲するごとく、四方から湧きあがり、私の悲鳴もかき消されてしまう。

　雪野さくらさんは、と見ると、長い髪を指でうしろへさばいて、しずしずと池の中へ降りる階段を踏んでゆく。

　そしてまるで、自分からこうするつもりだった、というように、すうっと、冷い水の中にはいり、肩まで浸《つ》かり、黒髪は藻のように水中にゆらめいて、白い貫頭衣は、

「ふわーっ」

と幕のようにひろがった。

「ハレルヤ
　ハレルヤ……」

と歌いつつ、眼鏡女史ともう一人の婦人が寄ってきて私を抑えつけた。私はなおも、

「こういうこと、あたし、あんまり好きじゃないんですよ、あの洗礼というのは、納得してない人を、むりやり洗礼させたりしちゃ、逆効果ではないんでしょうか、あたしは、その、教義も、ナカミも知らずに……知らずに……あっ」

　と私は一声、ざんぶと水に突きおとされてしまった。

「ひえっ」

　叫んだんだか、

「いやっ。人殺し……」

と叫んだんだか、

「たすけてぇーっ」

と叫んだんだか、おそらく、その全部を叫んだような気がする。

「いっぺん、あたままで浸かって、浸かって。大丈夫。すぐ顔を出せばいいのでございます。お頭《つむ》をぬらして頂きませんと、『みそぎ洗礼』のまことが全うされません。……ハイ、お頭《つむ》を水へ浸けて、浸けて……」

と眼鏡女史が叫び、これはもろともに、自分も水の中へ入ってきたのである。

私は水しぶきをあげてあばれた。池の水は冷いというよりも、氷の針という痛さで、あたまは半分、呆として何が何だかわからない。

「お頭《つむ》を浸けて。お髪《ぐし》をすっかりぬらして……ぬらしなさい！」

眼鏡女史のコトバはいまや、「ハレルヤ」を歌うときと同じように、凄味のある力強い語調になり、かくて「二色の声」は統一されて、「一色《ひといろ》」になった。

池のぐるりの人々の幾人かは、私を抑えつけ、ついに頭まで水面下に沈めた。息がつまるかと思った。猛烈な憤怒で口もきけず、私は、

（くそッ、『ベル・フィーユ』の口裂け女を見そこなうなッ！　てめえら、何の権利あって、……）

とありったけの力で人々の手をふりほどき、池からよろよろと濡れねずみになって、匍《は》いあがった。

「おめでとう、おめでとうございます。無事にすみました。よかった、よかった……」と眼鏡女史は、もとのやさしい声になっていうが、私はもう、腹が立って目の前が真っ暗になるのであった。それは怒りというより、寒さのせいかもしれない。歯がガチガチと鳴って、体は小刻みに震え、氷のようになっているのに、あたまのなかはかっとして燃えるよう、眼の奥はずきんずきんと疼《うず》くし、髪の毛からはしずくが垂れ、それが吹きすさぶ寒風に、片はしから氷柱《つらら》になりそうな気がする。

「さ、さ、どうぞこちらへ」

と、べつの女の人が、大きいバスタオルで私をくるんで、中庭を横切ったが、私は足を踏み出したとたん、猛烈な吐き気に襲われて、草むらにうずくまって吐いてしまった。

これは、きっと体の変調のせい、というより、精神的動揺のせいにちがいない。いうなら、

「怒りの嘔吐《おうと》」

というところである。

自分がわるいから、こういう目にあった、という内省的な気は、これっぽっちもおこらなくて、この人々、この教会、この宗教、そうじて何でもかんでも、すべて、腹立つのである。腹が立つと思うと、あとからあとから吐き気がこみあげてくる。

（なんでこんな目にあわねばならぬのか）

と思うと、また吐きたくなる。

（心臓麻痺でもおこしたら、どうしてくれる気だ！）

と思うと、また吐き気を催す。

(なんで、スーッと、いわれるままにこんなことになったか！　魔術にかかったにちがいない！)

と思うと、また、むかついてくる。「むかつく」というコトバを、いつもは笑いながら使っていたが、腹が立つと、ほんとうに嘔吐してしまうものだ、ということを、私ははじめて教えられた。

そればかりではない。

冷えて、下腹が痛くなり、トイレを借りたら、下痢症状になった。

さっきの、暖かくストーブが燃えている部屋へ連れこまれたときは、半死半生といった、ていたらくであった。バスタオルで体をふき、髪をぬぐっていると、

「どうぞ、そのドライヤーをお使い下さいませ」

といわれて、なるほど、ヘアドライヤーはそのためのものだったのだ。

その部屋に、雪野さくらさんは、もうちゃんと服を着込んで、「お紅茶」を招《よ》ばれているではないか。

おっとりと、

「大丈夫？　いま、きつねうどんがくるんやて。ごちそうしたげる、いうてはるよ」

と私にいう。

この人は地球に水爆が落ちて半分ふっとんでも、こうやって涼しい顔で、「大丈夫？」といっているにちがいない。長い髪もきれいにかわいてさらさらし、いい顔色で、

「きつねうどん食べたら、元気になって、あったまるわよ」

なんていっている。

そこへほんとに、おうどんが湯気をたてて運ばれてきた。

何ということだ。それを見るとまた、むかむかというか、むらむらというか、腹が立つやら、情ないやら、吐き気がこみあげ、

「大信田さん、呼んで」

と私は、息も絶え絶えにいった。

「え?」

「大信田さんに迎えにきてもろてえ……。もう、アカン、あたし」


大信田さんによれば、私は半死半生というていたらくで、

「……もう、死ぬかもわからへん……」

とウワゴトのようにいい、

「長いことお世話になりまして、ありがとう」

と大信田さんの手を握ったそうである。

そうである、というのは、そのあと高い熱を出してしまって何が何だかわからず、二日ほど寝込んでしまって、ファッションショーのある前で忙しい最中なのに、アトリエへも出られなくなってしまったのだ。

私はマンションにこもりきり。

電話がさかんにかかってくる。

「どう、何食べてんの、お見舞にいったげよか、食欲ある？」

なんて大信田さん。私は、

「うーん……うーん」

と大儀なので、返事にもならぬ唸《うな》り声ばかり出していた。大信田さんは、からかい気味に、

「ちょっと、何さ、あんた、スズメの行水くらいのことでまいるなんてカオルちゃんらしィないやないの」

「スズメの行水、とな？　何をいうのだ、何も知らずに！」

考えるとむらむらと、また腹立ちがこみあげてくる。

「あたしはね、心臓麻痺をおこす寸前やったのよお！　ヒトの自由意志をまげて強制するなんて、あんた、これは暴力ですぞ、暴力！　こういう理不尽が民主主義の日本でまかり通ってええ、と思《おも》てんの？　え！」

「アハハハ」

と大信田さんは電話の向うでおなかを抱えて笑うようであった。

「何を笑うのさ、何を」

私はまたもや、怒りで目の前が暗くなってくる。

「何が『まごころ会』ですか、まごころで一ぱいくわせるなんて、けしからんやないの、ハレルヤがきいて呆れるわ、うぬッ！」

「だけど、あんた……カオルちゃんはそういうけどねえ……アハハハ」

と大信田さんはあんまり笑って、モノがいえない。

「ともかくもさ、あんた、みんな脱いでしもたわけでしょ、服を」

「ま、そりゃ脱いだけど」

「お靴もお靴下も、おパンティも」

「脱ぎましたよッ！」

「むりやり剝《は》ぎとられたわけじゃないんでしょ」

「それは、まさか、あんた、雪花のちらつく寒い日にドボンとさせられるとは思わないから……」

「でも脱いだ、ということはつまり、受け入れる態勢になってることやから……。何てたって、おパンティまで脱いだんやから」

「何べんもいうなッ！」

「それとも何なの、カオルさんは食前食後に脱ぐの、いえ、おパンティを、よ」

しつこい奴だ。

大信田さんは私をからかう材料ができて大喜びしてるみたい。

「そういうけどあのときは、あたし、何やら魔法にかけられたみたいやったんやから……」

「だってともかく、そのつもりでドボンとみそぎ洗礼を受けたんでしょ、そのくせあとでしょぼんとして、水洟《みずっぱな》たらしてガチガチ震えて、真ッ蒼になってウワゴトをいうて、あたしの手を握って『長々お世話になりました』いうてるアンタの顔いうたら。……ああ、おかしい……」

といつまでも大信田さんは笑っていた。

「もう、ええわいな、みんなヒトの不幸に同情あれへんねんな」

と私は怒って電話を切ったが、体調がどうにかモトへ戻って社会復帰してみると、(というのも大げさだが、でも一週間ぐらいは心身ともに平常の調子が出なかった)大信田さんはじめみんなが私をおかしがっているわけがわかった。

雪野さくらさんとあまり対照的だからだ。

さくらさんにいわせると、

「みそぎ洗礼して、ほんと、あそこの人たちのいうように、何やしらん、心持がさっぱりした」

ということである。

「おうどん取ってくれはったし。お紅茶やらクッキーいただいて。……ううん、みんな、ええ人よ」

おっとりといっていた。

「寒かったんやない?」

青柳みちがきくと、

「そうね、でも一瞬のことやから。さっと浸かってすぐ出て、あとは却って、体、ぽかぽかしたわ」

さくらさんはほんとうにそう思っているらしく、にこにこしており、

「あれをやるとね、死んだお父さんやお母さん、更にそのご先祖の、ずーっと先の魂のよごれまできれいになるねんて」

「あら、そう」

とモト子さんまで感心した。モト子さんはいちばん少女少女した人だから、人を疑う、ということを知らない。

「さくらさん、ええことをしたわねえ」

と、うらやましそうな顔で、

「アンタ、きっとご両親やご先祖がよろこんではるわよ」

その日は「ベル・フィーユ」の例会で、今日は焼鳥屋の二階、天井が低い、きたない部屋だけれど、美味しくて安い店で、焼けた熱々《あつあつ》の串は、どんどん階下《した》からはこばれてくる。はこんでくるのは、ハッピを着てジーパンをはいた若い衆である。階下はカウンターやテーブル席があるが、いつ来ても若い人、中年者で満員、男も女も外人客もいる。コーベの外人たちは焼鳥が大好きである。コーベの外人は、たいてい日本語が達者だから、

「手羽、タレで!」

なんて注文している。

タレが全く、口に適《あ》わなくて、塩焼きしか食べないけいい子なんかは、外人よりダメなわけである。外人は、

「カワ、塩で。キモ、タレでね」

なんて器用に、材料によって、塩とタレを使いわけている。味覚の点では限りなく日本人に近いわけ、ともかく、そういう客で、いつも満員の店「とり平」なのだが、ここの親爺さんも、

「ベル・フィーユ」

という名がおぼえられない。

もっぱら、

「『港っ子』のお姐ちゃんの組」

ということで、席をとってくれる。組、なんていわれると、やーさん風だが、しかし「組」にはちがいない。

ここはミニコミ紙というのか、タブロイド判の小さい新聞の「港っ子」というのをやっている、女の編集長の平栗ミドリが紹介してくれた店である。ミドリは「港っ子」のお姐ちゃん、という名前で通っている。町のニュースが面白くて「兵庫タイムス」とはべつの、コーベのムードがぷんぷんしていて、最新のコーベガイド、といわれている。一カ月に二回出るので、ミドリは目が回るほどいそがしく、例会にもなかなか出られないわけである。コーベでは、市長の次に忙しい人なのだ。

これもタテヨコそろって堂々たる女丈夫、色白で、とびきりかわいらしい声を持っている人だけれど、ミドリがパーティでサンバを踊ると、オリエンタルホテルのフロアがミシミシした、といううわさがある。

「なんで、さくらさんはにこにこしててんのに、カオルちゃんは、ぷりぷり怒ってんの、同じことをして」

　とミドリはいうが、そこは私にも解《げ》せない。

「脱いだら、そら、漬けられてもしょうないやないの」

　ミドリは玉葱《たまねぎ》の皮をむいて、ピクルスに漬けるようなことをいった。

「脱いだ、脱いだ、いうてもねえ……スーッと、知らん間にさせられたんやから」

　私は何べん説明しても、あのときの感じがうまく表現できない。

「スーッとさせられたのなら、すんだあとでもスーッとしてるはずやないの、さくらさんみたいに」

　ミドリは取材しなれているせいか、笑わないで、マジメに、ふしぎそうに聞いてくれる。ホカの皆はおなかを抱えて笑い崩れているのである。

「だけど、突然、水につき落すんやもの、心の準備もなしに……」

「でもそのために脱いだんでしょ」

「まさか、と思うから……」

「おやおや。『まさか』で、あんた、おパンティがやすやすと脱げるの」

「また、それをいう！　知らんやないの、あたし」

「はしなくも日頃の行ないが反映した、ということはないですか？」

「それこそ、ぬれぎぬよ」

「いや、カオルちゃんは、ぬれ髪やったわよ。ぺたーっと髪が青白い顔に貼りついてるとこ、『口裂け女』のオバケみたいやったね」

大信田さんがいった。

雪野さくらさんは、私が激怒しているのが一向にぴんとこぬらしい。

「あたしは、あんなことあっても、べつにいい、と思ってたわ」

なんていい、夢みるように呟く。

「どうせ人生はハプニングの連続よ」

私は、さくらさんという人、あえかな美人だけれど、いちばん強い人ではないかという気がする。それはいいとして、

「だけど、『まごころ会』へ連れていったあのブティックの人も、やはり、会員なのかなあ」

私はそこが知りたい。

「そんなら、あの店の人を紹介したけい子も、漬けられたんじゃないの？　古くからの知り合いなの？」

けい子は私に、あの店を教えたが「水漬け」のミの字も口にしなかった。もうそういうことを前以て知ってるなら、予備知識を与えるか、もしくは、あらかじめ警戒させるか、すべきではないか。不親切である。

私がふくれてけい子を見たので、ホカの皆と同じように笑っていたけい子はおどろいて吸っていた煙草を消して、

「そう古くからではないわ、そういうたら、あそこのママに、車で、異人館見物につれ

ていかれたことがあるけど。もう、ずうっと前よ」

「それ、くねくねとまがった路地の奥やなかった？」

「そうよ、昔風ながっしりした異人館やったわ。廊下の突き当りに中庭があって」

「そうよ、そこよ、あんた、よう、みそぎ洗礼されなかったわね」

「そんなこと、されなかったわよ」

けい子は、赤いルージュで綺麗に描いた唇に、また新しい煙草をくわえ、女もちのデュポンのライターをぱらんとつけて、

「ただ、暑い日やったから、中庭のプールでちょっと水浴びしたわ」

「へんねえ。みそぎ洗礼、といわれへんかった？」

「べつに」

「ハレルヤ、ハレルヤ、って怖い声でおどされへんかった？」

「そういうたら、どっかで歌の練習してたみたいやったけど、何しろ暑い日やったんで、行水代りに水浴びて遊んでたから、よくきいてない」

「まっぱだかで？」

「まさか。水着をその家で貸してもらった。ま、水着といっても、ぶかぶかのガウンみたいなやつ」

「あ、それよ、それですよ、それがみそぎ洗礼よ」

「おかしいな、あたしはプールで水遊びした、とばかり思ってたわ」

けい子は首をひねった。

「ご先祖のみたまがどうの、っていわれなかった？」

「いわれたかもしれないけど、いわれなかった気もする。とにかくおぼえてないわ。ホカにも水浴びしてる人がいて、水かけ合いして遊んでたから」

「おかしいなあ」

と私が首をひねる番だった。

「ちょっと、みな同じことしてるのに、なんでそう、一人一人、受けとり方、ちがうの⁉」

大信田さんが大発見をしたように叫んだ。

「結局、カオルさんがいちばん被害妄想やないかな」

「いや、女らしくてかわいいやないの、ひとりで、いじめられたって思い込んでるんやから」

「そうか、大信田さんに負けぬ、女らしい、かわいげある人がふえたってことね」

と意地悪《いけず》のけい子がひやかした。

私は「女らしい」ということになって、甚だうれしいのであるが、そして、ミドリが、「『タウンニュース』というとこに書いて、カオルちゃんの女らしさを内外にＰＲしたげる」

といってくれたのであるが、それをしてもらうと、一から説明せねばならない。すると「スーッ」と暗示にかかったように「脱いで」しまって、ドボンと漬けられたこともでいわねばならぬ、やたらに丸はだかになるクセのある女だという印象を、全コーベ市民に与えかねない。

私としては涙をのんで、

「もう、ええわ、書かんといてね。そんで、みんなも誰にもしゃべらんといてや。約束やで」

といわなければならない。思えば大信田さんなんかの方がずっといい。燃えさかる猛炎の中で、日ごろのシッカリぶりはどこへやら、ヨヨと泣き崩れて助けを求めている、なんていう方がどれほど可愛らしくきこえることか、海野さんだって「可愛らしいな」と喜んでいたではないか。

それなのに、私は身ぐるみ剝《は》がれてドボンと漬けられる、というのでは、あまりに詩情に乏しく、風雅に欠けるうらみがある。

「ほんまに、誰にもいうたらいややしィ。『兵庫タイムス』のハッちゃんや大波さんにいわんといてや。コードロの竹本さんにも、海野社長にも水口クンにも、福松センセや田淵センセにも、ムラケンにも、誰にも、いうたら、いややデ」

と私が力を入れていえばいうほど、みんなは笑うのだ。

「男には絶対、いわんといて」

ところが、だ。

そのブティックの店の広告とりは、私に代って、今度は青柳みちがいった。

青柳みちは一人でいった。みちは小柄でほっそりしたトランジスター美人であるが、みんなに、

「気ィつけてよ。ドボンにならないように。むざむざとヨソの家で赤はだかになるのだ

けは、おつつしみ遊ばせ」

と訓戒されていったにかかわらず、かつ、自分でも、

(あたしは、もう、広告とりにだけ、いくんだから……。あたしは乗せられるもんか)

と腹をくって出かけたにもかかわらず、ふらふらと車で「まごころ会」へ連れてゆかれ、ふらふら、スーッと、例のストーブとヘアドライヤーのある部屋に入っていた、というのだ。

(うん、ここやな、カオルさんのいうてたのは。そうや、ここでしっかり、ふみとどまらねばならん。カオルの二の舞するもんか)

と思い思い、スーッと服をぬいでいたというのだ。

(ハハア、これがカオルさんのいっていた池だな。とんでもない、ここで入ってたまるもんか)

と思い、「まごころ会」の人と押し問答をしていたが、そのうち、なぜか、しらずしらずのうちに、

(もう、ええわ、……入ったらいいんでしょ、入ったら)

という気になり、ドボンと漬かったそう。もっともその日はかなり暖かだったので、私のように震え上って嘔吐する、といったようなことはなく、チャンとあとで、

「きつねうどんをふるまってもらって食べてきた」

といっていた。そうして青柳みちも、

(あ、ここやな……これやな……)

と思い思い、その通りになってしまったのをおかしがってるだけで、私のようにかんかんに怒ってはいないのだ。

ともかく、そんな風にいうも涙、きくも涙の苦労があって、やっと広告もあつまり、知事さんや市長さんのメッセージも頂戴した。このファッションショーの後援は、県や市、それに来年行なわれるポートピア'81協会、それから商工会議所、兵庫タイムス、などということになっている。コーベは八年前に、

「ファッション都市」

の宣言をしたが、これはそもそも大もとはコーベ市の発想で、そのころは市民はむろん、当のファッションデザイナーたちも、

「なにいうとんねん」

「どないせえ、いうねん」

ぐらいのところだった。でもそのうち、それらしい運動がしだいに盛りあがってきて、まず第一に、デザイナーたちがいろんなグループに分れてショーをさかんにやり出したり、素材の企業と手を組んで、新しいイメージを売り込んだりした。だってもともと、コーベのファッションというのは、大阪とも、東京とも、少しずつちがっているのだから、コーベの人間がまずそれに気がついて、自信をもたなくてはいけないわけである。

私は洋裁が少女のころから好きだったから、東京の学校へも一時いっていたけれど、基礎がかたまると、センスを磨くのは、やはりコーベだと思い直した。

それでコーベへ戻って、青い空や海や、すぐ近く、眉にくっつきそうな山を見ていると、気がハレバレとし、今までエビぞりになっていたような窮屈な心が解き放たれた気がした。うーんとノビをしたら血が、四肢のすみずみまでゆきわたり、心が弾《はず》んでくる気がする。

コーベでは、明るい色、あざやかな色、そして思いきったデザインが、まことにぴったりと似合う、シックはシックなりに、人の心をときほぐすようなおちつき、決して排他的な、思い上ったシックではない、そういう楽しげな雰囲気のものが、この町では似合う、とわかった。

私はコーベで更に洋裁学院へ入り直し、卒業すると既製服の会社の企画室のデザイナーをやって、いまはまだそこの相談係みたいな形で籍をおいているけれど、四、五年前に独立して、「アトリエ・ミモザ」をつくったってわけである。「アトリエ・ミモザ」をつくるのに、私は大阪へも京都へも、持っていきたくなかった。やっぱり、（私の生れた町、育った町だからだけれど、それ以上に）コーベが好きで、コーベの感じと私のつくりたい服が、ぴったりしていて、この町で仕事をするのが私の資質にとってはいちばん、ハッピーな状態ではないかと思えるのである。

私はそんな気持でつくった服を、日本中の人に、いや、世界中の人に着てほしい、と思っている。

コーベの人たちは目が肥えてる上に、そもそも明るくて陽気なモノ、派手なコトガラが大好きだからいいが、ほかの人たち、どうしてああも、モッサリして地味なのを着るのかしら。

日本人の黒髪、黄褐色の肌色に、くすんだ間色は似合わないのだ。よけい陰鬱にみせるだけである。それに、たのしい服を着たら、気分もいっそう引き立っていい。そういう意味合いで、コーベのファッションが、日本中や世界中をリードするようになればいい、と思う。「ファッション都市宣言」以後、ファッション関係者の気持も理念もかたまってきて、それぞれが、活潑に活動するようになった。

海野さんではないが、

「いろんなんが、ごちゃごちゃ居てるほうがおもろい」

ということで、コーベのファッショングループはさまざまである。企業お抱えのデザイナーたちのやってるグループ、店をもってるデザイナーたちのグループ、小売屋さんのグループ、みんなそれぞれ、年に何回かファッションショーを開いている。

でもそれらは、ファッション関係者や企業関係者だけで見ることが多い。それと勉強熱心な洋裁学校の生徒たち、ファッションジャーナリストたちで占められる。

私たちは、ファッションをできるったけ大衆のものに浸透させたいので、ちゃんと入場料、ケンブツ代金をとってたくさんの人をあつめる。

ショーをすると、ヨソのファッショングループはみな赤字だというが、私たちのところでは赤字になったことがない。

「ちゃんとペイしますか」

とヨソのグループはびっくりしていた。

「ハア、あんばいいきます」

といったら、

「オナゴにはかてんな」

とみんないっていた。広告をうまくとってきたり、得意先や、「ベル・フィーユ」の顔でキップをうり拡めたりする、その伎倆にかぶとをぬいだ、という意味であろうけれど、その口吻《こうふん》にはもう一つ、

（サジを投げた）

という匂いもする。また、

（ああまで厚かましィに、男にはでけまへん）

というのもあるかもしれない。

（やっぱり「ベル・フィーユ」はコーベの女ドンや）

というのも入っているだろう。

私たちのショーの券は、たいてい前売りだが、ナゼか、オリエンタルホテルの大宴会場に設けた席が、みな売り切れてしまう。グループのひとりのご主人は美容師で、有名なカットサロンをもっているが、そういうところへもたのんだりして、私たちの「K・F・G」（コーベ・ファッション・グループ）のショーはかなり口コミで売れるようだ。

それから、また、せっかく後援して下さるということなので、県庁や市役所、ポートピア'81協会などへも券を買ってもらいにいく。

こういうとき「口裂け女」の私がやらされる。

私は、美人のほまれたかき、けい子を伴ってゆくわけである。しゃべるのは私がしゃべるが、男の人たちは私を見てたってちっとも嬉しくないであろう。横にけい子がいてニッコリすると、うれしくなって買って下さる。

「しゃないな、何枚買《こ》うたらええのんですか、市役所、何枚やねん？」

と県庁の経済局の人はいう。市役所の商工課の人は、

「県庁、何枚買《こ》うてん？」

ときくのである。だって、私たちのショーはそもそも、「ポートピア'81協会」に協賛して、ということで、

「ポートピア'81へのプレリュード」

と謳《うた》っているのだ。券を買って、ゼヒ見にきて、

「頂くべきや、思いますねん」

と強調したら、

「よっしゃ、よっしゃ、わかった」

と閉口して買ってくれた。

「絶対、いらして下さいね、そりゃもう、すてきなショーです。面白いショーです。みんな一人一人、個性があって、それでいて、あのう、ちゃーんとポリシー、まとまってますねん。何しろポーアイがテーマでしょ、ポートピア'81のメインテーマは『新しい海の文化都市の創造』いうのやから、波とか島、山、鳥、それにコーベはお祭りが好きやから、人と祭り、海と太陽とかをテーマに打ち出しましてん。それで、素材もグループ

十人がそれぞれ、コットンやらナイロンやら、着物地やらで、これもバラエティがあります。あたしのテーマは『夏のしぶき』っていうので……」

と話していると三十分ぐらい、すぐ経ってしまう。向うは何べんも時計をみて、

「よっしゃ、わかりました」

と大いそぎで券を買い上げて下さるのであった。

海野商会のところへは、私は、けい子のたすけを借りないで一人でゆく。海野さんはキップも買ってくれるし、もちろん広告もくれるわけ。その上、

「忙しいやろ」

とねぎらってくれる。

「体に気ィつけてや」

「ハイ。とにかく、このショーがすまな、気ィつけるも何も、ないわ」

「何いうてんねん。ショーは人間のつくったもんやけど、体は神サンから借りてるもんや、ショーなんかいつでもまた、出来るけど、体はいっぺんこわしたら、神サン怒って、もとへ戻してくれはらへんのやデ」

と叱られてしまう。

「ハイ」

と舌を出したら、

「ま、ダンプみたいなカオルちゃんの体みてたら、めったに神サン怒らすようなことはない、と思うけど」

と海野さんはにっこりした。ダンプとは何や。かりにも女の子に向って形容する言葉とちがうがな。

「ほな、戦車か」

と海野さん。

「あたしはジープくらいですよ、いま、ダンプは大信田さんです」

大信田さんはいま、グループでいちばん忙しい。ショーのスタッフの代表で、平栗ミドリやテレビディレクターの木暮《こぐれ》阿佐子さんらと共に、構成や演出を受けもってくれている。「K・F・G」のプランナーである。

グループの相談役に海野さんやコーベ洋裁学校の大御所の先生（私もそこで学んだ弟子である）をお願いしているが、ウチのグループの特徴は、プランナーに人を得ていることであろう。大信田さんやミドリや阿佐子さんに任せておくと、心配はないというわけ。

阿佐子さんも「ベル・フィーユ」の一員だが、何しろテレビ屋さんは時間に追いまくられるので、なかなか、例会に出られない。この前、コードロの竹本支局長を招ぶ会にはきていたけれど。

こんどのショーは、彼女のいるテレビコーベが協力してくれることになっており、（といったって、ショーの一部を中継してくれるだけだけど）阿佐子さんの制作になるのである。この人は大信田さんとちがってユックリした物腰の、おちついたお姉さまで、生れたときから首へ大時計をぶらさげなれているような人である。テレビのめしを食べなれた、というより、分秒よく馴れしたしんで、時間をスルスルと巻いたりほどいたりできる、といったらいいかしら。

阿佐子さんの手にかかると、時間がきっちり、おさまってしまう。何しろ四、五十点の作品を、十人のマヌカンが着たりぬいだりといういそがしい勝負なので、時間がぴたりと嵌《はま》らなければ収拾つかなくなる。

しかも私たちは、お勤めする人々のために、昼の部と夜の部と、二回公演をもくろんでいる。昼は若い人向きでもあり、夜はオトナ向き、ということもできる。昼はキップのオカネも安いが、夜は飲みもの、食べもの付きでちょっと高くなっている、という趣向である。

だからそういうあたりの時間調整をきちんと見てくれる人がないと、てんやわんやのさわぎになる。

阿佐子さんはいうなら、大信田さんのアシスタントという恰好で、時計を見ては走り廻っている。

大柄でがっしりした体つき、下半身が農婦のようにたくましくて、いつもパンタロンをはいているが、男と同じくらいの大幅の足どりでうごきまわっている。

パンフレットを編集してくれるのは、もっぱら平栗ミドリである。「兵庫タイムス」の社長（ハッちゃんのいわゆる「ナカザワはん」）にも、メッセージを頂いた。ナカザワはんは女性記者を育てる気があるのかないのかわからないが、少くとも「Ｋ・Ｆ・Ｇ」には偏見がないらしくて、

「ポートピア'81の開催にさきがけてショーをひらかれる意義はまことに大きい。ご成功を祈ります」

という趣旨の文章をかいて下さった。そういう文章を編集して、ミドリと共に、すてきなプログラムをつくってくれたのは水口クンである。水口クンはレイアウトなんかうまくて、けっこう役に立つ人である。

ナレーターの原稿を、

「あんた、ちょっと書いてみてみ」

と大信田さんにいわれて、ドレスのカラー写真を見い見い、書いてみせにいっていた。

そして大信田さんに、

「こんなコトバ、使《つこ》たらあかん。『含蓄のある……』なんて読みコトバをしゃべれるかいな。それに、ドレスと漢語、というのはとり合せわるいわよ。詩でやってみてよ」

とボロクソに叱られていた。

その次にまた持っていったら、

「七五調はあかん。歌謡曲になってしまう。なんでファッションショーで歌謡曲が出るのん。あんた、見たことない？　ショーは」

「知りません。今まで見たことないんで」

「もう、ええわ、あたし、一つ書いてみる」

と大信田さんはスラスラと書き、

「こんな具合に」

といった。

「——波と女。

渚《なぎさ》と女。

海岸通りの白い異人館。

私は潮風に髪を吹かれて

空との結婚を

夢みます」

これをナレーターが、バックグラウンドミュージックで読んでいるうち、モデルはひらひらと一周し、たたずんだり、くるりとターンしたり、上衣をぬいで抱えたり、肩に投げたり、スカートをつまんで振りながらスキップしたり、するわけである。水口クンは、

「いっぺん、本物を見てから、勉強します」

とあたまをかいて恐縮していた。

「そら、無理やわ。男の人って、いままでファッションショーなんかに関心ないやろうし。——それに、第一、はじめのときの会議にいてなかったんやもん」

と私は水口クンをかばった。

はじめの会議、というのはそもそものはじめに、こんどは何のテーマでいくか、という会合である。

ポーアイにちなんだものにする、という構想はみんなの胸にあったけれど、そのテー

マを何にしぼるかというと、

「何しろ、海か港、というのがええから、港にちなんで、出逢いと別れ、いうのにしたらどうかしら」

と青柳みちがいった。

「ポーアイと、あんまり関係ないみたい」

「科学、いうのはどうかな」

とけい子が提案した。

「メカ、というのが好きなんだ、あたし。何でもハッキリ、キチン、としたもの、整然とか、キビキビ、とか、そんなん好きよ」

きっちり好みのけい子らしいが、

「へえ。いっそ、コードロ、というテーマはどうなのさ」

とまぜ返す人があったりして、大さわぎになる。コードロ、というのは、けい子がすこし、竹本支局長にいかれているからである。

「いや、なんであたしが科学、というか、というとね……」

けい子はやっきになって、

「あの島つくる、いうのも、何せ、須磨の山からベルトコンベアやら、プッシャーバージやらいうもんで土を運んだでしょ、コンテナ基地やら、いっぱい、そういうもんができてるわね、これは科学のロマンやないかいな、思うねん」

「けど、服は科学やないよ、夢やわ、ロマンやわ」

と手芸家のモト子さんはいった。

モト子さんの手編みレースを袖や衿にあしらった、ちがう素材との融合、ということも私のこんどのテーマの一つなので、モト子さんにも「K・F・G」の準会員になってもらっている。

「精神的なもののほうがええわ……祈り、とか。想い、とか」

と雪野さくらさんが、うっとりといった。

「みそぎ洗礼とか」

大信田さんは意地悪をいう。

「あっ。やめて！　もう祈りもみそぎも、二度と聞きとうない」

と私がぷりぷりしたので、みんなはひどく喜んだ。

「ポーアイは山を削って海を埋めた都市だから、海と山の結婚、でいったらどうやろ」

私はいそいでいった。いつか水口クンに私たちがいったのをおもい出したのだ。

「いいや、あたしはやっぱり、みそぎ洗礼がいい、と思うよ」

と大信田さんはよけい面白がっていう。

「白いガウンに星のアクセサリーで、髪をべったり濡らして、

『ご先祖のみたま
あたしのみたま
夢のみそぎに清められて
いま　あたしは

　水中にとびこむ』

なあんて」

　大信田さんはナレーター風にうまく、ゆっくりとアドリブでよみあげる。こりゃ、まだ一年ばかり、からかわれる材料を提供しそうだなあ。

　私たちの「K・F・G」では顧問に何人かの実業家の男性もお願いしている。（海野さんもその一人であるが）そういう方々に、

「こんどファッションショーしますので、こういうテーマでやりたいと、思います」

といいにいくと、いそがしい社長業の合間に、

「何や」

と会って下さる。

　実際、コーベの男の人って、やさしい。

　私は（これは「ベル・フィーユ」の連中、みんないうことなんだけど）ウーマン・リブの運動、女権拡張運動、みな大賛成ではあるものの、本当は男と女ともっと仲よしになるべきだ、と思うものだ。

　仲よし、ったって、田淵センセのいうように、何が何でもセックス友達になろうというのではない。そういうことは、魅力のあることにはちがいないけど、世の中、場合によっちゃ、それよりもっと面白いことが多いのだ。

　つまり、男と女がいっしょに何か仕事をやりとげて成功さす、ってこと。

（尤も、ベッドでの協力も、仕事のうちだろうけど）

そして、男と女が力を合せて、ああでもない、こうでもないと、工夫《くふう》し、やっとできあがったものを人々が見て感心したり影響を受けたり、刺戟されたり、発奮したりする、そういうときの男女の仲って、むしろ、寝るより以上の快感じゃないかしら。

(といっても私は、あんまり、そっちの方の快感にも明るくないので自信をもっていえないんだけれど)

とにかく、男を目のカタキにして張り合ったって、あんまり面白くならない気がする。

ここは一つ、幼稚園ごろの気分にかえって男の子と女の子がこだわりなく手をつないで「おゆうぎ」する。そんな風に仕事ができればいちばん理想的だ。

けい子や大信田さんは、それに異議がある。

けい子にいわせると、それより前に、男性社会が、女性の参加をはばんでいる、というのだ。だから「お手々つないで」より以前の問題として、まず男と闘争し、機会均等を克ちとらなければいけない、という。

「学校だけがやっと男女平等になった、試験にさえ受かれば、通るようになったんやから、次は職場よね。学校は男も女も受験できるのに、会社だけは男しか受験できない、なんていうのがおかしい。これはもう、闘争あるのみね」

という意見である。

たしかに現代日本の実情はそうなのだが、そしてわが町コーベの企業もそうなのだが、でも少しずつ変ってるみたい。私たちがこうして、「ポートピア'81へのプレリュード」なんてファッションショーを開くについて、ご意見をうかがいにいったら、

「そやな、『海と山の結婚』か、そらええテーマやな」

といって下さる。この会社はおもにスポーツ用品を扱っている会社で、社長の宇崎さんは海野さんよりやや年上ぐらい、ゴルフ焼けして活潑な紳士で、コーベっ子らしく気さくな人である。

社長室の窓からは港と海、それにはるか彼方にみえるのは、あれはポートアイランドではなくて、いわゆる「六アイ」、いままたポートアイにつづいて作られつつある六甲アイランドなのかしら。

「あんまり突飛なもんより、着て楽しく、見て楽しい、いうようなもんでないとあかんなあ、何せ、アカぬけたんにせな、コーベらしィない、そして着るもんだけがファッションやない、食べる、住む、それにここやな」

宇崎さんは人さし指で、自分のあたまをつついてみせた。

「あたまで考えることも一つのファッションや、考え方、感じ方、そういうのもコーベがリードせな、あかん。世の中、ちょっとでも楽しいに生きていこ、いうように考えるのが八〇年代、いや、そやない、二十一世紀のこれからの風潮やろなあ。生き方の垢ぬけたファッションを売ってもうけるんや、そういうエスプリがなかったら、あかんで。あんたらのグループも、生き方を売るのや」

「ほんとですね。ちょっと、生き方、いうたらむつかしいけど……」

「むつかしいこと、あるかいな。あんたら、『ベル・フィーユ』の連中の生き方みたいなんを売ったらええのや」

「エーッ」

と私はのけぞってみせた。大信田さんもげらげら笑い、

「そんなことしたら、みんな、オヨメに行きそびれちゃいます。みな売れ残り、という生き方を売るんですか」

「オヨメなんかどうでもええ、毎日張りきって生活しとる、みんなオモロうてしょうない、という、そういう気分を弘めるんやな、そしたら今に、世界中、コーベを見に来よるデ。コーベの、今年のファッションカラーは何色やろ、とか、コーベでは今年、どんなモードがうち出されてるのやろ、とかニュースを知りたがるようになる。コーベ風、というのがもてはやされる。デザインやカラー、きめるのはコーベ、いうことになる」

「そうなるのが、あたしたちも夢なんですけど」

「夢で終らんようにせな、あかんなあ。まだまだコーベはあかん。日本のサンフランシスコいうわけにはいかん。もっと町を綺麗にして、ホテルやら遊び場やら劇場やら、オトナがたのしめる、中年のたのしめる町にせなあかん。しかし、大本は、まず、ファッションで売るんやな。それから、ここが垢ぬけてる、いうことを売るんやな」

とまた、宇崎さんは人さし指であたまをつついた。

「そういうつもりでがんばってや。何でも日本一にならな、いかん。Y組だけ日本一、いうのは自慢にならへん」

「アハハハ」

「あんたら女の子はすでにもう、『日本一』やねんから。コーベの女の子は垢ぬけてる

からなあ。その特色がセールスポイントや」

　この宇崎さんは、海野さんとまたちがう意味で私たちを啓発して下さるわけ。海野さんは、私にとっては、

　——人生上のヒント
を与えてくれる人であるが、宇崎さんは、

　——商売上のヒント
を下さるわけである。私たちが社長室にいる間も、入れ替り立ち替り、判コをもらいにくる人々があって、とても忙しい体なのに、宇崎さんはそんなことをしゃべって下さる。この宇崎さんも、いっぺん「ベル・フィーユ」の例会に呼んだことがあった。ちゃんと一人で来て、「コーベの街づくりについて」というテーマでしゃべりながら、「天幸」のてんぷらを食べた。

　実際、コーベの街って、そういう男の人たちがほとんどである。大体、知事サンだって「ベル・フィーユ」の例会に来て下さる町なんだから。

　知事サンとか商工会議所副会頭、なんていうと、おつきや秘書やといっぱいくっついてくるものだが、コーベでは一人で、「天幸」の二階座敷へあがって、

「ここか？」

　と顔をのぞかせてくれるのである。

　ちっとも仰々しくない。

　それに、勿体ぶらない。

いつか海野さんにそういったら、

「そらコーベかて、勿体ぶりたい人も仰々しく物々しいのが好きな人も居るやろうけど、あんたらが、そういう人とつきあわへんからや。つまりは、あんたらの嗅覚《きゅうかく》が発達してるさかいや」

といわれた。

そうかなあ。

私にしてみたら、コーベの男性は、みな気軽でやさしくて、勿体ぶらなくて、そして女の子にやさしいように思うけど。

音楽の与田チャン、照明の房田チャン、これらは私やけい子がプライベートコレクションショーをしていたときの、いつものスタッフであるが、こんどのショーでも頼んでいる。有能で気持のいい働き仲間だ。男の子たちであるが、仕事の打ち合せをしたり、議論したり、しているときは、たまたま男の子、というだけで、べつに男だから女だから、って意識しないのだ。カメラマンもナレーターも、みんなコーベの気心の知れた古い仲間。水口クンは、

「コーべって、この町だけで何でも揃うんやなあ」

と感心していたが、ただマヌカンだけはコーベには事務所がない。大阪から来てもらう。

ただし、私のグループは、みな日本人のマヌカンをつかう。私はまず日本人に着てほしい服をつくるので、白人や黒人のマヌカンを使っても、足が地につかなくて現実味が

薄い気がする。

　これは、かなり日本人ばなれした服を作るけい子でも、いっていた。ロングドレスでもパンタロンでも、それは外人マヌカンが着ればずっと着ばえするかもしれないが、何しろ着て楽しい服、というのがモットーなので、見栄えするだけではどうしようもない。

　とくに私は、今度は着尺を使ったり、帯地で作ったドレスを用意しているので、よけい、黒髪黒眼の日本女が好ましい。

　アクセサリーは、海野さんの海野商会から借りたものと、コーベの名産の真珠を使う。これも借りたもの。けい子のドレスなんかときたら、真珠商会から借りた小粒のホンモノの真珠を、何百と胸と裾に縫いつけたもの、これはショーがすんだら返さないといけないので、一粒でも落したら、たいへんである。

　たいへんといえば、広告がたくさんとれて、おかげでりっぱなパンフレットもできたが、何しろマヌカンのギャラはたいそう高い。仮縫やらリハーサルやらと、何日もにわたって来てもらえないから、当日の朝から来てもらうことにする。

　会場はオリエンタルホテルである。前の日にテレビコーベの打ち合せがあって、これがまた時間をとってしまう。ほんのちょっぴり中継してくれるだけなのだが、カメラを据えっぱなしにするという。

　そうかと思うと、メンバーの男性デザイナーの一人が、音楽担当の与田チャンに「ぜひここは、あの曲にしてほしい」と急に頼んだりして、音響担当の男の子とあわてて打ち合せ。

美術サンは、大道具が一部気に入らなくて徹夜でやり直しをさせているそう。

手芸家のモト子さんは、染色に出した色がモヒトツ気に入らないというので、くよくよしてるし、最後のフィナーレで、マヌカンがべつのマヌカンのネックレスをつけて出ることになっている。ネックレスも首まわりをはかって特注しているため、合わない、とか、まあ、いろいろすったもんだがある。

でも、今までの慣例では、

「幕があけば何とかなるわよ」

と私はいった。

私は県庁や市役所の人には、

（そりゃもう、すてきなショーです。面白いショーです）

と請合ったが、ほんとにみんなをうっとりさせられるかどうか、考えると不安がもくもくと湧いてくる。私の作品だけでなく、みんなのが、それぞれ個性がありながら「ポリシー」があるという謳《うた》い文句通りになってるかどうか、設営に手ぬかりはないか、進行がとどこおらないか、途中のテレビ撮影がチャンとなるかどうか、もう心配し出すと、キリがない。

マヌカンのヘアの係、着更えさせる係、アクセサリーの係、（何しろ、真珠モノは値が張るので）それらの人々は、何度もショーを手伝ってもらって慣れているけれど、順番があたまへ入ってるかどうか、それらは大信田さんや平栗ミドリや阿佐子さんの仕事であるが、あまり心配すると、あたまが禿げてしまう。

「ま、ええやないの」

と私はいった。

「それよか、弁当の手配はチャンとできてるやろね」

「うん、大丈夫。駅弁がとどくんだ」

と平栗ミドリはいい、昼と夜に分けて、何十個というお弁当が配達されると請合った。

「カオルちゃんいうたら、もう、食べることが第一やねんから」

「ほかのことはどうでもなるけど、何十人のスタッフがおなか空かしてたんでは、ショーはめちゃめちゃですよ」

明日は討入り、という気分である。春の夜風はまだすこし冷いが、明日はいいお天気になるにちがいない。キップを買ってくれた人たちは、ちゃんと来てくれるだろうか、お昼の客もそうだけれど、夜も出席してもらえるだろうか。

主婦や学生や洋裁学校の生徒さん、それに、ファッション・ジャーナリストたちは、お昼間の観客であるが、夜は実業家の人や、知事サン、市長サンたち、田淵センセや画家のセンセたちを招いている。そういう人々がのぞいてくれるかしら。

大阪では、音楽や美術や、ファッションショーのもよおしに、財界人は、おつき合いでキップを買ってくれるけれども、なかなか、出席はしない、ということである。キップを買うのと出席するのは別ものらしい。

「らんちゃんとこでちょっと、おなかごしらえする？」

と大信田さんはいった。

「ちゃんとやるだけやったんやから、あとは明日に任して。明日の風は明日吹く」

「討入り前夜のそば屋ね。『らんぷ』のにゅうめんでも食べますか」

と私と大信田さんとミドリは「らんぷ」へいった。

「らんぷ」には、照明の房田チャンと、水口クンがいた。水口クンは、ショー準備委員という名目で、アルバイトを引き受けてくれてるのである。

さすがに小説家のタマゴだけあって、ちょっと片はしをかじると、すぐカンどころをつかみ、作品のタイトルなんか考えてくれるのがうまい。

「夏のしぶき」

というのも、彼が考えてくれたのである。それは白いコットンレースのドレスと、麦わら帽子の組合せで、帽子には幅広い白いリボンが巻いてある。

「風が呼ぶ島
ポートアイランド
一つの山が
一つの島となって
海に咲いた」

というメインテーマも書いてくれた。

「船のロマン」だとか、「貝殻の詩」「白いキャビン」「サンセットストリート」「月のしずくが貝になった」とかいう文学的なものも。

たいへんうまいのだが本人は、

「やりなれんことをやると、むつかしいです。しかし、何や、女性文化の一端がつかめました」

といって、水割りを飲んでいた。

私たちはバーへ来て、らんちゃんママのつくってくれる、美味しいにゅうめんを、ちゅうちゅうと食べている。色けのないこと、おびただしい。

らんちゃんは、

「イヨイヨ、明日ね？　いくわよ、あたしも。ただし、夜はお店あるさかい、昼間、いくわ」

といっていた。

「おめでとうさん」、
と私。

「まだ、出来てみなわかれへん、おめでたいかどうか」

「大丈夫よ。あんたら三人そろてたら、鬼に金棒やわ。それに、全コーべの男の人があと押ししてはるし」

「そら、男は男のあと押しなんてしませんよ。女の人のためやから、あと押ししますねん」

と水口クンはいう。

「男社会やったらこれ、切り捨てますよ、何しろ、男社会は競争社会やから。やる気のある奴の足はひっぱるし、やる気のない奴は蹴落して切り捨ててしまうし……」

「へえ。そうかなあ。女社会やったら、なんでやる気ィないのか、よう、聞いたげるやろね、そうして、やる気ィ出させてあげる、あるいは、どうしてもやる気ィ出えへん、という人は、ホナ、ちょっと休んでなさいと。その代り、私が代りにやったげる、と……」

と私はいった。

「そんな世界は極楽すぎて、人心荒廃してしまう。それも社会主義の一種やな」

水口クンはあはあはと笑った。

「しかし、楽しいスよ。コーベの女の人たちの間で働いてるの。——何てたって、女の人はしとやかやし」

水口クンの言葉で、私はカウンターの下でぶざまに開いていた両腿《りょうもも》をあわてて、しとやかにくっつけた。

わるのりざかり

コーベの春先は海風が冷いが、今日は申し分ない上天気。

日が昇るにつれて水蒸気で、海面は煙ってきた。「山咲《わら》う」という俳句の季題があるそうだが、ほんとに、山を見るとそんな感じ、これも「ベル・フィーユ」の例会に来て頂いた俳人の先生に教わったのだ。

私は、というか私たちの仲間は、というべきか、いろんな勉強を男の人たちから教わることが多い。一生けんめいになって話を聞くので、

「ホラ、口をポカーン開けてるから、ヨダレ垂れてる」

とひやかされたり、するぐらい。

べつに、「天幸」の大ぷらや「とり平」の焼鳥で授業料を払う、というのではないが、そしてまた、その授業料ぶんだけ見返りを得ようと、けんめいに勉強するといった、そんなケチなつもりでは断じてないのだが、でも「ベル・フィーユ」の例会で聞く男性方の話は、ほんと、ポカーンと口を開けたくなるような面白さに溢れているのだもの。

そして、それぞれ、男の人の個性があって面白い。

「兵庫タイムス」の学芸部長の大波さんに聞いた、兵庫文学案内だって、たとえば志賀直哉の「城の崎にて」の話から、大波さんが、昔は文学青年だったことを気取らずにしゃべってくれて、そこから同人雑誌仲間だった女の人との初恋だとか、その当時の社会情勢だとかへ話が発展して、とても面白かった。それと同時に思ったのは、

(フーン、男の人って、自分の人生の軌跡をこうやって客観的に、しかもユーモラスにしゃべれるのか)

という発見だった。女の人が自分の「過ぎこしかた」を語ると、自己弁護に終始して何だかいい子チャンになりすぎて不自然で、そのせいか、ちっとも女の話は面白くなかったりすることが多い、自分のことを語って面白く聞ける女の話なんて、めったにないものである。(そこへくると、わが「ベル・フィーユ」の連中は、かなり男に近いせいせいか、わりかし話が面白いみたい)

大波さんにそういったら、肉厚の、子供みたいな笑顔で、

「男は、いつも自分のいてる場所を測定せなあかんからなあ。そやないと、どこからテキのタマがとんでくるやわからん、という、戦場で暮らしなれてる悲しい性《さが》ですよ。男やから客観的になれる、いうもんでもないね――。あんたらみたいに、外の社会で働いてる女の人かて自分を客観的に見てるはずや」

といった。

そしてまた、

「あのな、ヒマがあったとき、自分史、いうもん作ってみ。あれは一人で楽しめるデ。上の段にその年、自分の人生に起ったことを書く。下の段に、日本や世界で起った事件、重要事件でも社会面の大きいニュースでもええ、そういうものを書きこむ。これ、おもしろいよ。それに、自分の位置測定の手がかりにもなるしねえ」

とも教えてくれた。

「ハア」

と一同、深く納得してうなずいた。

「何や何や、あんたら幼稚園の子ォらみたいに純真やねェ」

と大波さんは笑って、

「純真、いうのはあんまりホメたもんやないぜ。色けない、いうこっちゃないか」

といわれてしまった。

「自分史」はまだ作成していないけれども、少くとも、

(なるほど、そりゃいい)

と感心しただけでも、半分、作ったようなものである。そのあと、何かにつけ、

(へーえ、あたしの三つのとしに、こんなことがあったんやな)

とか、

(この事件は小学二年生のときだったんだな)

などと自分に結びつけて読むくせがついて、この社会の中で生きている位置を測定する、ほんのちょっぴりの足がかりになる。

考えてみると、学生の頃は、こういう有益な示唆や教訓を毎日与えられていたはずなのに、そして学ぶのが仕事だった身分のくせに、一向、それが身に沁みていない。社会人になって自分で働いて、ある程度の年齢も加えてくると、何かにつけ、教わることは身に沁む一方である。若い学生のころから、今ほどしっかりと心に刻んで勉強していれば、もっと賢くなったであろうに……。

大波さんは、

「何をいうてんねん、五十、六十になったら、ああ、三十代、四十代で、もっとしっかり身に沁みて勉強しておけば、と悔んでるかもしれへんよ。七十、八十の頃にはまた、五十、六十のトシにしっかりしとけば、と思うやろうなあ」

といっていた。私なんか単純なせいかもしれないけど、またまた、

（なるほどナァ……）

と思ってしまう。

だから、こういう風に男性に教えられて、とっても有益な刺戟を与えられた、という気がする。結婚している奥さんは、いつも旦那さんから刺戟を受けたり助言してもらったり、指示してもらったりできていいなあ、とつくづく、うらやましくなるのだが、

「いや、それはちがう。自分の女房《よめはん》になんか、誰もしゃべらへんデ、そんなこと。何ぼ色けないいうても、やっぱりヨソの女の子らにしゃべってるほうが、僕ら男としては張合いがありますからな」

と大波さんはいっていた。

そしてこれは私が一人で心の中で思ってることだけど、たとえば「兵庫タイムス」学芸部の記者、ハッちゃんなんかは「ベル・フィーユ」へ呼んで話を聞こうという気にならない。まだ独身の男よりも、やっぱり奥さんのある男の人のほうが、（奥さんにいわないで黙ってる分だけ）たくさんのものを惜しげなくふりまいてくれる気がする。

　俳人の先生には、歳時記に親しむことや、それから無季俳句の面白さについても教えられたのだが、そのときに「春の山は笑うが如く、夏の山は滴るごとく、秋の山は粧《けは》うが如く、冬の山は眠るが如し」というのを教わった。私は海と山に毎日、挟まれて暮らしているが、海は場所によると建物に遮られて見えない。けれどもコーベの山は、どこにいても目に入ってくる。春になるとポツポツと若芽の緑が増し、ところどころ白くなり（桜である）くすんだ緑、明るい緑がこきまぜられ、山全体が鳴りどよもして笑う感じになる。そしてクスノキの燃える黄緑が山肌をだんだらに染め、みる間に真ッ蒼な夏山になる。やがて海風が涼しくなると、再び、ポツポツと黄葉して、次第に山肌は絵の具箱をぶちまけたように、赤、黄、緑、茶色、焦茶いろ……さまざまの紅葉黄葉の季節になる。

　この秋の季節は、町なかで山を見るたのしみを深くする。

　青空のカンバスに油絵の具をぬたくったみたい、こういう景色をみなれていると、つい近くに山のない大阪の町などは、捉まえどころがなく、心もとない気にさせられてしまう。

　町の背景に大きな大きな絵の額が掛っているというか、巨大な壁画に飾られているというか、コーベの町自体が画廊のような感じである。

　そうして冬の山は墨いろに沈んで、寒い朝など頂が白くチカチカと雪で光っている、四季ちがう画の額を掛けかえてるみたい。

　そうやって、山の表情に慣れていると、全く、「山咲う」という表現がぴったりの春先である。

　私はアシスタントのノブちゃんやまさちゃんらとホテルへゆく。ショーのある大広間にはステージの用意ができていた。貝殻と鳥と飛沫のイメージで、すっきりした装置である。バックは青と銀色だった。

　照明の房田チャン、音響の与田チャンがもう来ていて、ジーパンで走り廻っていた。大信田さんや木暮阿佐子さん、平栗ミドリらも仕事のときはジーパン、これは、ショーがはじまると、みなエレガントなドレスに着更えるのだけれど、リハーサルの間は動きやすいようにジーパンにブーツなんかはいてる。

　マヌカンたちもそろっていた。それぞれシャツやセーターのふだん着で、会場の中央へ突き出したステージをあるいて、

「そこでゆっくり、ターン、……脚をいちどそろえて」

　と雪野さくらさん門下の弓ちゃんが声を嗄《か》らして指示している。モデルという職業、美しく生れついてさえいれば、一日に十万円、八万円などというギャラを手に入れられて、いいようなものだけれど、美しけりゃいい、ってもんではなく、ダンスの素養もなくてはポーズが美しくきまらないし、それにどんな豪華なドレスを着ても負けない雰囲

気がなくてはダメなのだった。

　いつもそのドレスを着ています、という着なれた感じと、服のイメージを強調する演技力も要る。

　けれども最後は、（私のいつもいうことだけど）人間、「気立て」である。技術なり技能なり才気なりはあるけれども、気立てが悪い、人柄がいやみだ、というような人は、私はあんまり好きではなく、モデルさんにまでそういうのを要求するのだから、我ながらおかしい。

　打ち合せのとき、ミドリが、

「モデルは、××さんと○○ちゃん、それから……」

と指折って数えるので、私は、

「あ、○○はいや、クラブにいうといてな、あれ、あんまり好きやないわ」

といった。大信田さんが、

「でも優秀よ、きれいやし、ねえ。ギャラはたかいけど」

「ちっとも、こっちの指示に従わへんもの。いうた通りにでけへんのはプロやないわ、ギャラが高い思うて、態度がデカいわよ。あたし、そういう人柄、好きやないのよ」

と私はズケズケいった。私はちょいとばかりの優秀な才能より、

「気持いい」

　人間にとりかこまれていたいのだ。仕事を勇んで喜んでするような、かわいげのある人、こっちの指図に「ハイッ」「ハイッ」ときいてくれる人、「急いで！　おねがい！」

というと「ハイ！」といっそう素早く動いてくれる人、音楽と動き、それに服には一つ一つ、銘というか、名前がついている、それらのイメージを説明すると、じーっと考えて、その気分に浸ろうとしてくれる人、美しい服が好きで、それを着たり、人に見せたりするのが好き、およそ、そういうものを楽しみながら、遊びながら仕事できる人、こっちの気心に応じてくれて、一緒にモノを創り上げようという気になってくれる人がよい、仕事で傭《やと》って一定時間すんだらそれきり、という関係でなく、私は仕事仲間にみんな、

「気持いい」

人を集めたいのだった。

だからモデルさんの中にも、私たちのショーだったら、ホカの口を断っても来てくれる、という人がいる。私も、ずいぶん長いつきあいのモデルさんがいるのだった。

「センセ、ここの結び目、縫いつけときましょうか」

とノブちゃんが聞きにくる。

「これに着けるパールのブレスレット、もうちょっと幅が欲しいところでした」

スタイリストの子が見せにくる。

「今ごろいうてもしようがないでしょ」

「フィナーレ、小返し！」

と大信田さんはステージの下の椅子に総監督という感じで坐り、どなっていた。

モデルさんたちは、ジーンズのまま、裾をつまんだり肘を張ったり、思い思いのポー

ズでステージに並ぶ。

「お辞儀の前に名前いうて！」

「同じ間隔で」

「ハイ、止りました、そこでターンして」

ナレーターは、コーベの劇団の女優さん、水口クンではないが、「何でもコーベで間に合ってしまう」

水口クンは、テレビ局の人や進行係の平栗ミドリと打ち合せていた。私は私のラストのぶんの音楽をまだ聞いていなかった。大信田さんが、

「絶対、これでなくてはいけない」

とつけてくれたタイトル「虹の島」、それから「波と空の結婚」、これはウェディングドレスである。荘重に、堂々としたのをたのむわ、と与田チャンに選曲を任せていた。

リハーサルがはじまってみると、荘重はいいけど、いやはや、耳もつぶれそうな大音響、

「ボリューム、絞って絞って。ナレーションがきこえへん」

と大信田さんがマイクを奪って叫ぶ。

あっという間にお昼になった。水口クンとカメラマンの助手の青年が、

「はいよ」

と弁当を配ってゆく。

モデルさんたちも控えの間で食事をする。

結婚式場の控えの間を借りていて、小さい部屋だからスタッフは入りきれなくて、入れ替り立ち替り、食事をとるのだった。どんなに忙しくても、わが「ベル・フィーユ」は食べることを忘れるような人間はいないのだから、

「おひるがばらずしやったら、夜は幕の内にしてくれたやろうねえ」

「任しといて。ちゃんとそのへん考えてます」

と平栗ミドリがいう。

一部は三時からで、二部の夜は六時半から、その間に夕食も取らなくてはいけない。

「センセ、あの友禅のがすてき。それから鹿《か》の子絞りのワンピースも可愛い」

とナレーターの女優さんの亜子ちゃんが私のそばへきていった。

この人はやはり役者さんのご主人がいて、だから「ベル・フィーユ」の会員資格はないわけ、でも、ショーのときはいつもナレーターになってくれる。ふんわりして品のい い、そしてドラマチックな雰囲気のナレーションで、私たち「K・F・G」は亜子ちゃんのそれにたいへん助けられている。

いつか、よそのファッションショーにいったら、何の変哲もない説明で、

「スリーピース、素材はレーヨンとシルクの混紡。上衣なしでもタウンウエアにできます。お値段三十万円」

と女の声がよどみなく無感情によみあげていて、一驚したことがあった。

私たちのショーは、何しろ、はじめて見られる男性方も、

「面白かった!」

といってもらったことがあるくらいだから……。
モデルさんが、ただ、しゃなりしゃなりと出てくるだけとちがい、「カーニバル、私の夏」というテーマの作品なんか、二人が、弓ちゃんの振付け通り、躍るようなステップで出てくる、これはミドリの原稿で、
「島のカーニバル、
私は陽気な魔女、
永遠の時の魔女、
島の木という木に
恋の果実がみのります」
音楽もロックだったりサンバだったり、フォークだったり。
「夏の郷愁」という、これは男の子の会員の作品だけど、「くらげ」とか「夜光虫」とか、「水玉」「ところてん」なんていうタイトルの服、コットンの白いパンツに、透き通るオーガンディのブラウス、「氷あずき」なんていうタイトルの服なんか、白地に黒い水玉のツーピースが、軽快で、ちょっと甚平《じんべい》風なかんじもあってユーモラスなのである。
そうして流れてる曲はロックなのだが、これが意外に「夏の郷愁」というテーマにぴったり、している。
ともかく、洋服などになんの関心も興味もない、ごくごくふつうの社会人の男性も、きっと面白がって下さるにちがいないのだ。
だから県庁でも市役所でも、口を酸っぱくして、

「絶対面白いですよ」

といっておいたんだけど。

ところで私は五点出したんだけれど、そのうち一点だけが木綿《コットン》、あとは着物地と帯地である。

着物を着ない私たちには、あの美しい着物の反物が無縁なのが残念で、どうかして、それを楽しめないものか、と思ったのだ。「せっかくのキモノ地を切り刻んで勿体ない」という人もあるが、それこそ、せっかく日本の女と生れながらキモノ地を身にまとえない方がもっと勿体ないんだもの。キモノを楽しく活用するには、というのが私の長いあいだの研究テーマだったんだけど。

それで思いついた。私は何を考えてもすぐ「楽しく」ということばかりに重点をおいてるみたい。「みんなたのしくトシをとりましょう」というのが、私の人生のテーマかもしれない。

しかしながらとりあえず、今のところは、

「忙しくトシをとりましょう」

である。テレビはばっちりとショーを中継してくれるが、その合間に、私と平栗ミドリがホールの一隅であわただしくインタビューを受ける、ということになっている。

インタビュアーは午後の主婦番組の男性司会者である。主婦番組をつくっているが、この人はファッションショーなんか見たこともものぞいたこともないという人である。

「このファッションショーのねらいは何ですか」

などという、つかまえどころのない質問をしてくる。

こんなオシャベリより、ほんとは一点でもたくさん、作品を画面に出してもらうほうがいいんだけどな。

でも、コーベの町のよさ、コーベで生活したり働いたりしてる人々の、気っ風《ぷ》の面白さ、とくにイキのいい女の子がたくさん、いること――わが「ベル・フィーユ」のお姐さんがたは、「女の子」というにはちょっとトウが立ってる感じだけれど、イキイキしてめざましいから、三十すぎようが四十すぎようが、ほんと「女の子」の感じなんだ。――そういう女の子が暮らしやすい町、男の子たちがみな親切で、女の子に教えて下さる、そんな気分の街であることは、ショーを見てもらうのと同時に、口裂け女の私が、

「オシャベリ」

して説明しないといけないかもしれません。

日本じゃ、

「しゃべらなさすぎ」

ってことはあっても、

「しゃべりすぎ」

ってことはない、と思う。それほど日本人はおしゃべりがヘタである。

「コーベはファッション都市宣言をしてますでしょ、ともかくいろんなグループがそれぞれの個性で、自由な、思いきったものをうち出して、流行とかファッションはこんな楽しいものだ、と。ホラ、こういうのはどうですか、という、そういう主張がいっぱい

出るべきだと思うんです。同じようなものを着ていても、自己主張をどこかに盛りこんでるとめざましくて、見てる人が、アッと目を引きつけられますね、まねしてみよう、と思いますね、こっちの方がいい、こうする方がいいかもしれないと自分で工夫したり発見したり、そういう刺戟があると、人々の気持が一変しますでしょ、町中が刺戟を受けて、コーベへいったら、ファッションだけやなしに、何となし、刺戟を受けて、人生が面白くなって帰ってくる、と。――そういう風になってほしいんですわ、その大きい波を引きおこす、このファッションショーは、一つのキッカケのサザナミですわね。ポートアイランドが来年、できる、ということもありますし、コーベが新しい年代の新しい考えかたの、起爆力になったらええ、と思うんですけど。ではちょっと、このショーの説明……」

といいかけると、カメラの筒先は平栗ミドリに向けられた。

男性司会者は私の弁論にすこし、恐れをなしたふうであった。それで、じっと、おとなしくニコニコと笑っているミドリに向いて、

「コーベがお好きですか？」

なんていっている。

「ハイ」

ミドリは可愛らしい声でつつましくいう。

「お生れもこちらですか」

「ハイ。生れて、育ったところですから」

「どういうところがお好きですか、テレビを見ていられるかた、コーベへはいったことがないかたもたくさんいらっしゃると思うんですが、コーベのどんなところがいいか、また、コーベとファッションとの関係なんかをおっしゃって頂けませんか」

「コーベの人って、みなさんとてもセンスがおありなので、ホンモノとニセモノをみわけてしまいます。ゴマカシがきかへんところがあります。安かったらええ、とか、もうかったらええとか、あるいはグッチやルイ・ヴィトンやったらええ、というようなことやなしに、どんな若い人でも、自分のセンスを磨いて、それで、これは自分に合うか合わへんか、自分なりにとり入れられるかどうか、そんなものを選択する目がたかいんですわね」

ミドリは可愛らしい声で、スラスラというので、司会者は口をはさめないわけである。

私はすかさず、つづけて、

「そうそう、そういう垢ぬけたセンス、自分をみつめて自分のことがようわかってるセンス、こういうの、どこから育ったか分らないんですけど、まあ、外人さんの多い港町で、開けて百年しかたってないという、自由な雰囲気があるせいでしょうか、だってコーべでは、みんながドンドンやってきて、ドンドン住みつくんですもの、京都みたいに、ひいおばあちゃんがどこからおヨメにきたか、いうことまで知られてるような、がんじがらめの古さがないし、伝統にしばられることはありませんわね」

「そう、それに……」

とミドリは私のほうを向いて、

「大阪みたいに、安かったら飛びつく、一円でももうかるほうへ目の色変えるという単純なトコないし……大阪の人に叱られるかな」

私とミドリだけ笑い合う。

私はつづけて、

「何ちゅうたかて、楽しさ、面白さ、美しさのセンスがないとあかんわ、ミドリのいう通りよね、ファッションにしても、服ばっかりきれいに作ったかて、あかんわ、それに、服だけ浮き上っていいものがつくれる、ということはあり得ないんやし、生活全体がファッションよね」

「そやそや、それ、いつもいうてるねん」

と平栗ミドリは熱中すると、「ベル・フィーユ」で仲間としゃべってるそのままの表情と言葉になっている。それは私も同様であろう。

「『港っ子』の編集してるとようわかるけど、若い子ォの感覚って、生活すべて、バランスよく、ええ線いってるわよ。それぞれの価値観で、それぞれが主張して生きてる、それが許される町や、いうこと」

「いろんなんがゴチャゴチャあって、それなりに面白い。大資本でやるとどこへいっても同じようなものができてしょうむないわ、ゴチャまぜにこそ、エネルギーが生れるでしょう。これからの若い人は、心、というか、情緒というか、ムードというか、そういうものを面白いと思い出してる、そっちの方に価値をみつけてきてるから。コーベは、それがわかる町、ということで、若い人がコーベを好くのやない?」

「今までのままの古い感覚ではあかんわなあ、そうすると、女の人とか若者は、コーベではじめて解放された、ということもいえるかもしれへんわ」

　とミドリは満足そうにいった。

「とくに女の人、ってコーベではイキイキしてる、思わへん？　自画自賛かもしれへんけど」

　と私はいい、ミドリと二人で大笑いになる。

「そうよう。コーベにはファッションやら異人館やら、港やら、そのほかいろんな名物があるけど、女の人がいちばんの名物かもしれへんわよ」

「アハハハ。このテレビで見てられるかたは、こんな連中が名物やったら知れてる、思《おも》とってかもしれへんけど」

「いやいや、つまり女の人のバイタリティというか、自分でいうのはヘンやけど、イキのよさ、っていうか」

　とミドリはいい、これもしゃべり出すととまらない女で、

「それが、オクれてる現代男性には分れへんところがあるのよ。ねえ、このあいだのニュース、鳳蘭さんと中国人のお医者さんが結婚する、いうニュース」

「ふん、ふん」

「二つ三つの週刊誌や雑誌でよんだけど、『鳳蘭にはもったいないような相手』とあるのよ、ちょっとどう思う？」

「なんでやの、なんで勿体ないのさ」

「つまり三十一か二の嫁《ゆ》きおくれの女にとって、東大出の医者で、四つも年下で、金持ちの実業家でもある青年は、もったいないような結婚相手や、というらしいのよ、そういう考えかたがもうすでに時代遅れの、カビの生えた男性文化の産物やわ、そういうの、女性時代にたちおくれて、ホロびて行く連中よ、気の毒に」

「そー。それに東京の考えかたやないかしら、少くともコーベやったら、そんなこといわへん」

「宝塚知らん男の記者が書いたに違いない」

「そうね、ツレちゃんは少くとも舞台に立ったら、三千人の観客の心をつかんでふりまわす迫力と魅力をもってる人よね」

「それがこれからはタッタ一人の男に向けられるのだ、よほどの大物でないと太刀打ちできませんよ、これは」

「そういうことよ。思うに、なんで男性記者が『ツレちゃんには勿体ない』なんてアホなこと書いたかと、アホの心持を分析するのはアホやけど、まあ想像してみるに、さ、相手の男性の学歴、身分、身長、財産なんかにごく俗物的ピントをあててるんやないかな、そういう連中は通俗的モノサシしかないから、ツレちゃんの人間的魅力なんかよう計れない、ただ四歳とし上で三十すぎてる女、としか括《くく》れない、何にも知らへんモノ知らずの男ね」

「そういう、一律の、十ぱひとからげの考えかたでは、コーベで何か仕事しよう、いうのは無理です」

「コーベの人の暮らしって、通俗のものとちょっと違った考えかたをしよう、という気が底にあるから」

「コーベで成功したら、どこへいっても成功するのん、ちゃうかなあ。これからは女性時代やし、コーベの女の子の考え方って、きっと色んなかたがたの参考になると思います」

司会者があわてまくって、

「ハイ、どうもありがとうございました」

という間も惜しんで、カメラのライトが消えた。

「すこし、言い足りませんでしたけど」

といったら、どこにいたのか、ディレクターの木暮阿佐子さんが現われて、

「何さ、あんたら」

とにやにやしながら、私の背中を、
どしーん！

と音のするほどどぶった。

「傍若無人、傲岸不遜といおうか、言いたい放題しゃべりまくって、大演説ぶって、まだ言い足らないの？」

「アハハ、あの調子でよかったかしら、すこし控えめやなかった？」

「あんたらのおしゃべりの熱気で、カメラがこわれるかと心配したぐらいよ、あれで控え目なら手放しでやらせたら、受信機がこわれるわね」

控え室のテレビで見ていた、「K・F・G」のお弟子さんが遠慮がちに、

「センセ、大統領みたいに、堂々としていられました」

といっていた。私でも勤まるかしら、大統領が。

テレビに出てる間に、私のぶんのショーはもうはじまっていた。亜子ちゃんのナレーションが、ほどよい張りをもってひびき、照明が青くなり、ついでいちど絞られて、ひときわ明るくなると、「気立てのいい」マヌカン、私の好きな人が、着物地の鹿の子絞りのアフタヌーンドレスを着てあらわれ、私の感じでは、場内がとたんに、ざわざわとなった気がする。これは、

「珊瑚礁の人魚」

というタイトルである。私ははじめ「人魚のうろこ」というのにしたい、と思ったが、

「絞りの地にうろこはつきすぎだ」

というのが大信田さんの意見で、

「この赤の色があるから、どうしても『珊瑚礁』ということばを入れたい」

と主張した。

こんどのテーマは、白・ブルーなので、細身のドレスに、私は白い帽子と、撚《よ》りの強《きつ》いシルクの生地で、上衣をつくっていた。マヌカンは首すじのきれいな人なので、カラーの立っている上衣が、ぴったりきまっており、鹿の子の絞りを夏服に使って、かえって涼しげな感じになっている。

そのあとが、青い重い緞子《どんす》のロングドレス「虹の島」である。これは本来なら、着物

のコート地なのだが、青光りする色が美しくて使ってみた。

ちょっと「荘重」すぎたかしら、でもやっぱり「格」というのも好きなので。

「波と空の結婚」はウエディングドレスである。

これは、百万円もする西陣の帯地、銀と白の格調たかい織物、これに合せる、花嫁のあたま飾りに、私は、チュールとかオーガンディをもってきたけれど、どうにも合わなくて一週間も寝ずに考えたものだった。

そうして、ハタと思いついて、着物、和装用の紗《しゃ》を持ってきたら、これが、やっぱり、ぴたりと適《あ》うではないか。

日本の織物には、やはり日本の布が調和がとれるのである。それを発見したときは何だか感慨にとらわれた。

そうしてまた、そういう格調たかき、調和よき花嫁衣裳には、素朴で色のいい真珠を豪華にあしらったほうがぴったりする。それも、ネックレスやブローチではありきたりである。昔ながらの簪《かんざし》や笄《こうがい》のかたちを借りて、ビラビラの一本一本に、丹念に真珠を通した、オリジナル製品をつくってもらった。

パールデザイナーの女の子が、

「そんなこと、でけへんわ」

と音《ね》をあげるような細工であるが、一生けんめい作ってくれて、それはやっぱり、西陣の帯地や紗のベールと同じく、日本人にぴったりする髪飾りになった。

「波と空の結婚」と名づけられたウエディングドレスの花嫁は、顔をきっと仰いで、堂々とすすむ。

重い織物の裾が、あゆむにつれて、ゆらりとひらき、金片のふれ合うような衣ずれの音をたてる。花嫁さんというのは、可憐でかわいいだけではいけない。

花嫁さんというのは、気高くてりりしいものなのである。で、私はいつも「格調」ということを考えてクリエイトする。夜会服だけのものになってはいけない。

会場の参会者が花嫁さんをみて、

「ハッ」

と威厳に打たれる、そういう一瞬がないと、結婚というのは、

「神聖にならへんわ、タダのお祭りさわぎ、バカばやしになってしまうのよ」

と私は水口クンにいったことがある。

私は何てたって、最後の「波と空の結婚」に、かなり大きいエネルギーをもって、とりくんでいたから。

ファッションショーのラストだし、ショーの印象をよくするのも悪くするのも、ここできまるという目玉作品でもあるのだから、責任重大である。

「はあ、そんなもんですか」

と水口クンのいうのは、ショーの責任のことではなくて、まだ結婚式の経験がないので、

「結婚式には格調と威厳がなくてはならない」

という私の持論についていってるのである。

「あ、あたしも未経験やけど、ただ、そういうもんやないかと想像してるのよ」

と私はいった。

「カオルさんって、なかなか哲学者ですね、思索家やなあ」

と水口クンはひやかす。

「ちょっと、それ、ホメ言葉？　けなしてんの？」

「ホメてるんですよ、思索、なんてできる女の人、いませんよ」

「そんなむずかしいこと、ようせんわ、それに、いうなら思索家なんて、いややわ。まだ思想家、の方がええわ」

「へえ。どうちがいますか」

「そうかて、思索なんていうたら、自分一人でじーっと考えこんでる、いうイメージやろ。そんなん、きらい。思想家いうたら、皆に拡める人のイメージです。自分の考えを、ね」

なんて私はいって面白がっていた。

その「波と空の結婚」、われながら申し分ない作品に仕上った。やはり日本の女は、日本の素材を使ったものを身にまとうと、いちばん目安く、美しく、ぴったりと適《あ》うようだ。

「やあ、カオルさん、花嫁衣裳ばっかり作って、自分で着ないんだから、気の毒ですな」

と私のそばに来ていうのは、コードロこと竹本支局長である。

たし。

夜の部のショーも大成功であった。招待した来賓も、一人のこらず顔を出して下さって大きにお世話だ。

私の花嫁衣裳は口裂け女の大統領スタイルにする。

あと、パーティになっても早退けしない人ばかり。

服地問屋の社長さんも、

「やっぱりカオルちゃんのがよかったな。もっとも、着尺や帯地ばっかり使われたら、ウチらかなわんけど、カオルちゃんのコットン使いなんか、一味《ひとあじ》ちがう、思《おも》たわ。あのレースは手編みやな」

「ハイ、あの手編みレース、衿と袖につけたんがよかったでしょう、手芸家のモト子さんの作品です。モト子さーん！」

と私はモト子さんを社長に引き合せるべく叫んだが、モト子さんは握りずしの屋台に首をつっ込んでいて、

「ちょっと待って。あたしの番がもうすぐやから」

なんていっている。それを無理にひっぱってゆき、引き合せる。知り合いの知り合いは知り合い、友達の友達は、私にも友達、というふうに、いろんな人の輪を、波紋がひろがるようにひろげていかないと、せっかく、こういうパーティをする意義がないのである。

知事サンが、雪野さくらさんのダンス教室の美少女たちにかこまれて焼鳥を食べてい

た。

「知事サン、いかがでした、ショーって面白いとお思いになりませんでした？」

「よかった、よかった、あんな本格的なもんだとは思わなかった」

「本格ですよ。パリへ出したかて、ニューヨークへ出したかて、負けへん、思います」

「僕はあんな、楽しいもんやとは思わなんだねえ、ファッションショーやいうから、男見てもわからへん、と思ってた」

「フフフ、着物の絞りの地を使うたドレスはいかがでした？」

「そんなん、ありましたかな」

ほんとに男の人って。知事サンはあわてて、

「いや、あんまり次から次へと、きれいなん出て来て、目移りしてしもて」

そこへ海野社長が来て、

「やっぱり、日本的なものを感じましたな、いや、着物地のせいやない、男性のデザイナーの作品でも、日本人の女が着たら似合いそうなもんを作ってた」

海野さんは、外国の有名デザイナーの名をあげ、外人のは日本では向かんといった。

「そのショーを見にいったことあったけど、全体にくすんで、ババくさかったな」

「ババくさいって、黄褐色……」

「何いうてんねん、モノ食べてるとこで」

海野さんは私を叱った。

「ちゃうがな。お婆ンくさいのや」

「ハハーン。けど、それはシックのつもりなんでしょ」

「町の色に合わしててんねんやろな。パリあたりの町で見たら、そういうお婆ンくさい色も似合うんやろけど、日本では、ことにコーベはあきませんなあ」

と、海野さんは、最後に知事サンにいった。

「コーベは光線が強いから、ハッキリした色のほうが引き立つのかもしれんですな」

と知事サンもうなずいた。

「そうですよ、知事サンね、コーベって、ショッキングピンクがいちばんよう出ますねん、服地屋さんとか、既製服屋さんとか、Tシャツやセーターにしろ、日本中でいちばんショッキングピンクの需要の多い地方なんですって」

「ショッキングピンクって、どんな色ですか」

「どないいうねやろ、緋桃色いうのかいなあ、ほら、あの服、ああいう……ほら、あれも」

と私は指さして教えるわけである。そこへ、

「カオルちゃん、捜してたんよ」

と平栗ミドリがやってきて、大阪のテレビ局の人に引き合せられる。ファッションショーを見に来たが大変面白かったので、午後の主婦番組に考えたい、という話だったり。彫刻家のイノシンこと猪野先生が片隅でビールを飲みながら一人でいたが、私が通りかかると、ちょっと手を出して、私のドレスをつまんだ。

「縮緬《ちりめん》か。これ」

「はい。おばあちゃんの着物をほどいて作りましたの」

「ええ色やね。それはしかし、ウエストマークのあるのより、ストンと寸胴《ずんど》にしてチャールストンみたいにしても面白いんやないかなあ」

私はくすんだ焦茶の縮緬からつくったドレスを着ている。そういわれれば、

「ほんと、それも面白かったかもしれへんね」

というなり、一九三〇年代のスタイルのあれこれが、たちまち私のあたまの中にひしめいてきて、

（ようし、こんどはひとつ、ああいうのをつくってやろう）

と急に気分が弾んで、もりもりと意欲が出てきた。帽子も靴もへアスタイルもその時代に合せ、ちょっとモダンを加味して、――うーん、これはまた、あたらしいテーマだ！　と思うと、イノシン先生にキスしたくなる。イノシンは、猪野新治という名前だから、コーベではイノシン先生で通っている。まだ三十代半ばだが、この先生も、コーベの芸術家によくあるように、日本でよりも、外国で名前の売れてる先生である。公園やら、遊歩道やら、体育館の前庭やら、いろんな建物の壁に、先生の作品が据えられている。

こういう方面でも、水口クンではないが「何でもコーベで間に合う」というところ。髯《ひげ》だらけで無口だから、気むずかしそうにみえるが、コーべっ子らしく気さくな先生である。生田新道に出る屋台のタコ焼きが好きで、「らんぷ」へよく持ちこんで食べている。

「ええこと、教《おせ》てもろたわ！　こんどセンセにタコ焼きおごるわ」

ほんと、ちょこちょこっと、こういうヒラメキが得られるので、人とあうこと、人としゃべること、人と触れ合うこと（べつにヘンな意味じゃなく）はとても貴重だし、たのしいことだ。

生田神社の浮田宮司さんも、スーツにネクタイという平服で来て下さっていた。

「カオルちゃん、西洋の服に、着物の地をつかう、いうのは面白いけど、日本の着物をちょっと形かえて着やすうする、いうのもやってみたらどや」

「着物を、どんなふうに？」

「タモトの長いとこは生かして、前をボタンで合せるとか。お巫女《みこ》さんのハカマみたいなスカートもよろしいよ。日本の着物もずいぶん変化あるんやからねえ」

「ほんと、白と真紅のお巫女さんのスタイルなんて、とてもきれいですもの」

というちに、その言葉も半ばで、私はもう、

（そうだ、次のテーマの一つはタモトだ！）

とうっとり考えた。

それに、

（身八《みや》つ口！　これ、利用せえへん手はないわ）

とも考える。

お酒ののめない私は、ビール瓶を持ってまわって、お客さんの誰かれのグラスにつぎながら、「どう、よかった？」「いいえ、あれ西陣の帯地です。豪華でしょ」「『虹の島』

はね、いま予約が一つきてます。同じ生地があるから作れます」などといっていた。そしてまた、大信田さんにバッタリ会い、

「次の『ベル・フィーユ』にあの人、呼ばへん？」

と耳打ちされたり、お得意さんの夫人に挨拶したり。

「センセ、来てくれはったん？　ありがと」

と田淵センセにビールをついだり。

そうしながら、あたまの隅《おお》っこで、

(浮田さんにええこと教てもろた、ハカマを、服にとり入れられへんもんかしら？　何も、ハーレムパンツなんか作らんかて、たっつけバカマ、いうのが日本にもあるんやし、このまえ、雑誌の挿絵で見たけど、昔のサシヌキいうハカマなんか、裾を紐でくるようになってたわ、つまり、あれもハーレムパンツやわ、その上衣ときたら一枚の布みたいやし……そうや、こんど、『K・F・G』の例会に、いっぺん、昔の時代の日本の衣裳を研究する講義をやってもらおう)

なんてこと考えているのだった。

キモノのタモト。

女にだけある、脇のあけぐち、身八つ口。

さあて。どういう風にとり入れるかな。

なんて考えてると、もううれしくなって、ビール瓶をおいて、両手をひろげてチャールストンをちょっとおどった。

このホテルの宴会課長の西尾さんが来て、

「カオルちゃん、そろそろ始めますか」

と耳打ちするのは、私がフィナーレのサンバを合図したのかと思ったのである。平栗ミドリが司会をしてくれて、今日のデザイナーたちに花束が贈られる。それがすむとボーイさんたちは大いそぎでテーブルを片づけてくれて、踊りたい人は誰からとなくサンバ、もうすぐ、コーベ祭なので、祭りにサンバはつきものだから、かなり人々もサンバ馴れしてきた。何せ、コーベ祭の前には、ちゃんと「サンバ教室」というのが開かれる位だから、老いも若きも、習いにいったりしている。

まだ飲んだり食べたり、している人もあるが、たいてい、こういうときまっ先に踊り出す「仕掛人」につられて、ダンダン踊りの輪がひろがってゆく。そうして「仕掛人」というのは、やっぱりというか、とんでもないというべきか、「ベル・フィーユ」のお姐さん方である。実際、仕事をするために生きてるのか、遊ぶために生きてるのか、遊ぶために仕事をする、仕事が遊び、という人間たちでいっぱいのようだ。けしからん町は、コーベである。

ムラケンが水割りを飲んでいたので、

「あれ、来てくれとってやったん？」

といったら、ムラケンはズケズケと、

「あほらして女の服なんか見られるかい。いま来たとこや。もう踊りがそろそろ、はじまる頃や、思《おも》てな。やっぱりけいい子が一番や」

「けい子が一ばん、てあんた、ショーの作品見たわけやないんでしょ」

「ショーやない、踊りや」

とムラケンはうっとりと、ホールのまん中で踊っている一団の人々を見ていうのであるが、けい子は人のかげにかくれて、ちらちらと見えるだけである。白いバックサテンのブラウスを着て、スリットの深いスカートをはいたけい子の姿は、際立って美しいのであるが、ご本人だけでなく、今日の作品もよかった。濃紺の上衣をぬぐと、白い厚いタフタに、びっしりと真珠が縫いつけてあって、贅沢だけれども、おとなっぽくて粋、それをほめるのならわかるけれども、ムラケンときたら、踊ってるけい子にじーっとみとれて、

「いかすなあ。うーん」

といっているのだ。

大信田さんにいわせると、

「いや、あれは陽動作戦ね、きっとホカにいるんだと思うな。世間の目をくらます、仮の姿ってとこで、けい子に惚《ほ》れたふうをみせてるんじゃないかしら」

ということだが、ムラケンがけい子につきまとっているのは、全コーベ中、知ってることである。

出版記念会でも歓送迎会でも、「○○さんの入選を肴に飲む夕べ」でも「アラブのことを知る夕べ」でも、ともかくコーベは、人が集まると最後は、

「そろそろ、はじめますか」

と踊りになる。それはファッションショーでもかわりはなく、飲んで踊らないと気がすまないみたい。海野さんはしばらく飲んでいて、ちょっとひと踊り、という感じでお尻を振って、手も、ついでにひと振り、

「アハハ……こんどのコーベ祭に、ウチの若いもんもパレードするらしいけど、それまでにもう二、三べん、サンバおぼえなあかんなあ」

といっていた。

みんな踊りくたびれて、やっとおひらきになる。人の輪がゆっくりほどけて、大ホールの中はふくれ上った。音楽は、

「さよならさよなら、また来年。来年にまた、あいましょう」

という、コーベ祭のすんだあとの歌になる、コーベにいると、毎日がおまつりだというのは、ここのところをいうのである。

宴会課長の西尾さんは、

(……またかいな、やれやれ、やっとすんだか)

という顔で、感激もべつになく、散らかった大ホールを憮然《ぶぜん》としてながめていた。

コーベのパーティやあつまりは、いつもフィナーレというか、ラストに趣向がこらされていておもしろい。いつかの花本さんのときは、カモメの絵を先頭に、客船の写真のパネルを花本さんが首から下げて手を振って一周する。みんなが紙テープを投げて大さわぎだったっけ、あれは花本画伯がニューヨークへ旅立つときだった。花本センセ夫妻は、投げられたテープを持ってぐるぐると一周していた。

このまえ、中国の京劇が文化ホールへきたときもたのしかった。たいてい、終演後、拍手のうちに、誰かが花束を贈呈して、それで終り、という段取りであるが、コーベではもっと熱狂的であった。大信田さんの発案で、二百円くらいのカーネーションの花束を山のように準備して観衆に買ってもらう。

そうして、終演後、舞台に並んだ役者さんたちめがけて、観客席から、花束がみだれとぶのである。

ちょうど昔の村芝居に、座布団やおひねりのご祝儀がとんだみたいに、赤いカーネーションが、歓声と共に、舞台へ投げられる。そのときの京劇に、コーベの人たちはびっくりして感動したし、もともと、コーベには華僑の人たちも多いから、すんだあとの拍手は、

「ドーッ」

というような、ものすごいどよめきだった。

そして、平栗ミドリがまっ先に、カーネーションを舞台に投げた。ミドリったら、背はたかいし腕力あるし、こういうことにうってつけ、花束は赤い矢のように舞台へ落ちた。

私と大信田さんは、まん中あたりから、けい子とモト子さんが、上手と下手の前から花を投げ、そうすると、それにつられて観客席が総立ちになって、花を投げはじめた。

京劇の役者さんたちは、はじめびっくりしたようであった。

でも、誰かが、役者さんに向って、

「ありがとう、ありがとう！　謝謝《シエシエ》！」

と叫んだので、舞台の扮装のままの人々はにっこり笑って手を振った。そして、ここが、やっぱりちがう、と思うんだけど、役者さんの一人がかがんで足もとの赤いカーネーションを拾うと観客席へ投げ返した。と、舞台の誰もかれもそれを拾って投げはじめた。

それを受けとめた観客がまた、投げ返し、舞台と客席は、嵐のなかの花園のように、花束が双方から乱れ飛んだ。笑い声と歓声で、ホールの中はいっぱいになった。

「さよなら、さよなら、ありがとう」

という声も、どよめきでかき消され、何べんも何べんも緞帳《どんちょう》が上った。

「あんなん、知らんわ、はじめてや」

という人もあったが、まあ、たいてい、そういうことの仕掛人は、コーベの女ドンの集まり「ベル・フィーユ」のかしこいお姐さん方である。

まだ、事務的なあとしまつがあったが、ホテルは使えないので、いちばん近い、けい子のアトリエのあるビルへ集まり、ドレスを着更えたり、ついでに冷いものでも飲もう、ということになった。

パーティではおしゃべりに忙しくて、

「オナカへ入ったような、入らないような」

と、みんないった。このビルには一階に和風めん類の店もあるのだ。

ところが、今日はそこはお休み、

「しかたないね、らんちゃんとこへでもいこうよ」

「どうせ待ってるわよ」

ということになった。

このビルのあたり、ビジネス街で、夜になると人通りも絶え、深山幽谷の感じになる。けい子のアトリエを閉め、ビルを出ようとすると、通用口がロックされていた。

「あれ、なんでやろ、いつもここ開いてるねんけどな」

とけい子がいい、

「裏口もあるけど」

と廻ろうとしたら、そこへいくまでの通路にシャッターが下りていた。

「あ、大丈夫、もう一つの階段のキイは持ってるから」

とけい子がいうので、みんなついて下りたが、けい子はあわてて、

「しもた、ハンドバッグをアトリエにおいてきちゃった」

「ということは、もしかして」

と大信田さんがいい、つまり、けい子の部屋へも我々は入れないわけ、ドアはいっぺん閉めると自動的にロックされるので。

私たちはビルの廊下にとじこめられてしまった。

平栗ミドリは大柄な体にふさわしく、どこかおっとりしたところがあるので、のんきに、

「ちょっと、何してんのん。はよ、らんちゃんトコへいこうよ。オナカ空いて、空いて

「――」

といっていた。

けい子は突っ立ったまま、

「エーと……エーと」

と必死に考えてるようす。

とじこめられたビルの廊下からいかに脱出するか？　というより、こういう事態ははじめてなので、アタマの字引にない、というところらしかった。

私も大信田さんも本当をいうと、いまどういう場面におかれているかがよくのみこめず、

「ちょっと、ここはどうなってんのォ……」

とまた階段をあがってみた。あがったり下りたりしているうちに何階かわからなくなったりして、あわててみんなのいるところへ戻ってみる。

けい子のアトリエは二階なのだが、傾斜のある坂道に建っているビルなので、二階からも外へ出られるようになっている。用心がわるいというので、階段の入口にドアがあり、そこがロックされているわけである。

けい子は両手に紙袋を提げているので、ハンドバッグをつい置き忘れたらしかった。

アトリエにはべつに赤く塗ったドアがあるので、防火壁にもなる頑丈な鉄のドアは、店を閉めるときにしか、用いない。

「不便なドアやな、ひとりでに閉まるドアなんて、なんでつけたん？」

大信田さんはぷんぷんしていた。

「管理人のひと、いるんでしょう？　どこかに」

「ビルの裏手に受付があるんやけど、電話もでけへんし」

「電話、ないのお？」

「エレベーターのそばやもん」

「かけなさいよ、小銭あるわよ」

「そこへいくのに、シャッターが下りてるんやないの！」

「なんでシャッターを早々とおろすのよ！」

「あたしにいうたかて、知らんやないの」

空腹と疲れで、いらいらしてきた。

ホテルには水口クンや与田チャンなんかがまだ残ってるはずだし、阿佐子さんはテレビ局だが、青柳みちやさくらさんが、

「一足お先にいってるよ」

と「らんぷ」へ出かけるはず。私たちが来ないので、
と見に来てくれないかしら。

（おそいなあ……）

「マサカ。そんな気の利く子はいてへん、思うわ」

と大信田さんが断言した。

「そうかて、気の利くのん、みな、ここへ集まってるもん」

の、弓ちゃんだの、ひょうきん者の青柳みちだの。――

ここにいないのは、少女少女したモト子さんだの、夢みてるような雪野さくらさんだ

ともいうべき「コーベ」の「女の子」のエッセンスが集まってるのだ。

ャンした、「仕掛人」の、いうなら「ベル・フィーユ」の女ドンたちの、ドン中のドン

私と大信田さん、平栗ミドリにけい子。気の利く、やりての、シッカリ者の、ピンシ

「そうかもしれへん」

うーむ。

アノ連中は、そうアタマがまわりそうにないし、

(アレ。大信田さんやカオルちゃん、どないしたんやろ、おかしいな、ヨソの店へいっ

てんのかしら。「妻」にでも集まってるのかしらね)

(そうかもしれない)

なんてところで、べつに気もまわさず、心配もしないであろう。でもそれは、私たち

でも同じかもしれないけど。

「そういうたら、もう十一時やわ、シャッターおりるはずやわ」

とミドリが腕時計を見てびっくりした。

「イエーッ、もうそんな時間?」

なんでこう、わが「ベル・フィーユ」はちょっと集まると時間のたつのが早いのか。

さっきけい子のアトリエで、ほんの少ししゃべっていただけだと思うのに、「しゃべり」

の時間をコントロールすることだけは、どうにもできにくい。それに時間のカンという

のも、ホカの点ではわりにきくのに「ベル・フィーユ」の仲間としゃべり出したら最後、カンが狂ってしまう。

「ねえ、シャッター、がんがん叩いてみようか。力いっぱい蹴って、どなったろか」

「火災報知機のサイレン鳴らせば？」

私とミドリが同時にいった。

「ちょいと待ってよ、あたしゃここの住人なんやから、あんまり間のわるい思いはさせないでよ。明日も来られるようにしてね」

とけい子がいった。

二階のこの廊下にはけい子のアトリエ側に二室、向き合って二室あり、みなオフィスだから、灯は消えて、しーんとしている。

廊下を下りて一階の通用口が閉まり、左手の通路にシャッターが下りてるわけ。この通路は裏の新館というのかどうか、新しいビルへ通じている。

けい子のほうのビルは昔ながらのビルで、戦災に遭って内部《なか》はスッポリ焼け落ちたが、外廻りの壁や床ががっしりしており、あとから内装したものである。だから暖冷房の設備は古めかしいけれど、大井が高くって、一室が広くてゆったりした間取りだった。けい子はトアロードからちょっと入った新ビルにブティックを持っているが、そこよりもずっとこっちのアトリエの方が、コーべらしい感じの部屋である。昔のビルというのはどっしりして典雅で、古びても気品があって、何となくフランスの女優のフランソワーズ・ロゼエみたいにどっしりしていい。

——なんてことを感心していてもしようがないのだ。なんで「気の利く」「ドン中のドン」が四人も集まって、袋のネズミみたいに閉じこめられてしまわなくちゃならないのか、

「おなか、へったなあ……」

ミドリが情けなさそうな声を出した。

「がまんしィな、編集長！」

「がまんして、待ってて、外へ出られるの？」

「窓から出られないかしら」

と大信田さんは廊下の突き当りの窓を見た。

「窓から専門やねえ、あんた。火事のときもそうやったし」

「この窓はわりとさ、高いのよ。外壁はツルツルですっぽんぽんやし」

四人とも窓のそばへ走ってゆき、パテで固められた旧式な観音びらきの窓を押しひらいた。

なるほど、私の部屋の窓のようではなく、垂直な壁になっていた。

「通る人に声をかけて助けてもらおうよ」

大信田さんがいった。

「いやァ。そんなん……恥かしいやないの」

というのは、気取りやのけい子である。

「明日、あたしが恥かしィて来られへんようなこと、せんといて」

「ええ恰好しィ！　一晩閉じこめられてる気？」

「恥かくよりその方がマシや」

「あんたそれでよくっても、あたしはかなわんわ」

大信田さんはいい、

「あっ、来た！」

と地上を指さした。ガレージをはさんで、ビルの谷間といった歩道を、人影がやってくる。乏しい街灯のあかりでみると、若いアベックのようである。

「いやや、いやや」

とけい子が泣声をたてているのに、大信田さんはおかまいなく、

「ちょっとすんませーん！」

と叫んだ。

「ヤッホー！」

と私もつづけて叫んだ。

二人はビックリしたようであった。きょろきょろと見廻し、やっと首をまげて私たちをみとめたが、何思いけん、二人うなずき合うと、あとも見ず、必死に逃げた。

「おーい。待てえ……」

「そんなんいうたら、よけい逃げるやないの」

私は大信田さんを制止した。

「ヒヤカされた、思たんやろか」

「何か人相、いや声相がよくないと……」

「いや、やはり、わずらわしいことにかかわりを持ちとうない、という、今日びの若い子のシラケ・無気力のあらわれやろうね」

しーんとした深夜のビルの谷間に、二人の靴音がいつまでもひびいていた。

「それとも、あの二人、ワルイことでもしてきて、ビクッときたんとちゃうかな」

「そうかもしれへん。道ならぬ恋、でもしてるのかしら」

と大信田さん。

私は胸をはっていった。

「古いねえ……『道ならぬ恋』なんてお里が知れるわ。エヘン、あれは、あの男に見えた若者は、実は、女だったのです。あの二人はレズで、つまりその関係が世間にあらわれてはヤバいと」

「それこそ、古いわ。コーベには、キャシーはいてるけど、佐良直美はいてへんわ。つまり、なんでレズがいかんねん、何で恥かしいねん。いかん、いうのは差別やないの、とひらきなおる人なら、いるやろうけどさ。自分で恥かしがって隠す子はコーべっ子にいてへんわ」

とけい子が、げらげら笑いながらいった。

「そういうたら、そやわ」

と私と大信田さんもアハアハと笑う。

「しかし何にしても若い女の子が、十一時すぎにこんなとこあるいてるなんて、気になるなあ。——何してんねんやろ、親は」

　と大信田さんはいっぺんに、しかつめらしい声になる。

「いや、今日びの若い娘なんて、午前二時、三時に、家へ帰るってよ。もう、どうしようもないって。門限なんてないの、ちゃう？」

「あたしらの若い頃は、親爺、うるさかったわねえ……」

「ヘン。こんどはコーベ市教育委員会やな」

　なんていっていると、

「ちょっと。早よ出してえな……」

　平栗ミドリがたまらないようにいう。

「どうしたのよ」

「トイレにもいかれへんやないの……」

「そうか。そこのシャッターの隅っこですれば？……。明日までには乾いてるわ」

「いや！　犬やあるまいし」

　私たちが笑うと、ミドリはたまらずすすり泣いていた。

「今までがまんしてたのに……」

「じゃあんたも、ここで叫びなさいよ」

「大声を出したら張り裂けるわよ。もうスレスレでこぼれそうなんやから」

「何の話や」

　でも笑いごとではなくなってきた。ほんと、一晩中、ここで閉じこめられることになれば、眠れもしないわけ。私が目をこらして地上を眺めていると、こんどは男たちが三、四人かたまって、がやがやとこちらへやってくる。声の調子では酔っているようである。このへんにはバーもたべもの店もないのだから酔っぱらいが通ることは珍しい。

「もーしもし」

と大信田さんが声をかけた。どうも中年初老の男たちの一団らしいので、「ヤッホー」とも「ちょっとすんません」ともいえず、大信田さんは電話のような挨拶をしたらしかった。

男たちは酔ってるせいか、おしゃべりに夢中になってるせいか、気付かず、やっと最後の一人がふり仰いで手をあげ、上きげんで、

「………」

と何かいって口笛を吹いた。

英語みたい。

どうやら東南アジアの人たちの一団らしい。

とすれば、三宮の盛り場で飲んで、この先のホテルへ歩いて帰る途中の、旅行者たちかもしれない。

大信田さんはためいきついた。けい子は足を踏み鳴らし、

「あたしもおトイレにいきたくなったなあ——ムラケンでもええ、通ったらええのに」

「いや、あいつはダメや。ムラケンは露骨やから、けい子だけ助け出すね」

「それなら、それぞれ、自分だけ助け出してくれる人を呼んだらええやんか」

「そういうことやわ。アンタ、誰にする？」

「誰にしようかな」

「イノシン先生なんか、ええのやない？」

「あたしもう、誰でもええ、選択の余地ないわ、早う助け出してほしい」

とひたすらくどくどいっているのはミドリである。涙にマスカラも流れ、アイライン
も流れて、ビックリダヌキのように眼にクマをつくっていた。私はおかしいやら可哀そ
うやら、今日のファッションショーではミドリは堂々とあでやかなほほえみを浮べつつ、

「――では今日のショーのデザイナーを皆さまにご紹介させて頂きます」

と落ちつき払って愛嬌よく、美しい声で司会していたのに、すすり泣きつつ、

「早よ、早よう。震えがきたよう」

と子供のようにせがんでいるのだ。

こういうところは誰にもみせられない。

「来たッ！」

と大信田さんがいった。こんどはせっせと大股で歩いてくる男一人。

「あれは日本語、通ずるやろうねえ……」

「あのう！」

と大信田さんがいった。

じつにこういうとき、日本語というのは始末が悪い。遠くから呼びかけるときの歯切
れのいいコトバがない。「ハロー」というのはこういうとき適切だが、昔なら、

「ドーレ、というのがあるんやない」

「卒爾《そつじ》ながら……というのもあったみたい……」

「よけい、いいにくいわ」

なんでこう、わが「ベル・フィーユ」のお姐さん方が集まると、つまらぬ枝葉の話になってしまうのか。

「阿呆、そんなことというてる間に、行ってしまうやないの」

「おーい。待ってえ」

「泥棒を追いかけてるみたい」

けい子は人ゴトみたいに講釈していた。

私と大信田さんが声を合せて、

「すんませーん」

といったら、男は目の下をゆきすぎかけていたが、ふと立ち止まり、敏くあたまをめぐらせ、自分の胸を拇指《おやゆび》でさしてみせた。

「ハイ、そうです」

と私たちは思わず、いった。

「何ですかあ！」

と男はきいてくれた。

まだ若い青年、水口クンよりまだ若いみたい。とっくり首の黒いセーターに、黒っぽい上衣をひっかけていて、学生さんかもしれない。若々しい声である。

「すんませんが、この裏のね、管理人さんの所へいって、ここに人がいるからって。カギあけて下さいって」

「カギ」

「早よしてぇ！」

と叫んだのはミドリであった。けい子が大信田さんを押しのけて顔をつき出し、受付の場所を教えた。はじめは疑わしげな、あやふやな表情の青年は、

「了解」

といって、急いで角をまがっていった。

ガードマンのおじさんがシャッターを開けてくれたとき、にんまりといちばん先に出たのはむろん、平栗ミドリであった。で、私たちもつづいて、シャッターのすぐ向うの婦人用の個室にとびこんだのだけど、「ベル・フィーユ」の名誉上、あんまりいいたくないけれど、いや、長かった、みんな、なかなか個室から出てこなかった。

ミドリみたいにすすり泣きをする代りに、みんなは必死に「枝葉のつまらぬ話」をして気をまぎらせていたわけ。

男の子はやっぱり、学生さんだった。アルバイトに中華料理屋の皿洗いをしていて、帰りがけだそうである。

「ありがと、あんた、コーヒーでものんで」

と私が千円札を出したら、

「いいスよ」

といったが、また、

「いや、もらっとくか」

とにっこりして受け取った。

おそいかな、と思ったけど、「らんぷ」へいったら、やはりまだ皆いて、私たちを待っていた。

「ちょっと話が長びいちゃって、ごめんなさい、おそくなって」

と私がいったら、

「そうやろうと思ってたのよ」

とモト子さんはにこにこしていっていた。


コーベ祭は五月十六、十七、十八日である。

これは「花と海と太陽の祭典」とうたってあるが、いろんなもよおし——たとえばクイーンコーベのコンクールだとか、ショーだとか、コーベの町のあちこちの盛り場で、趣向を凝らしたカーニバルがある。

しかし何といっても、市民のいちばんの期待は最終日のフィナーレのパレードである。

市役所の依田サンの口ぐせじゃないけど、

「創るよろこび・参加する楽しさ」

というものだ。

だってこのパレードは、市民がアイデアを出して、それぞれ趣向を競う、というものなので、一年前からプランを練ってるのである。

団体でも個人でもパレードに参加できるのだけれど、これはちゃんと「コーベ市民祭協会」あてに参加の申込みをしておかなくちゃいけない。

コーベは外人さんが多いから、それぞれのお国ぶりを披露して、在神の同国人がパレードする。アメリカとかイギリスは、数も多くかたまるけれども、人数が少い国は、コーベの知人仲間が加勢をして盛りあげたりしている。

華僑や韓国の人たちのパレードは民族衣裳などがきれいで、一糸乱れずの大パレードでたのしませてくれるので、毎年、まつりの人気のまとになってる。

多いのが音楽行進、バトントワラー行進、それに仮装行列やら、子供神輿《みこし》、そうそう、阿波踊りもあったっけ、それに花自動車やなんか出て、広いフラワーロードいっぱいに埋めつくされるのである。

私たちは毎年、「港っ子」グループとして参加を申し込んでいる。「ベル・フィーユ」のめんめん、それに「港っ子」の編集室を中心にして、雪野さくらさんの門下生だとか、モト子さんの手芸教室の生徒さん、そういう人たちでパレードするが、これがサンバを踊るのだ。

まつりの行進のフィナーレは、道いっぱいにひろがったサンバパレードである。

そのために、なんとなんと、コーベでは、まつりの前に、老若男女の市民のため、「サンバ教室」

が一週間、ひらかれるのですぞ。

阿波踊りの連《れん》などつくってる婦人会も、もう春先から練習に余念がなく、町じゅう、まつり一色になってしまう。

おかしいのは、このあいだタクシーに乗ったときだった。運転手さんは、

「まつりが済まな、どうもなりまへんわ、ウチのオバハン、毎晩、阿波踊りの練習に出かけて、家に居らしめへん」

とぼやいていた。

それぞれの会社がまた、思い思いの行進を出す。コーベ祭が近づくと、みな忙しくなってくるはずである。海野さんのところへいったら、海野さんの会社も、

「何かするらしいなあ、『人魚姫』がどうのこうの、いうて飾りつけてるらしい。サンバグループやから、かなりあとで出るらしい」

といっていた。

「社長さんも出るんですか」

「僕に王子になれ、言いよんねん」

「ガハハハハ」

と私は思わず、笑ってしまった。海野さんは私をにらんで、

「何ちゅう色気のない声で笑う」

と怒ってみせるが、だってそうじゃなかろうか、額が禿げて、いつもそこへ汗がたまり、垂れ目で、オナカが出て、ニタニタと笑う海野さんが、人魚姫の王子さまなんて。

「トラックの上で立ったり坐ったり、してるだけやから、オナカの出てるのはわからへ

んねん」

　と海野さんは弁解がましくいい、

「カオルちゃん、お姫さまになったらええねん。フラワーロード、端から端まで歩くのん大変やけどな、トラックの上に乗って手を振ってるのやったら、かまへんやろ」

「しかしあれも、暑いでしょ、トラックはノロノロ動くし、炎天下にヒキツケおこすかもしれへんわ、あたし」

「おいおい、人魚姫がヒキツケおこしたらぶちこわしやがな」

「ま、あたしは同じ暑いんやったら、踊って汗かきますわ。あたしら、『港っ子』グループに入ってサンバ踊りますねん」

「まだ今年も踊るのんかいな」

「まだ今年も、ってどういう意味ですか」

「引退せえへんのか、まだ。そのうちにギックリ腰おこすで。あんたや大信田さんが踊ってたら、サンバや無《の》うて『サンババ』やな」

「いいですよ、もう、知らんわ！」

　何ていわれたって、へっちゃら。

　だって海野さん自身、

「コーベでは、みな、自分がやりたい、思うことをやったらええねん、それでサマになる町やねん」

　と教えてくれたではないか。

「そうそう、その通り」

と海野さんはいい、

「そやけど、あんまり、まっぴる間から、肌もあらわに踊らんといてや」

「サン婆の肌なんか、どうせ見たくないでしょうよ！」

「ちゃうがな、僕の大切なカオルちゃんの肌を、あんまり人前でさらして欲しィないのですワ」

なんて。フフン。

ちょこっと、こんなお遊びをするところが海野さんの心にくいところである。私も、服のデザインのとき、裾ラインはまっすぐでもいいのだけれど、でもちょっとお遊びにスカラップしてみる。すると、ぐっと表情がかわって、生硬な点がなくなる、という遊びをやるが、何ごとにも、

「お遊び」

はあらまほしいものであろう。それでいうと、コーベ祭はずいぶん大がかりなお遊びである。

ずうっと昔、私たちの小さい頃から「港まつり」というのはあった。コーベには湊川神社という名所があるので、楠公さんにちなんで、武者行列があったりし、正成《まさしげ》公と正《まさ》行《つら》さんの親子の武者すがたなども見られた。（つまりコーベが歴史の舞台になったのは、浮田宮司さんの生田神社のへんだけでなく、湊川も南北朝の合戦地だったわけ）

そのあと、コーベ祭になって、一時はまつりは夜にも行なわれた。フラワーロードの

広場にはテントが張られ夜店が出て、コーベは若い画家やそのタマゴも多いので、面白い趣向がいろいろあって楽しかったのだが、暴走族が出て人身事故が起きてから、夜のまつりは禁止になってしまった。今は、パレードは午後三時までで終ることになっているし、暴走族は市内にまぎれこめないように交通規制が厳重である。

まつりというのは、ほんというと、夜に頂点に達するものである。

ことに灯のつらなり、赤い灯や青い灯が、いつもは車と植木だけの広場に、点々とつらなるのが、人の心をそそるものなのに。

いつもその町に住んでいるくせに、ふと旅愁を感じてしまう、（それは人生の旅愁かもしれないけど）それがまつりの面白さである。夜の灯の中で踊ったり歌ったりしてこそ、オトナのまつりだと思うのだが、警察のある人にいわせれば、

「暴走族の阿呆のガキ」

が、町のおもしろさをぶちこわしてしまったのだ。車を走らせたいなら、人のいないところで走らせたらいいのに、そういうのに限って町なかをつっぱしり、群衆の前でいいカッコを見せ、自分で昂奮してきて、めったやたらに人を襲ったり、車を引っくり返したりして、何もかもぶちこわしにしてしまう。

全く、世の中の楽しみ方を知らない。

野暮で、時代おくれで、単細胞のガキである。

まつりの終ったあとは、ボーとしてしまって物わすれしたように淋しくて白けるが、それはエネルギーを出し切った快いむなしさである。

しかし暴走族の暴力のあとには、不毛な苛立《いらだ》ちと憎しみがのこるだけで、その兇悪な感情は、人をすさませるだけである。そういうのは、私はごく原始的な、男社会の悪いところだろうと思う。女社会は、まつりで発散するのである。

ところでわれわれのグループも、いそいで用意をしなくてはいけない。「港っ子」グループという幕やら、二人で担ぐハリボテの人形と、みんなのそろいのドレス、毎年着ていたのはもう古くなってしまった。今年は新調しなければ数も足らない。

「やっぱり二、三万はかかるなあ」

と計算していた大信田さんは、ためいきをついていう。

「いろんな経費を見て、おまつりに参加する一人の出費は、三万ぐらいじゃないかしらん」

ヒャー、という人もあり、うーん、と唸る人もあり、平栗ミドリは可愛らしい声でいった。

「それはさ、しようがないでしょ。アンタ、おまつりいうもんは、自分でオカネ出してあそぶもんよ、人に出してもろてやるもんちがう」

「そやそや、フトコロをいためな、おまつりにならへんわ」

と大信田さんがいった。銀と濃いピンクでウエストからダンダラになった踊り衣裳を考える。あたまには赤い造花、これはデコレーション屋さんにいって一括、買ってくる。

「テープ、用意しといてや」

「まかしといて。あたしらのサンバグループのときに、投げてもらわな、あかんからね。

乱れとぶ五色のテープ、気を入れてやって頂きましょう」

つまり群衆の中に、サクラをもぐりこませておいて、パレードが前にきたら、

「ビバ！　サンバ！」

とテープを投げてもらう手筈。

私たちがテープというときは、テープはテープでも録音機のそれじゃなく、五色の紙テープであることが多い。紙テープ、造花、仮面、紙の笠、そういうもののお店にばっかり馴染みが深い、なんて自慢するべきか、恥じるべきか？

海野さんじゃないけれど、私の人生を貸して下さった神サンは、私が、

「ありがとうございました」

とお礼をいって返したとき、さぞビックリなさるにちがいない。

（なんじゃ、これは……。こっちにはコメットの紙くず、赤いテープ青いテープの切れっぱし……これはドラキュラのお面……これはサンバの衣裳の端、破れたダンス靴の紐……サクラの造花のひとひら……いったい、この人生を貸してやった女の子は、何に使うていよったんやろ、ハハア、ちんどん屋でもしてたのか。いや、パーティの案内状とコーベ祭のパレード申込書のきれはしもぶらさがってるぞ。してみると、こういうことをして遊んでたんやな、せっかく、二度とないものを貸してやったのに、遊んでばっかりいて使い切ったんやな……。いや、待てよ）

神サンはそこで、それらのゴミクズ、ガラクタの一ばん底の、下積みになってるモノを、埃を払って、拾いあげ、じーっとみつめられるわけである。

（ふむ……これはよう使いこんだハサミじゃ。それに、ピンに糸くず、ボディの切れはし。なるほど、この子は、遊びも仕事、仕事も遊びやってんな）

とにっこり、なさるかもしれない。

そうして、

（ようし、一丁、パス！　よう使《つこ》た、こういう使い方こそ、使いでがあるというもの、貸したワシもうれしい。百パーセント使《つこ》てくれてムダがない、ふむ、早よう、また、次のあたらしいのを貸してやろう！）

と、係りの人に（天国に、そんな係りがいるかどうか疑問であるが）いいつけて、持ってこさせ、かくて私はもう一度、この世に生れかわって、楽しく生きる、と……。

虫がよすぎるかな。

でも、コーベじゃ、こういう風に、自分に都合いいように考えるのが、いちばん、生きやすいのだ。

きっと「ベル・フィーユ」全員が、そういう風に神サンに気に入られ、また人生を貸して頂けるにちがいない。

そんなわけでコーベ祭まで、とてもいそがしい。かつ、あのファッションショーの評判がよくて、あれからテレビの申込みが三つも来て、みんな張り切ってしまった。目がまわるほど、というのはこういうことをいうのであろう、コーベファッションの座談会にも出なければいけないし、その合間に、もちろん「ベル・フィーユ」の例会、「おいしいものを食べる会」にも出なければいけない。

その当番になったときは、いつもいつも「天幸」や「とり平」ではいけないので、みんなを「アッ」とびっくりさせる店を紹介しようと心を砕くわけである。

当然のこととして、そういう店は、十円玉を抛り投げて、西か東か、できめるわけにいかない。

ふだんからセッセと、小まめに足しげくさがして、よさそうなところだと思うと入って食べてみたり、という、おおよそそういう小まめさがなければ、当番はつとまらない。

あれこれ考えると、「ヒマをもてあます」だとか「生き甲斐がない」なんていう主婦はどういう一日なのか、私の方が知りたくなってしまう。

「アトリエ・ミモザ」に遊びにきた水口クンに、

「生き甲斐なんて考えたこともないわ、毎日忙しいもんやさかい。面白おかしく、トシをとってしまうねん」

と私はしゃべっていた。

「そら、生き甲斐ない、いうような人は、どんな気に入った仕事を忙しくさせてもそういうの、ちがいますか」

と水口クンはいう。

「どこへ置いても、不足いう人はいうやろうし、何をしてもブツブツいう人はブツブツいいますよ」

「なんでやろ」

「そういう神サンの人生を貸してもらってるからでしょ」

水口クンには、海野さんの「神サンリース業説」を教えてあったので、そういう。

「あ、そうか、いろんな性質の神サンがいるのか、一人じゃなかったのね」

「織本センセは、たまたま、遊び好きの、楽しい神サンのを貸してもらったのです。神サンの性質が伝染《うつ》ってしもた」

「アハハハ」

水口青年は若いくせに、わりとのんびりし、イレモノの大きいところが海野さんに似ている。

久しぶりだからというので、私は水口クンと、バー「妻」へいってみた。

「氷が溶けてるかもわからへんよ」

といってみたが、例のこわれた看板「バー・妻」には灯が入っている。ドアの前には無論、氷は置かれていないのである。

「ただいま」

とバーに入っていったら、たまたま客は一人もいず、帰ったばかりらしくて、カウンターの前には、グラスや水差しが並んでいた。

カウンターの中には青柳みちがいるのだった。

ママのつま子さんは着物を着て、何だかボンヤリしていた。

「いらっしゃい！」

と元気に声をかけたのは、みちだけ。

ママは、私たちを見て、きょとん、としている。

お化粧をして、ちゃんと着物を着つけているのだが、どこかヘン。

「……どうかしたの？」

と私が坐るなり、きいたくらい、茫然、陶然、とした顔。

やっと気がついたみたいに私に向かって、

（にやっ）

という感じで笑う。

そうして、ひとこともものをいわず、せっせと、私と水口クンの前にグラスを置き、私のボトルを出してきた。

商売気《げ》はあるらしい。

「ねえ……どうかしたの、ママ」

と私は小声でみちに聞いた。

「このあいだ、また酔っぱらって、ここの路地でころんで、そのときはどんな拍子か、仰向けに倒れちゃった」

みちも、ママを横目で見て小声になる。

「頭の皮が破れて血は出るし、救急車で病院へ担ぎこんだのよ。いま通院してるんやけど、休みなさい、っていうのに、どうしても店へ出る、いうてきかへんのやもの……」

「へー。アタマを打ったわけ？」

「恍惚の人にならなきゃいいけど」

ママはちっともきこえていない顔で、カウンターに手をかけて、じっとしている。

「あたし、わかる?」

と私はママにいってみる。

「わかる。カオルちゃん」

とママは無表情にいい、そこもヘンである。

いつもなら、ニコニコして、

「面倒な客がきたわねえ。ウチは水割りドボドボだけだよ」

といいながらも、私のために、ジンにペパーミントやレモンを混ぜたカクテルを作ってくれるのに、じっとしている。

ママが「その日その日の出来ごころ」で描く眉は、今夜は左の方がとくに「へ」の字になっていて、それもどことなく、ヘン。

そうしてカウンターに置いた自分の指をじっと見ていたりして、そんな恰好もいままでしたことがないのに。

で、おかしいか、といえば、かなり正常でもあって、水口クンのボトルをちゃんと出してくるから、客の認識だけはできるみたい。

そこへ、どやどやと若い男たちが三、四人はいってきて、

「ただいま」

といって、坐れる椅子を物色して坐る、これは常連であろう、うかつに腰かけたら、ひっくり返る、ということを知ってるのである。

「どうした、ママ!」

と、彼らも異変に気付いたのか、叫ぶ。

と、つま子ママは、また、

(にやっ)

という感じで笑い、男たちは思わず、じーっとママを見る。煙草を吸おうとしていた男は唇から煙草をぽとりと落し、グラスをつかんでいた男は、飲むのも忘れて、ママの顔を穴のあくほどみつめていた。

また、ママは、

(にやっ)

と笑い、ずうっと見廻し、それでも口を利かない。自分では愛嬌をふりまいているつもりかもしれないが、今まで賑《にぎ》やかだった席が急にしーん、となってしまう。

青柳みちがまた、説明する。

「そんで病院へいって、怪我を診《み》てもらってるあいだも、血ィ出て出て、して……」

というのは、みちのよくいう口グセで、みちは、「たくさん出た」「おびただしく出た」というような場合に相当する語として、「出て出てして」という。ヘンな日本語が、みちの小さなきれいな唇から出ると、ぴたっとはまって聞かれるので、実際コトバというのはイキモノである。

「頭の血っていうのは、よく出るよな。オレ、この前、プールであたま怪我した人、見たけど、みるみるプールの水がまっ赤に染まった」

なんて客の一人がいい、別の一人が、

「それで、ママ、ドタマの中身の写真、とってもろたんか、断層写真みたいなん、とるやろ?」

と訊《き》く。ドタマというのは、ドあたまのつづまったものである。

「とったけど、何ともないいんだって。——でもねえ」

とみちは声をひそめ、流し元でグラスを洗ってるママが、背を向けてるのを横目で見つつ、

「先生は何ともないっていうとってやけど、ねえ、どうやろ、ママ、あれから何か、ヘンなのよ、どこがってこと、なく……」

「その医者、ヤブちゃうか、病院、替えてみい」

と一人がいう。

「そや。あれはちょっとおかしい。抛《ほ》っといたらあかんデ。あたまの中身は、豆腐みたいに柔かいそうやから、端っこがちょっと欠けたんかもしれん。早いとこ、昭和の大修理やらんと、よけいこわれたらえらいことです」

「いや、もともとおかしかったから、これでちゃんとなるかもしれへん」

「……勘定忘れてくれたらええなあ」

「するとママは、このままでええ、というのか、非人道的な奴ちゃな」

などとやかましいのであった。

中の一人は電話をかけていたが、急に声をひそめ、

「あのな、……いま『妻』やけどな、ママ、ヘンやぞ」

先方は、どうヘンなのだ、ときいたのだろう。

「どこがってことなく、ヘンやデ。ボーとしてる」

先方は飲みすぎだろう、といったのに違いない。

「ちがう、飲みすぎという感じでもないねん、けど、どっか目ェの焦点、定まらへんねん」

向うではフツカ酔いだ、といったのかもしれない。

「フツカ酔いとちゃう、いうたら！　いま来たら、ええぞう」

先方は（そんなお婆ンのフツカ酔いをみてどないせえ、いうねん）といったのであろう。

「ちゃう、お婆ンでもノツカ酔いでもええ、いま、ボーとしとるさかい、酒が安うなる」

みちがきいていて、

「何さ、ママはボーとしてても、あたしがしっかり、してるわよ！」

とどなった。

そこへ隣のバー「教室」のママが顔を出した。これはまだ若いママで、ハキハキした、小粋な美人である。

「どう、具合は」

「あいかわらずよ」

と、ママの代りにみちが答えた。「教室」ママが来ても、つま子さんは、カウンターに目を落し、静かにダスターで拭いてるだけ。

誰がはいってきても、つま子さんには興味もなく、感動もなく、

(……どうってこと、ない)

というところらしい。

かといって投げやりでもなく、イライラもしていないで、ただ静かなのである。

「ときどき覗くのよ、心配になっちゃって。——だってモノいわないんでしょ」

と、「教室」ママは私にいった。

私はごくたまに「教室」へいくけれど、ここのバーは若い子が多くて、安直なのはいいけれど、あんまり若い子ばかりというのは、おちつかないのである。「教室」ママは、コーべっ子らしくて気性のさっぱりした、いい人なんだけど。

「失語症じゃない?」

私がいうと、みちは首をかしげ、

「先生は、何ともないはず、っていわれるけどねえ……」

「離人症、っていうのもあるらしい。人格がかわって別人みたいになって、何を見てもピンと来ないんやて」

と若い客の一人がいい、いっているうち、不気味になってきたのか、

「さ、帰ろか……」

と急に立ち上った。

「どうもありがと。……三千円でーす」

とみちがいう。

「あれ、離人症割引はないのかねえ」

「ないわよ、カンパだと思って払っていただくわ。——自分のことはたのめないけど、人のは取り立てやすいわねえ」

「ひどい時に来たなあ」

と、各自払って帰っていった。

「家で寝ていればええのにねえ……おみちだって、そういつもついてられへんでしょうし」

私が誰にともなくいうと、ママはうつむいたまま、にやっとしたが、でもそれは私に対して笑ったのではなく、何だか、一人で思い出し笑いをして笑った感じでもある。

「ねえ、早く閉めればいい。……横になって安静にしてらっしゃいよ、ね？」

と「教室」ママは、つま子さんの顔を覗《のぞ》くようにいって、

「何かあったら、いってよ。ウチは男の子もいるから手伝わせるわ」

と帰っていった。

そのあと、二組ぐらい客が来たけど、みな、ママがものもいわず、焦点の定まらない目で（にやっ）と笑うので、次第に口少なになり、怱々《そうそう》に席を立ってしまう。

田淵センセが、友人を二人連れてやって来た。東京の推理作家で、私も写真で顔を見て知っている人々である。何も知らない田淵センセは、

「ここな、ちょっとおもろいバーでな、なんでおもろいか、いうたら、終戦直後そのま

まやさかいや。ここで飲んでると、出てくる酒はカストリかメチルアルコールみたいな気ィするねん」

と陽気な声で紹介した。

私たちはできるだけ愛想よく、お客さんを歓待するふうを見せたが、かんじんのママは、田淵センセにも黙ってにやっとするだけ、

「僕はブランデーがええな。レミマルの水割り」

客の一人がいうと、田淵センセは、

「そんな上品なん、ここにあるのかなあ、何しろ終戦直後にブランデーなんかあれへんかった」

と笑いながら、

「な、ママ」

つま子さんは返事もしない。

「どないしてん」

青柳みちが、また、ひそひそと説明する。

「ひぇっ」

と客たちは、あらためてしげしげとママを見るようであった。

「CIAの謀略で、人格の変るクスリのまされたん、ちゃうか」

田淵センセは水割りのグラスの氷をがらがらさせつつ、いう。

「何でCIAがここに出てくるのん」

と私が笑うと、水口クンがとりなすようにいった。

「何しろ、ここは国際都市ですから。何があっても驚くことはない、という町ですから、あり得ないとはいえません」

と重々しくいうので、皆は笑ってしまう。

「それは分らない、ママかて、ひょっとしたらコーベ・マフィアの女ボスやったりして」

「バー『妻』は世を忍ぶ仮の姿だったわけね」

とみちも愛想よく調子を合せた。

「そう思うと、いろいろ思い合せることがある。ここのママは、あまり勘定にうるさくなかった。金払いに鷹揚《おうよう》なところがあった」

「裏で荒稼ぎしてるので、看板のバーではどっちでもいいわけ」

「わりによく店をやすむ、あれはイタリアのマフィアの根拠地で、各地マフィアの会議があるから」

「支店長会議ですな」

「椅子や看板がこわれても修繕せぇへんのは、あれは税務署対策というより、手下へのサインですな、何かおまんねん」

「ハハア、それでよめた、なんで入口の灯もこわれたままにしてんのんか、ふしぎやった。あれは何かの合図やったわけか」

そのあいだ、ママは、ひとごとのように澄まして、置き場の棚を片づけたり、グラスを拭いたりして、何もいわない。まるで私たちの会話が耳へ入ってないみたい。

私は、せっかく田淵センセが、お客さんを歓待しようと、ここへ連れてきたのに気の毒で、一生けんめい場を盛り立てようと賑やかにしていたつもりだが、ちょっと会話がとぎれると、どうしようもない違和感のある沈黙が落ちて来る。

「さ。どっか、口直しにいきませんか」

と田淵センセがいい、潮の引くようにお客さんたちは、さーっと立ってしまった。店を出るなり田淵センセが、

「惜しいな、あっこのママ、面白いんやがねえ……今夜はあかんわ、ほんまに頭、どっか打ったんやな」

と声高にしゃべっている声が遠くなる。

「口直し」にどっかいく、なんて、ママにも気の毒だけど、それはさぞ田淵センセの実感であろうと、おかしくなってくる。

水口クンひとりは、悠々と飲んでいる。

今夜は青柳みちがいるから、珍しく箸休めが出ている。かんたんな、きゅうりと若布《わかめ》と白すぼしの二杯酢である。みちは冷蔵庫をのぞいて、あるもので勝手に作っているので、それも好きでやっているのだから、有能な助っ人である。

そうしてみちのつくるものは、わりといけるのである。キャベツを冷して、削りかつおとお醤油をかけて食べる「冷しキャベツ」だとか、だしじゃこのから煎《い》りだとか、しとうのバターいためといった、料理ともいえない料理のつき出しが美味しいのだった。

それはアマチュアの美味しさである。道楽だから美味しい、というようなもの、でも、何も出てこないバー「妻」では、とても美味しく思われる。

「さ、もうしまおか、ママ、出て来ただけでも気がすんだでしょ」

とみちがいい、客のグラスを集めはじめた。

私に水口クン、といった、いわば内輪の身内ばかりだから、

「CIAはよかったわね、さすが推理作家ね」

「すこし陳腐な発想だけど」

と笑い合っていた。

「でも、——どうかなあ、ママのあたま、心配になってきたな、ちゃんと帰れるかしら」

「あたし送っていく」

「あ、でももし途中で男手が要ったらいけないから、僕もついていってあげようか」

と水口クンはいった。

「男手って、兇暴性はないんやから——」

「さ、そこがわからない。突如、発作ということもあるし」

「ジキルとハイドになっちゃう？　霧のコーベで、突如、変身する美女と怪獣」

「いやや、いやや、やめてぇ」

とみちがいい、私たちがつい笑うと、

「あんたら、——ちっしも本気に心配してないわけや」

と不意にママが、ひとりごとをいう。

「えっ」

と私たちは絶句した。

ママは、首をのばし、あごを突き出して、視線は壁の下のほうにつけたまま、

「誰も、ほんまに、あたしのこと心配してないんやわねえ……」

「そんなこと、ないわよ」

ママは両手をつくね、猫が香箱をつくるように、カウンターの上にちょいと載せ、

「まあ、いいけどさ」

と、ぼそぼそいう。

「なにをいってるんですか」と水口クン。

「心配やから、こうしてそばについてるんやないの」と私。ママはぼそぼそと、

「どうせあたしは離人症で、ジキルとハイドよ」

「いやあねえ、どうしたの、ほんとにヘンなのかと思うと、みんなのおしゃべりは耳に入ってんのね」

「アハハハ」

とママは笑い出した。ぎょっとしたが、ママの目の光はいつものようになっていて、ボーとした離人症風なところはない。

「いやだ、仮病やったの？」

「ちがうわよ、笑うと、あたま痛いもん」

ママは顔をしかめて、右の後頭部を指でそっとおさえた。

「——ときどきボーとなるけど、さ」

「でも、今までの顔つきって、全く、ヘンだった」

「こう?……」

とママは、「ボーの離人症」の顔をしてみせる。

「あ、それそれ！　この仮病つかいめ」

「うそじゃなく、ほんと、こういう顔になってしまうのよ、何だか、人が前へくると、あたまががんがんして」

「店を休みなさいっていうのに」

「ところが、がんがんして、ボーとなるとさ、快感があるのね。マゾなのかもしれない」

ママは水口クンに酒をつぐ。

「あたし、これから、あたまの豆腐がすこしこわれたママ、ということにする」

「呆れた、何もかもちゃーんときいてるのね」

「ボーとしてると、いやな客の話にいちいち相づち打たなくてもいいし、愛想笑いしなくてもいいし、そうだ、これから、店の名も『ボー』にしよう、バー『ボー』って、ちょっといいと思わない?」

「いや、でもほんとに、アタマの中身、どうもなってない?」

「痛いわよ、がんがんするのよ、本当は」

とママは顔をしかめた。

「それもあやしいな、敵をあざむくには味方からあざむくっていうから」

「いや、これは本当」

ママはまた、ボーとした顔をしてみせる。

ほんとにコーべって、悪のりする人が多いんだから。

いらいらざかり

コーベ祭には三日間で、延べ二百万人くらいあつまる。それぞれのターミナルや広場で催しがあるが、最後のフラワーロードのパレードでも一万人ぐらい、くり出すのである。

市役所前の大通り、まん中のグリーンベルトを取っ払って、この数百メートルを市民に開放する。

まつり、というと「夏物一掃まつり」や「冬服まつり」を連想して、何か大売り出し、大バーゲンセールでもあるのかと勘ちがいする人があったが、これはそうではなく市民が、

(好きなこと)
(アホなこと)
(人に見せて自慢したいこと)
(ＰＲしたいこと)

（自己顕示欲をもてあまして何かやりたくてしようがないこと）をやってみせるまつりである。それぞれの区で、いかにもその区らしいショーや記念行事があるが、何といっても最後のパレードに人気があつまる。

「ほんとにヘンな町だ。祭りというと地域の鎮守というか、産土《うぶすな》というか、神サマがいるもんなのに」

と竹本支局長はいい、毎朝新聞の阪神版にも、

「神なき祭りの季節がまた、やってくる」

と半分ヒヤカシのような記事があった。

「大阪の天神祭とか、京都の祇園祭とか、とにかく神サマのためのもんじゃないのかなあ」

「べつに神サンなんか、無《の》うてもええやないの」

と私は言った。

「おまつり騒ぎ、というコトバもあることやし」

「――神なくも面白ければ祭りなり」

とけい子がいい、

「何や、それは」

「俳句」

「それは狂句というもんでしょ」

大信田さんがたしなめる。

「俳句つくる人は俳人、狂句つくる人は狂人、おまつり騒ぎの好きな人は騒人、コーベは騒人だらけです」

と平栗ミドリ。私たちは「チャッチャ」という、あたらしく開拓した小さなレストランで食べている。元町のウエ、（というのは、北へあがったところを指す）ちょっと目につきにくい路地にあり、スペイン風、イタリア風のレストランである。風、というのは日本人の、それもコーベ人の口に合うように工夫してあるので、だからスパゲティもあれば、パエリャも食べられる、という店である。

私たちのことだから、料理の美味しいのと同様、店の人の人柄もよくなくてはヒイキにできない。

ここんとこが、男の人の好みと、女の人の好みはちがうみたい。

ずっと前、大阪の生地問屋さんへ仕入れにいっていて、そのあと、そこの社長さんが、

「コーベも鮨《すし》は美味いやろけど、大阪の鮨も伝統あるよって美味いデ。カオルちゃん、いっぺんご馳走してあげます」

といわれて、美味しいもん好きの私は飛び立つばかりうれしく、四十二、三のその社長はゴルフ焼けして朗らかな人で、輸入服地を扱っているだけに、センスのいい、さばけた男性だったから、それもうれしく、いそいそとついていった。営業の担当の社員である青年も一緒だった。ミナミの、かなり大きい、りっぱな鮨屋、若い男の子が十人ばかし並んでいて、いっせいに「いらっしゃーい！」というのは壮観だった。

親爺さんはまん中にいて、これがムッツリした爺さんで、ニコリともしなかった。そ

うして、はじめからしまいまで、若い衆をどなり散らしていた。しまいに、いちばん若い少年なんかは、あたまを撲《は》りとばされていた。

客たちは慣れているのか、平気で、

「マグロ」

「おれ、イカ。握らんと、アテ、アテにして」

なんて注文していた。アテ、というのは酒の肴のことで、刺身のまま食べるといっているのである。

「カオルちゃん、遠慮せんと食べや」

と社長にいわれたが、私はムッツリ爺さんが気になって、さしもの食欲も、だんだんしぼんでゆくのであった。そこの鮨は、たしかに美味しいのだろうけれど、客の前で、使ってる若い衆を罵《ののし》ったり、あたまを撲《は》ったりされたら、味もまずくなってしまう。

タベモノは、人の心をなごませ、結びあわせ、警戒を解かせ、たのしくさせるためにあるのである。

まして、オカネを払って、そのたのしみを享受しようと期待している客の前で、なんであああもムッツリし、罵れるのか、私には不可解でならなかった。不可解が不快になってきた。

「どないしてん。えらい遠慮して」

と社長はいい、この人は親爺さんのムッツリが不快どころか、気にならない、むしろ、そのくせを面白いと思っているのかもしれない。

でも私はもう早く出たくて、いらいらしてしまった。そんなことをいうと、

（――だから ハイ・ミスは気むずかしい）

といわれるかもしれないが、味は気分のものである。そして女も三十をすぎると、どういうのが美味しいか、という見識ができてくるので、これぱかりは「気むずかしい」と非難されたってしかたがない。むしろ、三十すぎた女が何にでもペコペコ、ニヤニヤしているようでは、それは使いもんにならない、モノの役に立たない人間で、まあそういう人もいてもらってこそ、世の中はまるく、やさしく納まり、気が和《なご》むかもしれないが、少くとも「ベル・フィーユ」の会員のように、自分で税金を払って、中小企業金融機関に借金をし、人を使って店を張ってゆく、といったことはできないであろう。

――ま、それができるから偉いってもんじゃないけど。

――店を張ろうが張るまいが、見識のあるなしに関係ないけど。

私は以後、その鮨屋には無論いっていない。

それにくらべると「チャッチャ」のマスターも奥さんも、とても感じがいい。まだ三十半ばで、無口だが熱心で、美味しいものを提供して人を喜ばせる、その楽しみをよく知っている人、という感じである。

「チャッチャ」というのは、マスターが修業した、あるレストランのコックさんが、いつも、

「チャッチャとやれ！　チャッチャと」

というのが口癖で、それからとったそうである。

「チャッチャ」には、店内の一隅に、アルミ皿やアルミ鉢に入れたビーフシチューや、グラタン、サンドイッチなど、この店特製の西洋惣菜《おかず》ともいうべきものが売られていて、これも名物であるが、わりに知らない人も多いようだ。「ベル・フィーユ」の連中は、ひとりぐらしの人も多いので、ここのを買ってゆくことが多い。

ビーフシチューの舟を二つ買ったりして、

「あ、どなたかお客さん？」

とすぐ、からかわれる。

「冷蔵庫へ入れて、あたしの二日分です」

などといったりする。「チャッチャ」特製のピクルスなども売っているが、ここので絶品は「チャッチャのマーマレード」、これは奥さんがテレビドラマを見ながら、ゆっくりと煮るのだそうである。家庭料理風なところがいい。

そんなわけで「ベル・フィーユ」の例会を「チャッチャ」ですると、あしたの夜のオカズまで買えるというので、あたらしくみつけた「チャッチャ」は、私たちのお気に入り会場になっている。ここのマスターたちは、さすがに若いだけあって、

「ベル・フィーユ」

の名前をいっぺんでおぼえてしまった。

その店に、竹本さんが来たのだ。狭い町といっても、店は多いし、バーでもレストランでも、だいたい竹本さんとはテリトリーがちがうから、会うことはなかったけれど、偶然、先に来ていて、しかも女性連れ。

奥さんというのでもない、ずっと若い年ごろの垢ぬけた女の子で、隅っこのテーブルにいた。竹本さんは私たちが反対側のテーブルを占めたのを見て、合図した。でも私たちにその女の子を紹介しない。私たちも（どなたですか）などとせんさくしない。まして、

（富士には月見草がよく似合うというけど、竹本さんには若い女の子が似合うわ）

などとからかったり、しない。

みんな空腹なので、（「ベル・フィーユ」の女の子で、食事どきに空腹でない子って、いるかしら）話の合間にいそがしく食べていた。

祭りの衣裳の打ち合せである。どうせ来年はポートピアだから、コーベ祭もいっそう、賑やかになるにちがいない、その日のために、今年ついでにそろって作っておけば、ということになる。男の人たちもソンブレロをそろってかぶる、そのためにヒゲをのばすのにやっきになってる子もいる。今年はローラースケートがブームだから、大勢がくり出すという噂もあり、私たちはまだ見たことがないけど、自転車の曲乗りみたいな、グリーリィローディングチームが、何かすごいのを見せてくれるという話である。

私たちは車えびを焼いたものや、パエリャをみんなでとり分け、かるい白ワインの、よく冷えたもの、――高くないヤツ――をつぎ合ってはしゃべっていた。イタリア人風に、その前に前菜としてスパゲティボンゴレを食べているのだが、おしゃべりしていると、もうそういうのは、すばやく消えてしまって、いくら食べても美味しいのだから困る。私に、大信田さん、けい子に、モト子さん、平栗ミドリ、青柳みちという常連であ

って、今夜は雪野さくらさんはお休み、旅行中である。

　こんどのリサイタルは、「宇治十帖」をテーマにしたいということで、お弟子さんの弓ちゃんにあとを任せ、一人でふらりと宇治へ出かけている。

　なぜ「宇治十帖」がひらめいたかというと、これもおかしいのだが、ある日、大信田さんが稽古場へお茶を持ってきてくれたのだそうだ。

「貰いものやけど、さくら先生、お茶好きやからあげるわ、これ宇治茶よ」

　――で、二人でお茶をのんでいると、

「――そうやわ、今度は『宇治十帖』を踊りたいわ」

　とさくらさんは思いつき、

「ノドまで出てて、思い出せなかったのよ、それ。宇治、っていうコトバ。どうもありがと――あたし、それが踊りたかったのよ」

　と静かに、でもうれしそうにいったそうである。

　私なら、宇治は宇治でも、

「宇治金《きん》、なんてのを思い出すわよね、ホラ、かき氷の下に金時入れて、上から抹茶の甘いのをかけるの」

「カオルちゃんも、いつまでもそんなことをいうてるようでは、成長しないよ」

　と大信田さんに叱られる。

「いや、宇治金が下品で、宇治十帖が高尚ということはない、と思うわよ、アンタ、文化人類学からいうたら、宇治金なんて、偉大な民族的発明やと思うわよ」

などとけい子がまぜかえすので、相談はちっともすすまない。まあ、いつものことであるが……。

竹本さんがテーブルから立ってこっちへやってきた。もう食事がすんだとみえ、「彼女」のほうは化粧室にいるようであった。

「忙しいねえ。パーティの合間におまつり」

と、この人がいうと、いつもヒヤカシになるのである。神サンのないまつりだというから、けい子が「神なくも面白ければ祭りなり」といったのだ。

「そうそう、みんなで寄って一年にいっぺん面白い目をみたら、ええやないの」

「しかし僕は去年、はじめてコーベ祭見たけど、どうということはなかった」

「あ、そう、最後のサンバも踊らなかったですか」

「いや、あれはちょっと踊れないな、マトモな人間は」

といいかけて、

「いやいや、僕はなぜかな、まつりというのにノレない。伝統のないまつりというのは、何だかこう……、地もとの人間じゃないせいかな、まつりに敬意が払えない」

「伝統や敬意がまつりに要りますか？」

大信田さんは、コードロこと竹本さんが何かいうと、腹が立つようである。

「まあ、いっぺん、いっしょに出てみない？　フィナーレのサンバに。それとも、阿波踊りの連にでも入ってみればいかがですか？　いまどこも、特訓の最中よ」

とけい子は、竹本さんに親切である。

しかし私の見るところ、竹本さんも、べつに「ベル・フィーユ」のめんめんを怒らそうとか、大信田さんを刺戟しようとして、わざと挑発的にいっているのではないみたい。大信田さんはわるくとるみたいだけれど、竹本さんにしてみれば、

（なぜか、まつりというのにノレない）

というのも本音だろうと思われた。そうして、なぜこういう風にフィーバーできるのだろうか、そこんところをもっとよく知りたい、というわる気のないブン屋さんの取材精神で、正直に本音をいって、こっちの本音を誘い出そうというつもりではなかろうか。

少くとも私にはそう思われる。

「でも、まあ新聞の人は忙しいわよ、ね、いっしょに遊んでられへんのやもの、気分がノッたら仕事にならへんの、あたり前よ」

とモト子さんがとりなした。

そこへ「彼女」がやってきたので、竹本さんは「お先に」と連れ立って出てしまう。

「誰やろ」

「見たことない」

「あの服は東京風ね、東京の子かもしれない。東京の小さなブランドの服ね、そんな感じ」

けい子はブティックを持っているので、そんなところに目が迅《はや》いようであった。

てんでに西洋オカズを買って、行ける人だけ、「らんぷ」へいく。モト子さんはビーフシチューを三皿買い、冷凍しておく、と説明していた。いくら美味しいといっても、

毎晩ビーフシチューじゃなあ……。

　モト子さんは先に帰ったので、

「いや、あれは自分一人で食べるとは限らないよ、誰かいてはるのかもしれへん」

とけい子はいう。

「モト子さんに限って、それは想像でけへん」

と我々は口々に言い合う。童顔でとっぽいところがあるモト子さんは、「何もわかっちゃいない」とみんなに思われ、

(モト子さんの前でしゃべってはいけない話よ)

とめくばせして口をつぐませるところがある。モト子さんはそういうとき、

「何さ、あたしオトナよ。何でも分ってるんやから」

　とひがむのである。

「らんぷ」にはハッちゃんがいた。

「さっき、おかしいことあってん」

　といっていた。

「新開地の連れ込みホテルで、七十の爺さんが死んでてなあ」

「へえ」

「生れたままの姿で……」

「殺されたの？」

「いや、急性心不全。——というけど、最中に死にはった。ハッキリいうたら腹上死」

「モト子さんいなくてよかった、コドモがいたらそんな話でけへん」

大信田さんがいい、みんなは笑う。

「相手は八十の婆さんや。ホテルの人に、『お爺ちゃんが大変、お金とってきます』いうて姿くらましよった。警察が調べたら、この八十婆さん、ものすごい人で、新開地で有名らしい。かっこええ爺さんみつけたら、色目つこうてハントしてまわるねんて」

「うわ。そのほうが、かっこええやないの……」

「毎月一ぺんか二へん、有馬のほうから電車に乗って出て来て、新開地でハントしはんねん。『ハント婆さん』というアダナついてたらしい。あしたの朝刊見てな」

「うん、見る、見る、『兵庫タイムス』見る。――けど、『ベル・フィーユ』のお手本みたいな人やわねえ」

「八十でハント婆さんよ、三十すぎの若いもんが、何をモタモタしてるのん」

と「らんぷ」のらんちゃんも笑ってけしかける。私はいった。

「ま、三十代四十代の内はしっかり仕事でもしてお金ためるわ。八十になったらハントするわ、先は長いねんから……。ハッちゃん覚悟しときや」


ドーン！　ドンドン！

なんて鳴っている太鼓は何かしら、もうパレードがはじまっているのかしら。ここのビルからはむろん、コーベ祭のパレードはみえない。ただ空にあがっている、色とりどりのアドバルーンはみえる。

「センセ、先にいきはったらどうですか」

とノブちゃんたちはいった。

今日はコーベ祭の最終日、最終日はいつも日曜をあててあり、いよいよパレードのある日、「アトリエ・ミモザ」は、日曜はむろん、お休みのはずで、ノブちゃんやまさちゃんらも、雪野さくらさんのダンス教室の若い人々といっしょにサンバチームに加わることになっていた。（ノブちゃんらの衣裳は、以前に私たち「ベル・フィーユ」が着ていたものの、おさがりである）

ところが、前からオーダーを受けていたウエディングドレスが、「お式が早まったのですみませんが早めにお願いします」ということになり、日曜でお祭りというのに、朝から出てきて汗だくでかかっている。

「いや、もう、そこまででええわ、大丈夫よ、期限までにはできると思うわ、さ、止めておまつりにいこうよ」

「ハイ」

「ハーイ」

とノブちゃんたちは喜んだ。

おまつりの日まで仕事をさせられるほど悪いことはしていない、というところ。

そしてまた、とにかくおまつりが済んでから何もかも考えます、というところ。

今日は申し分のない上天気で、あまりの快晴に空ものぼせ、天心へいくほど白っぽくなって、朝から太陽はぎらぎらしている。

街には人波があふれていて、フラワーロードの両側は、早朝から席取りをしている人でいっぱい。

ゴザを敷いて、日傘をかたむけた人々や、小さい子供たちがもう鈴なりになっている。何しろ一万数千人という行列がくり出すのだから、かなり長い時間であって、弁当もちで坐り込んでいるわけである。

フラワーロードは市役所前からずうっとグリーンベルトが払われていて、こんなに広々していたのかしらと思うくらいの幅になっている。

まあ、それにしてもどこから集まったのかと思うほどの沿道の子供たち。これでまだ行列で繰りこんでくるチビッ子神輿《みこし》や、子供パレードがたくさんあるんだから、いったい、どのくらいの子供が湧いてくるものやら、沿道でパレードを見たこともあるけれど、あれはもうほんとに、気絶しそうに、「しんどい」ものであるのだ。

どうしても、オトナとしては、あわれみの心があって、「子供たちに見せてやろう」と思うから、前へはもぐりこめないし、人のうしろから爪先立って覗くものだから……。

べつに自分の子供じゃないんだけれど、子供たちの大好きなスヌーピーやドラえもんのぬいぐるみが出て来て、子供たちと握手をすると、うしろでうろうろしている子供たちを、

「早よ、早よ、前へ来なさい、ホラ」

と押し出してやったり、したくなる。

私は自分の子供はないけれど、これはどういう感情なのかしら、母性愛、なんてもん

じゃなく、「オトナ愛」とでもいうものじゃないかしら。

オトナとして、コドモの笑う顔、喜ぶ顔を見たい、というような。

オトナの責任というか、コドモたちをいつも笑わせ、楽しませてやりたい、という気にさせられる。

見上げるように大きいスヌーピーのヌイグルミと握手した子供が、嬉しさのあまり、

「ヒイッ」

というような、しゃっくりみたいな笑い声をたて、ついで、ヒキツケを起したんじゃないかと思うくらい、けたたましく笑うのを見ると、私まで嬉しくなってくる。そうして、うしろにいる、遠慮勝ちな子の肩を押して、

「ハイ、この子も握手したげて！」

と世話をやいてまわったりして、全く私は、うちのビルの三階の託児所「こどものくに」の保母さんそこのけに、世話を焼きたくなる。それで子供好きかっていえば、そんなことはなく、何しろ、ふだんは邪魔っけで、日曜とか夜とか、仕事から解放されたときだけ、ちょっちょっと抱きあげてあやしたりして満足する、男親感覚のもちぬしなんだから。

おまつりで、一人でも多くの子供たちを、よく見える場所に坐らせてやりたい、ヌイグルミを見せてやったり、握手させてやったり、あたまを撫でさせてやったり、そんなことをして喜ばせてやりたい、これはもう、ひろく人類愛と呼ぶものではなかろうか。オトナの責任感や、オトナ愛という以上に、人類愛といってもよろしいであろう。

もうフラワーロードはガードマンに警備されて、横切れないようになっている。街の通りは「ここから先は迂回」の標識があちこちにあって、これは暴走族対策でもある。車は都心に入れないようになっているが、何しろ南北の距離の短いコーベのこと、みな、車を捨てて歩いてくる。

今日は「港っ子」の編集室がチームの控え室になっている。

「何してたん、もう元町へみんな出発したわよ」

と大信田さんがせきたてた。この人は、数百メートルも炎天下に踊れないというので、もっぱら、沿道にサクラでもぐりこんで、

「ビバ！　サンバ！」

と踊りまくる一行に紙テープを投げる役割を引きうけている。来年は私も、いっしょに、サクラになるほうに廻るかもしれない。

何しろ、てんから干しの暑い大通りを踊りながら通りぬけるなんて、ノブちゃんやまさちゃんならともかく、私にはもう、ちょっと息切れすることである。雪野さくらさんは専門家だから汗もかかないし、青柳みちやモト子さんは小柄、けい子はほっそり身と、それぞれ、サンバに有利な体型で、跳ねまわるのにちょうどいい、でも私ときたら、タテヨコそろって大きいんだから、汗もたいへん、息も乱れてしまう。

「何いうてんの、根性ですよ、気の張り、というもんや」

と平栗ミドリに叱られるけど。

ま、サンバ向き体型はともかく、私は、来年のことは分らないな、という気がフトす

る。それは、こんなにぎやかなおまつり騒ぎのときに限って、心を過《よ》ぎる思いなのだが、でもそれだからといって私は、淋しがっているわけではない。

銀とショッキングピンクのダンダラの衣裳を着けて、あたまに赤い紙の造花、こんな扮装で、ノブちゃんたちと町へ飛び出しても、今日ばかりは目立たない。

水着で歩いている水泳クラブのグループだの、ちんどんやのチームだの、わけの分らない扮装の仮装行列、さまざまに渦を巻いてるので、サンバの恰好なんか、誰も目にとめるものもないわけである。

パレードのある元町通りから大丸前、極彩色の洪水。

市役所はフラワーロードの北詰めにあるが、コーベ祭の垂れ幕で壁面いっぱい、その上に「ポートピア'81」のアドバルーンがあがっていて、今年でこれなら、浮かれやのコーベ人間は、来年のおまつり騒ぎはどうだろうと思わせられるのだ。

今年も大韓民国の民族舞踊は、一糸乱れず整然としていた。若いあでやかな娘さんが、緋桃色の薄緑のチマ・チョゴリを着て、胸に吊るした太鼓を打っては踊る、それが一、三百人きりっとそろって、毎年のたのしみな観物の一つなのだった。

裳の裾がひらひらとひるがえり、太鼓の音は澄んでかるく、華やかで、あでやかでいながら、きりっとした風情でいい。

花自動車が、ドラえもんを積んで花で飾られてゆく。そのあとが、バトンガールの行進。

男の子たちがさかんに、

「ピューッ」

と口笛を吹き立てるのは、これは当然で、「クイーンコーベ」たちが着物すがたで、車から手を振ってゆくのだった。

在日外人たちのグループ、フィリッピン、アルゼンチン、イギリス、アメリカ、フランス、いろんな国旗と民族衣裳が目白押しでつづく。

阿波おどりの連がいくつもあるので、これが街じゅうの空に「よしこの」のお囃子《はやし》を撒きちらし、前後のチームのマーチを圧《お》し消してしまう。

やっとサンバチームのところまで、人波を押しわけて合流する。

「あたしら、ラストやから、一時間ぐらいあとになる予定よ」

とけい子がいった。今日はモト子さんまでサンバに参加していて、銀色とショッキングピンクの衣裳を着ている。この人は毎年、見るほうか、またはフラワーロードに面したビルの二階の窓から、

「ビバ！　サンバ！」

と紙吹雪を撒く役であったのだが。

「へー、モト子さんも踊るのん？」

といったら、モト子さんは嬉しげに、

「記念に踊るわよ」

「記念いうて、何の記念？　ポートピアは来年やしィ」

「ポートピア前年記念かな」

モト子さんは純真な人だから、踊るときは全く邪心なく余念なく、リズムに乗るので見ていて、気持いい。

「あれ、上手《うま》いやないの」

「サンバ教室はいってないのよ、我流よ」

「我流でそれだけ、のれたらえらいわ」

「エヘヘ。実は、家でよくサンバを踊っておるのです。見よう見まね、でね」

「あんた、モト子さん、一ばん前に出てよ、さくらさんのバレエ団の人といっしょに踊ってよ」

いまは、グリーリィローディングチームが目のさめるようなみごとなテクニックで、観客をどーっと沸かせていた。

道のまん中に、一人、寝そべって長々と横たわり、それを羽が生えたみたいに、自転車がかるがると飛びこえ……すると、見るまに次、また次、一台一台と飛び越してゆくではないか。

「おーい、いっぺん、誰かモロに轢《ひ》いてみい！」

と弥次をとばしている奴がいる。

「轢けー。轢いてこませ」

とガラわるくどなっているのは、ムラケンこと村中健太郎であった。

ムラケンはピエロみたいに、左半身と右半身が色がわりになった服を着て、あたまにとんがり帽子のソンブレロといういでたち。

「村中サンも踊るの？」

「踊るデ。その気になったら、あんたらサーと白けさせるくらい、うまいデ」

「なんで今まで踊らなかったのよ」

「うまい踊りはそうそう、見せるもんやないねン」

「なんていうて。恥かしかったんでしょ、人前で、よう踊らんからや」

「ま、そこもある」

とムラケンは帽子を抑えて、仰向いて高笑いする。

「今年はなんで、踏み切ったの」

と私は尚もいってやる。

「うるせえな、踊りとうなっただけや」

「そこの転機の秘密をきいてるのです」

「カオルちゃんこそ、どやねん」

「あたしは元々から、人前でヘーキで踊っていました」

なんて私はつんとしていってやったが、ほんとは嘘。

私だけでなく、大信田さんも平栗ミドリも、けい子も、人前で、こんな銀と桃色のダンダラ衣裳をつけて踊るなんて、とても、出来なかった。

考えることもできない、というところであったのだ。

それが、

（今年はあたらしい衣裳を新調しようやないの、前のは古うなって迫力ないさかい、ク

リーニングして若い子らにやろ)

(まつりいうもんは、自分がオカネ出してやるもんよ。身銭切って楽しまへんまつり、なんて、まつりとちゃう)

などというようになっている。

人生の、どのへんから、こんな人間に、こんな女に出来あがったのか、何も一人でなったわけじゃなく「ベル・フィーユ」の仲間が、みな揃っていつとなく、

(ええカッコしてたかて、しょうないやないの)

(ワーッと騒いだ方が、あと、スカッとしておもろいやないの)

という気になったのだ。

私は、べつにグループの一人一人に聞いてまわったわけじゃないが、自分のことで考えてみると、どうやらそれは、年齢と関係がなくもない。

三十歳をすぎる前後から、何やら自信のようなものができてきて、(ムラケンならそれを、やけくそというかもしれないけど)

(あたしのすること、誰も文句いうわけやなし)

(べつに見られて恥かしいという、特別な関係の人もなし)

と居直ったのだ。

それは仕事の安定と関係があるかもしれない。曲りなりに店を張って、一人で食べていけるようになると、

(踊りたいときに踊って、なんでわるいのん?)

か？）

という気になった。

（アナタ、踊ってもいいですか？）

（アナタ、サンバ教室へいっています。ゴハンは作ってありますから食べて下さい）

（アナタ、こんなに肩や胸や腕の出る服を着て、衆人環視の中で踊ってもいいです

なんて亭主に聞く必要もないのだ。

そして踊ってみると、自己顕示欲が、こんなに充たされるものもなく、（といって、観客にとっては、私がどこのダレであるか全く分らないんだし、うまいともみえぬ踊りに拍手するひともいないんだけど）とくに、フィナーレなので、観客もいっしょになって踊る、あの醍醐味がとてもいい。コーベ祭で慣れて、ついにどんなパーティでも踊るようになったのである。

ムラケンも何か、そういう、居直るというか、ひらき直るというか、そんなことでもあったのかしら、でもムラケンのように、ツラの皮の厚そうな男は、いつだってひらき直ってるかんじだけれど。

けい子が踊るので、ムラケンもそばに一緒にいたくなったのかもしれない。

そのけい子はといえば、暑い、というので若い男の子に両方から煽《あお》がせていた。団扇《うちわ》には「ポートピア'81を成功させよう」と書いてあって、前の組のこども阿波踊りの連が落していったものである。

花自動車に桃色や空色の花飾り、風船が泡のように飛び上っていって、乗ってるのは

若いきれいな女の子ばかり、女王のような扮装をして、前後を軽音楽隊に挟まれてゆく。

「アイドルレディ」というのだそうだ。

「アイドル中年で、こっちはいきますか」

とムラケンは元気よくいい、いよいよ、しんがりのサンバチームはうごきだす。もう、はてしなくつづくパレードに、街中は毒気に中《あ》てられたよう、サンバのリズムで、その毒気をさらに盛りあげるわけである。

私たちが踊るのは、一つの人生のふんぎりがいるけれど、若い子たちは、そんなもの、どうでもいいみたい。生れる前から踊っていたように、かるがると、やすやすと、ホイホイと。

「ビバ・ビバ・サンバ・デ・ポートピア」

「ビバ・ビバ・サンバ・デ・コーベ」

と声をかぎりに唄っていて、

「スタミナをコントロールしてや！」

と、演奏している男の子に注意されている。

「先は長いデ。フラワーロードで、見物人をリードせんならんデ」

日はちょっとまわって、まさに日ざかり。

山も海も、燃えあがり、煮えたぎるような暑さ。サンバって、やっぱり、「よしこの」より、マーチより、「木遣《きや》り」より、各国民謡より、格段に強烈である。

私は平栗ミドリとぶつかり、けい子の足を踏み、踊っている。うーん、やはり若い弓ちゃんやノブちゃんやまさちゃんらの迫力はちがう。あれはもう、悪いコトバでいえば、「ド迫力」

とでもいうべきものだ。

うまいといえば、モト子さんもかなりのもの、私はそばへ寄り、

「モト子さん、そこまでやれたらリッパなもんやわ、おめでとう」

といったら、モト子さんは、踊りながら私を見て、無邪気にびっくりした顔になった。

「あれ、知ってたん？」

「なにを？」

「あたしの結婚」

ちょっと、ちょっと、何だ、何だ。

うーむ。

聞き捨てならない。

「ちょっとモト子さん、それ、ほんま？」

と聞いたら、

「車、うごくわよ」

とモト子さんが注意した。

うごくというのは、トラックの上に演奏の男の子たちが乗っていて、われわれ「港っ子」チームはそのまわりを踊りながらゆくのである。

「いつ、きめたん？」

と私は、よっぽど好奇心に駆られた顔をして、開いた口が開いたまま、という風であったにちがいないのだ。

「ね、ちょっと、それ、誰かにいうたん？　そいでさ、誰とするのん、相手はだれ？　何する人？　いつのまに、そんな話になったん？」

私は、赤い造花に映えるように、眉からまぶたの下いっぱい、青いドーランを塗っていたが、眼は好奇心で張り裂けんばかりに、みはられていたにちがいない。

「アハハハ」

とモト子さんは笑って、

「あとでいうたげるわ、どうせ今度の例会で発表しよう、思うててん」

と、何の苦労もなさそうである。私ばかりじゃない、ミドリでも大信田さんでもけい子でも、誰ひとり、モト子さんの結婚なんて思いも寄らなかった。きっと、みんなビックリするに違いない。ちょっと耳打ちしてやろうかしらんと私は平栗ミドリをさがしたが、ミドリもけい子も離れ離れで、それに、

「サンバ・デ・アイランド」

やら、

「サンバ・デ・ポートピア」

なんかががんがんと鳴りはじめて、何をしゃべったってきこえないにちがいない。コーベは陽気なサンバが似合うというのでサンバ愛好者も多く、サンバの曲だって、みんなコーベで作ってしまう。「ＬＯＶＥＬＹ《ラブリー》　ＫＯＢＥＣＣＯ《コーベッコ》」（作詞・小泉美喜子）なん

てユカイなんである。

「インド人もサンバ　中国人もサンバ　アメリカ人もサンバ　ドイツ人もサンバ
フランス人もサンバ　イタリア人もサンバ　ＵＦＯもサンバ　宇宙人もサンバ」

なんて、宇宙人までサンバを踊らせてしまう。

「画描きもサンバ　デザイナーもサンバ　ケーキ屋もサンバ　パン屋もサンバ　コックもサンバ　ウエイトレスもサンバ　珈琲屋もサンバ　産婆さんもサンバ」

とオチがついている。作曲もコーベのメンバーのオリジナルである。「白いかもめのサンバ」や「サンバ・デ・ポートピア」というコーベらしい曲もあるけど「追いかけてサンバ」（作詞・岡田美代）みたいに、

「ロケットで出かけよう
赤い赤い尾をひいて
太陽系を突き抜けて
銀河系を突き抜けて
マクロ宇宙を突き抜けて
地球は小さな星になっちゃった」

なんていうノビノビしたものもいい。「追いかけて　追いかけて　追いかけて　追いかけて　サンバ」

これが鳴り出すと、しぜんに体も手足もうごくようになっているのだ。

しかし、私はやっぱり、あたまのどこかで、

(モト子さんの相手は、ダレか!?)

という好奇心がむらむらと湧くのであった。

私の好奇心というのは、そもそも海野社長が、

(カオルちゃんが結婚でけへんのは好奇心のせいやで)

といったくらいである。

(は？　あたし、そない、好奇心強いですかあ？)

私は全く、人なみだと思っていた。だって誰だって珍しいことを見たり聞いたりすれば、好奇心が発動するのではなかろうか。

(いや、発動のしかたが並はずれているよ)

と海野さんはいった。

(迫力あるからなあ。なんで？　それで？　どうして？　と、こっちがタジタジしてしまうくらい迫らはる)

海野さんはにやにやしていう。

(目ェ剝《む》いて、口あけてなあ。幼稚園ぐらいの子ォが、何かいうと、なんで？　それ、なに？　いうて聞くのとおんなじや。ええトシしたオトナの女が、めったやたらと好奇心をむきつけにしてるのは色けなさすぎますな)

(そうですかあ？　あたし、そない目ェむいてますか)

(自分では分らへんのやろうなあ。まあ、いっぺん好奇心が発動したとき、自分で鏡、見て見なはれ)

好奇心が発動してる最中に、鏡など覗く余裕があるものか。自分がどんな顔になったかと反省するぐらいなら、好奇心も強くはないであろう。

（だけどいいトシした、っていわれても好奇心は、トシに関係ないでしょ）

と私はいってやった。トシとったって、好奇心は好奇心。

（いや、そやないね、好奇心はトシとると衰えてしまう人が多い。珍しいもん見ても、――ま、ええやないか――とか――どうちゅうことない――となってしまう）

海野さんは断固としていう。

私は珍しいものをみて、

（どうちゅうこと、ない）

なんていう人があろうとは思われない。私なら、思わず目が吸いよせられ、ついで手が出、裏返して見、匂いをかぎ、明るい方へ透かし、掌にのせて重みをはかり、指で撫でてタッチをたしかめるであろう。

（いやいや、それはあんたが若々しい心の持ち主やからや。僕は好奇心のある人が好きやねん。ビックリする人が好きや。カオルちゃんはビックリしいやから、好きなんですなあ。――どや、ポートピアが開幕したら、あらためて、どっちか、きめてや）

なんて、海野さんは、またいって、いっそうにやにやする。

ポーアイができたら、「考えてもよい」と何年も前に冗談で海野さんに答えて、おかしがっていたのは、海野さんが私をくどくからである。むろん、それも冗談で、（僕の彼女になってえな）と海野さんはいっていた。よく太って汗っかきで陽気な人で、前額が禿げて汗がそこへ集まって光ってる、というような人が、やさしいモッチャリした大阪弁でくどくのは、とてもたのしい感じであるのだ。

だから私も、いつもその冗談をたのしんで（ポーアイができたらね）といって逃げていたのだが、七、八年も経ってみるともうポートアイランドはできてしまったし、こんどはどういって逃げようかしら、こんなことをいいい、一生を送って、ハッちゃんの話の八十のハント婆さんではないけれど、こんどは私が海野さんをくどき、九十の海野さんが、何か逃げ口上を考えては、うまくかわしてる、というようになるかもしれない。

こういう間柄があってもいいだろう。

恋人にしてしまったら、せいぜい、数年の仲にすぎなくなるが、友達でおいておくと、年々、仲間意識がつよくなり、

（アイツのためなら、しかたない、一肌ぬいでやろう）

という連帯感が生れ、一生のつきあいになるかもしれない。むろん、私より海野さんの方がもっとシッカリしており、生活力も人生キャリアも格段の相違だから、私が海野さんのために「一肌ぬぐ」なんてことはあり得ない。私がいつもぬいでもらっているほうだけど、気持としては、私は、海野さんのためなら何でもしてあげようという同志愛はもってるわけである。

「彼女」になるのだけはこまるけれども……。何たって海野さんはハラワタのきれいな人なんだし。

そうだ、好奇心の話をしていたんだ、海野さんは私が結婚できないのは、

（好奇心が強いためだ）

というのだ。

海野さんは私に、「この人生は神サマに貸して頂いてる」などという、めざましい勉強をイロイロおしえてくれて、私を開眼《かいげん》させてくれる人であるが、好奇心が強くて結婚できない、なんてそういうことがあるだろうか。

（それはありますよ。初夜の晩に、ちょっと、ようく見せて！　それなに！　え！　なんて迫られたら、男はげんなりしてしまう。カオルちゃんのらんらんと好奇心にもえる目が想像されるデ。アハハハ）

（海野さん、アホやねえ。何ぼあたしでも、好奇心を発動させていい場合と、そうでない場合のけじめくらい、つけますよ）

私は薄赤くなってしまう。

（いや、あたまではそう思うてても、カオルちゃんの好奇心は本能的なもんやから、抑えきれへん。食欲と同《おん》なじで、発動したら見さかいない。カオルちゃんと結婚なんかした男は、観察解剖されて難儀する）

（いやらしい。中年男のいやらしい想像よ、それは。海野さん）

（それはともかく、カオルちゃんはビックリするところがええ。ええトシしてビックリする人は、まだ成長する人や。成長の余裕があるからビックリするねん。そこがよろしい。これほめてるんやデ）

私にしてみれば、ビックリするのをほめられるなんて、ビックリである。

しかし、モト子さんの結婚なんて、これがビックリせずにいられようか。

いちばんトッポくて、失礼だけどトシは四十二、三かしら、童女がそのままスーと大きくなったようなところがあり、イロイロ話を聞いていると、どうも処女くさい。ベル・フィーユ」では、決して下品な猥談《わいだん》は出ないけど、上品なそれにしても、

「子供に聞かせられないわ」

とモト子さんが入ってくると話をやめるところがある、そういう人が、とつぜん結婚するなんて。

モト子さんといえば、人をおちょくるのが好きな田淵センセが、前に、

「モト子さん、結婚する、てどんなことか知ってるか。初夜のことは知ってますか」

とからかったことがある。

「知ってますよ」

とモト子さんは澄ましていい、顔を赤くもしないのであった。

「へー、知ってんの？　体位はいくつ知ってますか」

田淵センセはすこし人がわるいのである。

「四十七あるんでしょ。いや、八だったっけ？」

モト子さんは待ってましたとばかり答え、それがかえって無智であることを思わせるのに、田淵センセはなおも、

「うん、それもあるけど、それより前に、することあるやろ、それができるか」

「何をやるんですか」

とモト子さんはぽかんとしていた。

「体操するねん、柔軟体操」

「ほんとにィ？」

「そや。さんちかタウンの広場に像があるやろ、ああいう体操を、お互いにはだかでするねん。とくに初夜は儀礼的にもそういう体操をしてみせるのです」

「うそ」

とモト子さんは疑わしげな顔になる。さんちかタウンというのはコーベの盛り場、三宮の地下街の中心地だが、そこの広場に噴水やら花壇があり、まん中に、美しい裸婦の像がある。左手をうしろへ伸ばし、右手は、高くかかげてすらりと伸びた左足を捲いている。だから上半身はまるくかがんで、緊張した筋肉の一瞬のうごきが捉えられている。私にはとてもできないポーズであるが、田淵センセは、モト子さんをおちょくる材料にして、

「あれは礼儀として、社会慣習として、せないかんことになってる。今晩からでも練習はじめなさい」

などといっていた。

モト子さんは私たちの顔を見廻し、

「ほんま？　うそでしょう……。そんな話聞いたことないもの。うそや、うそや」

といいながら、それでも二分か三分かは、本当ではなかろうか？　という感じである。

大信田さんがまじめな顔で、

「ほんまよ。特に男性はせんでもええけど、女性は、せなあかんねん」

などと、田淵センセの片棒をかついでおちょくっていた。

「そんなこと、ようせんわ……ラジオ体操ではあかんかしら」

モト子さんはあやふやにいい、すると、「ベル・フィーユ」の連中はみな、悪乗り好きなので、

「それはダメです。相手の男性への敬意を欠くことになります」

「そう。むつかしい柔軟体操をしてみせて、これ、この通り、結婚生活に充分堪える、健康で柔軟な肉体でございます、と花婿さんに証明せな、あかんねんよ」

「みんな、世間の人はそうしてます」

「水泳の前だって準備運動するんやから」

「まして神聖なお床入りの前はなおさらです」

田淵センセはしめくくりのように、

「いや、ほんま」

というと、モト子さんは、かなり半信半疑、というところに傾いてきて、

「どうしよう……さんちかタウンの像みたいな恰好、とってもでけへんわ。そんなん、無茶やわ」

といった。私たちのクスクス笑いに気付いて、

「うそでしょ、それ。あたし知らん思《おも》て、ウソばっかり！」

とぷりぷりしていたのだが、しかしまだ心の底で一分ぐらいは、疑っているようすで

ある。

「そら音楽なしで、そんなんでけへん。ＢＧＭかけてやるねん」

田淵センセはいい出すとしつこいのだ。

「何の音楽ですか？」

「サンバやな。サンバ・デ・サンバ……と足あげるねん。床入りサンバ、いうねん」

それで、たまりかねて一同は笑ってしまったのだが、モト子さんは、

「もう！　知らん！」

といいながら、まだ何ともよくわからない、わからないところが我ながらわからない、といった感じであった。だから四十すぎて「処女くさい」と私がいう所以《ゆえん》である。

そんなモト子さんが結婚するなんて。

ま、いいけど。

でも、そんな気配も感じなかったのに。これではモト子さんどころか「ベル・フィーユ」のお姐さんのめんめん、どこに目がついていたかと嗤《わら》われてもしかたないのだ。

「カモメもサンバ　汽笛もサンバ」

とマイクで男の子が唄っている。

私たちはもう踊り出している。

何百メートルあるのかな、でも踊りはじめると、長いほうがよくなる。

なるべくたくさんの人に見てもらいたいんだから。

それにサンバのリズムというの、どうしたって燃えてしまうのだ。テンポだって、ま

ったくコーべっ子にうってつけの騒々しさ。

平栗ミドリは「コーべは騒人だらけ」といったけど、こんなに上天気、こんなに町中、うきうきしているときには、サンバがうってつけである。

踊ってるうちにモト子さんのことを忘れてしまう。そうなるようにできてる。フラワーロードへかかった。

「トンビもサンバ　ヘリコプターもサンバ」

「ビバ！　サンバ！」

と紙テープが十本ばかり乱れとんできた。

大信田さんらのサクラである。

私たちがパレードの最後尾、うしろに、群衆がついて来て、いっしょに踊りはじめた。やっぱり、外人が巧いみたい。金茶色の髯もじゃの外人の男が、私とけい子のあいだにもぐりこんできて、すごい迫力で踊る。

平栗ミドリは負けじと、

「ビバ！　ビバ！」

とかけ声をかけていた。私も叫びたいけど咽喉はからから、汗でぐっしょり、しかし手足も腰も勝手にうごくのだ。沿道の見物人たちが、立ち上りはじめた。広いフラワーロードいっぱいに、サンバを踊りはじめた。

なんて、まっさおな空。

道幅いっぱいにふくれ上ったサンバの行列は海へ向ってゆく。

私は踊りながら空を見上げる。

あ、あ、今年のコーベ祭、これで終りなんだな。来年、踊れるかしら？

いけない、いけない。神サマに貸して頂いてる人生、先々のことは神サマだけがご存じ、貸して下さってる間は、一生けんめい楽しめばいいのだ。


コーベ祭のラストシーンぐらい、面白いものはないのである。

いや、正確にいうと、ラストシーンとそのあとしまつのすべて。

これを見ようとして、大げさにいうと、パレード最中よりラストのころのほうが、沿道のビルの窓、人のあたまは鈴生《すずな》りになる。フラワーロードの片側はビジネスホテルがつづいており、向いは市役所につづいて花時計、公園、ふっさりと繁った植込みや噴水、というあんばい、その公園にはぎっしり屋台が出て、アドバルーンが二、三十あがっている。

こちらのビルの窓は、もう、人のあたまでいっぱい。

フラワーロードに見物人がふくれ、ワッとサンバを踊って人波打って海岸通りへなだれこみ、そこで崩れて、やがてその波が収拾もつかずひろがっていく。と、そのあとのあとしまつが間髪を入れない早さなのである。

たちまち水まき車が走ってくる。

群衆は、

「キャア、キャア」

といいながら道路の端っこへよけ、幅のひろいフラワーロードのまん中に、みるみる無人地帯ができる。水まき車が何台もつづき、ついで掃除車みたいなのがくり出してくる。

「ガードマン、配置について下さい」

「ガードマン、配置について下さい」

とスピーカーが叫ぶ。

そのあいだじゅう、

「さよなら　さよなら
　また来年
　来年にまた、あいましょう」

という、おわかれの歌が流れている。日はまだかんかん照りの三時。

けれども手早く要領よくしなければ、暴走族がどこからともなくもぐりこんで、広いフラワーロードいっぱいに走りまわり、手に負えなくなってしまうのである。兵庫県警と神戸市土木課は、フィナーレを待ち構えていて、息もつかせず手を打つ、という感じ。

「みなさん、歩道を歩いて下さい。

ガードマンは待機して下さい」

とキビキビ指令が飛ぶ。ふくれあがった大群衆の流れが、いつのまにか細くなり整理され、歩道の端に一定間隔をおいてガードマンが一人ずつ立ち、車道と歩道を区別してゆく。

新聞紙、ゴザ、空缶といったクズが、車に拾いあげられて、たちまち、まん中はもとどおりに広々と、ひろげられてゆく。

そうして次にくるのはクレーン車である。

まつりのために取り払われた道路のグリーンベルトのコンクリート台を、ごろんごろんと置いてゆくのであった。

そのあとの車が、植木の鉢を設置していって、たちまち、グリーンベルトのできあがり。

そのころにはもう、

「さよなら　さよなら
　また来年」

のメロディーも終ってしまっている。事務的で感傷なんか、てんでなし。まつりのあとは物さびしいものだが、コーベ祭は全く、そんな情緒はなくて、あっけらかんとしたものだ。

私たちは「港っ子」の編集室で、一階の喫茶パーラーからかき氷をとって食べる。

「毎年見てても、すんだあとの手際がええわねえ」

「あの人たち、まつりなんか見てないね、ひたすら、終る瞬間だけ待ってるわね」

「まつりより、あとの手っとり早さをたのしみにしてる人が多いもん」

「だけど今年は踊ってて、去年よりも見てる人の反応あったんとちゃうかなあ」

「さあね。まあ、あんなものとちがう？」

「もうちょっとサンバ熱が盛り上ってもええ、思うわ」

「何というても、お年寄りにはサンバは烈《はげ》しすぎるかもしれない」

「慣れよ、慣れ。いまから慣らしとくと、子供たちが大きィなったときに、サンバが町の踊りになってしもて、定着してるかもしれへん」

「日本人には本来、合わへんのとちがう？」

「日本人に合わへんでも、コーべっ子には合うと思うけどな」

「第一、あたしら、最初は、こんなチンドン屋みたいな恰好でけへんわ、思《おも》た」

「それが今では何の苦労もない顔して、脚線美みせて跳《は》ねまわってるんやから……」

「ちょっと、チンドン屋さんいうたら、今年のパレードにチンドン屋組合がでてたん、よかったわね」

「サービス満点。チャンバラもみせてくれたし」

「あたしはローラースケートのパレードがよかったな」

「自転車がよかった、グリーリィローディング」

「今年の暮れの『ベル・フィーユ』忘年会は何か衝撃的なことをせんとあかんしィ。あんなんがパレードに出てくるようでは、われわれは古うなってきた」

「べつに古いとは思わへんよ。古い新しいの問題ちゃう」

「そうよ。やりたいことやってたらええねん」

と、これはみんながてんでにしゃべっていることである。

「来年のポートピアは、えらい騒ぎになるやろうねえ」

「来年より、今年の忘年会の趣向を、よりより考えとかな、あかんなあ」

と大信田さんはいい、大げさにいうと生きる希望がまたつながれた、というように、みんなは顔色がよくなって、

「あと半年ね、でも半年のあいだにまた、いっぱいパーティがあるやろうから、秀逸なアイデアも出つくしてしまうかもしれへん」

「なあに。われら『ベル・フィーユ』にかかったら、アイデアは底なしよ」

「そやそや、遊ぶことに関するかぎり、無限にチエが湧いて出るのよね」

とけい子が満足そうにいった。

私はそれらのパーティの一つにモト子さんの結婚式もあるかもしれないと思ったが、黙っていた。みんなにうちあけたくて、口まで出かかってパンパンにふくれてる発表欲を、抑えつけるのがひと苦労だった。モト子さんや青柳みち、それに雪野さくらさんたちは、それぞれ、教室の生徒さんたちと、散ってしまっている。

モト子さんが「こんどの例会でいう」といったので、それまではしゃべってはいけない。口から先に生れたような私ではあるが、女の仁義はわきまえてるのである。——そして誰もかれも「ベル・フィーユ」の連中なら、たぶんみな、そうじゃないかしら。少くとも自分で仕事をもって、その代表者になり、人を使って税金と借金を払ってる女ならば、締めるべきところは締めている。

男の人は、女をアテにできない、信用できないというけれど、それは女を、そういう無責任な場所においとくから、そうなのであって、責任もって自分個人の税金と借金を

払う場にいれば、女はみんな、チャンと一人前に締ってくる。

女の人って、私にもそんな友達がよくいるからわかるけど、親の家にいるときは、食べさせてもらっている娘なので、忙しいときなど、

「ホラホラ、邪魔や、そこ退《の》き」

と叱られる、(これは小さいとき) すこし大きくなると家業を手伝わされ、それも責任がないので、うわの空の仕事をして、

「誰や、こんなことをしたんは？　〇〇か、しょうないな、もう手伝わんでもええわ」

などということになるのだ。結婚すると夫が金を儲けてくるので妻はそれを使うだけ、

「外を出歩くな、女は家を守ってろ」

と叱られて、家の中の仕事というのは、失敗しても、

「ゴメン」

と夫にあやまればいいから責任がない。女は権利を与えられないから、責任感も生れない。それはそういう境遇が、させるのだと思う。——どんな女だって、一人で世の中へ抛《ほう》り出されれば、それなりに責任感はできるし、口もかたくなるし、締ると思うんだなあ。

そうして、そんなに自活して働いてると、これはとても、世間の一部の男たちが思いえがく、キャリア・ウーマンみたいなものじゃない。

世間の男って、ホラ、「キャリア・ウーマン」なんていうと、男に負けまいと肩肘《かたひじ》はって、唇をとがらせて戦闘的になってる、そういう荒い息をはく女しか、思い浮べない

ようであるが、ホントに仕事してる女は、必死だけれども荒く息まいたり、しないのである。

そんなことしてたら、つづかないわよ。

それに、世の中に生きてるっていうのは、これはもう戦闘的な気分じゃ楽しくない。

男にも、女にも。

戦いばかりでは、彼我もろともくたぶれてしまう。

自分で責任とって生きて、締ってる女は、税務署へいって「ゴメンネ」とは甘えない。

そんなことは無論できないけれども、でも、こうと思うことを一生けんめい、しゃべって説明する。経費をみとめてもらおうと、いろいろ多彩な表現をして、女一人で生きていってるケナゲさ、それを、

「チーとばかり」

国家も税務署も、みとめてもらってもええと思うわ、という信念、

「女のことを男は、たすけて下さるべき」

という、ゆるぎない理念があるのです。そいつを縷々《るる》としゃべる、とぎれなくしゃべる、でも自分の意見をおしつけたりしては、向うにも、

「儲けてる人間からは絞るべき」

という税務署の信念があるだろうから、こっちの一方通行はよくない。双方、信念と信念のぶつかり合いで火花をちらすようなのはいけないのである。

信念と信念が、仲よくダンスをおどる、という、手に手をとり合ってダンスをするの

がいいのだ。すべて人と人の関係というのは、二人でおどるようなものなのだ。

でも、それができる、っていうのは、一人でいろいろ、しゃかりきに働いたり、空想をえがいたり、要するに、一人で楽しめる、自力《じりき》のある人間でなければいけない。

一人で空想できる人間だからこそ、二人でダンスもおどれようというもの、仕事場でも税務署でも、ダンスをおどれて、あいての信念も尊重して、こっちの信念も通して、という、そういう女に、なるはずである。

「ゴメン」ですまない実社会だからといって、男に負けまいと気張って突っぱっている女は、あんまり大したシロモノじゃない。

少くとも、コーベの女、「ベル・フィーユ」の女マフィアたちには、そういう突っぱったのは、いないみたい。

突っぱった人は、みんな東京へ出ていく。

仕事を大きくしたい、儲けたい、名を売りたい、というような人。

それはそれで、いいことだ。

コーベでした仕事を、東京でみとめてもらえるのは嬉しいけれど、やたら売れても忙しいばかりで、こうやって「ベル・フィーユ」の女ボスたちと月に一、二へん会って、しゃべって美味しいものを食べるというたのしみがなくなっちゃうし、パーティの企画、おふざけの遊びもできなくなってしまう。

そんなことを犠牲にしてまでお金を儲けたり、名を売ったたってしかたがないじゃない。

それより男と女が仲よくして、互いに「チーとばかり」扶《たす》け合い、阿呆なパーティをして、パーティ会場のボーイさんや偉いさんに「またか」という顔で、テーブルや椅子をはこんでもらう方がいい。そうしてサンバを踊ったり、阿波踊りを踊ったり、ゴーゴーを踊ったり思い思いに腹ごなしをするほうがいい。

「ベル・フィーユ」の人も、そう思っているんじゃないかしら。

失敗しても「ゴメン」でゆるされない社会だからこそ、甘えずにがんばるが、それに気をとられて突っぱってる、なんて愚の骨頂である。

そんなことを考えたのは、ウチへ帰って、風呂につかっているときである。

あれから、大信田さんやけい子は映画を見にいった。今日は日曜で「らんぷ」も「チャッチャ」もお休みなので、かえりは地下街で食べよう、などといい合っていた。むろん私も誘われたけど、

「今日はすこし疲れたみたい。帰って一風呂浴びるわ」

といって私は別れた。

「そうかもしれへん、あの長みち踊ったら、カオルちゃんのトシでは、ねえ」

なんて大信田さんはいい、平栗ミドリは、今日は踊ったり取材したり、双方大いそがしであるから、

「あのぐらいでへばっててはしょうないやないの、『ベル・フィーユ』の名がすたるわ」

と涼しい顔でいるのだ。ほんとに、どの人もお年のわりに（といっちゃわるいが）とびきり健康、女のいちばん美しくて、いちばん健康なのは、三十代四十代ではないかしら。

二十代は健康といっても、コントロールやスタミナの配分を知らないから、瞬発力だけで、すぐバテてしまって、持続力がない。そして、仕事というのは打ちあげ花火ではなく、ズーッとパチパチ燃えないといけないのだから、

「持ちこたえる力」

がなくてはならず、それがオトナの健康というものであろう。

お風呂からあがって、私はいつものようにライラックの匂いのする、タルカム・パウダーをすりこみ、白いガーゼとレースのナイトドレスを着た。日曜もお芝居にいったり、映画を見たりしていそがしく日をつぶすことが多いので、まだ明るい夕方、ひとりでいる、のんびりした時間なんて珍しい。私はラジオのFMを入れた。

モーツァルトのヴァイオリンが、めざましく美しくきかれる。もっとも私は都はるみも、加藤登紀子もめざましく美しくきかれるほうなので、これでないといけない、というものはないが、でも、好ききらいはあるのである。だから、私のファッションショーのときのBGMも、かなり好みがはげしくて、音楽担当の与田チャンに任せてるとはいっても、注文をつけることも多いのだ。

さて、今夜はひとりのゴハンを、久しぶりに作らないといけない。冷蔵庫にもいろいろの残りもの、それに、戸棚の中にとりどりの缶詰。

「カオルちゃんは缶詰女」

と笑われることがあるが、缶詰にすこし手を加えた料理、というのは、わりにいけるのだ。ただ、一人で食べるから、とても一缶つかい切れず、そういうときはあくる日、

お弁当に持っていったりする。

私はカニ缶を開けて、ホワイトルウに混ぜ合せ、カニコロッケをつくった。今夜は二つだけで足りるので、あとはラップにつつんで冷凍室へ入れる。ついでに、コンソメを製氷皿で凍らせてあったのを出して来て、これを鍋にかけると、スープのでき上り。サラダはキューイとトマトが冷蔵庫にあったので、それにドレッシングをかけておしまい。ドレッシングだけは、毎度つくるわけである。

そのうち、御飯がやっとたき上り、私はひとりのテーブルに、カニコロッケといんげん豆、にんじんのソテーという一皿、コンソメスープとサラダ、などを並べる。

御飯は、深皿に盛り、ナイフとフォークで食べるのです。いつもはお箸であるが、ちょっと洋風の食卓にしたかったので。

なぜか、フォークとナイフで食べる御飯には、食卓塩がふりたくなる、これは私のわるいクセ。そして和食風で食べるときは、よく御飯の上にフリカケや、京都のちりめんじゃこ、このへんの名物であるところの、清荒神《きよしこうじん》の松茸昆布、なんてのをのせるくせに、洋風のときには、食べたくない、ただ食卓塩をぱらぱらとふって、サラダかつけ合せ野菜のような扱いで、御飯をたべるのが気に入ってる。

テーブルクロスは、グリーンの格子縞。これは、窓のそとの公園の緑に映えていいのだ。小さい小さい公園だけど、クスノキの大木が繁っていて（たった一本だけど）それがちょうど私の部屋の窓のそとに見えるのが、（うまくやった！）という感じでうれしい。

御飯を食べたあとが困るんですな、手もちぶさたで。お酒をやらぬ私は、食後酒というわけにもいかず、煙草も吸わないし。コーヒーをのんで、さて、誰かに電話でもする、といったって、この際、男の声の方が色けあるんだけど、私、いまごろになって、ハタと気付いてしまった。

私は、日曜の男の電話を知らないのだ。私の知ってる人はみな、勤め先へかけてるから。――海野さんでも田淵センセでも……。

私はウイークデーの男しか、知らないってわけ。とすると、モト子さんは、「日曜の男」を知ってたことになるな。

モト子さんは「天幸」へ、いちばん最後に来た。この人はいつも真ッ赤な車を乗りまわして、あちらの教室、こちらの教室と精力的に走りまわっているが、「ベル・フィーユ」の例会のときは置いてくる。といったって、このモト子さんも酒豪というのではなく、ただ少し「お酒を楽しめる」という程度であって、私よりはややマシというところ、しかし「飲んだら乗るな」を守るところが、女のリチギさである。

「天幸」の二階、いつも私たちの「ベルの会」というので親爺さんが空けてくれている二階座敷は、畳も木口も新しくて気持いい。焼鳥とかおうどんは、部屋がすこし汚れていても古びていても、かえって美味しそうに思えるものだが、天ぷらやおすしは、汚れめのなく新しいところで食べるのが嬉しい。

今日は特別のゲストはないが、例会のならいで、みんなチャンときれいに着飾ってきた。大信田さんもレースのはいった白いブラウスに、大きな蝶のブローチをつけていて、これはこの人の勲章みたいな感じで、第一種礼装というとつけてくる。

そうしてそれを見る私たちも、大信田さんのブローチがあると、何か、

(安心した!)

という気になる。

「ベル・フィーユ」例会に臨む期待と気の張りが伝染してゆくような気がする。

モト子さんが来たので、当番の青柳みちが、

「お願いします。そろいました」

と階下の親爺さんにいいにいった。

モト子さんは、シャーベットピンクというヤツ、淡いきれいなピンクの、手編みレースのブラウスに白いスカートという、あいかわらずオトメチックないでたちである。パーマをあてないおかっぱの頭で、黒瞳《くろめ》がちのまんまるな眼をしているのが、すこし頓狂なふうに見ひらかれている。

小柄で胴体は小太りであるが、そのわりに胸はぺっしゃんこ、ウエストもくびれていなくて、いうなら、いかにもひと昔まえの大和撫子《やまとなでしこ》ふうな、ずんどうのボディである。

いつか私が、モト子さんにたのまれた服をアトリエにかけていたら、やってきた大信田さんとけい子が、

「アッ、それ、モト子さんのやない?」

といっぺんで看破したことがある。状袋のようなずんどうの服と、あまいクリーム色

の服の色で、すぐモト子さんを連想したのだそうだ。そういうポテッとしたボディが、四十二、三のモト子さんを親しみやすく、若々しくやさしげにみせている。

　それにしても、私は、ウチのアトリエへくるお得意さんで、四十二、三から四十五、六の主婦もたくさん見たけれど、全くこの年ごろというもの、一人一人、トシのとり方がちがう、と思わざるを得ない。四十五、六の婦人でも、早い人は、娘さんをお嫁入りさせ、孫のある人もあるが、べつに孫のせいではないだろうけど、じつに老《ふ》けこんでる人も多いのだ。そういう人たちは、

「ベーシックな服をお願いしますわ。何たって、もうこの年ではホンモノでなきゃ似合いません」

といい、それを信じてゆるがぬ人が多い。

　私はベーシックがホンモノでないとはいわないが、それはその人の考えだけの話で、オトメチックがホンモノであるときもあるし、カジュアルなものが、ホンモノのときもある、一人一人にホンモノはちがうと思うのだ。

　お得意さんのお好みだから、好きなように作るが、どうも自分の殻にとじこもりすぎて、冒険や挑戦をしないから、どんどん老けてゆく気がする。

　そういう人は無論、デザインまでこまかく打ち合せていく。型にはまったものにならないかと思って、一とこ二とこ、変えてみるが、仮縫でまた直させられる。仮縫といえば、私は、そのかたのお家へいったことがあるけど、軒のふかい古風な日本建築で、どこにもここにも、何焼の壺だとか、ウワグスリがどうとかした茶碗だとか、古色蒼然と

した高価な骨董品がならんでいて、私は、

(なるほど、これなら)

と思った。

その人の服をつくるのは、ほんというと、生活の場を拝見させてもらうのがいちばんいい。

雰囲気や嗜好や人生観がいちばんよくわかるのだけど。

ついでにいうと、私は、あのヒビわれたのや、錆びたのや、手垢で黒ずんだような骨董品のたぐいが、まことに残念ながら、どこがいいのか分らないのだ。日本物の骨董品をたのしむ人生キャリアも眼もないのだから、恥入るほかはない。お茶もすこし、かじったんだけれど……。

日本のキモノ地から服をつくろうという私が、骨董の美に開眼しないのは、チグハグでいけないと思うが、私が骨董品屋で、

「あ、きれい!」

というのは、たいてい、雑器である。いつかは、あの、ニューヨークへいってる花本画伯が、私の指した雑器の皿を見て、

「おう、面白い、面白い」

といってくれたので、私は三千円を払ってその皿を買ってきた。長方形の、赤や藍で唐草《からくさ》のような模様を描いたもの、有田の日常品の皿だが、焼魚なんかのせるといいので、いまも好きで使っている。せいぜい、そのくらいでとてものことに何百万もの壺や茶碗

を、

「あれはいいものだ！」

と見ぬける鑑識眼なんか、ないわけだ。それよりコーベに多い西洋骨董屋ならば、女の子の好奇心や関心をひくものがいっぱいあり、指環やアクセサリーの骨董とか、ロンドンのスコットランドヤードの帽章とか、十九世紀のビーズ手提げ、手まわしオルゴール、パリの百年前の絵葉書、百年前の手編みレースのベビー服、なんてのがあって、これはもう、私などを熱狂させる。

で、古色蒼然たる高価な骨董品にかこまれて暮らしている上流社会のマダムに、

「ベーシックな、ホンモノを」

といわれると、さもありなんとわかるのである。それも味があるものであるが、同じ年ごろなのに、全くべつの系統のホンモノもあり、六十いくつの婦人で「可愛らしいのんつくってな」という人もある。その人にとっては可愛らしいドレスがホンモノなのである。

ホンモノはいくつもあるのだ。

私はそう思わざるをえない。モト子さんは、いつも明るい若々しい色を着て、それがモト子さんのホンモノである。好き好きではあるけれど、同じ年なら、若々しくみえる方が、私はトクだと思うわけだ。

「ベル・フィーユ」の人には私は何もいわなかったが、大信田さんには、ちょっとだけ、仄《ほの》めかせておいた。それでモト子さんがきたとき、色めきたったのは大信田さんだけだ

った。

ほかの人は何も知らないものだから、平気でおしゃべりしている。今日は雪野さくらさんも、珍しく木暮阿佐子さんも顔をそろえていた。

「ちょっと、会のはじまる前にいうとくけど、今日はモト子さん、何か発表があるんやない？」

と大信田さんは水を向けた。

モト子さんは、くるりとした眼を私に向けて、

「カオルちゃん、いうたん？」

「いいません。女の約束やから。ただ何か発表するらしい、っていうことだけ」

私はあわてていう。

「うん、そう大層なことでもないのよ、あたし、ちょっとね……」

とモト子さんは、はじめの天ぷらが階下から運ばれてきたのを引きよせ、無造作にいう。

「結婚しよか、思《おも》てね、おくればせながら」

おくればせながら、がいい。

「イエーッ」

の声が、座敷じゅうにみちた。

しかしながら、そこへ、匂いのいい天ぷらが次々にはこばれてきた。いつまでもおどろいているわけにはいかない。天ぷらは一分一刻を争うたべものである。みんなはあわ

ただしく、箸を割りはじめる。

　モト子さんのニュースにどよめくものの、それとこれとは話が別である。何しろ、一日中、かけずりまわって仕事をしている、とびきり健康な、気分昂揚の三十代四十代の食欲ざかりの女なのだ。女ざかりの女たちなのだ。ヒトの結婚話も大切だが、まずおのれの食欲をなだめてからである。

　かりっと揚った野菜、蓮根やピーマンは、天つゆにつけて口へ含むと、熱くて舌を焼きそうで、油がまるく甘く、それに「天幸」は海苔の天ぷらに、こんにゃく薄切りの天ぷらまである。こんにゃく天ぷらが、好きという人は多い。

　一皿めを夢中で食べて、やっと、

「ちょっと、そんなの、いつきまったの？」

「知らんかった」

「モト子さん、わりとヘーキな顔してるから」

「誰？　誰と」

　いっせいにしゃべるので、誰が何をいっているのか分らない。

「ハハハ、あててごらん」

　なんてモト子さんは、一、二杯の猪口の酒で、瞼を赤くしていたが、モト子さんが赤くなっても、べつに色めかしくならず、湯上りで火照《ほて》ったようなな感じにみえるだけである。

　だから、いっそう、モト子さんが結婚する、男とドウコウするなんて、想像もつかないのだ。

「何やのさ、あててごらんなんて、余裕綽々《しやくしやく》やな」

けい子が舌打ちしかねない声でいった。これはプリントの花柄のツーピースを着て、手首にじゃらじゃらとチェーンのブレスレットをはめ、小粋な女だが、けい子がすこし酒がまわって薄紅になると、モト子さんとちがい、女が見ても色っぽい。

「だって、みんなの知ってる人やもん――」

モト子さんは、二度めにあがってきた天ぷらの皿を取りながら澄ましていた。

「イエーッ」

という声が再び部屋中を満たしたが、ここでまた二皿めが配られたので、ともかく、これを食べてしまわなくては、冷えたら何にもならない。白身魚と、えびと、いか、それに最後は、うずらとかきあげ、……これをまず食べないと、「天幸」の親爺さんに、というより、天ぷらそのものに対して申訳ない。せっかくの揚げ立て、それも、階下から二階へ持ってくる間に、いくぶん冷《さ》めているのだから、これ以上、冷めさせるのは、人のミチにはずれる行ないである。

モト子さんはおいといても冷めないけれども……。

「けど、誰かいたかなあ、コーベの男で、われら『ベル・フィーユ』と太刀打ちできそうな独りもんなんて」

と平栗ミドリがふしぎそうにいった。ミドリは食べるのが早いので、好奇心も相まって、早く聞こうとして夢中で食べたらしい。

「あてて、っていわれても想像もつかへん。みんな、家庭もちの男しか、思い当らへん。そら、若い男の子はたくさんいるけど、……」

そんなのは数に入らない、とミドリはいいたいのであろう。

「ふふふ、みんなのよう知ってる人や」

とまたモト子さんがいうので、そこへ手巻ずしのセットが運ばれてきたけれども、さすがに一同は、爪先立つ、という感じで、全身が耳になるのであった。

「焦《じ》らさんと教えてえな」

私はいらいらして叫ぶ。「ベル・フィーユ」の会員の結婚は、今までないではなかったけれど、これはまあ、現代日本ではたいへん条件がむつかしい。もう五年、あるいは十年たったら、確実に世の中が変っているだろうから、仕事をもっている独身の女が、結婚するということもできるけれど、まだまだ、いまの日本は、仕事もち女の結婚生活はたいへんである。

相手の男がいたって、仕事の邪魔になるかもしれないし。

「房田チャン」

とミドリが精力的に名をあげた。ショーなどで照明を受けもってくれる青年である。

「ちがう」

とモト子さんはミもフタもなくいい、ニコニコしている。そのへんが、すこし、「どこか一本足らん」童女のようである。

「与田チャン」

これは音響効果の青年。そういえば、この連中はまだ独身だけど、若すぎるんじゃないかなあ。モト子さんに骨董趣味はないとしても……。

「ハッチャン」

「ちがう」

「もう、知らん！」

「ムラケンや」

とモト子さんはあっけなくいい、

「うそ」

と青柳みちが平静にいったのは、冗談だと思ったから。

「ほんま。村中健太郎でーす」

モト子さんは器用にすしを巻いて、バリバリといい音をさせながら食べている。

私は、あんまり思いがけなかったがために、かえって、真実らしい気がした。

「へえ、ねえ……いつ、そんなことになったの？」

さすがの大信田さんも毒気をぬかれたようであった。

「ムラケンはけい子さんやなかったの？」

というのは木暮阿佐子さん。

「いや、あれはどうもくさい、陽動作戦や思《おも》てた」

大信田さんはひとり、合点をする面持ち、

「やっぱりね、あたしのカンは当ってた」

「何でわかるの？」

「カンに説明なんてできない」

「ムラケンとモト子さん？」

けい子は煙草をふかしながら、これも、

「へーえ」

と言葉もないようす。

今まで「ベル・フィーユ」では必ずしもムラケンは評判がよくなくて、けい子などは「男の独身貴族のいやらしさをことごとくそなえてる」とワルクチをいっていたのだ。酔っぱらうと路上でも寝て、粗大ゴミとまちがわれて持っていかれたり、立小便で罰金を払わされたり、あつかましくて、荒々しくて、自慢しィで、いやみ言いで、仕事が中央でも売れっ子になってるのを鼻にかけてる、とみんなに陰口を利かれていたのだ。

これからはもうモト子さんの前で、ワルクチがいえない。

「いつからってこと、ないけどね」

モト子さんは、おすしを巻く手を休めず、バリバリと食べ、それを見て一同もあわてて食べにかかる。

「あたしは車、もってるでしょ、ムラケンは運転でけへんし、いつか、雨の日に町で会《お》うたから、あたし『乗りなさいよ、送ったげるわ』いうたの、それから、ちょいちょい、車に乗せてあげるようになった」

「そこんとこは、わかったけど、どっちからくどいたの、ねえ」

青柳みちがせっかちにきく。そこは皆もいちばん、ききたいところだった。いや、ほんというと、私は、

(ムラケンの、どこがよかったの?)

といいたいのだ。

私に見る目がなくて、モト子さんに、ムラケンのいいところを見ぬく目があったとすれば、なんでモト子さんを、トッポイの、オトメチックの、と笑えようか。私はムラケンは波長が合わなくて、あんまり好きじゃなかったのだけれど、あの、人のいいモト子さんが結婚する気になったのだから、あんがい、いいところがあるのかもしれない。

そう思うと、自分がおくれを取って残念な気もするが、また、

(ムラケンとでは、やっぱり、その気になれない)

と思うのも、女のあさはかさであろう。

「そうね、どっちがってことなく……。だってムラケン、ひとり暮らしで可哀そうなんやもん……。ゴハンつくってあげたら、涙ぐんで喜ぶし。純情よ」

「ハハア」

「マンガってね、できあがるまで、七転八倒よ。ムラケンがお酒のんで人にからむの、ムリない思《おも》たわ。かわいそよ。苦しいもんよ」

「へー。ねえ……」

「一カ月ほど、あたしら、あたしのマンションで住んでたの。試験的に。で、うまくいきそうやんか、いうことで結婚することにしてんわ」

うーむ、というばかりであった。

「やっぱり、あのとき、おかしい！　と思ったのは、当ってたのね」

とけい子は「らんぷ」でいった。

「ホラ、『チャッチャ』で、いつだか、モト子さんはビーフシチューを三皿も買《こ》うたやないの、冷凍しとく、なんていうてたけど、あれはムラケンと食べるためであったのだ」

「そんなことがあったわね」

とミドリは何だか、意気が上らない。ナゼか無口になっている。だまって、薄い水割りを飲んでいる。

けい子のほうはこれは、ナゼか昂奮して、いきまいた口調である。

「ビーフシチューを三皿！　なんで三皿も買うのか、あのときのモト子さんの表情で、あたしはピンときたのだ！　けしからんなあ」

なんでそういきまくことがあろうか、ビーフシチューをいくつ買おうが、モト子さんの勝手であろう。

「三皿やろうが四皿やろうが、かまへんやないの」

と私が口を挟んだら、

「いや、ちがう」

けい子は「天幸」ですこし飲んだ日本酒の酔いがいまもまだ残っていて、ウイスキーと混ぜ合せたために、よけい効《き》いたらしい。断固としていう。断罪するごとくいう。

「三皿、という、いやらしさがわかれへんかなあ、つまり、四皿なら、いいわけ。四つ買う、ということは、ですね、二つずつ食べることやから、こりゃ、まあ、かんべんの余地あり。だけど三つ買うというのは、モト子さんが一つに、ムラケンが二つ、ムラケンは大食家だから、さ、モト子さんはムラケンの食欲を思いやって、二つぶん買《こ》うてるのです」

「ようまあ、見てきたようなことを……」

「このカンは絶対当ってると思うわよ。こんどモト子さんに聞いてみよう」

「聞いてどうしよう、っての」

「ただ聞くだけ、でも、モト子さんの思いやりが、ムラケンみたいな奴に向く、というところが何となく残念やな」

けい子はしばらく黙り、

「ともかく、三つ、というところが、いやらしいわよ」

といった。

「ま、それは仲がええということやから、いやらしい、なんていってやっては可哀そうです。しかし、あの取り合せは意外やったわねえ。しかも、すでに試験同棲してたというんやから、もう、何てったらいいか、今更、おめでとう、でもないし」

と大信田さんは感慨こめていう。この人は私と同じくジンの入ったペパーミントのカクテルである。これがまた、口あたりがいいので、美味しく飲める。この大信田さんは私に「練習次第でお酒は強くなるもんよ」とそそのかしているが、自分は弱い。しかしかつて強かったことがあって、それは、そのころ一緒にいた男が強かったからだそう、一緒に暮らさなくなると、また酒を飲まなくなったというのである。

「男次第よね、そういえばモト子さん、この頃、急にお酒を飲むと思った。あれはムラケンにつき合っていたのね」

「それもいやらしい」

とけい子は「いやらしい」一辺倒である。

「まあ、そういいなさんな、案外うまくいくカップルかもしれへん。あたし、ちょっとムラケンを見直したな、モト子さんを射とめるなんて、ムラケンは見る目があるわよ、貰《もら》いあてた、というものね」

「いやらしいわよ」

けい子がまたいうので、「らんぷ」のらんちゃんまで笑い出した。

「いやいや、ムラケンは何やかや、にくまれ口を叩いて、人にいやがられてたけど、女を見る目はあると思ったね。だって、モト子さんは可愛い気立てで、やさしいし、その上、しっかり稼ぐし、この二つが両立してる女なんて、そうはいてへんものよ。よく稼ぐ女は、気性が激しいし、やさしい女は生活力ないし、と。わが『ベル・フィーユ』に、両方がそなわってる、なんてのがいますか」

大信田さんはいう。

そういえば、そう。

いやしかし、私は、その両方あるつもりなのだが、これだって、ムラケンが相手ではちょっと考える、というところ。

「へん。あたしだって、そりゃ双方、両立してますよ」

けい子が中っ腹な声でいい返す。

「『ベル・フィーユ』の人、みんなそうやないかしら、だけど、やさしい気立てにさせるのは、もうひたすら相手の男次第ですよ、男によってやさしくもなれば、じゃけんにもなるのです。ちょうどモト子さんはムラケンと波長が合ったんでしょ、両立の条件がそなわってたってわけです。ああ、いやらしい」

けい子はすこし酔いすぎ。

けい子はムラケンにつきまとわれて毛ぎらいしていたのだから、ムラケンのお目あてがほかの人だと分れば、ホッとするであろうに、

「コーベの男っていうのは、建前と本音がちがうのよね」

ということが、腹立ってたまらぬらしい。

「あんた、嫉《や》いてるわけじゃないんでしょ」

大信田さんが無神経にいったもんだから、

「バカにしないでよ！」

と、物凄い見幕で、けい子にどなられてしまった。

「何ですか、あんな奴。あたしはただ、ムラケンなんかにモト子さんがこう、やさしく世話やいたり、面倒みたりするのかと思うと、『止《よ》しゃいいのに』という気になるだけ。

モト子さん、ええ子やったのにねえ……」

「まるで、いまはもう、『ええ子』でなくなったみたい」

と私はからかった。若い女の子なら、結婚や出産でヒトが変る、ということはあるが、モト子さんぐらいのトシになれば、男がいようがいまいが、そう変らないのじゃないかしら。

「それはちがいますよ、とくにムラケンなんかと一緒になると変質してくるね」

とけい子はムラケンをバイキンのようにいう。

「なんで女は、結婚なんか、したがるのやろ、ちょいちょい、と適当にしとったら、そ
れでええのに。あたしはね、何もモト子さんとムラケンを嫉いてるのではないのです。

結婚にあこがれて嫉妬してるのではないのです」

けい子の目が据わってきた。

「つまりやね、モト子さんみたいなええ女が、男にそのやさしさをふりまく、というの
がゆるせない」

「女やったらええの？　相手が」

「女やったらいい」

「おやおや。けい子にレズっ気《け》があるとは知らなんだ」

「そんなんとちがいますよ、女の同志愛みたいなもの。何しろ、相手がムラケンではも
ったいないということ」

「まあ、まあ、そういってやりなさんな、ムラケンだって男やから、いい女がついてる

と、これはいい具合に変質して、ぐうっと男っぷりがあがってくるかもしれないよ」

と大信田さんは親分らしくいった。

「はい、もうそのへんで、ぼちぼちお酒はうちどめにして、にゅうめんでも食べたら？」

とらんちゃんがいって、暖かいにゅうめんの鉢を廻してきた。ナゼか私は、「らんぷ」でにゅうめんを食べると、町に住んでる楽しさ、といったものに打たれる。私たちは食べる楽しみ、という共通項で括《くく》られる仲間で、せっせといろんな店をみつけて食べあるき、それを人生の目標にしているけれど、お酒をのんだあと、頃合をみはからって、（もう、お酒はうちどめにして）と、暖かい、うす味の美味しいにゅうめんを出してくれるという店は、ほんとうにありがたいものだ。

まるでこれは、男たちが、家庭のおくさんから受ける心くばりとサービス、そのものではないか。

らんちゃんは「ベル・フィーユ」の奥さん代りといってもよい。そういえば「チャッチャ」の西洋オカズも奥さん代りだし、町に住んでいるおかげで、女ひとりの人生も、心を暖められるというもの、女と老人というのは、友達がいちばん要る種族である。

女ひとりで生きてるといったって、私には「ベル・フィーユ」の仲間や、アシスタントのノブちゃんたち、奥さん代りの女の人たちで支えられていて、全くの一人ぼっちではないのだ。

家庭の手料理という感じがしみじみする、熱いにゅうめんをすすっていると、そんなことが考えられる。らんちゃんは、私たちが「かなり食べて、お酒にした」のか、「オナカすいてる」のか、よくよく見て、いろんなにゅうめんを日によって味をかえ、出してくれる。オナカがすいていそうだと思えば、バターを落して炒《いた》めもやしを浮かせてくれたり、たっぷり食べたあとらしいと思えば、あっさりと、さらし葱とたたき胡麻だけ浮かせたにゅうめんにしたり、これも、いうなら奥さんの心づかいである。

働く女は、こういう「奥さん」のいる店をヒイキにして、いつも通うべきである。そして、そういう気働きのある店は、気働きのある町や、気働きのある人々の中でしか、生れず、これもまあいうなら、コーベだからこそ、存在するのかもしれない。私が、「町に住んでる楽しさ」を思う所以《ゆえん》であるのだ。

けい子はにゅうめんを食べ終えると、

「ちょっと、あたし、いくら？」

と箸をおくなり聞いて、勘定をきっちりはらい、

「お先ッ！」

と、すい、と出てしまった。けい子の印象ときたら、いつも「お先」である。何だか、どこかで誰かを待たせているという感じがいつもあり、あわただしく一足さきに帰る、それがクセになっている。けい子は脚のきれいな、ヒップの恰好いい女なので、うしろ姿がいいから、見送られてもサマになり、「お先ッ！」がよく似合う。

それにくらべると私は、なぜか「おあと」がよく似合う。お尻が大きくて重いせいもあるかもしれないが、大信田さんらとつい、どんじりまで残って、おしゃべりをたのし

む。

「さ、あたしもちょっとお先」

とミドリがいい、

「おやおや、あたしたちも一緒に帰るやないの、もう出るから」

「うん、でもちょっとね」

とミドリも勘定を払って出ていくと、（そのへんが女の客のリチギさである。いつもキャッシュ払い）

「モト子さんの例があるから、みんなそれぞれ何かあるらしいようにみえる」

「あんがいミドリも試験同棲してたりして」

「いや、そういう、カオルちゃんこそ怪しい」

と大信田さん。

「アハハハ、そうや、あたし、家に待ってるのです」

と私はいった。

「実は、あたしも家にいるのです」

と大信田さんも負けじといい、

「可愛いのを待たせております」

「ウチも、あたしの帰りをひたすら待ってる」

「ゴハンなんか作って」

「外で食べてきたというと、『どうして電話をかけてくれなかったんだよう、一緒に食べようと思って、今までじっと、オナカすいたのこらえて待ってたのに』という」

「アハハハ、貞淑な男はやりにくいね」

と大信田さんは、喜んでいた。私は調子にのり、

「そして『お風呂が入ってるよ』という、下着をそろえて、籠の中へ入れてくれる。あがると、『ビール飲みますか、それとも冷い麦茶でも飲む？』とくる。テレビをつけて夕刊持ってきて、あたしが眠くなると、『疲れたんでしょう、もうお休みなさい、またあした早いから』といい、あとをかたづけて戸締りをして、灯を消すね」

「ええ旦那やな」

「朝は、あたしが起きるまでにチャンと起きて朝ゴハンをつくって、それもここのにゅうめんみたいに、日によって味噌汁と御飯やったり、パンやったり、顔色をみていろいろ工夫して、『いってらっしゃい』と送り出し……」

「オーヤ、旦那は仕事もってないの」

「いや、自分も出ていくけど、あと片づけは、あわただしく出勤前の旦那がやるのです」

「あんたって人使いが荒いわねえ。それでは旦那もつづきませんよ」

「おかしいな、世の共かせぎ夫婦の妻は、みんなそうやってるじゃないですか」

と私はいってやる。

「ハラワタのきれいそうな男なら、それくらい、してくれるはずです」

「どっかにいるんだろうけどねえ」

と大信田さんも残念そうにいう。

「きっと、いると思うわ、そんなやさしい男。仕事もち女には、そんな男が必要ね」

といっていると、らんちゃんが、グラスを洗いながら笑っていう。

「なんていうて——。大信田さんといい、カオルちゃんといい、いざその場になったら、どんなに尽くすか、わかるわ、あたし」

「わかりますか」

「そら、もう。お二人とも、ハラワタのきれいな女の人やから、男の人にとことん、尽くすにきまってます」

「それは困るわねえ。仕事でえらい目して、また男に尽くしてたら、体がなんぼあっても足らへん」

「そや、仕事、仕事」

大信田さんは夢からさめたように、リアルな声になる。

「これから帰って書かねばならぬ仕事がござる——今夜は早よ帰ろ、思《おも》てたのにさ、モト子さんのことでビックリして忘れとったわ……ま、仕事しざかり、というのがあるから、これは色ごとざかりと両立しない」

「いや、する、する」

と私は、まだ一抹の希望を持っているわけ、考えてみると、本音は、両立しないと思っているから、「する、する」とやっきになっていうのかもしれない。

「ハッちゃんの話やないけど、八十のハント婆さん見習うて、まあそれまで、がんばろうか」

「そういうこと。ごちそうさん」

と二人そろって、らんちゃんの店を出た。

家へ帰っても当然というか、理不尽にもというか、待つものは誰もいない。「お風呂が入ってるよ」といってくれる人も、むろんなく、蒸しあついマンションの中は、煮えるようになっている。西側の窓の近くなんか、卵を落したら目玉焼になりそうに火照っていて、窓を開けても風はそよともない。窓の前のクスノキの、葉の一枚さえ動かない。

閉めきって冷房を強にして、バスに湯をみたす。

天下ごめんでハダカになって部屋じゅうを闊歩する。ま、そりゃ、ビキニとブラジャーぐらいはつけてるけど。

こういうことは、一人ぐらしのうれしいところだが、まあ、二人でくらして、こういう恰好ができるというのなら、もっといいだろう。

電話が鳴った。

珍しく明石に住んでいる姉からである。

「何をしてたの、こんな遅うまで。ずーっと電話してたのに」

「友達と飲んでたのよ」

姉も、「天幸」や「とり平」の親爺さんといっしょで、「ベル・フィーユ」という名がおぼえられない。

四人も子供がいて、忙しざかりの女である。

「あんたに、ええハナシがあってね、それでいそいで電話したのよ」

「ええハナシって」

私には、そういうもののくる心当りはない。

西洋の小説なら、伯母さんの遺産が入ったとか何とかいうのがあるけれど。

「ハナシいうたら、縁談にきまってるやないの」

「誰の」

「誰のって、あんたやないの、あんた、オヨメにいく気ない？」

「うーむ」

私は姉の古典的なコトバにショックを受ける。

姉は「ベル・フィーユ」という単語がおぼえられないのと同じく、「ベル・フィーユ」的女の人生、女の生き方なんて、全く認めていない女である。

だから、われわれのことを、

「嫁《い》きおくれ集団」

と思いこんでいる。

いつだか「ベル・フィーユ」の仲間が一人結婚して東京へいった、ということをチラと聞いた姉は、

「ヨカッタ、ヨカッタ、その人も目が出たのねえ」

なんて、私なんかは目も出ない枯すすきのようなことをいう。

たまに「アトリエ・ミモザ」に顔をのぞかせたりしたとき、けい子やミドリと顔を合

せることがあるが、あとで姉は、

「ちょっと、ちょっと、あのひと、奥さん？」

とか、

「まだ独り？」

なんて聞いて、全くもう、結婚してる女としてない女に区別することが最大の関心みたい。はじめのころは「嫁《い》きおくれ」ですんでいたが、いま私たちに与えられる表現は、

「嫁《い》かず後家集団」

である。

イカズゴケ、なんて、まあえげつない日本語。

もっとマシないいかた、ないものかしら。

ヨメにゆかずに後家になってしまう、なんて、実際女をバカにした発想ではないか。

いや、女をバカにした発想や表現は、いくらも現代にあるが、その中でもこの「イカズゴケ」なんかは、言う方の精神の貧しさを露呈しているといってよい。つまり、女はヨメにいくもの、という頑固な思いこみがあるからである。思いこみがあっては、べつな考え方なんてできないのだ。

私たち、服を考えるとき、いちばんいけないのは「思いこみ」ってこと。

この年頃、この生地、この値段、みな、こうあるべき、という思いこみがあると、融通を利かせた、たのしい服は考えられない。思いこみがあると、センスも技術も退歩してゆく。

そして思うんだけど、服っていうものはずんずん着やすくならなければいけない。

私は専門的にむつかしいことは知らないけど、着物の歴史でも洋服の歴史でも、カンタンなものからダンダン複雑な過剰装飾にすすみ、そのあとまた、人智の開眼《かいげん》にしたがい、簡単になってゆく。下に着ていたものがそのまま、上衣になって、自由に活潑なものに変化するのだ。精神と着るものは、わかちがたくむすびついているわけ、女が自由になろうとするとき、服もやはり、着やすく大胆になってゆく。

女が服を着るよろこびというのは、周囲との釣り合いをはかって、その中に溶け込みながらも目立ちたいという、微妙なところがあるから、まわりの時、場所などを無視できないけれど、まあ要するに「思いこみ」は、クリエートする人間の、いちばんの敵である。

私は少くとも、無意識にでもそう思い、たえず警戒しているわけである。

だから姉が、

「嫁《い》かず後家集団に入ってしもて、そんな中でワイワイいうてるようでは、オヨメにいかれへんようになるわよ」

というと、もう、腐ってしまう。しかし、姉にその「思いこみ」を反省してもらう、ということはまず、むつかしい。私は自分が人に説得される、ということはわりにあるくせに、人を説得する、ということはへたな人間である。全く生活次元が違っている姉に、いちいちくわしくしゃべったって、理解してもらえないと、これも「思いこみ」かもしれないけれど。

それでも、まあ、いってみる。

「うーん、オヨメ入りねえ……。いまさらねえ」

「今更ったって、あんたまだ四十になってないやないの、四十になったら、またよけい、むつかしィなるのんとちゃう？」

「まあ、それはあるかもしれへんけど、でも、どうでもせんならん、いうものでもなし。——あのう、あたし、毎日、忙しィてねえ……」

「さあ、それがあかんのよ。忙しがってるうちに、女はトシとってしまう」

「姉チャン、自分のこと、いうてるやないの」

と私は笑った。姉と話すときはごく自然に昔からの「姉チャン」というコトバが出てくる。私は三人姉妹で、妹は東京にいるが、これも五人の子持ち、ウチは多産系というより、妹のところはカトリックだからである。

しかし明石の姉は、べつにカトリックでもないのに、単なる子供好きで、

「スカスカ産んだら、あと、気持ええやないの」

という放胆な人生観からだ。

「どの子も可愛いよって、生れてしもたら、四つにたたんでもとの所へ押しもどそうという気にはならへんわ」

といっていた。その代り、とても忙しがっている。姉はおっかぶせて、

「あたしの忙しいのはちゃんと理に叶《かの》うて忙しいのやからね。女が結婚して子供産んで忙しいのは当り前です。そやけどカオルのは、しょうむないことで忙しがってるのやか

らアホみたい」

「ようこうてくれるわ、これでも一生けんめいオカネ儲けてるねんよ」

「オカネなんか、あとへ残らへん。女は何というても、子供残さな、あかん。オカネ残すのは男のすることや、アハハハ」

姉は七十キロある体格なので、声も力強く、電話口で豪放に笑われると、耳が痛くなるのである。

これは生理的に痛いのであって心中、思い当って、気が咎める痛さではない。

「それは姉チャンの持論やけど、あたし、早ようオヨメにいきたいと焦《あせ》ってるのやないのよ、けっこう機嫌よう、『泣かんと遊んでる』のやから……」

いっぺん「姉チャン」も、「ベル・フィーユ」の例会に来てみたらええねん、と心中いう。前にも姉にそういったことがあるが、何しろ「イカズゴケ」思想に凝りかたまった姉は、誰をみても、

(へーえ、あんな美人がまだもらい手ないの?)

の一点張りだろうから、とてもいっしょになってうちとけて談笑する、なんてできないのだ。

「あんたら、そんなことというてウカウカ日を送ってるうちにトシとるねん」

なんでこう姉は、あたまごなしにいうのだ。

「あのな、あたしはこの頃ハヤリの、ホラ、キャリアウーマンいうのんか、あれ嫌いやねん。あんな偉そうにしたかて、どうせ女は男の人に勝たれへんねん。あんなんに、カ

オルもかぶれたらあかんよ」

それは私も嫌いだけれども、しかし姉にそういわれると、キャリアウーマンの肩を持ちたくなってくる。しかし、それを、姉と言い合いするのは、オトナ気ない、という気にもなる。海野さんとか、大信田さんとか、まだしも竹本さんなんかだといい、竹本さんも姉と同じような考えをもっているらしいけど、イチイチ、手応えのある反論をするから、議論のし甲斐がある。

だって姉ときたら、

「女はやっぱり、子ォ産まな、あかんよ。それが女の仕事やで。男は、これには、かなわへんのやから。――男は、することないよって、手持ちぶさたで、ビル作ったり、橋かけたり、選挙したり、大臣になったり、してるねん。仕事のない人間は気の毒なもんや、アハハハ」

の一点張りだから。姉にかかっては、

「子供を産む」

という仕事のほかは、仕事とみとめていないようだ。そして男のすること、「ビル作ったり橋かけたり」も仕事とみとめないで、ひたすら「子供を産ませる」というのが男の仕事だというのかもしれない。

まあそれはともかく、私は、姉のいう「縁談《はなし》」に、もちまえの好奇心がむらむら、というところである。

どうせ結婚する気はないのに、いたく興をそそられるのだ。

「それ、どんな人？　この前みたいな、虫喰いのお雛《ひな》様みたいに、どこかしょんぼりした人はいやよ」

「この前いうたかて、あれ、もう三年も前やないの」

「もう、そないなるかなあ」

「あの人も、いまはええオヨメさん貰いはったらしい。カオルが乗り気にならへんかったからや。せっかく向うは乗り気やったのに」

「そら当り前や。あたしみたいにイキがようて甲斐性ある女見て、乗り気にならん男なんか、いるはずないよ」

「ようわ」

「でも、こっちがおことわりやった。あの人、何かシケた海苔《のり》みたいに生気なかった」

「でも、年の頃も恰好やし、初婚やったのに」

「虫がすかなんだ」

「そんなことばっかりいうて。りっぱな男の人やったのに、虫喰いのお雛様やの、シケた海苔やの、いいたい放題いうから、いまにバチが当るよ」

三年前、私は姉にすすめられて、お見合いのマネゴトをしたのであるが、これが虫喰いのお雛様みたいな印象だったので、やめにした。何だか大信田さんにもいえないとい う、恰好わるい感じだった。海野さんではないが、お見合いにノコノコ出ていったのは、ひたすら私の好奇心である。で、私は相手をかなり好奇的にじろじろ見たらしく、向うは、やりにくかったのではないかと想像される。

「こんどは四十八の人」

「ひえっ。オジンやないの」

「そんなことない。ちょっとあたま禿げてはるけど、禿げに悪人はない、いうし。ウチのお父ちゃんの会社の人。奥さんは二年前に死にはって、一人息子はこんど大学卒業して勤めたから、いよいよ再婚しようか、ということでね。趣味はカラオケ唄うこと、やて」

「いやや、そういうガサツな人」

「何いうてんの、あんたみたいに、始終、サンバや何やと踊ってるのと、どうちがうのん。その人がカラオケ唄うて、あんた踊ってたら、よう釣り合いとれてええやないの」

「見世もんになってしまうわ」

「まあ、会《お》うてみなさいよ、ウチへいつも飲みに来はる人で、気心知れてるし。チャンと家も建ててはるし、退職したら、そこで何か商売する、と心づもりしてはるらしい」

「なんと、なんと、四十八で、もうそんなこと考えてるの」

「堅実な人やないの、あたしはそこ、感心してしもうて、これなら大丈夫や、と思うたね、そのぐらいの生活設計をする人なら、女も安心、ってもんやわ」

「カラオケ唄うて堅実設計というのが、ちょっと釣り合わないかんじ」

「家の中にカラオケのセットしとってやわ。それでも一人で飲んで唄うてても張り合いありません、早よう、聞かせる人が欲しいです、いうとってや」

「かなわんなあ。カラオケ聞かせるために結婚するのかなあ。きらいな歌をえんえん聞かされたりしたら、ヨメさん逃げ帰ってしまうやろうね」

「ええ趣味やないの、よそで唄うてたら、高うつくけど、家で唄うてるぶんには安上りやし。台所の隅、カウンターみたいにして唄うてはるねんて」

「へー。一人で。気色《お》わるい」

「ま、いっぺん、会うてみなさいよ、コーベのバーも、あちこち知ってる、いう人やから、連れていってもろたら？」

義兄の会社は姫路にある。コーベには、義兄なんかは、あまりやって来ないが、かの、カラオケオジンは、カラオケバーでもさがしてコーベまで足をのばすのであろうか。

「ちょっと、姉チャン、そのオジン、おなかもでっぷり出てる、という中年体型なんやろか」

「そらまあ、トシやから、少しは出てはるし、体つきは、ややデブかな、でもデブに悪人はない、いうし」

と姉は悪人にこだわっているが、悪人でなきゃいい、ってもんでもないんだよ。

「梅川さんに、コーベのバーでも連れていってもらいなさい、きっとええトコ知ってはるよ」

なんて姉はいい、その梅川さんというのがカラオケオジンの名であるらしい。「連れていってもらいなさい」とはちょこざいな。

（あたしだってコーベ人間）コーベは私のご城下である。カラオケオジンよりも少くともコーベにつくいちゃ、くわしいはずだ。

「ま、写真と釣書《つりがき》、送ってみるから、あんたもいっぺん会う時間つくりなさい。カオルの釣書は、三年前のでええやろ、あんたあれから、ちっとも変ってへんのやから」

いや、変りましたよ。仕事の上では。

うんと勉強もし、ショーも何度かやり、信用もでき、好もしいお得意もつき、友人もでき、市役所・県庁にも顔が利き。

「そんなん、釣書に書けるかいな。何をいうてんねん、アホらしい、ヨメにもろてもらお、いうのに、市役所や県庁に顔が利くなんてこと、屁のつっぱりにもなるかいな、それよりお茶ができるとか、お花の免状とかを書くもんや——写真も、三年前のでええやろか」

「あれは貫禄ないけどな。あの頃の、たよりなさそうな顔してる」

「オナゴは貫禄なんか要らん。貫禄なんかあると、かえって扱いにくいやないの」

姉は片っぱしから言いかぶせて、

「また連絡するわ。そっちへいく用もある、いうとってやったから、そのうちに機会つくって。ま、みなこれも縁のもんやから」

姉は電話を切った。

私はそれから、冷いコーヒーを自分で作って飲んだが、いつまでも眠れないのだ。モト子さんの結婚といい、こういうことは波があるのかもしれない。とすると、私も、どんな拍子に、結婚する羽目にならないとも限らない。カラオケオジンだとて、毛嫌いすることもないかもしれない。

私は、何となく、浮き浮きしている。べつに姉の人生観に染まって、結婚出産が女の仕事、と思い直したわけではないが、男の匂いが近くにする、というのは、わりに女を弾ませるものである。

こうして考えてみると、ほとんど結婚するつもりはない、というのに、「結婚」というコトバは、人生を目新しくさせる香辛料、エッセンスのようなものである。

人は、ちょいちょいと、この香水をふりかけ、そのたびに、ニコニコして、いい気分になるというようなもの、それだけで一生を送ったって、いいではないか、「縁談」だとか「結婚」だとかの香水があるから、仕事もたのしくなるのだ。

それもこれも、仕事をもっていればこそ、だ。

香水ばかりでは人生、送れない。

二日ぐらい、私は張り切って仕事をしていた。

三日め、お昼すぎに電話がある。

「ハイ、『アトリエ・ミモザ』でございます」

とノブちゃんが出ていて、

「センセ。梅川さんて、男の人ですけど」

と私に渡した。

私はたまたま、そのとき、失念していた。梅川氏の名前なんか、アタマになかったのだ。ポートアイランドのコンパニオンの制服の審査を引きうけてしまって、たくさんの応募作品を見なければいけなかったから。

「や、や、梅川です」

という、おちついた中年男の声がして、私は、県庁か役所か、商工会議所か、新聞、テレビ局の男たちを漠然と思い浮べ、「梅川」なんて人、いたっけ、と思っていた。

「えー、その、織本カオルさんですか」

と向うは何だか照れていう。

そのオズオズした口調で、私は思い出した。

大体、中年男で照れる人なんて、私の周りにはいないのだ。みな自信たっぷりで、元気いっぱいで、どんなに礼儀ただしい口の利きかたをする人でも、礼儀ただしさの自信みたいなものにみちみちている。

「あのう、ですね、私は、ですね」

「わかってます、姉に聞きました」

「実は、ですね……」

「ご用はなんですか」

早よ、いわんかい。

私はいらいらする。

むしりざかり

私、忙しいときは、ややキビキビしたもののいい方になる。大信田さんにいわせると、

「何さ、つっけんどんなだけやないの」

というけれど。

午後、会う人が一人いる、それから仮縫。それにこの前のドレス、でき上ったかどうか催促しなくては。裾をやり直してもらっているのだが、うまくいったかどうか。三日後の結婚式の披露宴に着たいということなので、少くとも明日中には届けなければ。

そういうことが、あたまの中にひしめいている。

経営を見てもらう人がいればいいのだけれど、誰もいないから、私は経理もやっている。県市民税を払い込んでおかなければ。

しまった、さっき銀行の人、来ていたのにな。

べつに今日だから忙しいのではなく、いつもこんな風に、日は過ぎてゆく。

で、梅川さんが口ごもりながら電話の奥で、

「エーと、ですね」

なんていうと、いらいらするのである。

「いや、今日コーべへ出るものですから、お目にかかれれば、と思いまして」

梅川氏はやけくそのあまり、かどうか、急にスラスラという。

私は、昼はあかんよ。いや、昼だって、大信田さんやミドリから招集がかかれば「何さ、何さ」と飛んでゆく。また海野さんとか、水口クンが「昼めし、食べよか」なんて電話してくれば「よっしゃ」となるのだが、梅川氏では、そういうわけにいかない。

「夜、夜ですよ」

梅川氏はあわてていた。

「三宮のどこかで待ち合せしましょか」

三宮たって、広いし。迷い子センターで待ち合せというのもナンだし。

それより、今日、会うべきかどうか。

ま、面白いやないの。

会《お》うてみよっと。

意外に面白いかもしれない。

私は男の人に知人も多いから、四十代、五十代の人とおしゃべりするのに、べつに精神的負担はない。それに電話の声できくと、そういやみな人でもないようやし。

「あの、花時計の前でもええですよ、あのへんなら、ワタシもよう知っとります」

と梅川氏はいうけど、あのう悪いけど、花時計なんて。あれはおのぼりさんか、新米

ＯＬの待ち合せ場所で、あそこぐらい、人にじろじろと顔を見られるところはないわけ、だって市役所の前、フラワー通りの角っこなんですよ。そりゃ、わかりいいことは、わかりいいけど。

「じゃ、こうしましょう、その近くに……」

と私は喫茶店の名を教えた。六時、ときめて、梅川氏は、

「ハイハイ。ではまちがいなく。ワタシは、ですね、そうですね、『サンデー毎日』を手に持ってます」

これも古典的な目じるしである。では私の方もいわなくちゃいけないかしら、

「茶色に白い衿のワンピース。縮緬《ちりめん》の……」

ったって、男の人に、わかるかなあ、男の人はワンピースという言葉さえわからない人が多い、特に中年は。

「あ、いいです、あたしの方から当てます、見つけてみます」

と私はいった。私は声と人を、わりにむすびつけるのがうまい気がする。声だけ聞いたとき、何となく人柄まで想像しているのであろう。

「それでは、夕方に」

と氏はいい、

「イッヒッヒ……」

と怺《こら》えかねたような笑いを洩らした。

それは、「がまんして、笑わんとこ、思《おも》ても笑えてくる」といったような、嬉しそう

な笑いであった。その笑いの中には淫猥な感じはなかったものの、急に私を我に返らせるものがあったことはたしか。

　つまらない約束しちゃったかしら、とか。

　どういう人間か分らないのに、軽率だったかしら、とか。

　何だか、会うのがおっくうになってきた。でももう約束したんだし。

　そして、きめた以上は、それを楽しみに待つ、というのが私の人生のモットーである。予定をいっぱい書きこんだ日程表を見ると、ぞっとするけれど、それでは毎日たのしくないので、嬉しく迎えるようにしている。梅川氏との会見だって、強いて心を引き立て、

（人生の香水、香水）

　と考えることにする。

　あんがい面白い人かもしれない。コーベの男の人、いろんなタイプながらに面白い人が多いので、

「面白い人」

　の許容範囲は、私の場合、かなり広いはずだとうぬぼれている。

「梅川、梅川……」

　と呟きながら、応募作品に目を通しているうち、しまいに、

「忠べエ、忠べエ」

　なんていったりして、そういえば梅川氏の電話の声は、「忠べエ」というアダナの方がぴったり。「冥途の飛脚」の梅川・忠兵衛の忠兵衛は美しい色男であるがなあ。宝塚

のバウホールでもやったけど、このときの忠兵衛は、瀬戸内美八、水もしたたる色男だったっけ。

私はときおり、歌舞伎も見るが、それは、舞台や衣裳のすばらしさに酔うためだった。日本風ないろどりの調和の美しさは、やはり歌舞伎が最高である。でもお芝居としては面白いと思えなかった。

それが、急に面白くなりだしたのは、コーベの国際学校カネディアン・アカデミーの生徒たちがやる「カナディアン歌舞伎」を見てからである。もう十年もつづけていて「仮名手庵歌舞伎」はコーベに定着してしまった。カネディアン・アカデミーは、世界中、三十七カ国の国の子供が集まっていて、英語で学んでいるのだが、日本語の授業の一環に歌舞伎を自分たちで上演している。本格的な歌舞伎で、堂々としたセリフまわしと演技である。海野光子先生という女の先生が指導なさったのだが、外人の学芸会という範囲をこえて、ほんとに本格的な歌舞伎なので、コーベじゅう、びっくりしてしまったのだった。いままで六甲のカネディアン・アカデミーの校舎の講堂でやっていた歌舞伎は、いまはコーベの町へおりてきて、毎年、市の文化ホールで上演している。「助六」もやったし、「仮名手本忠臣蔵」も「勧進帳」も見せてくれた。ジムとかトムとかビルとかスーザンとか呼ばれているいろんな国の生徒たちが、信じられないような本格演技をみせてくれるので、かえって、コーベの人たちは歌舞伎に開眼したわけである。お恥かしいことながら私も、「カナディアン歌舞伎」で歌舞伎の面白さがわかって、プロのほうのも楽しみに見るようになった。

何がキッカケになるかわからないものである。

それにしても、カナディアン歌舞伎を見にいくと面白いのだ。外人の父兄がソワソワとしていて、客席もロビーも、日本語と英語が半々にとび交い、かけ声も面白い。「紀伊国屋」などのりっぱなのもあるが、「運送屋」「だれや」「おれや」なんてのも、あるわけである。

むつかしい歌舞伎のせりふと発声を、どんなに彼らが苦労しておぼえたかと思うと、思わず、せりふの一語一語に、しっかり耳かたむけ、

(なるほど、そういう芝居だったのか)

と再発見するようになってしまった。

そんなわけで、コーベでは、むしろ、「外人」のおかげで、歌舞伎ファンになった、って人が多いのだ。それにしても、金髪の少女、インド人の少年なんかで、あんなにすごい歌舞伎の演技ができるなんて、教えるほうも教わるほうも、なみたいていの努力ではないのである。

演技に心がこもっていて、みんな、役柄がちゃーんと、

「わかってる」

のだ。

浮世のしがらみも、義理人情も、理解しているみたい。

だって、見ている私たち、思わず涙が浮んだり、鼻がキューンと熱くなったりするのだから、精魂こめて演じている証拠である。人間というのは、やろうと思えば、何でも

できるものなのだ。私たちは彼ら彼女らに、自分の国の伝統芸能をあべこべに教えてもらって、何となく間《ま》がわるいやら、それでもここまで日本人の気持を理解して、表現してもらって嬉しいやら、ほんとにコーベという町は、おかしなところである。衣裳も化粧も、全く、ほんものものようにする。

ただ、彼ら彼女らは背が高い。二メートル近い町人や侍が出てくる。顔が小さいし、みな細おもてなので、ほんものとくらべると、すこし勝手がちがうが、それにしても、十六、七から十八、九の生徒は、肌が美しいし、白粉がよくのって、何とも美しい男や女ができあがるのだった。毎年、上級生は卒業して、海外へ散ってしまうから、主役はじめ、いつまでも永久のスターというものはいないけれど、それでも年々、芸に深味が出て来て、コーベの人たちは、このガイジン子弟の、

「仮名手庵歌舞伎」

を、たのしみにしているのである。ついでにいうと、コーベでは、歌舞伎もだけれど、ほかのお芝居もよく育てるところで、地もとの劇団もあるし、全国をまわっているアングラ劇も、大阪を素通りしてコーベに小屋がけする。

宝塚の生徒さんたちが、よくコーベへ遊びにきていることもあって、コーベでは宝塚熱もさかんだ。このまえ、カーター大統領のお嬢さんが来日したとき、せめてお嬢さんぐらいには、

「歌舞伎や雅楽、能より、宝塚を見せるべきだ」

とコーべの女の子たちは憤慨していた。カナディアン歌舞伎も空前絶後の大快挙では

あるが、宝塚の舞台の花やかさと美しさも、世界に冠たるものである。

ウチのアシスタントのノブちゃんやまさちゃんも、とくに誰がヒイキ、というのではないが、月にいっぺんとか、二カ月にいっぺんとか、宝塚の舞台を見ないと、

「肩こりがなおらない」

といっている。

まあ要するに、コーべって、自分の好きなものをそれぞれ持って、「泣かずに遊ぶ」ことのうまい人々が多い。

これこそ、「空想」できる人じゃないかしら。「ダンス」はできても、一人で「空想」できる能力がないと、何にもならない。

暑い日で、クーラーをかけっぱなしにしているのに、むうっとする。ノブちゃんはクーラーがだめな人なので、窓ぎわで、外の風に当りつつ仕事をしているが、外の風なんか、まるでなく、ぬるま湯の中をあるくよう。

夕方になると、いよいよ、むし暑さが増してきた。ひと雨あるのかもしれない。私は姉のところへ電話を入れてみた。一応、今日のデートを姉に報告しておいた方がいいだろうと思ったのだ。姉はべつに驚かないで、

「あ、直接、ハナシがついたの？」

「ハナシつくって、これから会うのよ、まだ海のものとも山のものとも」

「ウチへ、いっぺん来てもろて、カオルも呼んで引き合わそか、いうてたんやけど……」

洟《はな》たれのジャリではあるまいし、そういう大げさなことしてもらわなくともよい。

「あんた、会う決心ついたのね、イヨイヨ」

なんて姉は喜ばしげにいうが、会ったからといって何とかなるとは限らない。

「まあ、よう考えて。あんたは文句が多うて注文が難しいヒトやけど、男の人いうたらな、中身が勝負やねんデ」

ああ、そんなこと、姉にいわれなくても私の方が先刻ご承知だ。何年「おんな商売」張っていると思うのだ。デキのいい男、デキのわるい男に嗅覚を働かせ、仕事の面でもふつうのおつき合いでも、うまく舵《かじ》をとって、むつかしい難所をのり切って、生きぬいてる私なんです。

ホントいうと、忠べエ氏に会うというのも、結婚を目的とするためではなく、面白い、デキのいい男だったら、手持ちカード（友人としての）に一枚加えたい、という、楽な気持からである。男のカードなんて何枚あっても楽しいもの。

死ぬときに手を握ってくれる男がそばにいてほしい、という人もいるであろうが、私は死ぬときにゃ、どっちみち一人で死ぬんだから、男も女もない、手をにぎってくれたとて一緒に死ねるわけでもなし。

なんていうのは、大信田さんにいわせると、

「あんた、ほんまに死ぬような目に会《お》うてへんからや」

という。そうかもしれないが、いざ死ぬときには、私はもう欲はいわない、この際、ミドリでも大信田さんでも看護婦さんでも誰でもかまわない。

なんてことを考え考え、喫茶店へいってみた。日中の熱気が煮えつまって夕方の町はいよいよ、息苦しいような暑さ。どこの店も人で満員なのは、冷房のあるところでひと休みしたいとみんな思うせいかしら。

その店は明るくてかなり広く、通りに面したほうは広いガラス窓なので、外からでも内部を物色できる。テラス喫茶、ということになっているので、外にも白い椅子とテーブルが舗道に面して置いてあって、若い人でぎっしり。

私はまず外からうかがって見当をつけることにした。ここを指定したのは、こういう風に、外から見えるせいなのだ。

棕櫚《しゅろ》の鉢があって、その一隅だけちょっと見えないが、そのほかは一べつで見渡せる。入口に向いてる人が、たいてい人を待つ人である。入口から三つめぐらいのテーブルに、それらしき人がいた。白い半袖シャツにループタイなんかつけて、上衣は席の横におき、テーブルの上に、これ見よがしに「サンデー毎日」を置いている。背が低く、ずんぐりしたオジンである。いや、こういったからといって、私が、「ずんぐり」男や「オジン」を軽侮しているとは思わないで頂きたい。

ずんぐりはそれなりに、もし面白い男で、一人で空想でき、二人でダンスがおどれる男であるならば、ずんぐりなればこそ、より好きになってしまう、ということがある。

そういうことがあるのを、私は知っているということだ。

そこが若い娘とちがう。

オジンも、オジンの面白さ、というのを発見した場合、この深い旨味もオジンなればこそ、と敬意をもつであろう。

同様に、禿げも、出っ腹も、そうなんである。人柄に魅力があれば、それらはマスマス、より魅力的にみせるアクセントである。とはいうものの、何だか冴えへんオジンみたいやなあ。何たって生気がない。

しかし、オジンというものは、中々、老獪《ろうかい》である。能ある鷹は爪をかくす、というのか、いいトコロを奥ふかく秘めてやたら出さない。

そして表面では、

「ボー」

としてみせたり、

「ドンヨリ」

としたりしているからねえ。

若い男なんてのは、どうかして恰好よくみせようとしてるのだが。

いや、そうでもないか、水口青年みたいにごく自然な若い人もいるし、中年オジンでも恰好つけて、虚勢張ってるのもいる。

しかしあのオジンに、死ぬとき手を握ってもらうというのは、ぞっとしない感じである。

大信田さんは、以前に男のランクづけとして、
1、ハラワタのきれいな男
2、爪がきれいな男

というのをあげていたが、私は「死ぬとき手を握ってもらうにふさわしいかどうか」ということを考える。それはまた反対に、相手が死ぬとき、手を握ってあげられるかどうか、ということである。

なんでこんな「死ぬとき」が出てきたのかしらん。まだ人生、まっさかりというのに。それに、いつもこれ、私が思っていることだけれど、死んだ人のいくあの世だって、あんがい居心地よく、あの世の人は、あっちはあっちで、娑婆《しゃば》をはるかに見やって、

(まだ来《け》えへんのんか、阿呆やな、いつまでもあんな、しょうむないところで苦労して)

と笑っているかもしれない。しかし、まだ当分は、しょうむないところで苦労してみたいものだ。

私はそのオジンの前に立った。

「どうもお待たせしました。あたし、カオルです」

つまり、ひとことでいえば、「忠ベエ」氏（私が早くもつけた梅川氏のアダナ）は、

「田舎のおっさん」

というところなのだ。しかし私は「田舎のおっさん」風なのもきらいではない、人柄によってはそこが、とてもいい雰囲気をもってることもあるし。

兵庫県の田舎の小さな町なんかで、公民館や市民ホールができるとする、そこで完成披露というか、いろいろな催しやアトラクションがあって、企画を頼まれることがある。

「ベル・フィーユ」はべつに会社組織になってるわけじゃないけれど、大信田さんやミ

ドリがいるので、企画をもちこまれることもあるわけだった。また「兵庫タイムス」の後援になったり「港っ子」後援、とかいうので、ミドリたちが企画を一切、任されることもある。

例によって私たちが手伝いにいくことになる。

田舎の町や村の有力者、役人たちと会って打ち合せしたりする。「田舎のおっさん」にとても愉快な、あたまの開けた人も多い。むしろ、町の役人より、さばけた、思い切った人が多い。

また、田舎の会社の社長さんなんかは、代々の素封家の息子で、慶応だの立教だの、早稲田だのを出て、田舎へ帰ってあとつぎをしている。そういう人たちは、山また山の中の小さな町で、「町民新聞」なんかつくったりして、これがタブロイド判なんかだけど、ちょいとしゃれた面白いもの、

「僕、慶応で、学生新聞つくってましてん」

などという、「田舎のおっさん」がいたりする。そうして地酒なんか飲んで、猪鍋《ししなべ》を食べたりして、打ち合せ会のあとはじつに愉快なのだった。むろん、そういう人たちは、一ぺんで、

「ベル・フィーユ」

なんていう名もおぼえてしまい、私たちはそういうところでは「ベル・フィーユ」の姐ちゃん、などと呼ばれない、「ベル・フィーユ」の先生である。「田舎のおっさん」でも、そういうおっさんたちと飲むのは楽しかった。

そんな人たちは、辺鄙《へんぴ》な故郷の町をとても愛していて、自分の車で、ぐるりーっと、まわりを連れ歩いてくれる。

「ここからの眺めが、このへんじゃ、いちばんです」

と連れていってくれるのだが、それがおそろしく高い山のてっぺんだったりして、高所恐怖症の気味のある大信田さんなど、動悸が早くなって目がくらむ、という。私が見ると、たしかに高い岩っ鼻の上だから眺望はきくけれど、トンビやワシになって、地上を上から俯瞰《ふかん》している、というだけのものだった。だって、さっき通ってきた自動車道路が、真田紐みたいにぐるぐると下に見え、その間に農家が点在し、あとは森と、一部、畠地といったような、航空写真みたいな景色だったんだもの。

でも、田舎のおっさんたちは、とてもそこからの景色を自慢し、いとしそうに眺めて「いちばんだ、いちばんだ」というので、

「結構ですね」

とほめてあげた。私はそういう風に、故郷に愛着をもって、一生けんめい、やっている田舎のおっさんは好きなんである。どこの村だったっけ、川の両岸をコンクリートの消波ブロックで敷きつめてしまったのを、泣かんばかりに憤慨していた。

「あんな護岸工事がありますか、あれは毀《こわ》しとるんですよ、毀岸《きがん》工事です。魚は可哀そうに川に居られんようになった。私たちは反対しましたですよ、県に」

なんていったりする。べつに私たちは県のお役所とは関係ないんだけれど「ハイ、ハイ、よう、いうときます」といわなければしかたなくなる。兵庫県も奥ふかく、たくさ

んの町や村が数かぎりなくあり、「いかす」田舎のおっさんも、数かぎりなくいる。

そういうのを、私たちは、知っている。いや、そのおっさんと共に、もうこの村に棲《す》みつこうかしら、というほどの男は現われないが、でも「好もしい」男は、どんな所にもいるのだ。

よく女の人で、

「ロクな男がいない」

というのは、あれは世間がせまいのである。

一つの会社や一つの課の中で、同じタイプの男ばかりを見なれていれば、そうも思うであろうけれど、ナニ、男はゴマンといるのだ。

そうして、その女たちはたいてい「結婚」に捉われてるから、競走馬みたいに、前しか見えないのである。結婚の対象を考えると、たしかに範囲は狭くなり、男の数も限定され「ロクな男がいない」ということになるが、そんなことをいっては男性に対して気の毒千万である。結婚して食べさせてもらうことだけを考えている女なら、別であるが、そんな思惑に捉われず、ずーいと見わたしてみると、イヤ、男というものも、面白くてすてきな人がいっぱい、いるのです。つまらないのもいっぱい、いるが、これは、女だって同じ。

私、思うんだけど、つくづく、「結婚」制度って、わるいわねえ。

一対一で限定してしまうから、人の心も縮こまり、萎縮し、かじかんで貧弱になってゆく。せっかく男女共学で、いっしょに勉強してきたんだから、いっしょに仕事して、いっしょに疲れ、いっしょに楽しみ、いっしょに生きたらいい。学校を出ると、社会は、ガクンと男女を峻別してしまうから、女の視野はみるみる狭まり、「結婚」の対象にしか、男を見られなくなってしまう。なんで男女共勤とか男女共労とか、男女共楽、共苦、とならないのだろう、男女共生、共死、ま、特定の相手を独占したい、というのは人間の本能かもしれないから、一対一のカップルができ上るのもいいけど、排他的にならなくてもいい、と思うよ。

そんなことより、既婚未婚を問わず、年齢、学歴、職業を問わず、そういう枠をとっぱらって、ひろくずーっと見渡せば、男ってずいぶん面白いのがいるものである。

それも、どこへ持ってきても面白い男、というのと、その居る場所に居てこそ面白い男、というのがあり、それぞれ別種の面白さ、ではなかろうか。

どっちが上、ってこともないのだ。

私なんか、海野商事の海野社長さんなんて、どこへもってきても、どこへ置いても面白い人のように思う。

コーベのドロン、コードロこと、竹本支局長なんかは、「毎朝新聞支局長」という、場所においてこそ面白い男なのかもしれない。

そういうわけで、私は「田舎のおっさん」に偏見もないし、そういう人に「男の面白さ」を教えられ、敬意を喚び起されたりすることもある、だから忠べエ氏にだって、偏見なく向えるというわけなのだが。

「梅川です」

と氏は電話で聞いたのより、もうちょっとひびきのいい声でいった。なるほど、これならマイクに乗るかもしれない。しかし忠べエ氏の顔を見ていたら、この顔、カラオケで歌うなんてちょっとむすびつかない。梅川氏は私が「梅川サンでいらっしゃいますか」とたしかめないで、「お待たせしました」といってさっさと前へ坐ったので、ちょっとまごついたようであった。

でもそこは、やっぱり四十八の「オジン」だけあって、すぐ立ち直って、

「私、わかりましたか」

とにこにこしていう。

わりに気持のいい笑い顔である。この笑顔なら、ゴマスリ笑いのときだって本心からのようにみえるかもしれない。女の人の中には、男が上役にゴマをするのを見咎め、ても忌み嫌う人があるが、私は、あれは自分が戦場にいないからだ、と思ってる。戦争している最中の兵隊を、後方のタマのとんでないところで、鉄砲の持ち方がわるいとか、礼儀に叶《かな》った戦争をしろ、と批評するようなものである。女だって、もっと先になれば、男と同じ戦場に立つようになるだろう、そのときゴマもするだろうし、すらないでつっぱってるのもいるだろうし、ま、ゴマスリも必要なときもあり、何たって、人の好き好き、であろう。

ただ、男には（女もそうだけど）ふつうに笑っててもゴマスリみたいにみえるのもいるわけだ。

そこへくると、忠べエ氏は、邪心のない笑いで、ゴマスリ笑いのときでさえ、爽やか

な気分を与えそう。

（これは、もしかしたら、ハラワタのきれいそうな男かも）

と私は思った。私たちは名刺を交換した。まるで何かの商談みたい。でも、吹けば飛ぶようなジャリン子とちがい、私も忠べエ氏もちゃんと仕事を持ってる、社会の中堅なんだから、オトナ同士の日本の習慣に従い、名刺を交換する。

梅川氏は、義兄と同じ会社であるが、部はちがう。そうして「部次長」という肩書になっている。

「それは課長と部長の板挟みで文字通りミドルの哀れさです」

と忠べエ氏は講釈した。

「一ばん干されやすい椅子で、もう窓際へ向いてますな」

と笑い、今度は老眼鏡をかけて私の名刺をじーっとながめた。

「『アトリエ・ミモザ』に勤めていられますか」

「いえ、それ、あたしの店です」

「ハハア。お姉さんは『縫物やってます』といわれたので、どんなお仕事か、わからなくて、――いや、男はどうも、こっちの方には暗くて」

私は姉のぞんざいな言葉に腹をたてた。いくら古風だといっても、「デザイナーです」ぐらいいってくれればいいのに、「縫物」なんて漠然としたコトバでは、夜なべにタビのつづくりでもしようかという印象になってしまう。

「婦人服の仕立て、というんでしょうか、結婚式のドレスから、町着、――ま、何やかやすべて、ね」

「一軒の店をもってというのは、女の方でも大変ですな」

「いいえ、皆やってることですから」

コーベの町へ来てごろうじろ、というところであった。大変なことをしている女なんて、石を投げたら、みんな当っちゃいますよ。

私たちは冷いコーヒーを飲んだ。

まだ、梅川氏がどういう人か、よくわからないから、どの店へ連れていったら、いちばんぴったりするか、私は考えていた。

「めしを食って、それから、ちょっと飲みにいきますか、ワタシの知ってる店が二、三軒あります」

そして梅川氏は、いっぺん電話できいた、「イッヒッヒ……」という笑いを洩らした。嬉しくてしようがない、という感じである。

そうすると、私が気に入ったのかしら。

いや、この際、誰でもよかったのじゃないかしら。カラオケ聞かそう、なんていうのなら。

「その店は、カラオケの店なんですか」

と私は聞く。

「いや、それは設備はあるけど、いまはどこでもありますから」

「あたし、あんまり音の大きな店はきらいなんです。梅川さんは、姉にききましたら、カラオケで唄うのがお好きなんですってね」

「いやまあ、ええかげんなもんですが……」

梅川氏は狼狽《ろうばい》して、

「歌、おきらいですか」

と私に、心配そうにいった。

「きらいではありませんけど、あたしは気分屋でしてね」

マイクを見ると反射神経で唄いたくなる、というような性質のものでは、私はないわけである。まして、いったんマイクを握ったら離さない、人に渡さない、というものではは絶対、ないわけ。歌なんていうのは、気分によって出るし、出ないときもある。

そして私は思うんだけど、素人の歌、というのは、これは、ほんとは、伴奏なしで、歌詞もすっかり、そらでおぼえて唄うのが、素人らしくていい、少くとも人前で歌うなら、それが素人の心意気、どんなにその歌が好きで、いつも歌ってるかというのが想像されて、微笑ましい。選曲によってその人の、

「人生観までうかがえそうな気がするわ」

と、梅川氏にいってしまった。

「うーん、そりゃま、そうですが、素人は伴奏ないと、限りなくズレて音痴になってゆくところもある。それに、自己陶酔するのが素人のくせ、カラオケは、そうさせてくれますなあ」

そこで、結局、カラオケというのは、ひとりでこっそり唄ってるのがいい、という結

論になった。

「カラオケなんか、歌わんでもよろし、ワタシの知ってるそのバーは、ゆっくりできますよ。女の子らがええ子で」

「そこ、女の子がいるんですか」

「三、四人ぐらいです。小さいとこで」

「三、四人もいるんですか」

と話がことごとく、くいちがってしまう。

私たち「ベル・フィーユ」では、マスター一人とか、ママ一人とか、せいぜいカウンターへ二、三人はいって、というようなバーばかりしかいかない。客席で客のそばに坐ってくれる女の子がいる店は敬遠する。ホステスさんたちもそうじゃないかしら、ハイ・ミスがどやどや固まってきたら、処置に困るだろう。

私はらんちゃんママの店の「らんぷ」を、働く女の妻的《つまてき》店だといったことがあるが、そういう思いやりや見識のあるバーは、ホステスさんたちのお色気専門の店には、ないみたい。

女の子のいるバーには、あんまり私は行きたくなかった。

といって、気心のまだ知れない忠べエ氏を「らんぷ」へ連れていくのもナンだし、「妻」へ連れていっても、きっと誰かに会う。ま、とにかく、ゴハン食べてから、そのあと、その気になれば、どこへでもいくところはあるし。

こういうとき、ホテルのバーが、あんがい、いい。ホテルったって、オリエンタルホテルみたいな、皇太子ご夫妻がお泊りになってるホテルのことである。

「さて、何を食べましょう」

「あたし、ウナギ。暑いから元気をつけましょう」

「そうしますか、織本さんはハキハキして気持がよろしいな」

おほめにあずかっちゃった。

「あ、こっちからいきましょう、歩いていくには近道です」

と私はいう。町は、これから楽しくなるという、悪事をそそのかすような、たそがれどきであるが、忠べエ氏あいてじゃ、悪事を働く気にもならないなあ。でも、

「あ、危いです」

なんていって、忠べエ氏が車道に足を踏みおろした私の肘を、あわてて押えたりすると、やっぱり女は、わるい気はしないものである。

男に庇《かば》われたい本能があるのかもしれない。

「ベル・フィーユ」はおっちょこちょいで信号がまだ変らないうちに、足を踏み出す人が多いから、私もそんなクセが身についてしまっている。まだ明るくて、空は澄んでいて、長い夕ぐれ、梅川氏は信号を渡りつつ、山の上の空をながめやって、

「――よろしなあ、きれいな空で。『あさみどり澄み渡りたる大空の広きをおのが心ともがな』というのが、私の座右銘です」

どんな返事をしたら、いいの。

「それ、梅川さんの作ですか？」

「とんでもない。明治天皇の御製《ぎよせい》です」

なんでここへ、明治天皇さんが出てくるのやら。私、

「『二百三高地』は見てないもんですから……」

といったら、

「べつに映画は関係ありませんよ。明治天皇の御製の中でも、これはノビノビ、ええ歌なので、好きなんです。座右銘にしてます。織本さんの座右銘て、何ですか」

私、考えたこともなかった。

「何かなあ……」

そんなものなくても生きてきたから。

でも、座右の銘、というのは、いつもそれを肝に銘じておくことであろう、つまり自分にない要素と思うから座右銘にするのであろう。そうすると、忠べエ氏は、つねづね、自分が心せまい人間だと、無意識に思ってるからこそ、「広きをおのが心ともがな」と肝に銘じているのかもしれない。

つまりだ、座右銘というのは、

（こうありたい）

と願う、期待する、自分の姿であろう。モットーというのか、キャッチフレーズというのか、自分のためのものか、ヒトの手前のものか、何でもいいけど、

（強気でいこう！）

と思う人は、自分が弱気だからだろうし、西郷隆盛みたいに、

（敬天愛人）

というのを掲げている人は、本来、天を敬《うやま》わず、人を愛せないからかもしれない。

（お父さんお母さんを大切にしよう）

という人は、両親を大切にしないからであろうと思われる。

（世界は一家、人類は兄弟）

という人は、そういう気は内心、チリほどにもないからこそ、わが身をいましめてそういうのであろう。

では私はどうかといったって、やりたい放題やってるんだし、遊び好きの神サンがついてるものだから、仕事も遊びのうち、こうでなければならぬという、「わが身をいましめる」コトバなんか、どこをついたって出てこない。

大体、私は、自分で自分をいましめる、なんてこと、してきたであろうか。

自分で反省するに及んで、狼狽《ろうばい》してしまう。

自分をいましめるとき、なんていったら、――疲れて帰ってきて、そのままぶっ倒れて眠りたいとき、

（ちょっとまて。自分を守るは自分のみ）

と言いきかせ、ドアや窓の施錠、ガスの元栓をチャンとしらべる、また、このまま、服もぬがず、顔も洗わず眠りたいと思うときでも、

（自分を磨くは自分のみ）

などといましめて、ねまきに着更え、歯を磨き、顔を洗う、ということをしている。

それからキチンとしたテーブルマナーで食事する、たった一人のときでも、グリーンの格子縞のテーブルクロスをひろげて、一人分のナイフ、フォークを出すとか。和食のときは、箸枕も出すとか。

しかし、そういうものを座右銘というわけにもいかない気がされる。(自分を守るは自分のみ) なんて、交番所の立看板の「痴漢注意」じゃあるまいし。

まあ、いわば、

「パーティに出ても早退けしない」

とか、

「みんなたのしくトシとりましょう」

とでもいうあたりかしら。

それとも、

「どんなに人でいっぱいのパーティでも、すばやく、しこたま、たらふく食べる」

だとか。

いや、これはもっと品がないか。

少くとも「あさみどり澄みわたりたる大空の……」の崇高さに比較すると、やや品位に於《お》いて欠けるところがある気もされる。

ウナギ屋は夕方の時分どきのこととて満員である。

入れこみの席はすぐ空くので、待ち合せ席で待つことにする。

「あのう、……」

と忠べエ氏はあたりを見まわし、

「座敷はないのでしょうか、こう、二人だけで坐れる、というような……」

「予約しとけばとれたかもしれへんけど……まあ、椅子席の入れこみでも、いっしょやありません？」

と私は、待ち合せ席に坐っていった。

「はあ、ですけど、何やこう、われわれのトシでは、ですな、タタミに坐ると落ち着きますねん。酒を飲むには、ゆっくり坐るのがやっぱりいちばんんです」

梅川氏は、入れこみのがたがたした席をのぞいて、残念そうであった。私は座敷で二人きりになるよりも、ざわついた、広い部屋がいい。それに、何も、離れ離れ、ばらばらに坐るというんじゃなし、同じテーブルにつけば、内輪話もできるし、何より、椅子に掛けてたら、

「地震がきたときもスグ起てて、便利ですわ」

といった。

「いや、ムードの問題ですよ。防災的見地は二の次にしまして。……あのう、ですね、ゆっくりお互いに腹蔵なくおしゃべりして、意見をたたかわせたいと思ったものですから。静かなところで、二人で、ですね」

「ここのテーブル、二人の席が多いんです。相席、というのは少いです」

「ですが、我々の年代ですと、どうもこういうのは、もう馴染めないですよ。学生食堂で食うてる感じです」

文句の多い男である。さっき、ただいま、「大空の広きをおのが心ともがな」を座右銘にしているといったばかりではないか。文句や注文が多い、気むずかしい、ということは狭い心のことである。

早くも順番がきて、私たちは、部屋のまん中あたりへ案内された。

「ウナ重！」

と私は坐るが早いか、叫ぶ。席のあいだを歩きまわっている機敏なお姐さんが、さっときて、注文をとる。

「いや、ちょっと待ってください。メニューを見てから」

と梅川氏は慎重にえらび、それはかまわない、私は常連だから、とるものはきまっているが、初めての人は慎重にえらぶべきである。

しかしそれにしても、すこしおそいんじゃないかしら。老眼鏡をかけるのはいいとして、メニューの端から端まで、裏を見て、また表へ返し、

「ここはウナギだけ？」

と姐さんにきいたりして、私に飲みものをきき、まわりを見廻し、隣り近所の食べてるものを仔細に観察、参考にしたりして、慎重というよりも、優柔不断なのかもしれない。

こうしてみると私は、かなり「イラチ」である気もされる。イラチというのは、大阪弁で「イライラする人間」ということであるが、自分ではそう思っていなかったけれども、コーベ人間自体、すこし「イラチ」なのかしら。

いや、そうはいっても、いつだったか、水口クンがはじめてコーベへきたころ、大信田さんも一緒にゴハンを食べようとして、私と大信田さんが何を食べるか、カンカンガクガクの論議をしたことがあった。

「あそこでもない」

「ここでもない」

といい合って、しまいに水口クンは泣きそうになり、「もう、どこだっていいです」と悲鳴をあげていたが、そういうときは自分も慎重になるくせに、他人がそういう風であると、ジレジレする、これは結局、私がワガママってことではないのか。一人で生きてると生活全般のマナーがなし崩しになりやすいのと同じように、心のマナーも溶けてしまう。ワガママになりやすいのだ。姉にいわせると私は「文句が多うて注文が難しいヒト」ということであるが、それは結局、私が、梅川氏に感じていたことではないか。

全く、オトナ同士のつきあいというのは、むつかしいものである。

若い人同士だと、すらりと見すごせそうなことが、オトナ同士だと、

「見て見ぬふり」

をしないとやっていけなくなってしまう。

幸い、梅川氏は、やっとのことでえらんだウナギ定食「梅」を、嬉しそうに、美味しそうに食べた。「梅」というのは、松竹梅のいちばん安いクラスである。ビールをコップに一杯、ついでもらったが、私は空腹のあまり早くゴハンが食べたい方なので、全く、愛想がないのであった。

そうしてつい、

（——で、ご用は何でしょう）

といいたくなる。中年男と向き合ってると仕事以外は考えられないようになっているので、さしたる用もなく、二人で向き合って食事をしているのが、妙な具合である。

これが同じ中年男でも、海野社長に奢《おご》ってもらっているとか、「兵庫タイムス」の学芸部長の大波さんにごちそうになってる、とかいうのなら、それからそれへとしゃべることがあるのだけど、梅川氏は、まだ正体が分らないので、何をしゃべっていいやら、それでも、一応、オジンと中年女であるから、どちらも白けないように気を配って、

「たいへんな人ですこと」

「ホント」

「週日というのに」

「暑いから、まっすぐ家へ帰る気も起きないんでしょうな」

と梅川氏。

「暑さのせいではないのやありません？　ロマンを求めて、うろつくんでしょ」

「私らみたいにですか？」

と梅川氏。

「フフフ」

「アハハ」

なんて答え合い、恰好をつけていた。中年ニンゲンというのは、恰好をつけられる人

種のことである。

「しかし、みんな、何をして遊んでいるのですやろ」

と梅川氏は、しみじみという。私は、

「麻雀、将棋……若い人はディスコへいってる？　ゲームセンターかしらね」

「私は、どうも、そういう所で、しんから楽しんだおぼえがありませんのでねえ」

「カラオケは」

「まあ、それは楽しみますが、何やしらん、すぐ飽いてしまう。遊び下手ですなあ。飽かんように遊べたら、ええのやけど」

私にいわせれば、飽かないから遊びなのであって、飽くのは、単なるヒマつぶしである。

「あたしは仕事かな」

といったら、梅川氏は、

「働き中毒」

「中毒かもしれへんけど、働くのが楽しみになって。やっぱり、仕事って、すごい遊びね」

「いや、遊びと仕事はちがいますよ」

と梅川氏は、テコでも動かぬ、というかたくなな調子になった。

「そんなこと、いうてもろたら、いかんですなあ。仕事は仕事、遊びは遊び」

「そうかなあ。仕事も大きな意味の遊びやありません？」

「遊び心では仕事できません」

「ま、どっちでもいいけど」

「いや、男の仕事は遊びではでけへん。女の仕事はどうかしらんけど」

つまらないことをいう野郎だ。

でも、梅川氏は自分では当然のことをいってると思うらしく、機嫌よく肝吸いなんか飲んでいる。

姉のコトバによれば、女の仕事は子供を産むことで、男はこれには「かなわへん」のだそうだ。男は「することないよって」「手持ちぶさた」でビル作ったり、橋かけたり、選挙したり、大臣になったり、しているのだそう、そして、それは、梅川氏によれば、

「遊び心ではできません」

のだそうだ。でも女が子供産んで育てる、というのは、あれは見ていると「嬉しそうに楽しんで」やってるぞう。

決して、必死の気魄《きはく》で、赤目吊ってやってない。

女は喜んで仕事してるのに、男だけ、苦しんでしてるなんて、気の毒ね。

でも、どうかしら、ビル作ったり、橋かけたり、大臣になったり、っていうのも、ホントは楽しくてしてるんじゃないですか、少くとも、いまに、

「女が、そんな仕事、するようになれば、きっと楽しんでやるでしょうねえ……」

と私は梅川氏にいった。

「女がビル作ったり、ダム作ったり、は無理ですよ」

梅川氏は無造作にいう。

「なんで無理ですか」

「女の資質じゃないですよ、女は数学に弱い。でもそこが女のええトコですが」

梅川氏は女に理解あるところを示そうとでもいうようにおうようにいう。

「でも、女の数学学者も出てますし、やがて、女だってビル作ったり、ダム作ったりもできると思います」

「べつにそんなもん、無理に作らんかて、ほかに作るもんはいっぱい、あるやないですか、ええ家庭を作る、いうのは、ダム作るより、りっぱですよ。うまいめしを作る、とか、フロをわかす、とか」

「ほんとに」

と私はいい、一緒に笑ってあげた。こんなところで、いがみ合ってもしようないし、梅川氏がそういう考えの男性であれば、それはそれで、どうということはない、中年女というのは融通無礙《ゆうずうむげ》であるのだ。

「しかし一ばんの人生の楽しみは、何や、と思いはりますか」

と梅川氏は、あらたまって私にきく。

「何かな」

と私は考えた。「仕事は遊びじゃない」といわれたら、あとは、種々雑多なパーティ、コーベのおつきあい、コーベ祭のサンバだとか、何とかまつり、忘年会、新年宴会、――友だちが寄ってにぎやかにワイワイやってることかなあ。そうだ、友達が「楽しみ」ね。

「友達なんてのは、あなた、そんなもん、しょうないですよ、このトシになっては」

　と梅川氏は淋しそうにいう。

「梅川さん、友達、いないですか？」

「いや、それは仲のええのもいますが、何年も会《お》うてない。その代り、会うたら、何年会うてなくても、元通りの心持になれますが、それで以て、心の空虚が埋まる、というもんではありませんし」

「そうかなあ。あたしなんかだと、埋まりますね。力になり合えます」

「うーん。男も、力になり合えますが、友達がおるから、というて、それで、なぐさめにはならんですな」

「男って、さびしがり」

「さびしがりなんか、どうか知らんけど」

「子供さんを心の支えに……」

「そら、ないですワ」

　と梅川氏はいっぺんに、断定してしまう。

「大きくなると、親どころやなく、飛び出してしまいます。そのうち、結婚でもしたら、相手にかかりきり、親のことは、まるきり思い出しもしなくなりますな」

　どないせえ、というのだ、それでは。

「やはり、配偶者ですよ」

　梅川氏は、うっとりしていうのであった。

「私、女房《よめはん》亡くしてよけい、その思いを深くしました。やっぱり、いつまでも支えになるのは、そういう存在ですな」

「ハハア」

「そう思いませんか、人生の楽しみ、いうたら、あんた、結局、それですよ」

だって私は、かなり昔から、それに関係なく過してきて、目下、「友達」があれば、そうして「妻的」心くばりの店があれば、そこでトグロ巻いて仕事の疲れも癒《いや》し、シアワセな気分でいますのよ。はじめに味わってそれを失ったら痛切だろうけれど、もともと、なかったんだから、ピンとこないのだ。

「それは、失礼ながら、織本さん、人生の味わい方が浅いですよ」

と梅川氏は、私に教えるようにいう。

困ってしまうな。説教癖のある男なんて。

「人生の味わい方」が深いか浅いか、そんなことはみな相対的なものではないか。女に生れてよかったか、男に生れてよかったか、を議論するようなもの。

私にいわせれば、友達がいて「顔」が利いて、コーベの町なか、大きな顔でのしあるいて、少しばかり儲けさせてもらい、税金払って、サンバおどって、なんていう生活の楽しさを知らない人の方が、「人生の味わい方」の底が浅いように思えるんだけど。

何でも自分のいうこと、考えることが一ばんだと思う男って、じつにやりにくい。

けれども考えてみると、梅川氏は、何十年もかかって、こういう人生観を身につけたんだから、ハタからとやかく、いうこともできないだろう。

梅川氏から見れば、私の考え方も、どこかかたよっていて、

（バカは死ななきゃ、なおらない）

と思っているかもしれない。こういう関係は、それぞれ、「空想」はできても、二人でダンスをおどることはむつかしいのである。

死ぬときに手をにぎってもらうどころじゃない、とてもそこまでゆきそうにない予感がする。

「ごちそうさま」

といって私はウナギ屋を出てきた。あさみどりの大空は、もう昏れて、濃紺色になり、コーベの市章のイルミネーションが、山腹にかがやいているところである。

「どうですか、もう一軒、どこか……」

と梅川氏はいった。

「このままでは、別れがたいですな、イッヒッヒ……」

しかし、「遊び心では仕事できない」とか、「女はダムやビルは作れない」とか断言する人と飲んでてもしようがない気がするんだよ、イッヒッヒ……。こっちまで、氏の「イッヒッヒ」が伝染《うつ》ってしまう、しかし私の「イッヒッヒ」は、かなり軽侮をふくんでいる。けい子ではないが、

「お先ッ！」

といいたくなっている。

パーティに出ても「早退け」しないのが特徴の私であるのに、いまはちょっとちがう。

った。


「バーへちょっと寄りましょか」

「それは残念ですなあ」

梅川氏はしんから残念そうであった。そうして白いタオルハンカチで、額の汗をぬぐった。

「あたし、あんまり飲めませんねん……」

「というて、家へ帰っても、これ、誰も居りませんし、なあ。精《せい》のない話ですワ」

そして忠べエさんは何となく、

「ハハハ……」

と笑って救いを求めるように、まわりを見廻した。町はいまがいちばん活気の出るさかりで、それも、仕事の活気ではなく、遊びの活気だから、人の意気込みがちがうという感じで、気合がはいっている、そういう賑やかさであった。パチンコ店はつるべ打ちに景気のいい音を鳴りひびかせてるし、ネオンがたかだかと夕空に明滅しはじめ、信号がかわると、人々はどっと堰《せき》を切ったみたいに溢れて、収拾つかず、その流れは東や西や、北・南とほとばしって、もうもう、ヒトのことなんか、かまっちゃいられない、みんな行き先、逢う人のアテ、遊ぶところの目安がついていて、

（どけどけ、早《は》よ行かな、時間もったいない……）

というようでもあるのだ。

仕事のときは、ここまで熱心じゃない気がするけど……。

そういう中では、目立たない忠べエ氏になんか、全く人はだれもハナもひっかけない

というようだ。

私、いつも思うんだけど、中年女もそうかもしれないが、中年男って、じつに目立たないこと、忍者のようである。忍者は物のまぎれや闇にとけこむため、黒装束をしているが、中年男というのは、べつに黒い身なりをしているわけじゃないのに、町の中へおくと溶けこんでしまって、どこにいるか分らなくなってしまう。

身なりはともかく、忠べエ氏の笑いは何となく、あわれをそそる「ハハハ……」であった。自嘲というのでもなく照れ臭そうなのでもなく、自分で自分のあわれさに感心しているという無心なところがある。

とくにその、「話ですワ……」の「ワ」がいい。気弱なひびきが正直に出てる。東京の人は、

「関西弁というのは、男も女言葉を使うんですね」

と驚くが、関東弁では、女が男の言葉を使うではないか。関西で、男のつかうそれは、女コトバとちょいと違っていて、「語尾」に男っぽい表情がある。ま、それはどうでもいいんだけど、忠べエ氏の「ワ」は、とても気弱そうで、私の心をひいたのだった。

もし、そのつもりで忠べエさんが、故意にいったのなら、私も、そんな気にならなかったろうけど、無心だったから、私はふと、あわれをそそられた。

何だか、忠べエさんに、

(世の中ははかない……)

なんて思わせたら、私の責任みたいな気がする。こういうところ、女って、気弱であ

る。

いや、私がやさしすぎるのかしらん、大信田さんなら、こんなとき、どうするかしら。

私はつい、大信田さんをたよりに考えてしまう。

平栗ミドリはやさしい人だから、忠べエさんに哀れをかけるだろうし、けい子は気が強い女だから、一も二もなく、斟酌《しんしゃく》もあらばこそ、

(お先ッ！)

と帰ってしまうにきまってる。

ま、人のことはいい、私としては、

「じゃ、もう一軒、おつきあいしましょうか」

といったのだ。

「えっ、ほんまですか、いや、よかった、よかった」

と忠べエ氏は飛び上らんばかりに喜んだ。

私が、お酒はアカン、といったので、お酒もあるが、たべものもあるところへ案内する、と忠べエさんはいった。馴染みの店だそう、

「もう、そんなに入りません」といったら、

「いやいや、ちょっとした小鉢ものなんかの小料理です、タコのぶつ切り、なんていうのがあるところで面白いんですよ」

私は「タコのぶつ切り」に気がうごいた。それで、賛成して、ついていくことにした。

「ベル・フィーユ」の仲間だと、たべもの屋のハシゴをすることもちょいちょい、ある

のだ。

忠べエ氏のつれていってくれた店は、三宮の地下で、まがりくねった奥、私は、彼が馴染みの店だというので、たぶん、古い、小っちゃな小ぢんまりした、そうして頑固者の親爺とか、シッカリ者のあとつぎの息子とか、働き者のよめさんのいる、といったような、そんな個性的な店を想像していたのだ。

更にいえば、料理や器《うつわ》も、ちょっとしたもの、決してご大層な、凝ったものではない、ふつうの器だけれど、盛られている料理とよく調和してこなれている、といった、その店の年輪が感じられるようなものだ、と思っていたのだ。

料理も、いうなら、つくる人の気持が伝わる、手間と心がこもったもの、ふつうの料理だけど、家で、自分が作ろうということになると、ちょっと手が出せないという、そんなものを想像していた。だって、忠べエ氏が、「小料理屋」なんて、いうんだもの。だから「チャッチャヤ」の日本料理屋版、みたいなものか、と思っていた。

そして、ホントいうと、私は、

(ようし、一つ、探検して、おぼえずばなるまい)

という好奇心、探究心があったことも事実である。

私たち「ベル・フィーユ」のめんめんは、よく人に、

(あんたら、ええ店を、よう探してくるねえ。いったい、どうやって探すの、広告に出てるとこ、片っぱしから覗くの)

なんてふしぎがられるけど、むろん、そんなことをしていては体力も経済もつづかな

い。いい店、私たちと肌の合う店にめぐり合うのは、カンと、小まめに動く足である。

忠べエ氏ご推奨の店、ということで、私はカンを働かせたのだ。「ベル・フィーユ」は食べたあと、ハシゴでどこかへ出かけることもあり、一人二人なら、小料理屋へはじめっからいったりする、もし「チャッチャ」の日本料理屋版みたいなイイ店であれば、これは知っとかないとソンをする。

そう思って、気がうごいたこともある。

タコのぶつ切り、なんてのも、いかにもそういう店らしくて、心をそそられたのだ。私は酒が飲めないくせに、

「季節御料理」

なんて看板がかかっていると、胸がときめくほうである。しゅんのものを味わう、というくらい、幸福なことはないんだもの。

――それから、ついでにいうと、梅川氏の、

「四十八歳」

というトシにも敬意を払ってる。このトシまで生きた人には、それ相応の見識があり、選球眼も養われているはず、と思うではないか。

世の中年男性に告ぐ。

男の人は、万年筆や時計や服やベルトの銘柄品を持っているのを誇ったって、アカンのである。

(いまここで死んでも、四、五百万円くらいのもん、身につけてまんねん)

と自慢するような男は下々の下である。

少くとも私、「カオルちゃん」の男性評価法は、そんなことではなく、どんな店が馴染みか、ということである。

以前は私は、「どんな妻を持ってるか」というのが男性の評価法だと思っていた。どんなにいい男、リッパな男でも、妻がくだらぬ女であれば、

（あっ、タカが知れてる……）

と、男の本質まで見すかしたような気がしていた。また同様に、いい女がくだらぬ亭主をもっていると、その女の値打ちもさがるような気がしていた。

ところが大信田さんはちがう、という。

男と妻とは関係ない、という。くだらぬ男がいい妻をもっていることもあり、そういうときは、

（あ、この男の人は、仕事はできなくて無能だけれど、家庭はチャンとして、りっぱにやってて、えらいなあ）

と尊敬するのだそうである。また、りっぱな男と思う人が、くだらぬ妻を持っていたって、それはそのまま、男の値打ちにひびかない、という。

「だって、くだらぬ女やから、その男も気が休まるのかもしれへんし、ねえ……。夫婦のことは分らない、そこまで男の人はきめつけられない、ふしぎな相性、いうのもあるし」

ということである。

大信田さんのいうことは、いつも一拍、私とずれてスケールが大きい。

ただし、イイ女が、くだらぬ男――この、くだらぬ男の定義もマチマチだけれど――と長くいることは珍しい、といっている。これは本来、あるはずないので、どっかに無理をしてるんだそうである。この場合のイイ女、というのは、自分で仕事をもって自立してる分野でのリッパな女であって、主婦でいるイイ女、とはべつ。

そうだ、店の話をしているんだったっけ。

男は、どんな馴染みの店をもつか、ということで、評価がきまってくる。

そこの気分だとか、料理だとか、見識だとか。

もっとも店には相性、というものがあり、その人に合うが、ホカの人には合わないってこともある、こともあるけど、それでも男が四十八になったら、いくら何でもそれらしきところが馴染みになるだろうじゃないの。

忠べエ氏が「いつもいくところです」といって連れていってくれた店は、新しい店で(尤も地下街自体が新しいのだけど)ずいぶん広い店だった。頑固者の親爺さんや働き者のよめさんの代りに、若い衆がいっぱいいて、「店長」といわれてる人も若い、つまり、こういう店のチェーン店の一つであるらしい。

チェーン店、というのは、現代の害毒の一つだなあ。みんな無個性になってしまうかららなあ……と思い思い、私は、忠べエ氏のあとへくっついてはいってしまう。

これがけい子なら、ひと目見て気に入らぬとなれば、

「お先ッ！」

と、踵《きびす》を返してどんどん出ていってしまうのであろうけれど、私は、そうもできず、何となく不吉な予感に圧しひしがれたまま、席に坐ってる。それでも私は「もしやもしやにひかされて」期待をもってメニューを見、さっき「ウナ重」をたべたばかりなのに、気に入ったものを、アレコレ、挙げるのである。

大体、表のガラスケースにあったのは、お子さま向きの「ドラえもんランチ」なんてのもあって、

(ちょっとヤバいな)

と思ったんだけれど、表のプラスチックの見本がおいしそうにみえたから、

「あさりの中華風いため」

を注文する。

それから、むろん、

「タコのぶつ切り」も。

「カツオのたたきはどうですか」

と梅川氏はいそいそという。

「けっこうですね」

私はちょっと食欲が出て来た。さっきのウナギ屋では見せなかったような気楽な表情を梅川氏は見せている。それは、土間ではなく両側と奥の一部が、畳敷きになっている、ここへ坐りこんだためかもしれない。

「私はやっぱり、落ち着こうと思うたら、坐らんとあきません」

と梅川氏はいった。私はドレスのしわが気になったが、この店へ来てまで、あんまり反対するのも悪い気がして、靴をぬいで坐りこむ。うしろも横も女同士の、ＯＬらしいのが三、四組、いた。女がたくさん来るところなら、安くてまちがいない味かもしれない。

土間も畳の席も、見わたせば八分ぐらいの入り、かなりはやっていると申すべきであろう。

生ビールがきた。

カツオのたたきがまっ先に来たので、それで飲む。皿はプラスチックだった。カツオは葱や、すりおろしたニンニクにかこまれ、ざぶざぶとダシだかタレだかをぶっかけられておぼれそうになってる。ひときれたべたら、なまぐさいのである。あっ、これはアカン。

タコのぶつ切りがきた。やれやれと箸をのばすと、これがゴムをしがんでいるようで、味というものが脱落していた。

私、舌がどうかなってるのかしらん。

あたりを見まわすと、誰も彼も、美味しそうに飲み、かつ、食らい、かつ、おしゃべりに顔を輝かせているのだ。クーラーはうんときかせてあるが、何たって、この人いきれ、汗が出て、呼吸が弾んでくる。

梅川氏は美味しそうに、タコのぶつ切りを食べ、それは私たちだけではないらしく、ホカの人もよく注文するとみえて、しきりに、

「タコぶつ一丁!」

の声が帳場で飛び交う。しかし私には噛めば噛むほどまずいのだ。カツオも、どうやったらこうまずくなるのか、とその技術に敬意を表したくなるくらい。

素材が悪いのか、料理のしかたがわるいのか。

やっと来た来た、兄ちゃんが熱々のアサリの中華風いためをもってきた、熱いだけでも取り得、というヤツ。私は喜んでアサリの身を食べてみて、

(ウーム)

と唸らざるを得ない。

味がとんでしまってる。私は家でアサリを買って来て、炒《いた》めてトマトケチャップとスープの素で、アサリソースをつくり、スパゲティにぶっかけて、自己流のスパゲティボンゴレをつくる。そのあと半分は(何しろ何をつくっても一人分しか要らないので)ニンニクやニラや胡麻油でいため、「アサリの中華風いため」を家でつくるが、これも美味しくて、夢中でアサリの貝にたまる汁をチュウチュウと吸うくらい。

ところが、このチェーン店のアサリたるや、何の味もないのだ。

強いていうと、塩味とニラ、油の味がするだけ、(こんなハズはない)(こんなハズはないハズ)と私は半分、夢中になって次から次へとつついてみたが、食べれば食べるほどまずいのであった。

もう、梅川氏が何かしゃべってるのもよく聞えない。(どうしてこんなに、出るもの出るもの、見事にまずいんだろう)と猛烈な好奇心を感じてしまう。

「私の作る料理よりまずい、ってふしぎ」

と呟いたら梅川氏は、どうとったのか、

「織本さんも、お料理をなさる、ハハア、そりゃ結構です、女は家を守って頂いて、男が外で働くのが、いちばん安定するのです」

なんて、口がほぐれたのかよくしゃべる。

「そうして、女の仕事、というのは、男を看護《みと》って送る、それも女の仕事に入りますな」

梅川氏はタコぶつを美味しそうに食べ、生ビールを飲み、満足そうである。

わるいけど、こんなまずいものを、四十八にもなって美味しそうに食べてるなんて、人生キャリアを疑っちゃうわ。

技術がヘタ、素材がわるい、という以上に、心が全然こもってないのだ。こりゃタベモノではなく、エサである。

「看護って送るって、女が男よりあとへ生き残るってわけですか？」

私が何気なく聞いたら、梅川氏はうなずき、

「そうそう、そうですよ」

「じゃ、女は誰に看護られて死ぬんですか」

「それは知りません、息子の嫁とか……」

「嫁さんのない人はどうしますの？」

「ま、施設にでも入って頂いて」

「女の方が男より先にイクかもしれませんわ、そういうとき男の人が看護って……」

「いやいや、男はそれはかなわんですよ、だからこそ、男は自分より若い女を女房《よめはん》にするんですよ」

梅川氏はご機嫌であるが、うぬーっ、もう、かんべんならぬ、この男尊女卑思想のクソ親爺。私はタコぶつならぬ、梅ぶつにしてやりたいくらい。「梅川のぶつ切りをくれえ」という所。

と思いつつも、私は心を取り直す。モロに怒りを感じる、というのではない。モロに怒りを感ずるっていうのは純粋な女権拡張論者《フェミニスト》だけで、私はフェミニストじゃあるけれど、べつの面じゃデザイナーでもあり、ショウバイ人でもあり、「食べることの好きな人」でもあり、「踊ることの好きな人」でもあり、国と県と市に税金を払ってる人でもあり、投票にいく人でもあり、――つまり、国民の二大義務を果してる人でもあるのだから、いろんな面のトータルをしてみるとさ、何にしろ、純粋に怒ってばかりはいられないもんなんだ。

私、いまの中年男としては、梅川さんって、ごくふつうのトコロだと思ってる。とびぬけて男尊女卑というのでもなく、むろん、横暴ってわけじゃないだろう。私はバランスのとれた見方をしてあげなければいけないと思う。

ごくごく、一般的な思想の男性である。

天と地が分れてる如く、男と女はちがってて、女が男の世話をしてくれるのが当然、男は女に看護《みと》られて死ぬのが当然と、思いこんでるだけだ。だって昔からそういう教育

を受け、その通りの人生（結婚生活）を送ってきた人なんだもの、今になって、

（ほんとはそれ、おかしいよ）

といったって、わかりっこないもの。

そう思いこんでる上に、世間もそう仕向けているんだもの。

で、私は、

「なんでそんなこと、きまってるんですか、男は最期を看護ってもらうために結婚するんですか、へへへ」

といったが、ぎりぎり、うぬーっといったすごい鼻息ではなく、一拍、イキがぬけていた。

私は大体において、いつも、こうなってしまう。

ムッとしたとき、その勢いで、（くそっ、うぬーっ）と、油紙に火がついたようにしゃべればいいのだが、たいがい、

（――しかし）

と考えてしまう。

（まあ、しようがないんじゃないかしら、これでも世間からみれば、ふつうのトコだろうし）

と思ってしまう。だから、マナジリを決し、赤目を吊ってきめつけることができなくなってしまう。

そうは思うが、しかし、もう梅川氏の「思いこみ」と、この店の味のまずさにはお手

あげだ。いや、店がわるいんじゃない、だってお客はたくさん入ってて、美味しそうにたのしそうに飲んだり食べたりしてるし、メニューにも表のショーウインドーにもちゃんと見本と値段が出てて明朗会計というか、大衆のための店であることはわかる、しかし私と肌が合わないだけ。

（また、しかしが出てくる）

私は腰を浮かせ、

「それではボツボツ……」

といった。

でも梅川氏には店内の喧噪《けんそう》にまぎれてきこえなかったみたい。梅川氏が難聴のせいではなくて、また私の声が小さいせいではなくて、ひたすら、梅川氏の「思い込み」のせいである。

梅川氏は、この店が気に入り、私もまたこの店が気に入ったと思いこんでるのである。それで、まだお皿にいっぱい食べものは残ってるし、途中で席をたつハズがない、と思いこんでるから、私のいったことが聞えないのだ。

中年の男には（中年女もそうかもしれないけど）「思いこみ難聴」というのがあるものである。顔が見えないでしゃべっている電話には、お互い、相手のコトバに耳をかさず話しつづける「電話難聴」というのがあるけれど、あれは顔や表情が見えないのだから、しかたがない、しかし中年の「思い込み難聴」は、相手を憮然とさせるところに特徴がある。

「いや、さっきの話ですが」

と梅川氏は自分で酒をついで飲んだ。そのさまは、氏の家庭での晩酌の習慣をホウフツとさせるていのものである。

「織本さんの前でこんなことというたら、わるいかもしれませんが……」

私は、いってわるいと思うことはいうな、という主義である。「こんなことというたらわるいかもしれへんけど」といって、やっぱりいう人があるが、私はきらい、もしそういうなら私だったら、

(いうたら、ワルクチになるよって、やめときます)

ということにしてる。

やめときます、といって、やっぱりワルクチだ、ということを知らせる、その方がまだスッキリしてると思うよ。

「僕の女房《よめはん》が死ぬ前、ワタシが死んだら、あの人をもらいなさい、もう、ちゃんと話つけてあります、というて死にました」

「おやまあ」

「僕を一人でおいて死ぬのはかわいそうやといつも言いよりました」

「やさしいこと」

「いろいろ気を使うて、あれでもない、これでもない、と物色してたんですな」

「自分の死んだあとの、のち添えを」

「のち添えを。やっぱり、自分も気に入る人でないとアカン、と」

取りこし苦労をする女だ。

そういう人間だから早死にするのだ。それよりあとへくる女に、とりついてやる、とわめくような女の方が、私は好きだ。

尤も、この梅川氏のために愛執がのこってとりつく、などという女心は、私も女じゃあるけど、ただいまはちょっと考えられないけど。

「あら、そういうかたが居《お》ってやったら、もう、何もお迷いになることも、案じられることもないのとちがいますか、どうぞどうぞ、ご遠慮なく。よかったですね」

なんで私が、こういう祝辞をのべなければならないのか。

「いや、やっぱりそういうわけにもいきません。何ちゅうても、前の女房《よめはん》指定のは気がすすみません。それと、その女性、かなりトシを食っておるんですわ」

「オタクより年上なの？」

「いや、三つ下です」

自分より年下のくせに、「年を食ってる」とは何だ。

「三つ下ならぴったりやありませんか、どちらも同世代で」

「男の同世代はええけど、女はモヒトツです。女はやっぱり若い人のほうがよろし、それと、さっきいうたように、最期を看護ってもらうとすると、同世代よりずっと下のほうがいいです。ヘタしてこっちが恍惚《こうこつ》の女房《よめはん》見んならんことになったら大変です」

梅川氏はたぶん、たいそう正直な人なのであろうけれど、これではミもフタもない、という感じ。

それに、まだ自分では、

（人生の花ざかり）

というつもりでいる私に、「最期を看護る」だの「恍惚」だのと夢も希望もないことをいわれては、救いがなさすぎる。

なんでアタシが、派出看護婦にならなきゃいけないの。もう！

モウ辛抱できない。

結婚を何と思ってるのだ。

それに、梅川氏に、ポスト・ミセス梅川を指定教唆《きょうさ》したという、故梅川夫人にも腹が立つ。

「女房の嫉くほど亭主モテもせず」、指定されて大迷惑と、女性たちは思ってるかもしれないし、自分のオトウチャンなら世間の女、みな将棋倒しになると梅川夫人は思うであろうけれど、そうでないのも多いのだよ。

あんまり腹をたてたせいか、私は梅川氏を「らんぷ」へ案内して、しゃべっていた。ヨソの店でしゃべるのも暑いし、やはり勝手のわかる、自分の居間みたいなここがいい、らんちゃんママも、働く女の妻的立場で世話してくれるし、私にはやっぱり、ここが疲れないで涼しい。

梅川氏はいそいそしてついてくる。

私と一緒にいられるだけでいい、という感じである。この店は、マイクはあるけど、カラオケの伴奏はおいてない、

「いや、そんなん、かまいません。織本さんとお話できたらよろし」

と梅川氏は満悦のていである。そうして、「らんぷ」をうれしそうに見廻して、

「ええところですなあ。これからコーベで飲むときは、ちょいちょい、寄せて頂きましょう」

といったので、私はシマッタと後悔した。梅川氏にちょいちょい来られては、「らんぷ」に足を向けられなくなってしまう。いい店というのは、あんまり人に知らせたくない、というところがあるのだ。

「らんぷ」には、大信田さんとけい子が、もうかなり、いいご機嫌でいた。あと二人、まだ若い、私の知らないサラリーマン風の男の客、それだけだったが、私が見なれぬ男性と一緒だったから、大信田さんは、
(オヤ)
という顔をした。しかしそこはオトナだから、私に合図すると同時に、梅川氏にも愛想よく会釈する。けい子が派手な美人なので、梅川氏はちょっと気をのまれたようであったが、嬉しそうである。

「やっぱり、コーベには美人が多いですなあ」

私は紹介した。義兄《あに》の同僚のかたとだけいったのに、梅川氏の方が浮かれて、

「いま、やもめで、さがしてます」

などと大信田さんにいうではないか。いわなきゃ、いいのに。大信田さんは果して、

「お亡くなりになったの、お別れになったの、ええ!?」

女性の飽くなき好奇心の前に梅川氏は一も二もなく、死んだ前夫人指定の候補者のことやら、男は女に看護られて死ぬのが理想ということやら、そのため男は若い女房をもらうのだ、ということやら、ボロボロとこぼしてしまう。

じーっと黙って持ちこたえてる、ということができない男性みたい、というより、そんな話をぶっちゃけてしゃべれる相手にはじめて会って昂奮してるみたい。

梅川氏は、男の友人はたくさんいる、といったが、男同士の会話の範囲は限られてるし、あんまりプライベートな部分、人生観や女性観についての意見の交換はしないんじゃないかしら。

そこへくると、女は人生論や恋愛、結婚論の大家であり、プロであるから、受け入れ態勢がととのってる、いくらしゃべっても、しゃべりたりない、話がそこへくるのを「待ってました」というところがあるから、会話は弾む、そういう点は、梅川氏に反対するようだが、

「ねえ、梅川さん、同世代の人間でしゃべりやすいんやない？」

と私は皮肉をいってやる。

「そうそう、しゃべるときは面白いですな、同世代と、それに仕事を持っておられる方は」

「じゃ、どんなときが面白くないんですか？」

けい子が、ぷーうっと煙を梅川氏の面上に吐きつけて（べつに意図してそうしてるんじゃないだろうけど）いう。

「そりゃあなた、結婚と、こうしてしゃべってるのとは次元がちがいますから」

「結婚すると、しゃべり合わないですか？」

「僕ら、会社でしゃべってるもんは、家へ帰ってまでしゃべれません」

「しゃべってくれないような男の最期を看護る女なんて、——おれへんの、ちゃう？」

けい子のいじわるがはじまった。でもけい子は美しい女だから、そのコトバにかくされてる悪意に気付くまで、ずいぶん男はヒマがかかるようである。ちまちま、クリクリっとした、きれいな目鼻立ちに、化粧がうまく、絵に描いたような、彩られた顔色、すこし流し目の気味があって、唇がすぼんだり、いい形に笑ったりして、見ていて気持いいので、男はツイ、それに気をとられ、その唇がどれだけ辛辣な皮肉やアテコスリを吐くか、気がつかぬところがある。

「おタクみたいな中年男性だけと違うわよね、若い男がそういうんやもの、さだまさしの『関白宣言』にあるやない？『おれより先に死んではいけない』なんて。男が先に死にたがって」

「若いのにダラシない歌を唄うヤツやねえ——」

と大信田さん。

「しかしそれは男の本音ですからな」

梅川氏はシミジミいう。

「本音というのは、だまってるから本音なんですよ。しゃべるとタテマエになってしまうわよ」

と私。こうなったら、言わせてもらう。

「あたし、そんなことを心でだけ思ってる男の人好き、ぬけぬけと口に出していうのは甘え、やないかなあ」

「それはもう。男は女に甘えてますよ。そやなかったら、どこへ甘えにいけばええのんですか」

梅川氏は応酬する。

「甘えたり、甘えられたり、やったらええけど、甘えっ放し、というのは困りますわ。女は元来やさしいから、『ウチのオトウチャン、ワタシが居らなんだら何もでけへんのやさかい、ワタシの方があとへ残ってあげないとかわいそうや』と内心は思ってる人が多いのよね、でもそれと同じに、男の方もそう思うてほしい」

「男は弱いけど、女はあんた、たくましいやないですか」

と梅川氏は反対する。

「たくましいから、よけいに、いたわりや思いやりに敏感なんとちがうかなあ」

と私は、大信田さんやけい子を見返って、たしかめながらしゃべる気になる。

「あとへ一人のこった女が、どういう果てかた、死にかたをするやろ、と、それを想像してひそかに案じたり、かわいそうやな、と思ったりする、そのやさしさが男にほしいわね」

「『関白宣言』いうのは、しかし、ようわかる歌ですよ、男の本音が出てます。男の考えは、ムカシもイマもかわらんですよ。あれはみな、男が思てること。女が家庭のことチャンとしてくれて、それでこそ、男は外で働けるんやし……」

　梅川氏は水割りのグラスを飲み干し、らんちゃんママに、お代りをつきつけて、とうとうとしゃべりはじめる。

　居直った、というていで、私たちをずーっとねめまわし、

「姑や小姑で何をガタガタいうか、男が外でえらい目をして働くんやから、女もそれくらい辛抱せい、いうとこですワ。子供育てて家を守ってほしい、メシも掃除も手をぬかずにやれ、いいたい。ウチの近くの弁当屋、このごろ大はやりですワ、晩メシはお持ち帰りのチェーンの鮨屋が大繁昌、主婦は何しとるか、いうのですワ。きちんと家事をやってから、えらそうにいえ、といいたい。男が死ぬときまで、面倒みてくれてもええやないですか、『おれより先に死んではいけない』いうて何がわるい」

　こうなると話が面白くなって、私たちもだまっちゃいられない。

「『おれより先に死んではいけない』なんて、横暴、傲慢もいいところです」

「ほんとに女を愛してたら、そんなことは女がかわいそうで、いえないと思う」

「そんなの、女を愛せるだけの力量のある男じゃないです。ただ、自分本位の小ずるいエゴがあるだけです」

「厚顔にして狡猾《こうかつ》」

「そういう男、早死にしてもらった方がいいかもしれない、遺産を握ってそれを持参金に再婚」

「しかし男は大なり小なり、家政婦、看護婦、保健婦、保母、掃除婦、付添婦、なんか

を求めてるのとちがいますか、妻ではなく、そういうものを求めてるんでしょ、だから、死ぬときにいないのは看護婦、付添婦の職務怠慢ということになるのでしょ」

「そうそう、職務怠慢を、咎めてるところがあるのよね」

「あの『クレイマー、クレイマー』の女は付添婦、保母の役を下りたくなったというわけよね、妻だと思って応募したら、向うの募集してたのは、付添婦、保母だったので、話がちがう、ということになったわけ」

「男は、いまのままじゃ、夫になる資格はないのとちがうかなあ、ほとんどの男」

「大体、政府がそんなもの考えてない、男は働き蜂になればええと思ってるし、女は付添婦、家政婦になればええ、と思ってる」

「男社会の男政府やから、や」

梅川氏に口なんか、もうひらかせないでしゃべりつづけている。梅川氏がひとことといおうとするたび、私たち、よってたかって、

「男社会は」

とむしってしまう。

恋愛ざかり

久しぶりで人とケンカしている夢を見てしまった。仕事で疲れてるときはよく、こんな夢をみる。この前なんか、竹本支局長と言い合いをして、壺だか鉢だかわからないが、ワレモノを片っぱしから手で割ってしまった夢を見た。痛快だったが、夢の中ながらに、私の誤解で怒っていたことがわかり、（どういう誤解かはわからないのだが）後悔するやら間がわるいやら、身のおきどころに窮する、という、そういう夢を見た。

具体的なイキサツは何も分らないのに、その気分だけは、目がさめてもアリアリとおぼえていて、起きてからもなお、

（シマッタ）

という気が残ってたのだから、へんである。

バンバンと叩き割ったあとで、自分の誤解とわかって小さくなる、というところも、私らしいスカタンな失策で、どうもあの夢、私にとって象徴的に思われる。

現実では、そういうことになっちゃいけないと思って警戒しているから、いつも何か

暴発したくなると自分を抑え、

(しかし——)

と思い返して、バランスをとるようにつとめている。

そういうのがクセになってしまっていたが、しかし私の本心は、そんなシッカリ者ではなく、オッチョコチョイなのだ。

あとさき見ず、というところがあるらしい。

怒ると、手の方が先に出る、というのが本性ではないのか?

(ごめんなさい。すみませんでした)

とあやまらざるを得なくなる、そういう、スカタンが、私の飾らない、ナマの本性であるらしいのだ。夢というのは正直なものである。

また竹本さんがそこへ出てくる、というところもおかしい。尤も、あのときは、まだ竹本さんもコーベに馴染んでいないころで、「ベル・フィーユ」の人たちが、よく竹本さんのことを話題にしていたせいもある。

このごろはもう、そんな夢を見なくなったが、梅川氏をみんなでむしったせいか、久しぶりに好戦的な気分で、(相手はだれだか、夢の中でわからないものの)ポンポンと相手をいい負かしている夢を、あけ方見た。

いい負かす、というのは気持のいいもので、相手がぐうの音も出なくなったところで、いいあんばいに気持よく目がさめ、私はにんまりした。

結婚しても、こういうふうに、あらまほしいものである。

相棒の顔色を見てばかりいるようなのは願い下げ、といって、こっちの顔色ばかり見てちやほやされるのもいや、いちばんいいのは、ポンポンいい負かしてやって相手がぐうの音も出ない、しかし時によると、こっちがいい負かされるときもある、という遠慮のない間柄なのであるが、ポンポンのうちはいいけど、本気にいがみ合うようになったら、もう、かなわない。

そこに踏みとどまって徹底的に論争しつくし、人間性と夫婦関係の神秘について双方深甚な思索を試み、かつ、人格錬磨に資する省察をして互いに手をとりあって向上する、という純文学趣味は私にはないのだ。

夫婦で向上する、なんてのも、うさんくさい。

夫婦というのは手をとりあって堕落するか、よくいって水平飛行である、ように思われる。

ま、どっちへまわっても、私にゃ結婚なんて、うまくいかないってこと。

もっと日本の社会状況がかわって——と、いうことは、男たちの発想がかわって、男たちが精神的にも経済的にも、生活技術的にもヒトリダチできるようになれば……そんな男がいっぱい、いるという世の中になれば、私たち「ベル・フィーユ」みたいに、仕事をもってる女も結婚できるかもわからないけど、いまはむりね。

梅川氏みたいに自分の世話だけしてほしい、死ぬときは看護《みと》ってほしい、なんてことをいってる男なんか、相手にしてられないわよ。

私は、といえば、

「今週いそがしいんだ、東京でショーをするので、月曜から金曜までいないわよ。アンタ、どこかでゴハンたべるか、何かしてね」

といったら、

「OK。冷凍庫の中もいっぱいになってるから、ちょっと掃除ついでに引っぱり出して何かかんか、食っとくよ」

といってくれるような男がいい。

男はいつも出張へいくと、平気で一週間もおくさんを放っぽり出してるじゃないの。おくさんは不平もいわず、自分一人の夕飯とか、子供たちとの食事をしたりしているではないか。

男だって一人になれば、ちょっと帰ってゴハンぐらい、つくればいいのに。そういう人が出てくるようになれば、私も結婚するけど、そのころになれば、いっそう私にはチャンスがなくなってるかしらん。

でも結婚なんて、これからはもっと多様化しないと、暮らしにくくって、生きにくくってしかたないんじゃないかな。

着るものや生活様式はどんどんかわっていくのに、結婚様式だけ何百年も昔のままなんておかしいではないか。月曜から金曜までそれぞれの仕事に没頭していて、土曜になってはじめて、

「お久しぶり」

「元気か」

といい合う結婚もいいんじゃないだろうか。子供がいなきゃ、今でもそんな形態はとれる。

いや、いても、もはやそうなっている家庭は多い。父親は毎日、おそい帰宅で、実質は母子家庭みたいになってて、子供たちは、日曜しか父親の顔を見ないということもあるだろう。つまり……。

ああ、ばかばかしい。

私、べつに結婚評論家でもないのに、なーに、あほなこと、いうてんねん。

ポンポン言い負かしてやれる男のいない現代日本で、無用な夢をえがくのはやめましょう。

今朝は雨である。

雨はいいが、何てまあ、むしむしと暑いことだ。それも、夏の、かっと照りつける爽快な暑さとちがうから、やりにくい。もう山も海も開いているのに、ここ一週間、雨と曇天ばかり。

雨のときはむしあつく、曇天のときは寒く、妙な気候。大信田さんは、

「カオルさんが、めったにないことに、お見合いなんかするからや」

というけど、お天気の責任までとれない。

今朝も梅川さんから電話がかかってくる。

「いかがですか」

「ハア?」

「いや、うっとうしいですな、イッヒッヒ……」

「ほんと、よく降ります」

「こんなに降る日は、ちょっと、おしゃべりでもしていっぱい、こう……。あのお店、何ていいましたっけ」

「タコぶつの店ですか？」

「いやいや、織本さんが連れていって下さったとこで、美人のいられた店ですよ」

梅川氏は、そこへまた、いきたいわけである。

「今夜は、あそこへいかれますか？」

「今夜は、ちょっと」

いこうと思えばいけないことはないけど、私は反射的にそういってしまう。

あんなにむしられたのに、まだ、むしられ足りないのかしらん。梅川氏は大信田さんやけい子に腹を立てるどころか、

「また、ぜひお目にかかりたいですなあ」

と熱心にいうのだ。

「あの美人にですか」

「美人にもですが、織本さんにもですよ、何やら、ワタシ、あの晩は有頂天で嬉しさのあまり、何をしゃべったんやらも、気になりましてな。帰ってから、おぼえとらんですよ。失礼なことをいいませんでしたか、こっちの方はただもう、楽しィて、夢中でしたから……」

梅川氏はいまでも楽しさの余韻が残っていて、心が火照《ほて》っているような、ウキウキした声である。

いくら窓際の方へ向いているからといって、また、定年後の生活設計がもうできてるからといって、そんなウキウキした声を、会社で出してもいいもんであろうか。

「いや、今日は休みでしてね。一週おきに週休二日制です。この頃、ワタシ、家にいるとツイ、織本さんやそのお友達のことを思い出しましてな。もういっぺん飲みたいですなあ……イッヒッヒッヒ。お互いに、こうやっておしゃべりするのは、楽しいですな」

お互いに、ったって、私の方は、梅川氏のハナシをきいてるうちに、ツイ、結婚評論家になったり女権拡張論者になったりして、イライラしてしまうから、そう楽しくもなく、おまけに眠れば眠ったで、ケンカする夢を見る、べつに梅川氏と会いたい気もおこらぬのである。

もし梅川氏が結婚を前提に考えているのなら、鄭重におことわり申しあげないといけない。

といって、小娘みたいに、姉にいってもらうのもナンだし、電話というのも失礼だし。しかし、私は忙しい女、また時間きめて会って、というのもうっとうしい。それに、だ、手紙でことわるのは、アトへ証拠がのこっていけない。現代の若者が電話を愛用するのは、証拠をのこすのがいやなせいにちがいない。

ようし。

電話でいっちゃおう。

幸い、アトリエにはまさちゃんだけ、それもちょっと近くのボタン屋さんへ走っていった。ノブちゃんは大阪へお使い。私は声を改め、

「えーと、ま、早いこと申上げますと、ですね、あたしはどうも向きがちがう、と思うんですのよ、梅川さん」

「向きって、家の向き、日当りか何か？」

「いいえ、梅川さん向きじゃないって、ことです」

「織本さんが？」

「そ、そ、そ、そ」

何か、私は悪いことをしてるみたいに口早になる。べつに私は、梅川さんにワルイことをしたわけじゃなく、それこそ向き向き、ってことだけなのに。

「あたしは不適当ですわ、きっともっと適当な物件がホカにあると信じます、梅川さんにとって」

いよいよ不動産の出物を当ってるようないい方になってしまった。

「あたし、仕事も手をぬくことできませんし、家事も、ヒトの気持を察することも、あんまり得手ではありませんしね、……いろいろ胸に手をおいて考えてみて、胸のコンピューターにきいてみても、ハカバカしい答えが出てきませんのよ、ですから、このおハナシはまあ、水に流して頂いて、ですね」

「というのは、結婚のことですか」

「そ、そ、そ、そ」

「うーむ、そうおっしゃるとナンですが、しかしコンピューターのデータ不足、ということもありますよ、もっとデータをあつめたほうがいいんやないですか、ワタシはそう信じとりますよ、一度二度ではアンタ。ですから、もう少し協議を重ね、打ち合せして」

「でも、ねえ、結婚だの縁談だのを、ヌキにしてならともかく……」

「そ、そ、そ」

と梅川氏にも私の口ぐせが伝染《うつ》ったらしい。

「それでよろしいんですワ、ヌキにして、とにかく、会いたいですな、いや、仲間としておしゃべりさせて頂きたい、一員として」

「仲間というと、あのときのお友達なんかと……」

「そ、そ、そ、そ」

「あの、べつに仲間としてでなく、ま、偶然ぱっと会えば、おしゃべりする、ってことはもう、それはナンですから、あのう、コーベの人たちって、みな友達の友達は友達、ってとこあって、人なつこいですから、そりゃもう、ナンですけど。べつに仲間とか一員とか、マフィアの結社じゃないし、そんなことないです」

と私がいったのは、「ベル・フィーユ」の外郭団体の一員に、梅川氏を入れるつもりは、べつになかったわけ。つまり、海野商会の海野さんや、生田神社の浮田宮司や、福松センセや田淵センセ、花本画伯や大波学芸部長といった人々、「ベル・フィーユ」の後援会、ＰＴＡという人々の中へ（入ってもらわんでもええ）という気があるからである。

梅川氏に、私は不信感をもってるからである。

自分の勝手や都合中心で、妻というものにいろんな要求したり、思い込みがあったりする男性と「ベル・フィーユ」の自由な女たちとは、話がかみ合わない気がするからである。

だから婉曲《えんきょく》にいったので、ワケのわからない返事になった。梅川氏は、しかし雰団気がわかったとみえ、

「まあ、そういわないで、仲間にして下さいよ、ねえ、織本さん……」

と哀願するのであった。

そこへまさちゃんが帰ってきたから、電話を切り上げることにして、

「ま、そのうち、それじゃ、どうもどうも」

なんて不得要領に、うやむやに切ってしまう。うやむや、不得要領というのは、オトナに必要な生活技術であるのう。

夕方、けい子が電話してくる。

「何してんの、ちょいと会おうか。夜おそくまでつき合えないけど、二時間ぐらいヒマなもんで」

なーんていう。この「お先ッ!」め。けい子は一時間二時間のブランクを、私たち「ベル・フィーユ」で埋めようってわけである。あとは、もう少し味の濃い、酩酊度のたかい相手とつき合うつもりらしい。そういうところでは、

「お先ッ！」

は、やらないのであろう。

でも、私もさしあたって予定はないし、大信田さんとミドリを呼び出して、集まる。

「ちょいとその、カオルちゃんが、不味《まず》うてビックリした、いう店を、のぞいてみよやないの、どこへいくにしても、まだ早すぎるし」

と大信田さんがいう。

「あ、そんなまずいもの、食べたら、一食でも勿体ないやないの」

ミドリが不服をいう。

「けど、これも研究やしィ」

「コーベでまずい店を許しとく、いうのが許せない。猛省を求めるためにも、いっぺんいって研究しよう」

「世直しおばさんの組合みたいになってきたわね」

「だけど、ビールはどこで飲んでもおんなじよ、生ビール飲むつもりでいこう」

と私がいうと、皆は賛成した。

地下街は、雨だけにいっそうの混雑、

「ふーむ、『頓八』っていう店なのね」

と大信田さんはいうが、私は名前なんか、おぼえていなかった。

「安直でええやないの」

大信田さんは冷静に評価する。突き出しの貝のつくだ煮をたべて、

「これも、まちがいない、カン詰やから」

といい、一同は、慎重に、一皿ずつとって皆で箸をのばす。やっぱり、消しゴムをしがんだようなタコがでてきたが、

「これは、とらなければよいのだ」

という結論になる。

店はたくさんの客で、生ビールの泡で床は濡れ、煙草のけむりは濛々《もうもう》、右も左もサラリーマンでぎっしり、

「もろきゅう」

「枝豆」

と大信田さんはメニューを指でおさえつつ注文して、

「なるべく手を加えないものを食べたら、ええねん、不信感のある店では」

ほんと、生ビールと枝豆がおいしい。

「こんなところで、しゃれたモノを食べようと思う方がむりなんよ」

と大信田さんにいわれてしまう。

「向き向き、ってものはあるのよね」

「物はいいよう、店は使いよう」

「その店に向いた使い方をしないといけない。ちょっと帰りがけにいっぱい、というときに使う店なんよ」

「男も使いよう、ってこと？」

「あたりき」

「結婚も使いよう、かな？」

「そうやろうねえ……」

結婚している女がいないので（現在のところ）結婚の話が出ると、とたんにあやふやになる。

「頓八」はいよいよ混んできた。広い店内が混んでくるとその騒音はたとえようもない

物凄いもの。

「ちょっとこれは堪えられない」

と私がいうと、ミドリが、

「音が堪えられへんのは、トシのせいやないかなあ」

なんて。

「そうそう、みんな平気で食べたり飲んだり、してる、若い人は」

大信田さんはぐるりと見まわしてそういい、

「これに負けるようでは、やっぱりトシというもんやしィ」

まわりがやかましければ、それに負けずに自分も大声を出している、そんな人たちば

かりなのだ。口のまわりのビールの泡を平手で横に拭き、食べてはしゃべり、またビー

ルを飲み、いや私たちも「ベル・フィーユ」の例会ではこれ以上さかんな大宴会の風趣

になるけど、でも、もっと食べものに愛着をもっているから、美味しさに夢中になって

る、というところがある。ひとひら、ひときれを口に入れ、じーっと目をつぶって、心

の中で、

（美味しい！）

と叫び、するとそのことで友情もたしかめ合うことができる気がして、いっそう舌も滑らかになり、コトバも次から次へと浮んできて、どっと笑う、という、

「人間らしい」

宴会になるんだけど、ここの喧騒ときたら、そういうこまやかな味わいはないみたい。大いそぎで酔って、人より声高くしゃべって、反応がどうであろうが、おかまいなしにおっかぶせて笑い、相手が何かしゃべるといっそう大きな声で物をいう、といったところがある。

「なあに、あたしらの『ベル・フィーユ』かて、ホカの人間から見たら、何しとんねん、いうとこやろうなあ。ようしゃべって、むしゃむしゃ食べて笑うて、——ハタから見たら、『頓八』も『ベル・フィーユ』も、かわらへんしィ」

と、大信田さんは、いつも客観的にいう人。

「しかしここでは『ベル・フィーユ』の例会は、あかんやろうねえ。このタコぶつやあさりの中華風では、皆が承知せえへん、思うわ。聞きしにまさる、不味《まず》さやわ」

平栗ミドリは可愛らしい声でワルクチをいうが、そのわりに箸は活潑である。

あっちの皿、こっちの皿と、小まめにテーブルの上をせわしげに箸を動かす。万遍なく毒見をして、

「美味しそうに見えるわりに、食べると、——こんな筈やない——という、ふしぎな気

持にさせられるのよね」

「そう、そうなんよ、ね」

私はここぞと相槌をうつ。

「ふしぎやわ、どうやったら、こう、不味うなるのか、しかも、こういうのが、どんどん出て、みんな食べてるのが」

この間の晩と同じに「タコぶつ!」「あさり!」という注文の声が喧騒を縫ってひびきわたるのである。

「家で美味しいもん、たべてへんのと、ちゃう?」

「『ベル・フィーユ』の会員が、舌が肥えすぎてるのかな」

「とくに肥えてるとも、思われへん。コーベの女の子やったら、普通や思う」

「でも、ここ、女の子もたくさんいるわよ」

ほんとに、OLたちが、三、四組、いずれも三、四人かたまって来ている。尤も、こういう店へ、女の子ばっかりで来ているというのは、かなりちょっとアルコールに親しんでる、場かずをふんだ、といった女の子たちであって、いうなら、筋金入りといった連中であろう。食べるものに頓着せず、生ビールを飲むのが目的、といった感じ。

煙草をどんどん吸い散らし、

「ここ、ジョッキ三つ!」

なんて、どなっていた。

「追加してるよ」

とけい子。

「ありゃあ、常連やねェ。ここの」

と大信田さん。

みんな、そっちの方を見て、また、目をそらす。コーベというと、異人館があって、その坂の道をラケットを小脇に抱え、白いカーディガンを羽織って下りてくるお嬢さん、というイメージがあるかもしれないが、大ジョッキを追加する女の子もいるのである。

そうして、花時計やビル街の地下では、ブルーカラーもホワイトカラーもいっしょくたの喧騒の中で、消しゴムのようなタコぶつを物ともせず、プロレス道場みたいなところでくんずほぐれつ、という感じで、ビールの泡にまみれてるのである。

私たちは、というと、わが「ベル・フィーユ」は、

「その中間かなあ」

ということになる。

「ロマンチックやけど、それだけやないし。——あんまり大衆むきの十ぱひとからげというのでもないし」

「それ、オトナ、ってことやない？」

「いや、オトナとはいえない」

「——といったって、ロマンチックな異人館の中で、金もうけと人をだしぬくことばっかり考えてる人もいるやろうし、こんな『頓八』でロマンチックな恋をささやく人もあるやろうし」

と大信田さんはいいかけて、

「この間のカオルみたいに、さ」

「あたし、べつにそういうのではなかったわよ」

あれは議論をしてた。

あのオッサンと会うと、女性問題についての議論になる。いがみあい、といってもよい。

「何しろ、根本のところで食いちがうんやから」

「それをのりこえて、そのちがいはちがいとして、大らかにつき合えばええやないの」

けい子は私をからかっている。この間「らんぷ」で梅川氏をいっしょにむしったので、

「せっかく仲間になりたがってるのに。『ベル・フィーユ』の会員でなくても、会友ぐらいにしてあげれば？　カオルちゃんのボディガードでもええやんか」

「いや、それはかなわんなあ」

「ねえ、どんな人、どんな人」

とミドリがいった。ミドリは梅川氏を知らない。というより、私がお見合いさせられたことも知らなかったので、とても興がった。

「その人、なんであかんのん？　どこがわるいのん？」

というから、

「こっちの機嫌のええときだけ、つきあえる相手やから」

「そんなら機嫌のええときだけ、呼び出せばいい」

「呼び出し相手か」

「そうそう。結婚なんて考えてたら、狭苦しィて、あんた」

「いつも全面的にいる、しいうのはかなわんねえ」

「いやになったら、スグ『お先ッ！』て出ていけるような男でないと、とてもつき合えないよ、ほんと」

と、「お先ッ！」の好きなけい子が言った。

「あたしも男の人は好きやけど、結婚はかなわんなあ、籍がどうの財産がどうの、と考えるとわずらわしい。離婚せえへん唯一の方法は、結婚しないこと、というのがあるでしょ、離婚のときのこと考えたら、面倒でねえ……」

「いっぺんも結婚したことないくせに、あんなこと、いうてる」

とミドリはけい子をひやかした。

「いや、それは本当。もう結婚はこりごり」

と大信田さんはいい、

「いろんなタイプの友達がいる方がいい、男は、友達でいる間はステキよ。夫になるとたんに変貌する」

「そんなことが、実際にありますか」

「友達でいると男は節度をもってる。何がいい、いうたかて、節度ある男ほど、魅力的なもん、ないねんから」

「梅川サンにもあるかな」

「ありゃ節度あったよ」

ということになってしまう。

「結婚のカタチなんて、いっぱい、あった方がいいけど、今の男にはまだそれを考えつける人は少い。だから、友達なんかでおいとく方がええよ」

というのが、大信田さんの意見。

「恋愛かて、いろいろあると思うわ」

けい子が形のいい唇をすぼめて、煙草の煙を吐く。

「友達同士、同志愛的な恋愛やら、遊び半分のやら……」

「すると恋愛や無《の》うて、友愛、遊愛……」

「悲しい思いばっかりしてる、哀愛、とか」

「平生、かしこい人が、恋愛すると人が変ったようになるバカ愛、とか」

「そんなの、ありますか」

「あたし、ときどき、バカになる、恋愛すると」

とけい子はいい、

「うそ——」

といわれている。

「ちょっと、あたし、中ジョッキもう一ぱい飲みたい」

ミドリがいって、

「何なのさ、この店のワルクチばっかり、いうてたくせに、やっぱり腰据えて飲んでるやないの」

と大笑いになる。私は、というと、飲んでもいいけど、一人でもう一杯なんて無理、けい子と半分ずつわけようか？」

「やめなさい、ビールぐらい、余れば残すもんよ」

と大信田さんに叱られて、みな、めいめいお代り、

「日本酒なら二人でお銚子一本、というのもええけど、生ビールはいさぎよく、出処進退をあきらかにしてほしい」

なんていう大信田さんは、ホント、お姉様みたい。結局、どんな店へいっても「ベル・フィーユ」は、おしゃべりさえすれば、ふつうの例会になってしまう。

「さっきの、『恋愛のいろいろ』について、だけど、たのしい恋愛というのも、あるんやない？」

とミドリが、うっとりしていう。

「楽愛」

とけい子がすぐいった。

「ラク愛では、たのしい、というよか、何だか、ラクをしてるようでしょ、自分がよろこんでるんやから、悦愛」

「あんた、悦愛でもしてんの？」

と大信田さんは聞き咎《とが》め、そういうとき、「お姉様」の貫禄は、ものすごい重圧感で迫ってくる。

「いや、同じするなら、そうありたい、てこと。コーベの女の子に、哀愛や悲愛は似合わへんもん」

「ラク愛も似合わない。だってコーベの女の子やったら、わりあい男に尽くす型が多いし、自分がラクをしたい、ってこと、ないと思う」

「コーべかて、お囲いものの女の子はいるでしょ。何かでアンケートとったら、そういう生活、してみたい、なんていう女の子、かなりのパーセンテージでいたっていうから」

「志の低い女やな、そういうのは人間のクズね」

と私。

「でも女の子たちは、スポンサーとかパトロンをみつけるつもりで、大学を出るまで、とか、何か仕事のメドがつくまで、とか、いうてるらしいよ、うん。わりかし、いまの女の子、平気で、そこんとこは割りきってるみたいね」

ミドリがいう。

ミドリは「港っ子」の編集長だけあって若い子の考え方やら生き方によく触れるので、何でも最新情報を知ってる。そういいながら、またしてもメニューをひろげて、

「ねえ、この……穴子ってのはどうかな、これは不味うしようがない、と思うけどな、コーベの名産やし。あっ、それから、この、板わさ。板蒲鉾に、わさび醬油をつけただけという、こういう、手を加えないモノなら、食べられるのよね。これ注文してみよう、っと」

「あんた、蒲鉾ったって、ピンからキリまであるわよ」

「板についてたら、そうヒドいものはないはずよ。ここの板前さんには悪いけど、技術の要らない料理、取ってればいいのよね、物はいいよう、店は使いようってほんとよ」

「そういえばおナカすいた」

「お茶漬けもある」

「よろず屋」

「ここで食べようと思わない、どこかでちゃんとしたもの食べない？」

などとかしましく言い合って、これも結局、まわりの騒音に負けまいと、いよいよ声が高くなってゆく。結局、ほかの客といっしょ。

「あ、モト子さんやない？」

けい子が顔を向けないで、視線で教えた。

ほんとだ。

モト子さんとムラケン、それに私たちも顔を知っている、コーベのマンガ家の集団の青年たち五、六人、ちょうどいま、出ていくところ。してみると、モト子さんたちも、さっきから来ていたのか。広い店だし、入口と奥には、畳敷きの小部屋がいくつもあるから、（げんに、その一つに家族づれが入っているらしくて、赤ん坊の泣き声もする。お子さまランチが運びこまれている）そういう中にいると、わからないが、偶然、同じ店に来ていたらしい。

ムラケンは青年たちと声高に笑って先に出てゆき、モト子さんはレジでお金を払っていた。

「あれは『費愛』というのか、出費がかさむ恋愛ね」

けい子が煙を吐きながらいうので、私たちは笑いを怺《こら》えるのにひとしきり苦労する。ムラケンと一緒にいるモト子さんに、声をかけようという気が誰にもおこらないらしいので、黙って見ていたものだから。

「でも、それがモト子さんには『悦愛』かもしれへんし、人から見てトヤカクいわれへん」

と私がいうと、

「その通り」

大信田さんが大きくうなずき、大信田さんに太鼓判を捺されると、うれしい気がする。私って、かなり大信田さんに頼っているみたい。

そういうたのもしい大信田さんが、もし恋愛するとしたら、どういうカタチのものになるのかしら。

「いや、あたしはもう、それはやめとくわ。『ラク愛』でなければイヤね。お囲いものにはなりとうないけど、いろいろ、あれこれ、気をもんだり使うたり、するのはいや」

「あきらめてるの？　諦愛ね」

「うーむ、こんなものと察しがついてしまったのですよ、大体のところね。『察愛』というべきか」

「警察の旦那と恋愛したみたいねえ」

外へ出たムラケン一味は（何となく、ムラケンを中心に群れてる人々は、そういう感じ）騒々しくかたまり、やがてそこへ出てきたモト子さんを加えて、ぞろぞろとうちつれてゆくのがガラス扉越しに見える。

「あいう、やかましい男が相手では『騒愛』やねえ。はしゃぎざかりの『燥思騒愛』」

とけい子がいったので、みんな堪えかねてふき出してしまう。

「まあ、女の仕事を助長してくれるような恋愛がええ、とはいうものの、それにもいろいろ、あるし、直接的なものから、間接的なものから、いちいち、形できめられへん。皆さま、それぞれにお考えあそばせ」

と大信田さんはいい、

「カオルちゃんも、べつに縁談やから、どうこう、いうより、そない、梅川サンがしゃべりたがってるのやったら、コーベの仲間に加えたげたら、ええやないの」

といった。

「ほんまいうたら、『ベル・フィーユ』にも男の会員がいると面白いんやけど」

「それはもうちょっと、トシとってからの方が面白いわ、老愛ができるようになってから。今は、男性は、『会友』にしておいて頂きましょう、しかし梅川サンは『会友』にもちょっと」

「えらい、点が辛いねんな」

けい子は自分だけの考えにふけっていて、

「商売に夢中になってる人は『商愛』かな」

モト子さんの結婚式をみんなたのしみにして、

(ああでもない)

(こうでもない)

とプランを練っていたのであるが、突如、みんなの手もとに刷りもののハガキが送られてきた。

「私たちはこのたび○○様のご媒酌により……」

という、よくある紋切型の結婚通知。

「オーヤ、じゃ披露宴はべつにするのかなあ」

と私と大信田さんはいいあった。

ムラケンはマンガ家だというのに、ハガキにはマンガの一つも入っていず、そっけない文面、新居は今までのモト子さんのアドレスと同じだから、ムラケンは、けい子の言葉によれば、モト子さんのところへ「ころがりこむ」ということになりそう、私は何となく、

(……だいじょぶかなあ)

という気になる。

ムラケンはモト子さんよりかなり若いはず、ムラケンも売れっ子になって、稼ぎも多くなってるはずだけれど、それはこつこつと地道に教室を経営して、自分もいい作品を発表するモト子さんの方が、コンスタントな経済力があるだろう。

私はいつか「頓八」で、ムラケン一味のお勘定を払っていた「費愛」のモト子さんを見たので、わるくとると、モト子さんにムラケンが、

（たかってる）

というか、

（たかり結婚）

というイメージがのかないから困るのだ。

ま、本人がそれで満足して「悦愛」状態にいるのならいいけど。

「ベル・フィーユ」の例会にモト子さんがきたので、

「ねえ、もう結婚式すましてしもたん？　例によって騒げる、思《おも》てたのしみにしてたのに」

と私はいった。コーベでは、何かを肴にして飲む、サンバを踊る、というのが、オーバーにいうとコーベ市民の娯楽で趣味である。せっかく「ベル・フィーユ」の会員が結婚するという好機に、それができなくて見送りになるなんて、甚だ残念である。

それに結婚しちゃうと「ベル・フィーユ」の会員資格を喪失する、そんなに早くコソコソすましてしまうなんて……という気もあったのだ。おめでたく資格喪失したのだから、喪失祝いというか、それもまたお祭り騒ぎの口実になると思って楽しみにしていたのに。

「うん、あのね、騒ぐのは好きやけど、自分が本人になるのはいやや、ってケンちゃんがいうから」

「なるほどね」

「人を肴にするのは好きやけど、肴にされるのは嫌いなんやて」

「なるほどね」

としか、いいようなかった。

そのときの例会は「チャッチャ」だったけど、モト子さんはやっぱりよく食べてにこにこして、オカッパあたまで、どことなくきょとん、とした、というか、ケロンパというか、率直な雪野さくらさんが、

「モト子さん、ほんとに結婚したん?」

とたしかめたくらい。

それは皆もききたいところだけど、誰もさくらさんみたいに、率直におっとりきく自信はないから、モジモジしてきかずにいたのである。

「なんで?」

とモト子さんはどんぐり眼《まなこ》をみはって、それでも口のほうは休みなく食べていた。

「……ちっとも変ってないから」

「変るもんなの、結婚って」

「さあ。あたしにもわからないけど」

とさくらさんもずっと変らずにきた人だから、あやふやな返事をする。それは私もだけれど、以前の、こっそり結婚してた「ベル・フィーユ」会員のように、なぜか光り輝くばかり美しくなる、綺麗になる、

(なんでやろ)

(あの人、このごろ綺麗になった、思わへん?)

というようなのがあった。それがあとでわかってみると、結婚してたのだ、そういうことがあったのに、モト子さんは、どうもあまり変ってない。

光り輝くほど美しいとも思えない。

いや、誤解のないようにいっておくと、もともとこの人は、色白でかわいくて、とっぽい表情で、そのオカッパあたまといい、童女みたいな感じといい、決して見苦しいとか醜女《ブス》だとかいうものではない。しかし、それに加える何かの変化を、結婚後もみとめられない、ということである。男の人なら結婚しても変らないということもあるけど、女の人で、一向かわらないのは珍しい。

そういえば、その昔の会員のときもそうだったけれど、みんなが綺麗になった、とみとめているのに、モト子さんは、

(そうかなあ)

なんて、あやふやにいっていた。

ヒトのことがわからない人は、自分もそう変らないのかもしれない。

モト子さんは、会費(ワリカンのお勘定)を払いつつ、

「ねえ、『ベル・フィーユ』の会、あたし、もう出たらあかんのん?」

と残念そうにいっていた。

「原則としてそういうことになってる。ここで亭主自慢や子供自慢の話で、座をひっか

きまわされては、せっかくの清遊が台なしになるわ。そんな話、それぞれ同窓会、クラス会、学校参観日とか団地の階段会議でやって頂くわ」

けい子がニべもなくいった。

「『ベル・フィーユ』へきてまで、それ、いうことないやないの」

「何にも自慢せえへんから、来てもええ？」

なんてモト子さんが、熱心にいうところなんか、四十すぎてるとも思えない。

「だって実際問題として、あなた、家庭があると出にくくなるでしょ、今夜、ムラケン(といいかけて、さすがにけい子は口ごもり)——村中サンのゴハン、つくってきたの？」

「いまケンちゃんは東京へいってる」

モト子さんは「ケンちゃん」というとき、嬉しそうな顔をしたが、それも、私のカンによれば、父兄参観日に、担任の先生の前でわが子の話をするお母さんの喜ばしさ、といったもの、とても、

「内から光り輝く」

といったものではない気がされる。

「いつも会のあるたんびに東京へいってると好都合だけど……まあ、来たかったら来てもええわ」

大信田さんが鷹揚《おうよう》にいった。

モト子さんはそれで安心したのか、「チャッチャ」のお惣菜料理を二皿三皿、みつくろって買いこみ、

「そんなら、お先に。――これ、いたんだらいかんよってお先に帰ります」

「世帯の苦労が染みてきたのね」

「ムラケンのいないときぐらい、ゆっくりしたら？」

モト子さんは何をいわれても、

「ハッハッハッ」

と笑っていて、ほんとに帰ってしまう。

「いつもいつもお先に、とやられたら白けるなあ」

けい子がいったけど、やっぱり何か、結婚してる人、「家庭」をもってそこへ早く帰りたがる人は「ベル・フィーユ」に馴染まない気がする。

私はむろん、そうなんだけど、帰っても誰もいない、という生活だから、こうやって仲間とぐだぐだ言い合ってるのがたのしいのだ。バー「らんぷ」で、妻的心づかいを受けて嬉しくなるのだ。

「いや、待ってる人がいても帰りたくない。あたしなんか、お袋待ってるから早く帰ってやらないと、と思うのに、ナゼカ、どうしても足が家路に向かない」

とディレクターの阿佐子さんがいった。

テレビ局の仕事だから、時間が不規則で、仕事をしているときは老母のことも忘れていて、家へ帰るのが深夜になるときもある。だから、たまに早く仕事がすめば、早く帰ってやろうと思うのだが、よけいそういうときは帰りたくなくなるのだそうで、今夜も例会に珍しく出席してる。

「かわいそうや、と思うと、よけい帰るのが辛いのよね。矛盾してるけど」

そうして、お袋さんがあわれだ、あわれだ、と思いながら、そう思う心をむりに押えつけて、

「酒を飲んでるのよ、ね。女だって『義のため』に飲むことがあるのですよ、太宰治じゃないけれど、男だけが義のために飲む、と思ったら大まちがいなんだぞ」

帰らねばならぬ、いや、帰りたくない、帰りたくてたまらないのを抑えつけて腰をおろしてる、しまいに帰りたいのか帰りたくないのか、分らない、

「この、サディスティックな快感」

なんていって阿佐子さんは皆に、

「阿呆《あほ》かいな」

といわれている。

「ま、阿佐子さんの仕事が仕事やから、たいへんよねえ、何時から何時まで、ってことがないから」

と私は慰めた。

「それでは、お母さんも、半分はあきらめとってや、と思うわ」

「仕事、っていってもねえ……うーむ」

阿佐子さんはいま、何べんめかの曲り角だそうである。

「ホラ、川柳《せんりゅう》にさ、『命まで賭けた女てこれかいな』、いうのがあるでしょ、あたしの場合は『命まで賭けた仕事てこれかいな』というところね」

みんな、ひっくりかえって笑う。

「あかんあかん、そんなんいうてたら、みなニヒリストになってしまう、あんまり、ごじゃごじゃ考えてたら生きにくいやないの」

と大信田さんがたしなめる。

「男の人は知らんけど、女はつい、醒《さ》めてそう考えてしまう。女は仕事に酔われへんから」

阿佐子さんは屈託ありげだった。

「女の酔うのは男に、かな」

「『命まで賭けた男てこれかいな』」

「ムラケンに命が賭けられるかねえ」

「好き好き」

なんて、もういっぺんに皆がしゃべるから、誰の発言か分らない。

田淵センセだの、ハッちゃんだのが、

「いったい、オナゴ同士の集まりで、みな何をしゃべっとんねん」

と猛烈な好奇心で知りたがるが、何てことなく、こうやって休むまなしにおしゃべりをしている、しかしそれが、わりに抽象的にひろがってゆくところに、わが「ベル・フィーユ」の特色がある。

男性たちが想像しているように、

（ゆうべ、三宮でひっかけた男の子は、さー）

とか、

（このまえの中年男、紹介しようか、この趣味のある人、手をあげて）

なんてことはこれっぱかしも出ず、また、一部の人がいってるみたいに、

（レズクラブじゃないか）

というのも、残念ながら当らない。私は好奇心のカタマリと海野さんにいわれる女だから、そういう機会がくれば、うれしくてこれ幸い、勉強しよう、とか、こんどのショーのテーマにならないか、などと考えるのだが、それもない。

第一、私たちはこうして会っていても、くわしい身もと調査をしたわけではない、仕事の面では扶《たす》けたり扶けられたり、力を貸したり、貸してもらったり、するけれど、私生活はノータッチである。

私生活だけのつきあいで、処世上の関係は何もない、主婦たちの交際とはそこがちがう。

この「ベル・フィーユ」の中にも、特殊嗜好の人はいるかもしれないけど、それはどうでもいいことである。同好の士を募り、趣味をわかちあう楽しみは、「ベル・フィーユ」仲間でなく、ヨソでやっていらっしゃるのかもしれない。

「それはともかく、モト子さんて、あれ、ほんまに結婚してるのやろか」

大信田さんも、好奇心むらむらになっている。

「ちゃんと、すること、してるのやろか」

この場には、モト子さんぐらいとっぽい人はいないから、みんなよくわかり、どっと

笑う。

「チャッチャ」のマスターたち、何ごとかしらんと思っているだろう。

「いや、あんまり変らないからさ。あんな世間しらずの人、いっぺんに変るかと思ったのに」

「あんまり変りすぎて、呆然としてるから、自分でもよくわからないのやないかな」

「じんわりくるかもしれない」

なんて、おかしかった。

「さ、じゃおひらきにしようか、阿佐子さんは早《は》よ、お母さんとこへ帰ったげてよ。すすまぬおみ足をむりに」

と大信田さん。

「いや、この頃はもう大丈夫、お袋も一人で抛っといた方が喜んでる。この間まで大へんだった、ちょっと病気してたから、付添婦さんを傭ったりして」

「それは知らなかった」

あんまりそういう話は、仲間うちでしないものだから。

嬉しい話もしないけど、「しんどい話」はよけい、しないというのが暗黙の習慣になっている。

「その付添婦さんが、これまたすごい年寄り、七十五のお袋より年寄りがくるんやから」

「そんなトシの人で、働けるの？」

「一日中、病人としゃべってるだけ、あんまり凄いから、派出婦会にたのんで、新しい人にきてもらったら、前のよりもっと高齢の人がきた、これは八十ぐらいやった」

「高齢者福祉事業ね」

「わりに働く人やったけど、縁側ですべってころんで腰打って、動かれへんのよ。しかたないから救急車呼んでつれていってもろた。どっちが病人か分らないというありさま、その次にきた人は、やや若かったけど、どうみても喜寿というところ、かつらをかぶって六十二や、いうてたけど、これも口ばかり達者で働かなかったなあ。またまた電話して来てもらったら、これは四十二、三というおばさん、気はいいけど、まるで家のことができなかった、家が鉄工所やったんで、工場の手つだいばかりしてた、というのね。十人めぐらいで、やっと適当な人にめぐりあったわよ」

「なるほど。そうすると、主婦というものはたいへんな存在なのね」

「一日八千円払ったわよ、主婦ならタダでちゃんと家のこと、してくれるのに」

「梅川さんが、およめさん欲しがるはずだ」

と大信田さんはいい、梅川氏を知ってるけい子は大笑いする。

「何しろ、女はようやる、と思うよ。年寄りの世話したり、子供育てたり、少い月給をやりくりして、皆を食べさせたり着させたり」

「仕事もって、主婦のこともやる私らは、どうなるのん」

「そら、好きでやってるんやから同情ない」

だいたい「ベル・フィーユ」でのおしゃべりはこういう調子で、みんな笑いすぎて、あごがだるくなっておひらきになる。

私とミドリは、バー「妻」へいった。氷が置いてあるかと思ったが、氷はなく、軒の灯もついていて、やっているらしい。「妻」へきたのは、ここはマイクがあって、歌っていても、「やかましい」と叱る客がいないせい。——というのは、私、ミドリといっしょに、「のど自慢大会」に出ることになったから、練習しなくてはいけないのだ。

つま子さんは、今夜はべつにボーとしてもいず、

「いらっしゃい」

といってくれたけど、いけない、コードロの竹本支局長がいる。

竹本さんの前で、歌の練習、というのもあんまりぱっとしないなあ。

竹本さんは「妻」へよくくる女の子と飲んでいる。

「いやあ、カオルちゃん。いきどころのない独り者はおたがいに、いつまでも徘徊《はいかい》して家へ帰らないなあ」

竹本支局長がバー「妻」なんかへくるのは珍しい。だいたいこの人は「夜の市役所」「夜の県会」「夜の商工会議所」といわれるようなところへはよく顔を出すようだ。政治家、財界人とはよくつきあうから。

しかし、私たち女子供とか、文化人とかいう連中の巣へは、あまり顔出ししない——というのが、我々の観察である。べつにそれがいけないって、いうんじゃないけど。

でも私、竹本さんに会うと、いつも、

（何か、いわれるんじゃないか？）

って気になってしまう、そういう身構えた気になる。それは向うがそうさせるのだ。竹本さんが突っぱってるから、こっちにびんびん、ひびくんじゃないかしら。どうも好きになれないな。

私は、大信田さんほど、竹本さんを毛嫌いしているのではないが、といって、けい子のように竹本さんビイキにもなれない。けい子は面食《めんく》いだから……。

竹本さんは、決して私たちに悪意をもっているんじゃないだろうけど、何かいうと、ヒヤカしたようないい方になる、あれがどうも耳ざわりだ。

もし竹本さんがユーモアのつもりなら、すこし見当外れというもの、ただ、同じコトバを別の人、たとえば水口青年とかハッちゃんとか、海野社長さんとかがいったら、単なる軽口になって、双方、間のびした顔でアハアハと笑っていられるんだろうけど。

何しろ、竹本さんときたら、コーベ祭でサンバを踊るのについても、

(あれはちょっと踊れないな、マトモな人間は)

というし、みんなノリにノって踊っていても冷静にフンと一べつして、

(どうということなかった)

という人である。

「神なき祭りの季節が、またやってくる」

と、「毎朝新聞」はコーベ祭をヒヤカしていたが、竹本さん自身も、

「伝統のないまつりに敬意が払えない」

といい、町じゅうあげての熱狂サンバを醒めた目でひやかしていたではないか。

大信田さんはにくらしそうに、

(まつりに伝統や敬意が要りますか?)

といっていたっけ、「神なくも面白ければまつりなり」とけい子はいっていたが……。

ともかく、何か、ひとこと、ひやかすような人なので、会うと、どことなく身構えるポーズをとりたくなるのだ。そういう人は「しんどい」人である。

また考えると、梅川さんみたいに、何かひとこと、いつも女性差別のコトバを野放図に吐き散らし、こちらを、

「ムムッ」

とさせる男もいるが、しかしこの男は、こっちがやりこめてやれる気がする。梅川さんはいいこめられてグウの音も出ず、

「しかし、ですね……」

といいつつ、くやしそうに口をむすんでしまう、そのくせ、それで腹を立てて絶交するかと思いきや、また二、三日すると、

「また、ぜひお目にかかりたいですなあ」

と有頂天な声で電話してくる「可愛げ」がある。正直なのを「可愛げ」というなら、竹本さんみたいに、ノレないまつりに正直にノレないというのも一種の「可愛げ」かもしれないが、しかしそういう率直さは肌が合わないな。

ノレなくても、気の毒そうに、残念そうに、

「ノレなくてすまない」

といってくれれば可愛いんだけども。

と、奥の化粧室――といいたいけど、バー「妻」ではそんなきれいなものではない、「トイレ」ともいえない、終戦直後の共同便所というべきしろものの、トイレから、若い女の子が出てきた。

いつか「チャッチャ」で会った女の子、垢ぬけたきれいな子で、オカッパの前髪が眉もかくれるほどかぶさっていて、切れ長の眼に薄い唇、カーキ色のTシャツにジーンズといった、この前より砕けた身なり、黙って竹本さんの横の止り木へ坐り、マクラメ編みの黒いバッグをひきよせて、煙草をとり出した。

竹本さんはすぐ、金ピカのライターで火をつけてやっている。竹本さんの連れは、そのオカッパの彼女だったらしい。反対側にいる常連の女の子は、タダの相客なのだろう。

この前、誰だか、

(富士には月見草が似合うというけど、竹本さんには若い女の子が似合うわ)

なんていってたけど、男の子の部下を連れて歩く時は、ちがう店へいくのか、少くとも「チャッチャ」や「らんぷ」や「妻」では、竹本さんはいつも女の子といっしょ。

女の子は私たちを見て、思い出したのかどうか、煙を吐くと、愛想よく会釈する。

「竹本さんに『妻』で会うのは珍しいわねえ」

とミドリがいった。

「いま、コーベの町を案内してまわってたから。この『東京の人』に」

と竹本さんはオカッパの女の子を指していう。

「ピンからキリまでのコーベのバーを見せてた」

「ウチはピンですか、キリですか」

といったのはママのつま子さんである。

「まあまあ。しかし、この壊れかかったところも、いい風情なんで、まあ、これも観光名所というべきですか」

「異人館なみなのね」

「そう。ほめてるんですよ。ここへくるといかにもコーベ！　という気になる」

竹本さんはママにそういっているが、ホメても貶《けな》しつけても、ひやかすようにきこえる。

「異人館を、廻りはったんですか」

ミドリが「東京の人」にいうが、彼女は返事しないで、笑ってうなずくだけである。

私は声がきかれないと、性格が分らない人間なので、ひとことでも「ええ」とか「そう」とか、いって欲しいな、と思うのは、好奇心が強いからかしら。

「あれも、どうしても僕にゃわからない」

竹本さんがいった。

「なんで、ああいう、ヒトの家の、古ぼけたのを見たがるのか。市役所発行の観光地図を片手に、もう、えんえん人波がつづいてる。修学旅行の生徒もゾロゾロあがっていく。狭い坂道、押すな押すなの行列ですよ、全く、音《ね》をあげてしまった。どうしようもない」

「そう、竹本さん、はじめて？」

「うん、話にゃ聞いてたけど、どうも行く気にならなくてね。——どうしても見たい、と『東京の人』がいうから、連れていったけど、いやもう、ひどい人でおどろいてしまった。なぜ、あんなモノが見たいのかねえ」

竹本さんは水割りを飲みながら、うんざりしたようにいう。

「でも、『白い異人館』とか『ラインの館』はきれいやったでしょう」

ミドリは、女の子の方にきいている。コーベの山手、北野町には明治に建てられた外人の住宅が残っていて、むかしから有名だったが、NHKのテレビドラマの舞台になってから、いっぺんに観光客が押し寄せるようになり、市役所も気を入れて、残った異人館を公開したりしている。なかでも重要文化財の「風見鶏の館」なんていうのは、いまもがっしりして美しく、内装もちゃんとしていて、一階には、ここに昔、住んでいたトーマスさんたちが使った家具もある。邸のてっぺんの尖塔に風見鶏がついているので、有名になっているのだった。ここからコーベ名物の坂道を登り降りして異人館をたずねあるくのが、ただいまのコーベの観光名所になっている。実際、日曜祭日というと、このあたりを歩く人々は引きもきらず、いちばん山にちかいてっぺんの、

「うろこの家」

などという異人館の二階へあがって、山と海をいっぺんに見て、

「うわあ」

といい、「風見鶏せんべい」やコーベの絵葉書を買って帰るのである。

「どうしようもない」

竹本さんは、異人館めぐりをする人々を、そういう。

ミドリは竹本さんの感想を聞かずに、女の子に向って、

「きれいやった？」

と聞くのである。

「ええ、ロマンチックな家だった。あんな家、どこにもないわ——異人館、というといい方もすてきだけれど。あの屋根とか、ドアとかポーチとかもいいけれど、何てたって、二階から、海と山が見えるのがすばらしいわ」

と「東京の人」は、ハキハキいう。涼しい声で歯切れよく、私はこの女の子に好感をもってしまった。ミドリは勢いこんで、

「そう思うでしょ、女の子なら、みなそう思うはずよ」

「『ラインの館』、という家が好きだった、あたし」

と女の子はいい、人さし指をなぜか、一本だけ立てて、天井をさし、

「ロマンチック！」

という声がいさぎよくてかわいい。

「何がロマンチック」

竹本さんは女の子を見て、バカにしたように笑うが、私は、
（オヤ）

と思った。竹本さんの笑いは女の子のバカさかげんが可愛くてたまらないという感じ、もしかしたら、このオカッパのハキハキした若い子は、竹本さんの愛人ではないのかしら。好奇心が服を着たような私としては、水割りを飲みながらそんなことを考えずにいられないのである。

ミドリは女の子と意気投合して、

「男のロマンは女にもわかるのに、なんで女のロマンを、男はわからないんでしょ」

と、二人で竹本さんをやっつけていた。阿呆ちゃう。二人で竹本さんを攻撃するのはよけい、オカッパ嬢と竹本さんを仲良くさせることなのを、人のいいミドリは知らないのかしら。

「その男のロマンなんて、ほんとに女にわかりますか」

竹本さんは薄ら笑いを浮べていい、ミドリは挑発されて、

「わかるわ、シルクロードかて、女の子は大好きやし」

「南極探検も行きたい」

「車に乗ってればゴキゲンという女の子もふえてるわ。男より運転巧い、という人も女に多いみたい」

「麻雀の好きな女の子、釣をする人、大工仕事、模型づくりが趣味という女の子も多いです」

ミドリとオカッパ嬢はこもごもいう。

「いや、男のロマンはやっぱり、もっとスケールの大きいものになってるな、もう、そ

んなもんじゃないスよ」

「国と国とを動かすとか？」

　と私はいった。

「権力がロマン、というの？」

　竹本さんは私がひやかすようにいったのが気に障《さわ》ったのか、

「まあ、ね」

　とそっけなくいう。

「竹本さんて、大臣になったらきっと似合うと思うのに」

「なに。『夜の大臣』でけっこうです」

「へんねえ。『夜の』とつくと、やっぱり『市長』の方がいい。『夜の市長』って凄味あるけど、『夜の大臣』はあんまり凄味ないわね。竹本さんでは『夜の市長』はぴったりこない」

「夜の大将はどう？」

　とママがいって、どぼどぼとウイスキーをつぐ。竹本さんはうすく笑っていて、

「ま、なんでもいいけど、女の子のロマンチックというのだけは、僕はもう、顔がむずかゆくなってしまう。高いところに登れば海がみえるのは当り前なんでね。異人館たって、珍しいにゃちがいないが、天井は高くてやたら広くて、いまどき住めたしろものじゃない。観光客がゾロッコゾロッコといったって、知れてるんでねえ——。コーベに空港でも持ってきて、コーベの経済地盤の沈下のテコ入れでもした方が、よっぽどロマン

ですよ」

そういう、いい口の、憎たらしさ。

これも、ふつうに海野さんとか、宇崎さんのような経済人がいうなら、私も何ともなく聞けて、それどころか、

「ハア、なるほど」

と感心できるんだけど、じつにふしぎ、竹本さんがあたまから圧えつけるように、(どうせ女にゃわからんだろうが)という口調でいうと、むらむらと憎らしくなるのである。

ま、私の思いすごしかも分らないけど。

ほんとに実力のある男たちは、同じ教えるにしても、女の子に(なるほど)と思わせる。宙ぶらりんの実力のある男に限って、女の子に反撥をおこさせるのかもしれない。

スポーツ用品会社の社長である宇崎さんだって、

「あんたら女の子は、すでに『日本一』や。コーベの女の子はセンスが垢ぬけてるさかい、その特色がセールスポイントや」

といっておだてて、その上にいろいろと教えて下さるから、

「ハハア」

とあたまへ入るのだ。コーベの男の人ってどんな若い男でも、その呼吸がしぜんに身についてるみたい、そこんとこが竹本さんにはまだわからないみたい。

それではとうてい、コーベのまちの一大モットーといってもいい、

「みんないっしょに、たのしくトシをとりましょう」

という生きかたは会得できませんよ。尤も、これは、私の発明した生きかたなんだけど。

　そして海野さんに教えてもらった、

「神サン・リース業説」

を奉じて、神サンにせっかく貸してもらってる人生を大事に使わなくちゃ、という気になるのは、竹本さんには一そうむつかしいだろう。

「ちょっと、ママ、マイク使《つこ》うてもええ？」

　とミドリが聞いた。

「あれ、ミドリちゃんも出るの？」

「そう。カオルちゃんと出よか、いうて」

「のど自慢コンクール？」

　と竹本さんが口を入れた。

「あれ、金が要るんだって？」

「そう、オーケストラ、なまでやってくれるもの」

　コーヒー屋さんの主催で、市の音楽ホールであるのだが、本式の舞台だから、衣裳もちゃんとしなければ。

「いや、申しこみしませんか、というお誘いがきたから、よしきた、と思ってマルをつけて出したら、出場費が要る、っていうんだもの、バカらしくて取り消した」

と竹本さん。

「だって、自分が歌わせてもらうんやもの、あたりまえでしょ」

「しかし、のど自慢や草相撲なんてものは、ですな、あんなもの、飛び入りで、誰でも、タダでやって当り前じゃないかなあ。なんでカネとるのか、コーヒー屋が宣伝のためならタダですべきです」

「遊びにお金はツキモノよ」

私たちは、いつも、そう思ってる。

「自分のおカネ、使うから遊びなのよ、人が出してくれて、タダで遊ぶ、なんて考えられへんわ」

「衣裳代も自分で？」

「あたりまえよ。ノコリギレやハギレ、古洋服で間に合わせるわよ」

「僕も飲んだら歌うのは好きだけど、金を出してまで歌う、という酔狂はしたこと、ないな」

あ、そう。

竹本さんはオカッパ嬢を促して帰りかける。

「ほかに異人館はありませんか？　あたし、もっと見たい」

オカッパ嬢は悪い子じゃなく、無邪気に聞いている。

「あるんやろうけど、みな個人の住宅で公開はしてないから……。あ、教会になってる異人館があるわ。あそこなら見られるのやないかしら、教会やから、誰でも入れるし」

そのときは私、ゼッタイ、他意はなかったのだ。

ほんとに、オカッパ嬢におしえたい、という気があっただけ。

「山手の道をあがって……」

といったので、竹本さんは手帖に書きとめた。

「蔦がからまって緑色の鎧扉、ステンドグラスの明りとりの窓があって」

「いきたい、すてき。そこ見たいわ」

オカッパ嬢が竹本さんの腕にとりすがり、私は、いい気になって、

「あの、門に『まごころ会』とあるからすぐわかります」

「『まごころ会』ね、なるほど」

竹本さんは、そう書きつけている。

子供のころに、

「しーらんデ
知らんデ
先生《せーんせ》にいうたろ」

という言いつけぐちのハヤシ言葉というか、わらべ歌みたいなのがあった。あれは終りを二度つづけて、

「せーんせに　いうたろ
せーんせに　いうたろー」

とフシをつけて歌いはやす。マリを抛って窓ガラスを割ったりすると、累《るい》がわが身に

及ばぬよう、犯人一人を残して、みんな八方へわっと散って逃げる。逃げながら、この歌を歌う。小さい私もわりにはしっこい子であったから、そういうときは、われ先に、つんのめりそうになって逃げる。そうして誰よりも先に、この歌を歌う。

あとへ残った子はべそをかいて、やっぱり逃げてゆく。要領のいい子であると、同じように「せーんせにいうたろ」と歌って、自分の犯罪をごまかしていたりするのである。

まさに、そういう気分だった。竹本さんと連れの「東京の人」が「妻」を出ていくと、私とミドリはこみ上げる笑いを怺《こら》えることができなくて、双方からてのひらを打ち合いながら、

「あ、悪い」

「しーらんデ、知らんデ」

「カオルちゃん、やるなあ」

「絶対、そんなつもりではなかったんじゃなかったんやから」

「そんなつもりって、どういうつもり？」

「あんたが思《おも》てるような、つもりやないの」

「しーらんデ、知らんデ」

とミドリまでいった。

でも実際、私は、そこまで人がわるくないのである。異人館を見たい、と「東京の人」がいうから、ふと思い出して挙げたまでで、まさか、ワザとそこへ竹本さんたちをいかせて、てっとり早くいうなら、例の「みそぎ洗礼」を受けさせようとは思わなかっ

た。

竹本さんが、

（まごころ会ね、なるほど）

と手帖にメモしているのを見たとき、

（あっ！）

と思い当った。でもそのときには竹本さんたちは、

「じゃ」

と出ていったのだ。もともと竹本さんて人は、いつも浮足立ってるというか、帰りたい、ちの早い人、パーティに出ても帰りのタクシーの心配、電車の時間の心配ばかりしている人だから、出ていき方が物なれて早い。私が、

（あ、その「まごころ会」へいくと……）

と説明するヒマもなかったんだから。

つま子ママは、何が何だか、わからないみたい。私たちにマイクをつきつけ、

「さ、早《は》よ練習しい。あんたら、もう、のど自慢まで日がないのに、ちゃんとできてるのん？　昨日は○○さんと××ちゃん、ここへ来ておさらいしてったわよ。うまく歌えてた。○○さんは森進一のマネで、××ちゃんは五木ひろしだったわよ」

「ド演歌を歌うのねえ。好きねえ」
○○さんも××ちゃんも、市役所の偉いさんである。
「あんたらは何のマネ？」

とママが聞くので、ミドリは胸を張り、

「作詞は『ベル・フィーユ』、作曲は与田チャン、振りつけは弓ちゃんとさくら先生、まあ見て、まあ聞いて、というとこ」

「振りつけ、って、あんたら、踊るわけ？」

「ただ歌ってるだけでは芸がなかろう、というので網タイツはいて、見事な脚線美をお目にかけたいねん」

「ちょっと太めやけど、これからの時代は細めの時代とはちゃうんちゃう？」

と私。――「ちゃうんちゃう？」なんてヘンな言葉だけれど、これは「ちがうのとちがいますか」という意味である。いま「ベル・フィーユ」ではやっているコトバである。

「ま、何なとやってもろたらええけど、あんたらの網タイツ、なんて見られるのかしらん。松坂慶子はきれいやったけど」

「へえ。ママ、松坂慶子、知ってんの？」

つま子さんは夜の商売であるゆえ、夜のテレビドラマは見たことがないのである。その代り、昼のドラマなんかには、くわしい。NHKの朝ドラも、朝は睡っているから、昼にもっぱら見る。もし、昼に再放送しなくなれば、

「オール日本の夜の蝶は、いっせいに怒ってストライキすると思うよ」

というのがママの持論。――でも「夜の蝶」も古いなあ。

「松坂慶子ぐらい知ってますよ、写真で見るから。そのイメージを汚さんといてほしいわね、それにあの人は若いから――」

「これからの時代は、若さの時代とは、ちゃうんちゃう？」

とこんどはミドリがいった。

「若い人だけがええ、というのは民度の低い証拠やないかなあ」

「竹本支局長は民度低いわけ？」

以前、竹本さんは私たち「ベル・フィーユ」のお姐さまがたのことを、

（あんな大年増にもてたってしようがない）

とうそぶき、私たちを怒らせたが、そのことをミドリはいっている。竹本さんは若い娘ごのみである、という風評が、コーベの女性層の中で、ぱっと流れてしまった。それは竹本さんが、いつも、どこでも、

（帰りいそぎ）

（去《い》にいそぎ）

をする忙しい人であることから、その説が裏付けられたような気味がある。忙しい人はぱっと見て、ぱっとくる女だけしか相手にしないものである。

「そういう、女とのつきあいかたは、大阪的やないかしら」

「うーん、それはあるかも。大阪ってお金もうけだけ考えとってやろ？　お金もうけする人は忙しい人やから、じっくりした女のつきあい方、知らんのとちゃう？」

私とミドリで、大阪の悪口をいっていると、（あんまりコーベは大阪の悪口をいわない。京都の人は大阪の悪口を好むが、コーベの人は、どこの悪口もあまりいわぬようである。強いていうとすれば「東京」の悪口であろうか）ママのつま子さんが口をとがらせ、

「そんなこと、ないわ、大阪の人かていろいろいるわよ。お金もうけだけ好きな人は大阪の田舎ものよ。『京に田舎あり』というけど、『大阪に田舎あり』で、純粋の大阪っ子は、お金もうけだけが人生とは考えてないわよ」

「そうでございますか、ママ、えらい熱心やな、そういう純粋の大阪男を知り合いに持ってたみたいねえ」

「そやから失敗したのよ、お金もうけだけ好きな大阪の田舎者、不純なほうの大阪男を知り合いに持ってりゃ、こんなしけたバーではなしに、どかーんと、ビル中バーみたいな大きいのを持ってたやろうけど」

まあ、なんにしても竹本さんは忙しがりの男だから、若い女、きれいな女しか相手にしないのだ、と私たちは思っている。

(男の人の中には、こういうと、ぷっと吹き出して、

「男というもんは、べつにタケモトさんだけではない、みなそうやデ」

というかもしれないが、それならば、男という人種すべて、「民度が低い」わけである)

これからは、太め、年増め、それぞれに、「イイトコ」をみつけて頂く時代と、「ちゃうんちゃう?」と、私はミドリといい合って喜んでいた。

つまりそういう手間ひまかけて、女を鑑賞して頂く。

女とじっくりとつき合って頂く。きっと、太め、年増めの女にも、一人ずつちがう持ち味があり、かの民度低き男性たちに、

（なにいうとんねん、オナゴはみな、おんなじじゃ）

などとはいわせないんだから。

それをする時間も余裕もないほど、男の仕事は忙しくあってはならない。文明度、民度をたかめようとすれば、男はあまり忙しくてはいけないのと、

（ちゃうんちゃう？）

「よっしゃ、よっしゃ、そこはわかったよって、ちょっと早《は》よ、『ベル・フィーユ』自作自演の歌、聞かせて」

とママがいった。

ほかには誰もいないので、私とミドリは止まり木をすべり下りて、

「『不信感』という題なんだ」

「へえ……ねえ……」

ママは私とミドリが並んで前奏のメロディを口ずさむと、言葉もないようす。ミドリにマイクを渡して私は割箸を代りに持っている。

〽教えて教えて　教えて教えて
と歌い出して、

「手を前、足は反対の方、前やない？」

「あ、そうか」

「もういっぺん、それで『ねえ、教えて』のときに、頭の上へ手をあげて前へ振りおろす」

「いや、横が先やない？」
狭い店だから、思う存分に練習できない。
足をふみ鳴らすと、棚の置き場がいっせいにトコトコと踊りそうになる。
「伴奏ないと歌いにくい」
「これ、レコード会社、買わへんかな」
私とミドリは、歌のあいまに忙しくそんなムダ口を利きあう。
〽教えて教えて　教えて教えて
ねえ　教えて
あんた　あの子になにをいったの
仕事の話と　いうけれど
あの子のようすは
そんなじゃないわ
コーベの町は好きだけど
あたし　あんたに　不信感……
「怪《け》っ体《たい》な歌やねえ」
とママは呆然としていた。
歌よりも、ほんというと、振りがむつかしい。歌と体がいっしょにうごくなんて、誰にもできることではないわけ、つくづく思うのは「ピンク・レディーは大天才であった」ということである。弓ちゃんは私たちに振付けを教えて、あまりのおぼえの悪さに絶望していたが、歌はすぐおぼえられるのに、身ぶりがそこへくっつくと、とたんにどっちかがおるすになってしまう。汗みずくになって、ママが、

「もう、止めて。あたしの方がおぼえてしまった」

というくらい、狭い土間で練習していた。

今夜は青柳みちも来ず、客は、私たちのあと誰も来なかった。私たちは三人で「不信感」を合唱しながら、あとかたづけをした。ママがグラスを洗っている間、私とミドリは椅子をそろえる。有線放送は、聞いたこともない新曲ばかり、たてつづけに流している。

「こういうのよりは『不信感』の方がいけるよ」

と私たちはいい合った。ママは、

「なんでコーベの町が、歌の中に突如、出てくるのかわからない」

と批評する。

「これはわからないから面白いねんわ」

みんなで「ベル・フィーユ」の例会のとき考えたのだ。誰かのしゃべりことばを書いただけ、二番の歌詞は「コーベ」のところが「ポートピア」になって、「聞かせて聞かせて聞かせて」となる。ほんとうは、

〽こんなにあなたを好きにならせて
というのだったが、大信田さんが、

〽こんなにおカネを使わせて

にかえてしまった。

「あんたら、これからは愛とおカネの時代よ。その二つ、車の両輪やわ」

というのである。

〽ポートピアはたのしみだけど
　あたし　あんたに　不信感
なんて歌っていると、

「これも必然性ないなあ」

と、つま子さんは憮然としていた。

マンションへ帰ると、私はすぐお風呂を浴び、ビデオで大信田さんのツヅキモノのドラマを見る。大信田さんは東京へ出ずに、関西でシナリオを書いている、数少い珍しい存在だけど、その代り、一月のうち、何日か、東京にいる。

東京にいないと本当は仕事にならないというのだが、でも、

「生活の根がなくなってしまうのは、いやなんやわ」

といっていた。仕事のためには、生活の根も家族の根もたちきらないといけないのに、

「そうまでして、仕事するのは、人間の仕事とちゃうんとちゃう？」

というのだ。

「もう、そない必死になって書かんでもええ、思《おも》てるねん。ソコソコ出来たらええねんけど、テレビやラジオの世界、いうのは、ソコソコにするのがむつかしい。ものすごーく売れっ子になって引っぱり合いにされるか、全く売れないかのどちらかね」

と大信田さんはいっていたが、でもその夫婦ドラマは面白かった。毎週の連続ドラマであるが、ドタバタでも人気スターの顔見世でもなく、わりあい大人向きのじっくりしたもの、それにしても、こんなこと書けるなんてどういうアタマになってるのかしら。大信田さんは、

「そういうけど、カオルちゃん、服地見てるうちに、その人の持ち味やらムードから、パッパッとデザインがひらめく、いうやないの、それこそあたしにはでけへんわ。どういうアタマになってるのやろ」

といっていた。雪野さくらさんだってそう、私は、さくらさんのダンスを見て、どこからどういうヒラメキで、こういう風になるのか見当もつかない。

「あたまの中で何かが炸裂《さくれつ》するの」

とさくらさんは静かに答え、うーん、そうかなあ。私のデザインのひらめきなんてのはただただ、地道な基礎の積みかさねにすぎないのだけど。

「誰かて、そうやないの」

と大信田さんにいわれてしまう。しかし、私など、長いこと結婚生活をつづけている男女をみると、畏敬の念に打たれてしまう。あれも地道な基礎の積み重ねなのであろうか。

また、田淵センセが、「ベル・フィーユ」の顔を見ればいうように、

「一人で悩んでて、どないしてんねん、あっちの方は。どこで発散するねん」

という、「あっちの方」をのびのびと発散できる人は、どういうヒラメキによるので

あろうか、地道な基礎の積みかさねにより、自由奔放に発散するのであろうか。

私などから見ると、この世は天才だらけである。

「自分の天才は自分で気付けへんもんよ」

と大信田さんはいうが。

私は大信田さんの天才に対する畏敬の念をあらたにして、ぐっすり眠った。

「のど自慢まつり」の日、まさにその朝、店の「ミモザ」にいる私に、ミドリから電話がかかってきた。

「ちょっと聞いた？」

「『のど自慢まつり』が急にとりやめになったの？　それなら嬉しいけどな」

私は、朝から、にわかにおじけづいていたので、そういった。

「振りを忘れたのはごまかせるけど、歌を忘れたら、舞台で立ち往生してしまうから」

「そんなこととちがうのよ、竹本さん、やったのよ」

「もしかして『まごころ会』」

「そうそう、二人そろって、どぼん、と漬けられたっていうから」

「みそぎざかり、かァ……」

「あの竹本さんが、白いガウン着せられて、『ハレルヤ』と漬けられたっていうから、宗教の力はおそろしい」

「悲しむべきか、笑うべきか」

「笑《わろ》たらあかん」

い。

「しーらんデ、知らんデ」

二人いっしょに電話を切ったけど、それはどっちも笑いすぎて息がくるしくなったせい。

いや、誰もいいませんよ、決して。絶対に、

（いい気味だ――）

なんて。

会場の音楽ホールへ三時きっかりに出かけたら、もう「ベル・フィーユ」のめんめんが来ていて、その話でもちきりだった。

「ぜんぶ、ぬいじゃったのかしら」

「あの圧力ではぬがざるを得ない、と思うなあ」

「竹本さん、不信感でいっぱいになってるよ、カオルちゃんに対して」

〽教えて教えて　教えて教えて
ねえ教えて
あんた　あの子になにをいったの
仕事の話と　いうけれど
あの子のようすは
そんなじゃないわ
コーベの町は好きだけど

あたし　あんたに　不信感

ちょっと、はじめのところ出おくれ。

ミドリのほうは、フリがまちがい。

何だかちょっと支離滅裂、あがってる。

しかし私とミドリの網タイツ姿に、まず観客がウワーッと沸いていたので、そんなことはごまかしてしまえた。

私はあたまに黒い羽、(ダチョーのストールを染めている) ミドリは青い羽、ラメ入りの黒セーターをうしろ前に着て、腕にプラスチックの赤い腕輪、ミドリとだいたい同じ衣裳である。

ちょっと太腿に肉がつきすぎかな?　しかし赤いハイヒールで背すじをのばすと、うーむ、まだ見られるのだ。

〈ひいき目に見てさへ寒きそぶりかな〉というのは一茶の句であるが、それはシケたオジンのこと、私たち「ベル・フィーユ」の、うぬぼれがハイヒールはいたようなめんめんとは、同じにならない。

〈ひいき目にみるのでないが惚れ直し〉

というところ、尤も、男がそういってくれるのでなく、自分で思ってるのだ。

ミドリも、体の線があらわになると、堂々たるグラマーである。「港っ子」の女性編集者が、

「大丈夫ですよ、編集長！　自信もって下さい、日本一！」

と元気づけて舞台へ押し出した。

私の方は大信田さんが、

「太め、年増めは、時代の尖端やからね、いちばんナウいと思いなさい、思われへんかもしれへんけど、まあ勇気出して！」

などと心ぼそがらせてるのか、勇気づけてるのか、わからぬことをいって、私のお尻を押した。

舞台へとび出してまず思ったのは、

（舞台って、せまいナー）

ということ。さっきまで自分が客席にいて舞台を見てるぶんには結構、広かったのに、

（あれっ、これで踊れるかしら）

と思ったのは、あんがい図々しくおちついてたせいかしら。それから、やけに明るい。一挙手一投足、よく見えそう。顔のシワも見えるかもしれない、でも舞台用のお化粧をしてもらってるから、かなりごまかせるはずだ。

なんでこう「ベル・フィーユ」ってのは、楽天的でうぬぼれが強いのやら。

それは、客席の人々のせいかもしれない。

ちょいと見下すとみんな、私たちを指して笑いころげていた。笑わせてもらおう、というように、待ちうけている。そういう気分がアリアリと舞台の私たちにまで感じられる。

こういうのが手にとる如くわかると、コーべっ子のもちまえの、オッチョコチョイというか、サービス精神がむらむらとわきおこり、
（ご期待に副《そ》わなきゃ）
と武者ぶるいしてしまう。
お客さんは笑おうとして、半分、もう口を開けてまちかねている。
（よっしゃ、まかして！）
と、こっちも、こういう気になる。好きな落語家の話を寄席できくときは、ハナシ家が出てきただけで、私の口は半分、笑いたくて開いてしまうが、ちょうどそれに似てる。
大信田さんに、（大きく、大きく、身ぶりは大きく）といわれたのを思い出して、ミドリと一つずつマイクを持って歌う、
〽コーべの町は好きだけど
あたし　あんたに　不信感
というところはくりかえしになってる、舞台の横で、与田チャンが客席をリードして、お客もいっしょについてうたう。それでマスマス、気分が乗ってきた。
二番になると、私とミドリのフリも、キマってきた。
〽聞かせて聞かせて　聞かせて聞かせて
ねえ　聞かせて
あんた　いったい　どういう気なの
こんなに　お金を　使わせて……

（ここでお客はどっと笑う、大信田さんのネライ通り、ここんとこの歌詞、若い人が歌うとピンとこないだろうけど、「ベル・フィーユ」のお姐さまがた、年増め、太め、貫禄あり目の私たちが歌うと、ぐっと迫ってピッタシ、という図なんじゃないかしら、お客にどっと受けた）

　こんなに　お金を　使わせて

バイバイサヨナラ

それはないわよ

ポートピアは　たのしみだけど

あたし　あんたに　不信感

最後はまた、くり返し、ところが与田チャンの合図で、くり返しもういっぺん、するとお客が喜んでついて歌い、またもういっぺんくり返し、歌ってるあいだ、

「ピュー」

　という口笛、それに、

「カオルちゃーん！」

「ミドリさーん」

「編集長！」

なんていう声で、私の感じでは「場内騒然」（それほどでもないかしら？）それに三度、コメットが飛んできた。

舞台の床はテープの屑だらけ、終ると花束が足もとにくる、海野さんが私に、ミドリ

には市役所の観光課の人、らんちゃんママが一つ、テレビカメラはそれもうつしている。

ミドリと二人で、両腕いっぱいの花束を抱え、お辞儀してると、歌謡大賞でももらったハヤリっ子の歌手になった気分だった。出てみたあとは、私は（出てよかった）と思う。（なんで、はじめに怖がったのかしら）朝、目がさめたときは「のど自慢まつり」が急に中止にならぬものかしら、と、怖《お》じ気づいていたのに、思い切ってやったあとは、（してよかった！）

という気になる。

「ご感想はどやねん」

と田淵センセが来て、いった。

田淵センセはもう、はじめの頃に歌ってしまったそう。

高名な推理作家センセイののど自慢というので、実行委員会はもっと終り頃に持ってきたがったのであるが、田淵センセは、ラジオの仕事があるというので、早いころに組みこんでもらって、八代亜紀の「舟歌」なんてのを歌っていたそうである。

田淵センセは声自慢である。私はそれを聞けなくて残念だったがセンセは私たちのを聞いてる。ご感想はどやねん、というから、「出てよかったわァ、センセ。あたし何でも、はじめは迷うたり、怖じ気づいたり、しますけど、思いきってやってみると、たいてい『してよかった！』いう気ィになりますねん。……なんでやろ」

と私は嬉しくてウキウキしている。

あとで、「大賞」決定があるので、そのままでお待ち下さい、といわれたので、私もミドリも、あたまに羽、網タイツに赤いハイヒールという姿で、嬉しがって歩きまわっていた。

「してよかった、と思うんなら、きっと、あげてよかった、いう気ィになるやろなあ」

田淵センセは上下、白いスーツに身をかため、ワイシャツは空色という、一分のスキもないいでたちで、粋なのだ。のど自慢の舞台に出るから、粋にしてきたのではなくて、いつもそういう風情なのである。

「あげてよかった、って何をですか」

「そら、むろん、きまってるやないか、女の大切なものですよ」

「オカネ」

「あほか、そら、男・女を問わず大切や。女にだけ大切なもの、それは操です」

なんで田淵センセって、顔を合すとこんなことというのかしら、いや、それはかまわない、何でも色気のあることはいいことだから、なるべくそういう風な会話をたのしむのは、オトナの礼儀だけど、このセンセのは、ひとりがてんの思い込みで、こっちの考えなどちゃんと聞こうとしないし、それに、このセンセの思いこみたるや、世間の概念からハミ出してないからこまるのだ。「女の操」ってコトバがあったけど、そりゃ大切かもしれないけど、少くとも、田淵センセが思ってるような大切さとは、いまは、

「意味がちがってる」

はずである。

「『してよかった』のカオルちゃん、なるべくそっちの方も、早よう、そうなって下さ

い」

なんて田淵センセは悦に入って笑い、こういうの見ると、「男」の民度は低い、っていう気がするんだけど。

ナゼカ、ハイ・ミスっていうのは、そういう民度の低いからかいの対象にされてしまう。

「してよかった、どころか、今までの分を取り返そうと、くやし涙にくれて猛然と励む、というようになるかもしれへん、カオルちゃん、どないや、ためしてみ、僕とどうですか」

「センセ、わるいけど、これからは『男の操』の時代よ。あげてよかった、というのは男の人や、思うわ」

と私はツンとしていってやる。

「それに『してよかった』と女が思うことは、そらむろん、男の人のことも入るかもわからへんけど、そんなん、いろんなことの中の、ごく一部分や思うけどな、これからアタシ、うーんと『してよかった！』思うことをふやしたいわァ。ヒコーキ操縦するとか、南極探検するとか、映画に出るとか、パリでファッションショーして、アチラの人びっくりさせるとか、さ。男の人にチョビチョビあげて、それでいちいち『あげてよかった』なんていうて涙ぐんでられへんわよ、そんなヒマ人ちゃうわ、あたし」

私は真っ赤なハイヒールのさきっちょで、田淵センセの向う脛《ずね》を蹴とばしてやりたいくらいである。

「えらい鼻息やな、ほな、僕が男の操を捧げてもええさかい……」

と田淵センセがくどいてるうちに、

「出場者はお集まり下さい」

と呼ばれた。再び、煌々《こうこう》とライトのまばゆい舞台へ出される。途中で仕事場へ戻った人もあり、もう衣裳をぬいでしまった人もあり、ゾロゾロさまざま、司会者の「テレビコーベ」のアナウンサーが、大賞、努力賞、人気賞、悪のり賞、はしゃぎ賞などを読みあげる。大賞は北区の産婦人科のお医者さん、努力賞は県庁のえらいさん、そして人気賞は、

「コーベ随一の人気を煽《あお》った、作詞『ベル・フィーユ』、作曲・与田ヒデト、唄は平栗ミドリと織本カオル、『不信感』！」

で、私たちが貰った。コーヒー・ミルとコーヒー茶碗セット、ミドリと、もういっぺん「不信感」のフリで手をつないでお辞儀して、内心、何を思ったかというと、

（女はトクやなあ……）

ということである。

何となく、姉の平生、いってること、この間うちからの電話なんかを思い出したからである。

女は結婚して子供産むのがシゴトや、と姉はいうけれど、そして「女が仕事して偉そうにしてたかて、どうせ女は男の人に勝たれへんねん」というけれど、一面、ひるがえって考えてみると、女はいまの時代、どっちにでも生きられる、ってことやないかしら、

いろんな生き方の選択が許されてる、男の人は何てたって、まだ今のところは、

「主夫になって家庭に入り、子供を育て、よい父親になります」

という生き方は許されてない。女は一応、どっちでも選べるから（仕事をとると、それは男より、やや、生きにくいけど）女の人生はバラエティに富んでる。

だから、こういう遊びもできるんだと、私はお客に深々とお辞儀して、テレビに向ってにっこりと笑ってみせた。

女に生れると、いろんなことができていいな。

ところが、ちょうどそのころ、――あとで青柳みちの報告によると、バー「妻」に、竹本支局長が来ていたそう。

竹本さんは、

「カオルちゃんは、今日、来るかな」

といっていたそうである。

青柳みちは例によりカウンターの中に入っていた。

みちは竹本さんが「まごころ会」へいったことはまだ聞いていない。

「カオルちゃんは、今日はのど自慢まつりへ出場してるから、来るとしてもおそいんじゃないかな。『不信感』てのを歌ってます」

とみちがいうと、

「聞いたことない歌だな」

竹本さんはそんなことをいって水割りを飲んでる。

「カオルちゃんに何か用?」

とママのつま子さんが聞くと、

「いや、べつに、顔が見たくなって」

「いま、たいへんよ。顔を合せると『不信感』の歌謡指導をされるわよ。まあ、この間はドタバタ、ドタバタ、ここでミドリちゃんと練習して、えらいことやった——そうそう、この前、竹本さんが女の人と来た夜やないの、あのあと、ずうっと、カオルちゃんらは練習してたねえ」

とママはいい、

「ほんに、そういうたら」

と、ママは何も知らないものだから無邪気に、

「あのときのお嬢さん、東京から観光に見えたんですか、異人館めぐりをしとってやったけど」

「まあ、ねえ」

と竹本さんは、歯切れわるかったそう。

「で、あの異人館の教会、行ったの? カオルちゃんの知ってる、っていうとこ……」

「え? ああ、あれね」

と竹本さんはその話題に触れたくなさそうで、

「しかしコーべは、坂が多いねえ……山手をあるいてると、膝がガクガクしてきた。車は通らないし、細い坂道、いったんすべりおちたら、中突堤までころがって、はずみで

岸壁の船の中へポンと落っこちるかもしれない、あの坂を見て、『鉄砲水』というコトバがわかったなあ」

なんて話をねじまげてしまう。

「大雨になると、あの坂や路地が水鉄砲になるんだなあ」

「そうよ、まるで滝になるのよね」

とママは、すんなり話に乗ってくるのに、みちは、これまた何も知らないものだから、

「竹本さん、異人館の教会って、もしかして『まごころ会』のこと?」

「え?……いや、……まあまあ、そう」

なんて竹本さんは煙草をひたすらふかして煙に巻くつもりらしい。

「あ、あそこへいくと、思っても見ない目に遭ってしまうのよね。誰でも、やられるというらしいのよ、べつに受けるつもりなくても、はじめて行った人はみな、たいへんなご歓迎を受けてしまう」

「………」

「いくらご辞退しても歓待される」

「どんな歓待をされるの」

というのはママである。

「あ、ママは知らないのか、とにかくいっぺんいってごらんなさいよ」

「教会へいくほど悪いことはしてませんよ」

「ううん、おかしいのよ、何となく、向うのペースにはまっちゃうのね、ええい、何く

そ、と力みかえっていても、漬けられる」

「そやから、何よ、教えてよ、どんな風に歓迎されるの、漬物でも食べさせられるの？」

「アハハハ。いや、それはいえませんよ、行ってみての楽しみだから」

「ようし。行ってみようっと。竹本さん、あんたも行ったの？　何かもらったの？」

「いやいや……それで、コーベの鉄砲水の被害の歴史、だけどねえ……」

「誰か誘っていこうか、その『まごころ会』とやらへ」

とママがいっているところへ「のど自慢まつり」の会場から、田淵センセが廻ってきた。

「センセ、もう済みはったん？」

「ちょっと先に引きあげてきた。これから『ラジオコーベ』あるから」

「センセ、あたしといっしょに『まごころ会』へいけへん？　何か面白い漬物、あるそうですよ」

とママは田淵センセに水割りをつくりながらいう。

「何やそこ」

「何かしらんけど、漬物をくれるそうよ」

「ふうん。僕、漬物でお茶漬け、さらさら、という奴、好きでなあ。何の漬物やろ、行ってもええデ」

コーベの町で「不信感」が流行《はや》りはじめた。「コーベの町は好きだけど、あたしあんたに不信感」をいろいろにもじって歌う。歌詞はもう、随時、各人まちまち、「あたしあんたに信頼感」と歌う人もあるし、

「あんた　あたしに熱愛感」

なんていって喜んでる人もある。

「レコードにしまほか、ほんで有線に流そ」

と与田チャンはいっていた。

うそだと思っていたら、ほんとうになって与田チャンの作詞・作曲をあつめたLPの中の一つに組み入れられることになった。「不信感」は「作詞　ベル・フィーユ」となっている。歌ってるのはむろん、というか、意外に、というべきか、プロの女性歌手で私ではないのである。レコードはたまらなく売れてる、というのじゃないけど、かなり「不信感」は口コミで歌われてるみたい。

私は日曜日、私のマンションで「不信感」を歌いながら、のんびりと女性ファッション誌をめくっていた。

れいの、グレーで統一して、赤をアクセントにした部屋で、昼風呂からあがったばかり、初秋になってかえって暑くなったので、うすいコットンの部屋着、（それは、ヒラヒラしたリボンやレースがついている）それにピンクの繻子《しゅす》の上ばき用の靴をはいていた。

田淵センセがいつか、

（一人で風呂へ入って、香料入り石鹸ぐらいで満足しとるようでは、せっかく女に生れ

た甲斐がないぞ。あたら名器も持ち腐れや）

とひやかしていたが、一人で風呂上り、ライラックの匂いのタルカム・パウダーをすりこんで、ぶーらぶーらとしている二、三時間、なんていうのはもう、黄金のひとときである。朝から晩まで人といっしょの仕事場、それに絶え間なしにアレコレとアイデアをしぼりつくしたり、ヒントを求めて目を皿にして漁《あさ》ったり、かと思うと、うっとりと考えにふけったり、一日があっという間に経ってゆくので、何も考えなくていい日曜は、ほんとにくつろいでしまう。

せっかくのくつろぎの時間まで、男の顔色を見なければならないようでは、くつろぎにならないではないか。

男の顔色を見るといえば、モト子さんのことだけど、結婚したモト子さんはあいかわらず赤い車を乗り廻して、元気に働き、ときどき例会へも来て、腰おちつけてようく食べ、たくましいのである。

そうして、話がススんだ方向へくると、

「あ、もう大丈夫よ、アタシ、結婚したんやから。何もかも、よーく、わかってるんやから。ハハハハ」

と笑って一同を白けさせる。どうもモト子さんの笑いを聞いてると、ほんとにわかるというのはどういうことかを、わかってない、あるいは、自分でも、わかってるのかわかってないのか、よくわからないんじゃないか、という気にされる。

「わかってることと、わかってないこととの、トバ口にいるみたい」

と平栗ミドリはいって、

「へー、あんたはよくまあ、けじめがついてわかってるんやね」

と皆にひやかされている。でもまさか、モト子さんに、

「あんた、ほんまにわかってんのでしょうね」

と聞くわけにもいかず、要するに、モト子さんは、ダンダン、「ベル・フィーユ」の会員としてつき合いにくくなってきたのである。

それに、ムラケンのワルクチもいうことができず、コーベのマンガ家の噂も、モト子さんの前では致しにくい。モト子さんが変ったことというと、

「○○さんは、はやってるけど、古いって。センスが」

「××はアイデアはええけど、絵がまずいんやて」

と、ムラケンの受け売りらしいことをいって、現代の有名なマンガ家を評論している。旦那のいうことをそのまま受け売りするのは、女房としてかわいげはあるけれど、女としてはアカンのである。

まして、

「ベル・フィーユ」

のお姐さんともあろうものが、男のいう通り口うつしにしゃべって、それについてこれっぱかしも疑問もってないって、ちょっと困るのである。モト子さんは悪気のある人じゃなく、たぶんムラケンのいったことを、

(ほう！　へえ！)

と感心して聞いて、それを素直に私たちに伝えたのだろうけど、聞いてるこっちは片腹いたいわけだ。

尤も、私をはじめ、平栗ミドリも大信田さんも青柳みちも、何にもそれについて異議をさしはさまず、意地悪《いけず》のけい子でさえ、煙草をふかして、だまって聞いていたから、モト子さんは、私たちが感心して傾聴していると思ったのかもしれない。

ついでに、現代のマンガ界の展望と傾向まで、しゃべってくれたのであった。

そうして、ひととおりしゃべると、

「あ、ではお先に……」

と、例によって一人、先に帰ってしまう。

「これから帰って洗濯せんならん……」

「夜にするの？」

「乾燥機を買《こ》うたわよ、ついに。ケンちゃんに頼んで出ても、干した洗濯ものがそのままになってることが多くてね……。洗濯ものって、一人のときは少いけど、二人になると多いわねえ」

「ご苦労さまです」

「あ、でもケンちゃんはそんなに汚れへんのよ。あたし、男の人の洗濯もんをして発見したけど、男の人って、意外にキレイなのねえ……」

「キレイって何が」

「下着が汚れへん、ってことよ。女のほうがはげしいわね、漂白剤でもとれへんようなシミがついたり、してるよ。そこへくると男ってシミがつかへんもんよ、キレイよ、男のパンツって」

誰も返事せず、モト子さんが「さいならァ」と帰ってしまうと、

「ちょっと、ねえ、塩、撒《ま》きなさいよ、塩を……」

とけい子が怒っていた。

「へんなところで変っちゃったなあ」

と大信田さんがヒトリゴトをいった。

でもそれは一同の感慨でもある。

へんなところ、というのは、結婚した女の人は、どこがどうということなく、内から光り輝くみたいにきれいになるものなのに、モト子さんは、あんまり変りばえしない、さしてきれいになったとも思えない。

そしてまた、結婚は、女にとっていちめん、世帯くさいやつれをもたらすものだけれど、モト子さんは、そのやつれ、というのでもない。

やつれはしないが、しかし、へんに腰の坐ったふてぶてしさが加わったようである。昔のモト子さんなら「男のパンツってきれいよ」なんて言ったもんじゃなかった。

いまは平気で発音して、しれしれとしていて「ほんなら、さいならァ」というのだから、もう、

「へんなところで変っちゃったなあ」

と感心せずにおれないのである。

「モト子さんって、あれで旦那の顔色、見てるのかしらね、顔色は見てないと思うわ」

大信田さんがいった。

「なんで？」

「女って、男の顔色を見るから、緊張してキレイになる、ということあるよ。それに、相思相愛だと、男の方もこっちの顔色、見てくれる、双方で顔色を見合ってるから、お互いにキレイになってくるのでね」

「そんなもんなの」

と、みんな納得したが、私はそのときつくづくと思ったのだ、キレイになるのはいいけど、男の顔色を見なければならないのは、かなわない。

男の顔色をうかがって緊張するのが楽しみになればいいけど、それを仕事にするわけにもいかず、また、へんに腰が坐ってフテブテしくなって「男のパンツってきれいよ」とへんな発見をするのも、ぞっとしない、やっぱり私は、一人の休日をのうのうと、ライラックの匂いにつつまれて、ぼんやりしてるのが幸せ。

大信田さんはあのとき、

「女には脱皮年齢があるんやから」

といっていた。誰かが「モト子さんが変ってしまって淋しい」といったからである。

「ま、昔のモト子さんはおらへんようになって、新しいモト了さんが来た、と思わな、しようないね。新しいほうのが気に入らん、というなら、つきあいを止めたらええねんし……」

という。私もそれに賛成。私は女の子とつき合うとき、その人の個性とだけでつきあってるつもりなのに、彼女のうしろに、いつも誰かホカの男のかげがくっついてるなんて、面白くないのである。

いまにモト子さんは、口を開けば、

「ケンちゃんがこういうんやけど……」

「ケンちゃんがいうてたけど……」

とやり出すにちがいない。世の奥さんに多いけど、私はそういわれると、

「で、あなたはどう思われるのですか、誰も旦那さんの意見なんか聞いてないですよ」

といいたくてムズムズする。

私は雑誌をベッドにもちこんでぱらぱらめくっている。「魅力的なあなた」の演出法なんてのを見ていると、

「ナゾっぽく」

とあった。つまりミステリアスにみせることが、女の魅力の第一条件だそうである。

しかしコーベの女は、どうだろうか、パーティに出ればとことん最後まで居残り、タベモノが出ればぬからずオナカいっぱい食べ、まつりだというとサンバにトチ狂い、のど自慢というととび出して人気賞をとり、県庁へのこのこ出かけていって紹介状をもらい、テレビカメラがこっちを向くと、とうとうとしゃべって終らず、男の顔色を見て美しくなろう、とは夢にも考えない、こういう女が、「ナゾっぽく」迫れるわけはなかろう。とうてい、ミステリアスにはみせられない。

コーベの男も、きっとそう思うにちがいない。

コーベでは男と女は、ミステリアスになれない。

コーベでは男女とも同級生交歓、という感じになってしまう。コーベはロマンチックな町であるが、住んでる人間同士はあまりロマンチックではなく、同級生とか、上級生・下級生とか、あるいはまた、神サンという大家のかしやにいる、店子《たなこ》同士になってしまう。

私は魅力的女性をつくる第一歩でつまずいて、雑誌を抛り出し、マニキュアをせっせとやったりして、見るでも聞くでもないテレビをつける。

こういうときにかかる電話はうれしいものであるが、たいてい、期待を裏切って姉である。

「この前のハナシ、大分すすんだ？」

「カラオケオジンのこと？　あれはことわったわよ、ほかのクチでもある？」

という私の語調は、すこし期待含みのあでやかなひびきを帯びていたかもしれない。

「何をいうてんの、梅川さんはえらい乗り気になってはるよ」

「おかしいなあ、話はついてるはずよ、あたし断ったから」

「本人はそう思うてないらしいわよ、あんたと了解し合えた、いうて喜んどってやったわ」

姉は梅川氏に何を聞かされたのか、

「話もよう合うらしいし、よかったやないの、明日、コーベへいきますっていうから、ちょっと穴子をことづけようか、と……」

穴子はいいけど、梅川さんがくるのは、どうも……。穴子だけ貰う方法はないかしら。

「ことづけようかと思《おも》うたけど、夕方になるっていうから、この時節やし、おかしィなってもいかん、思てやめたわ。梅川さんだけそっちへいってやから、よろしく」

何だ、何だ。

穴子は来ずに、オジンだけくるというのか。

目もあてられない。

翌日、私は店で忙しかった。大阪の服地問屋を二軒まわり、そのついでに大阪のお得意さんの家で仮縫を一着すませ、店へ帰ってくると、梅川氏がもう来ていた。尤も、私が留守だというので、梅川氏はとなりの喫茶店「白馬」でもう三十分ほど待っているそうである。

まだ早い時間なので、店は仕舞えない。

いってみると、梅川氏はぽつねんと喫茶店にいた。私を見ると、

「ややや、……どうも」

と、とても嬉しそうにする。「飛び立つような」というけど、ほんとそう、梅川氏にいわせると、私に久しぶりに会えて嬉しいのと、

「喫茶店で中年男《もの》が長いこと坐っていにくい」

という事情からだそうだ。

なんべんも「アトリエ・ミモザ」をのぞきにゆくのも、ノブちゃんやまさちゃんに具

合わるいし、女性客はへんな顔をするし、仕方がないからじっと喫茶店にいたけれど、

「いや、手もちぶさたで往生します。コーヒーのんでしまうとすることないし。やっぱり我々は『頓八』あたりで、タコぶつで一本の銚子をあけてる方が間がもちます」

といっていた。

「ええことを、まず一番にお聞かせしよう思《おも》て、きましてん」

梅川氏はにこにこしている。

「昇進しはったんですか？」

私はミルクティーを飲みながら、愛想よくいってしまう。何しろ、コーべにいると同級生か、同窓生になっちゃうんだもの。

「いや、コーべ支社に転勤になりましてん」

「あらまあ」

「これで、毎晩でも、お目にかかれるわけです、うれしィてねえ。お互いに好都合です」

お互いに、とは、ちゃうんちゃう？

「ハア？」

と私がいったら、

「何や、張合いないですな、ワタシはこれで状況が一歩ススんだ、と喜んどったんですがな」

「ススんだっていいますと」

「ワタシらの結婚に対して、ですがな」

「あれはお断りしたと思いますが」

「しかし、あのときは状況がいろいろ不利な点もありました。こうなると、コーべにアパートなり、マンションなり、貸家なり、捜してこっちへ移りますから、大丈夫です」

「でも今のおうちはカラオケの装置もあるし」

「とりはずして持ってきます」

「あたしは仕事を持ってていそがしく……」

「夜は、店も仕舞うでしょう」

「夜は、閉めますけど」

「それでよろしい。ワタシも昼間は会社にいますから。夜だけ、手持ちぶさたになりましてなあ。お互い、夜、ヒトリですごす、これ、理不尽です。ヒトリモノが、なんで別々に過ごさにゃならんのか、同《おん》なじことなら、二人一緒に居ってどこがいかんですか、コーベ市長でもそういう、思います」

なんで市長に関係あるのか。それにしても梅川氏の迫力はたいへんなもの、オジンのド迫力というべきか、梅川氏は悠々として、

「ワタシ、まじめなものですから。まじめ人間の殺気、というべきでしょうか」

殺気や迫力で、女心がかわると思うのかしら、女の子って、四十七士の討入りみたいな情熱は、うれしいよりも当惑のほうである。

「ともかく、あたしは、男の人と暮らすの、向いてないと思うの。そんなん考えられへ

ん」

　私はこの際、ナアナアではいけないと思う。

「それに、あたし、自分の生活を変えるのもいやです。住居も好みも、きまってしもてるし……」

「ほんなら、ワタシが夜だけ、あんたとこへ通います。通い婿です」

　遊愛、悲愛、なんてのは大信田さんたちとしゃべったけど、通い愛、なんてあるのかしら。私はツイ、いってしまう。

「通い帳もって、ハンコ押して……」

「酒屋のご用聞きやあるまいし」

「ラジオ体操のカードにありました、皆勤賞なんて」

「冗談いうたらあきません、ほんまに、ワタシが、夜、あんたとこへ通うてもよろしいです」

「いえ、それはねえ……ちょっと」

「それとも、ホカにどなたか、心当りはあるんですか？」

　梅川氏は入社試験の試験官みたいに正面切って聞いてくる。「あたしあんたに不信感」のメロディが私のあたまに鳴りひびいてる。

「えーと、その、ほんとはそうなんです」

　といってしまって自分でびっくり。モト子さんのことや、皆の話で、私のあたまはこのところ日夜、恋だの結婚だののことでいっぱいだったせいだろう。

仕掛けざかり

私は「らんぷ」で、らんちゃんママのつくってくれるジンフィーズを飲みながら、黙っている。

「あれ、今夜は何か、屈託あるみたい。どうかしたの？」

と、らんちゃんママにいわれてしまった。

私が黙りこんでるなんて、

「何年にいっぺんぐらい、ちゃう？」

というのだ。私自身はそうは思わないけれど、とにかく目の開《あ》いてるかぎり（または目の黒いうちは）のべつ幕なし、しゃべり狂っている、というのが世間さまのカオル観らしい。

「そうかなあ。あたし自分では寡黙の人のつもりよ」

といったら、

「ええ、そうでしょうとも、寡黙で控えめで内気で人見知りで恥かしがりの人よ、あんたは」

といったのは大信田さん。

「たいてい自分のことは自分では分らないもんやけど、あんたぐらい分らない人は珍しい」

といわれてしまう。大信田さんの口吻では、さっきいった特性と全く何もかも反対のさまが私であるらしいのだ。

そうかなあ。

私、そんなに図々しくあつかましいかしら。

図々しくってあつかましいのは梅川氏の方である。

私が何といったってきかない。

「ともかく、コーベへ通うんですから、コーベに住居をみつけることにします」

「どうぞ」

梅川サンがどこへ住もうと、どこへ勤めようと、私には関係ないのに、梅川氏は聞く。

「あの、ポートピアの中に高層住宅がありますが、あそこ、空いた部屋はないでしょうか」

「さあ。どうですか」

といいながら、私は（やっぱり口マメ、おしゃべりなのかしら）

「ポートピア'81が終ったあと、また跡地にマンションが建つそうよ、三十四階建てという青写真ができてるそうですから、何百戸とつくるんでしょう。もっとも、博覧会がすんで、そのあと工事にかかるとすれば、かなり先のことですけど」

「何年先でもかまいません。ワタシ、コーベに住みとうなりましたな。コーベの女の人、好きですから」

好きになるのは自由であるが、だからといって、一緒に住む、結婚する、というわけにはまいらないのだ。

「そこは、ようわかりました」

梅川さんは、残念そうにいった。

「そうでしょうなあ。織本さんのような魅力的な女性に、誰も居らんというわけ、ないと思います。ワタシ、ほんまに残念ですが、しようがないですな」

「あたしも残念ですわ」

これは梅川氏が私の店を訪れてきたとき、隣の喫茶店「白馬」で交した会話である。そして「あたしも残念ですわ」といったのは、私のお世辞である。そういわせるのは、中年男性といつもおしゃべり馴れして、そういう会話を冗談で投げ合っている、一種の口ぐせのようなもの、私は男の人と住んだことはないけれど、どこへいっても男の人と会い、しゃべり、商売し、交渉し、頼んだり、相談をもちかけられたり、頼られたり、して、男の人馴れしている。

こういうのは、どういうことだろう。妻たち、主婦たちとちがう意味で、私は、「昼間の男」

とつきあい馴れてるのである。

いつか私は、日曜に所在なかったとき、

（あ、あたしは日曜の男を知らないわ）

と気付かされて、感慨をもったことがあったけど、日曜とか祭日、およそ、休日と夜の男を、あんまり知らないわけ、つまり男たちがネクタイをしめてる、あるいはムラケンや花本先生、イノシン先生のように、ネクタイをしめなくても、セーターやシャツに上衣をひっかけてる姿、町をあるくときの姿、しか知らないのである。

モト子さんみたいに、ズボンをぬいでパンツ一丁になってる男の恰好なんて、最近は知らない。（ま、昔は親爺も生きてたから）

ウチの店の「アトリエ・ミモザ」で仮縫のため、スリップ一枚になるのは、むろん女性ばかりである。いや、いつか市役所の課長さんが、

「釣りにいくときの、甚平《じんべ》サンをつくってえな」

というから、縮みの浴衣地で作ってあげた。課長さんは喜んで仮縫室でズボンをぬいで試着したが、こういうところで男性の着るものをむしりとっても、格別の感慨があるわけはなかろう。仕事だから、

「これ、前のボタンはめて、ファスナーつき……あ、ダメ。そのステテコもぬいで下さい」

と叱りつけてパンツ一丁にさせたのである。

そういう「昼間の男」専門の私であるが、そっちはそっちで、妻たちとちがう一面に絶えずつき合ってるわけ、つまり男というのは、

「平日用」と「休日用」

「昼間用」と「夜用」

の二面から出来上っており、なかなか、双方を把まえるのはむつかしい。

私はもっぱら、ふだんの週日、昼間用を知っていて、そっちの方で馴れている。昼間は夜とちがい、個人的ではなく、かつセックスアッピールは受け持ちがちがうので、みな同級生交歓という感じになる。

してみると、コーベの町自体が、昼間用、平日用の雰囲気をもたらすのかもしれない。コーベの街のあかるさというものが、オトナの淫靡《いんび》なムードを吹きとばしてしまうところがあるのかもしれない。

もしそうとすれば、まことに遺憾である。

梅川氏は、

「ワタシのほうはほんまに残念なんですが……どうもしかし、コーベの女の人は勝手違うて、ようわかりません」

といった。

「そこがまた魅力ですが、あのう、これからも友達づきあいはして頂けるんでしょうか」

いやそれは、前にも仲間にして下さい、というからそのつもりでいたら、また状況が変ったから結婚を仄《ほの》めかしたりして、オジンというのはどうも老獪《ろうかい》でいけない。ウヤムヤ、ナアナアのうちにからめ取ろうという下心があるのかもしれない。

「今度、車で来ます」

　と梅川氏は嬉しそうにいった。

「車はもう要らん、と思《おも》て売るつもりでしたが、こうして女の人とおつき合いするのに必要や、思《おも》て、この間うちからまた手入れして」

「どうしてですか」

「いや、本にそう書いてありました。中年の男はせめて車でも持ってないと、女性とつきあいにくい、とありました、『頓八』のタコぶつばかりでは、どうも我ながら芸がないのではないかと」

「あの、いうたら何ですが、いろいろ、向き向き、ってもんがあるんですし、梅川サンも梅川サンなりに味を出された方がいいと思います。無理をされないほうがいい、思いますわ。本に何と書いてあったかわかりませんけど」

　と私はいった。要らぬチエをつける本である。モッサリした梅川サンが、何をしたって「芸がない」のにきまってるではないか。

「いや、『中年ポパイ』いう本にありました。『魅力的中年男の演出』といううんです」

「タネをあかしてしもたら、あかんワ」

「イッヒッヒ。中年はこんなもんですな。あたま隠して尻隠さず——つい、しゃべってしまいます」

　梅川氏は笑う。いや、たしかに、このオジンは、いやな男じゃなく、まあ飛び立つほどあいたくなる、という程ではないけれども、あううちにダンダン、違和感がなくなってゆく、というかんじ。

何だか転校生が、わりに憎めない子で、次第にクラスの雰囲気に馴染んでくるといった、まあそういうところである。

「こんど車持ってきたら、いっぺん、ポートアイランドへ案内して下さい」

「ポーアイ、ねえ……まだできてませんよ。工事中ですわ、いろんな施設の骨組みができてるという程度よ」

「それでもかまいません。まだいったことないので、道案内してもらえますか」

「そりゃ、かまいませんけど」

「ついでに、カオルさんの、その、『心当り』の人を、連れて来て見せて下さい」

「見せたらチビるから、いやです」

「そんなけちくさいこといわずに。よろしやないか、いっぺん逢わせて下さい。ほんで一緒にドライブしましょうか」

「大信田さんといきましょうか」

「そんなら、ワタシは大信田さんと、カオルさんは、その誰かさんと、四人でポーアイから六甲へまわったら、どうでしょう、今度の日曜あたり、お天気や、思います」

つまり、私が「らんぷ」へ来て、屈託のあるのはそのせいなのである。あのオジンは私が誰かを連れていかないかぎり、こちょこちょと「頓八」へいこうの、車があるの、「中年ポパイ」にこうあったの、とにじり寄ってきて、何べんも逢ううちに、「ダンダン違和感がなくなってゆく」という感じになりそう。

「アハハハ、そりゃ、米のめしと一緒で、意外とそんなのが長つづきして、保《も》ちがええのやない？」

大信田さんはヒトゴトと思うから、わりに梅川中年に寛容である。

「いややわ、そんなん。第一、あたし、まだ夢があるわ。一世一代の結婚やったら、もっとドキドキしたいわ」

と私はいった。

「梅川サンを見て、ドキドキする、と思う？」

けい子は隅の電話をどこへやら、何べんもかけ散らしていたが、受話器を耳にあてながらこっちの話を聞いていたとみえて、とてつもない大声で笑い、

「それは無理やわ、あのオジンではね」

と辛辣にいう。

「あんた、なんでバシッと断れへんのん、そんな厭やったら——。しっかりしてるようにみえてて、カオルちゃんて、へんに気ィよわいねんな」

「でも、断ったら、友達づきあいしよう、いうし、あたしも洟《はな》たれの女の子やないから、つい、そう、えげつない言い方もでけへんし、思《おも》て」

男女差別論争なんかやってると、向うもさすが中年、弁が立って憎らしいことをいうとやっつけ甲斐もむしり甲斐もあり、論争友達としては恰好の同級生なのである。だから、けい子のいうように、白か黒かで、

「パシッ」

と断る、というほどでもなし。

「あ、結局、そこやな、男と女の意識の成熟度のちがいは」

と平栗ミドリがいった。

「男の民度、低い、いうのはそこやわねえ。女は、高度なツキアイを求めてるのに、男はスグ、結婚するとか、深い仲とか、やみくもにそっちの方へいきたがるのよね。なんぼトシとっても、男と女、仲よう遊べる方が楽しいのになあ」

「そやそや。それがコーベのつきあい、いうもんちゃう」

と私もいっていると、大信田さんは薄笑いしていて、

「そらあんた……男いうのは、そういうわけにいかない」

と確信ありげにいった。

「カオルちゃんに、ちゃんと心当りの人がいるところを見せれば？」

とミドリ。

「あれは、どうせそういうのは居らんであろう、とタカをくくった顔やったね」

私は梅川氏の自信ありげな嬉しそうな顔を思い出している。大信田さんではないが、中年男は「米のめし」の自信をもってるわけである。いまどき、若いものには「米のめし」といっても威力がなく、パンか麺類があれば、オコメはなくても生きていけるという若者が多い、いや、若い人の新婚家庭には炊飯器もお箸もない、というところがあるらしいけど、わが「ベル・フィーユ」では、「米のめし」は大きい意味をもっていて、ハイ・ミス連中、みな米のめしが大好きである。おすし、おにぎり、どんぶり、チャー

ハン、お茶漬け、例会で酒を飲まぬことはあっても「米のめし」をとらないことはない。だから、どこが美味しいということなく、食べぬとおちつかぬ気になってしまう米のめし、そういう位置を梅川氏が占めると、こまるのである。

中年の地力《じりき》というか、図々しさで、何やかやいいながら、にじり寄ってこられてはこまるのだ。

「誰でもええやないのさ、これ、あたしの『心当りです』って連れていって紹介すればば？」

と、けい子はいうなり、電話が出ないのか、切ってしまう。そうしてバタバタと持ち物を片づけて、

「お先ッ。心当りがあるんですのよ、あたしにも」

と「らんぷ」を出ていってしまう。いつものことだけど、思いがけなくらんちゃんママが、

「いよいよ、けい子さんも話がきまったみたいですね」

といった。

「エーッ、ほんと」

それは誰も知らなかった。

「このごろ、嬉しそうでしょ……」

「どんなところが」

「電話かけてる顔なんか」

といわれても、けい子はいつもあんな顔だから。べつに嬉しそうにも見えないけど、電話を切るなり、そそくさ、という感じが、いつもよりはあわてて、いたかもしれない。

「服地問屋の社長さんなんでしょ」

「知らん、聞いてない」

「あれッ。みんな聞いてないの、じゃしゃべって悪かったかな」

らんちゃんは深刻に（シマッタ）という表情だった。「ベル・フィーユ」の誰も聞いてないものだから、却ってどうやらほんものみたい。

「ま、しかしけい子は、そりゃ、いると思うわ、でも話がきまるって、結婚するつもりかしら」

店のドアが開いて、男の客が二人。それでけい子の話はとぎれ、私たちが固まっているると、偶然、水口クンが入ってきた。

「おやおやしばらく」

「ええ、ちょっとコーベへ来られへんかったから。予備校も夏休み、忙しかったし」

水口クンはよく日やけしていた。合宿の勉強で、琵琶湖の沿岸へいっていたそう、朝の六時から夜の七時まで、びっしり授業、

「塾の先生も大変です」

といいながら水口クンは、水割りをのむ。

「そんなに勉強して、みんな通るのかしらねえ……」

「大丈夫なんじゃないですか」

水口クンはひとごとのようにいう。そののんびりした口調が、久しぶりである。

そうだ、水口クンを「心当り」に仕立てて連れてゆけばいい。私はいった。

「水口クン、ポーアイを見物にいかへん？　パビリオンがどの程度、できたか、視察にいきますか？」

「ああ、いってもいいです」

「ホテルもだいぶできてるはず。神戸大橋の真下に、中国の貨物船が泊ってるから、よう
く見えるよ」

「あの無人コンピューターの新交通システム、いうのはもう動いてますか」

男の子は、ノリモノに興味あるらしく、ホテルにはあまり関心なさそう、私たち女の子は、西日本一の高層ホテル、船のスタイルをしてるというポートピアホテルに関心があって、三十階はスカイラウンジだというけど、海上都市のホテルからは、コーベの町の夜景がどんなにバッチリと美しく見えるだろうと楽しく期待するのだが、男の子にはそれはないらしい。

「新式デンシャはまだ試運転してる段階じゃない？　来年三月、ということやったけど——でも見られると思うわ」

「ポートアイランドは、もう木がよく根付いて、緑が多いので船乗りが航海から帰って喜んでたって聞いたけど」

「行ってみようか、こんどの日曜」

「いいですよ」

水口クンは無邪気にいい、私は大信田さんと顔を見合せてにんまりする。

三宮で梅川氏の車に乗りこんだのは、結局、私と水口クンだけであった。

大信田さんときたら、梅川氏の車がツードアときくや、

「あ、あたし、後の席はダメ。ツードアの車の後なんか乗れない」

と即座にいう。

「ほんなら横へいったらええやないの」

私はそうすすめたが、

「いや、忠べエさんの横へ坐るのはごめんやね」

といった。大信田さんはほっそりしてるから、べつにツードアのうしろでは窮屈でいや、というのではなく、

「あたし、ちょっと閉所恐怖症の気味あるから、カブト虫みたいな車、ダメなんだ」

ということだ。ハイ・ミス、もしくは仕事をもってるオトナの女、というのはいろいろと主張があってうるさいものである。

三宮の待ち合せ場所に、梅川氏は、白い小さな車を横づけた。ニコニコしている。

「大信田さんはちょっと都合がわるくて」

と私はいった。カブト虫と評したのは言わなくてもよかろう。たしかにフォードアの車よりは小さく平べったい感じだが、でも私は車なんか、省エネの問題だけじゃなく、小っちゃい方がよい、と信じている。もっと小さくしてカナブンブンのようになれば、

場所塞ぎしなくていい。大信田さんは以前、「なんでやーさんと医者は、外車、好きなんかなあ」とつぶやいていたが、大きな車をのりまわすというのは自分の非力を埋め合わせようとする優越感からじゃないかしら、車に趣味のない私からみると、図体の大きい車は、単に場所ふさぎとしか思えない。

　しかし、海野さんにいつか車にのせてもらったとき、それが冴えない古びた国産車で、しかも海野さん自身、気軽に運転したから、私は外車だの、運転手つきの車にふんぞり返って乗っている人のことをいったことがあった。ううん、べつにワルクチ、っていうんじゃないけど、虚栄心・優越感と、自己の非力との相関関係について。

　すると海野さんは、

「そんなこというたかて、大きい車やったら振動が無《の》うて体にええし、体の弱い人にはラクかもしれん。忙しい人は自分で運転してると疲れるし、車に乗ってる間も、目を通す書類やら考えごとがあるかもしれん。やーさんにもやーさんの趣味、いうもんも、みとめてやらな、いかん」

　というのであった。以前、海野さんはやーさんの存在について、「いろんなんが、ごちゃごちゃ居てるほうがええやないか、みな、ひといろになったらつまらんし、おもろないですよ」といっていたが、私はいつも海野さんの考え方に、いろんなことを教わる。

「なんで女の子いうのは、ひといろに考えて、手きびしいのかね」

　と海野さんは笑っていた。

「海野さんにたくさん教えてもらいました。海野さんの奥さんは、毎日いろんなこと教わってええやろうねえ」

と私がいったら、

「阿呆かいな、誰が女房《よめはん》にそんなこと教えますねん、このクソ忙しいのに、女房にモノしゃべる根気なんかあるかいな。ヨソの女の子やさかい、しゃべる気になりますねん」

と、まったく「兵庫タイムス」の大波さんと同じことをいっていた。してみると、男たちは妻を教育する熱意は持ち合せず、「ヨソの女の子」にしか、そのエネルギーが発動しないみたい。結婚するのはソンなことだ、いよいよ、やーめた、という気になる。

それにしても海野さんは爪もハラワタもきれいそうな男性であるが、梅川サンはまだよくわからない。

「こちら、水口さんです」

と私は水口青年を紹介した。水口クンはいつもみたいに、白いセーターに上衣をひっかけて、手ぶら、男二人は負けずにニコニコし合った。

「ハハア。お若いかたですなあ」

と梅川氏。

「ぼく？」

と水口クンは、私が何にもいってないものだから、それこそ何も知らず、なんで梅川氏がトシのことというのか、びっくりしていた。

「なるほど、なるほど、ねえ……」

梅川氏はうなずき、私を見て意味ありげに、

「ご商売は何ですか」

水口クンは、ドライブというからきたのに、なんで身もとのせんさくをされなければならないのか、とまごまごしているようであったが、彼はべつにへそまがりの人ではないので、

「予備校の教師です。それから、ちょいちょい、ルポやなんかの仕事もして。下請けの物書きですな」

とミもフタもなくいう。

「物書きにも下請けがおますのか、町工場みたいなもんですな」

「そうです。下請けのまた下請け、町工場までいきません。家内工業、パートの内職ですよ」

と水口クンはあははと屈託なく笑う。梅川氏は水口クンが気に入ったようであった。

「さ、では廻りまひょか、道を教えて下さい」

と梅川氏ははずんで運転席へ乗りこむ。秋空の見本、というように空が青く澄んで、コーべはこれから、

「空がごちそう」

という季節なのである。

よその町から来たお客さんに、何がごちそうといって、それはコーべだから、ファッションも洋菓子も肉も酒もいいだろうけれど、何たってもう、秋から冬へかけての空の青さ、透明感というのはものすごいもてなしである。そして秋から冬へとうつるほどに、

いよいよ空は真ッ蒼になってゆく。

真ッ蒼な空に、葉の枯れおちた裸木が枝をさしのばし、白く輝くビルの壁に陽がさんさんと当り、そして冷い海風が頬を一瞬、切ってゆく、そういう透明な季節が、コーベの秋であり、冬なのだ。冬は雪や氷に閉ざされる地方からみると、ふしぎな町だといえるかもしれない。

冬の間じゅう、灰色の空に掩《おお》われるというロンドンの町の人々から見たら、奇蹟のような青空じゃないかしら、むしろ春、夏は水っぽい空だけど、秋と冬の、雲一つないコーベの青空ときたら……。

町角でゆきあう異人さんの眼のように青いんだから。

梅川氏も水口クンもコーベを知らない人なのだから、私が運転席のとなりに乗りこみ、水口クンは長い脚をちぢめて、窮屈そうに後へ乗る。彼はべつに閉所恐怖症でもないらしい。——というより、若い人はたとえそうだとしても、その症状を何々と、思い当ったり、思いつく、ということはないみたい。

つまり、中年、オトナというのは、

「思い当る」

種族であるのだ。

快晴の日曜日、町は静かだったが、人工島ポートアイランドへかけわたす神戸大橋を渡ると、車が多くなった。ポートアイランドにはもう高層住宅ができて人が住んでいるので往来は烈しい。

「これ、来年になったら、無人コンピューターの乗り物で、三宮まで十分で出られるんでしょ」

と水口クンは、やはり、その乗り物に興味がありそう。梅川氏はそれにくらべて、

「ポートピアいうのは、あれは地方博なんですなあ。万博は国家の催しやったけど。ローカルなもんなんですな」

といっていた。

「何かて、ええやないの」

と私。

「とにかくパーッと景気よう、お祭りするのやったら。コーベ祭の、もう一つ大きいようなもんでしょ、いろいろ催しが面白そうやから、いまから待ってるのよ」

「また踊るんですか」

「来年は盛大やと思うわ。パンダもくるし」

「パンダ、ねえ……」

梅川氏はあまり感心したようでもない。

「木下サーカスもきますわよ」

「サーカス、ねえ……」

「SLやら世界最大の観覧車、というのもあるんですって」

「カオルさんのいうのんきいてると、縁日みたいやな」

梅川氏はあんまり心をそそられないみたい。

「縁日のにぎわいでしょ、万博もそうやったし。パビリオンが三十いくつ出来て、面白いのがありそう、宇宙への旅、なんていうテーマに、あたし、今から面白そうやな、と期待もってるんやけど……」

「宇宙、好きなんですか」

「珍しいものはみんな好きね、かわったファッションへの刺戟にならへんかしらんと思うたり」

「宇宙はよろしなあ、私の座右銘もその……」

「わかってます、空が広くてナントカカントカ……」

「こまりますなあ。いやしくも明治天皇の御製《ぎょせい》ぐらい、きちんとおぼえていてもらわなくては。——あさみどり……澄みわたりたる大空の……」

と梅川氏はいうが、私は思わず、

「あ、船！」

といってながながしい朗誦を遮ってしまった。

「あ、中国船！」

と水口クンも叫ぶ。梅川氏もチラと見て、

「なるほど」

中国の貨物船が、神戸大橋の真下に泊っている。

おや、こっちの方は、どこの外国船だろう、豪華客船だ。デッキがみえる。

やあ、金髪の男性、ブルネットの女性が、この秋の海風を快さそうに浴びて、デッキチェアで日光浴をしている。

「ほほう。港へきた、という気がしますなあ」

と梅川氏はいい、悠々としてつづけて、

「……広きをおのが心ともがな……このお歌はよろしなあ。コーベの町を歌うてはるような感じです」

橋の途中で、

「ちょっと降りたくなった」

と止めてもらう。ここで見ると、うしろにコーベの町、前に人工島ポートアイランド、島へわたってゆくという感じがしていい。

「や、橋が。橋が揺れてる！　引き返しましょうか、それとも早う渡らんとこわい！」

と梅川氏が叫ぶ。

煙草をとり出そうとしていた水口クンも、

「ほんまや」

とびっくりする。

「えへん、これは、こういう構造なんだそうです。揺れるような橋でないと、危ないんですって、かえって、こういうのが丈夫で強いんだそうです」

私は受け売りでいうのである。

ああ、でも、海の匂いはいいものだ。神戸大橋を大型トラックとダンプカー、それに、コンテナ車がひっきりなしに走ってゆくが、よくもこんな人工島を、コーベは作ったものだ。十五年もかけて山を削ってそれで沖を埋めたてて、島をつくってしまった。甲子園球場の百二十倍というから大きいんだ。

車に乗りこんで島へはいり、すると、

「あれ、また逆もどりしたんですか」

というぐらい、植木がきれいにずうっと根付いて、町らしくなっていた。

島のまわりは港で、コンテナが並ぶ。中心が、インタナショナルスクエア、でも、その南のホテルはまだ出来上っていない。ずいぶん高くみえるのは、まわりが何もないからかしら、日本ではじめての楕円形ビルだというけれど、

「スマートやなあ」

と私と水口クンはよろこんだ。

そのまわりの建物の骨組はできかけている。蒙古の包《パオ》のような鉄骨があちこちに散らばっていて、ゆうべの雨のせいか、道はぬかるみ、荒々しい風景、住宅地域は整備されているけれど、博覧会の会場予定地は、まだ、これからというところである。ここに国際会議場も国際交流会館も展示場もできるっていうのだけれど、いまはまだどこもかしこも、骨組だらけ、

「三月までに間に合うんですかね」

と梅川氏は呆然としていう。

水口クンはぬかるみの道をどんどんあるき、トラックをよけ、骨組を仔細に見てまわる。

私は出来上ったものにしか興味がないのは女だからかしら、

「これはどこのパビリオンですか」

と水口クンみたいに聞く興味はおこらない。

「危ない危ない、そこ、どいて」

と叱られながら水口クンは嬉しそうにあるきまわり、

「ハハア、あそこが屋内水泳競技場かな、そうすると……」

と、案内図の掲示を見ただけで、このぬかるみの、荒々しい、何にもない埋め立て地の上に、完成図が思い描けるらしい。

車で、ぐるりの港湾施設を見てまわる。気の遠くなるほど広大で、人間がつくったものなのに、ここでは人間がちっちゃくみえる、コンテナのかげにかくれると、蟻のようになってしまう。

海ばたへ出たら、海の匂いが異様に強く、まるで腐ったイリコのようだった。

そうして貨物船、タンカーらしきものが沖にいくつも浮んでその上の空は、いやになるほどの青さ。

「うわーい……」

と私は両手をあげて伸びをする。

突堤に魚を釣っている人たちがたくさんいて、

「あっ」

その中の一人が釣りあげた。

エモノはかなり大きいみたい、銀鱗というコトバがあるけど、ほんとうに中空に竿《さお》がふりあげられたとき、ぎらりと光った。

「大きいな、イワシかな？」

「いや、サバぐらいありそうですよ」

と梅川氏と水口クンはいい合った。

「コーベ港では、釣った魚はわりに食えるといいますが」

「でも、こう汚染されてたらダメやないかしら」

港の水には油が浮いている。磯臭さ、というのは一種、慕わしい、なつかしい匂いであるが、これはどうも、腐臭が入りまじり、魚が棲めそうにないんだもの。

「いや、あの突堤のあたりは、このへんみたいに淀んでないから食えるかもしれませんよ」

水口クンは煙草を吸うのも忘れ、

「ハマチに追われてきた、というのかもしれん。すると小サバですな」

「サバがくるかねえ……。イワシやと思うがねえ」

「サバですよ」

「イワシ！」

「行ってみてみましょうか？」

「ついでに釣り道具持ってきたらよかったな。――水口サン、あんた釣りをやりますか？」

「好きです。上手やないけど」

「海釣りですか」

「なんでもいいです」

「なるほど。女の人も釣り好きが多い、と『中年ポパイ』にありました。やっぱり、お二人でいかれますか」

「お二人って？」

と水口クンがけげんそうな顔になったので、私はいそいで、

「釣りはあたし、やりませんから」

「水口サン、あの釣ってるトコ、見にいきましょうや」

と梅川氏はなおも水口クンを誘う。

「ハイ、しかしかなり遠いですよ」

「走っていきまひょ。『中年ポパイ』に、機会あれば走ること。それが中年の魅力保持の一つのヒケツ、とありました。イッヒッヒ」

梅川氏は突堤めがけて走り出す。

水口クンはそのあとを追いかけ、

「イワシか、サバか、賭けますかあ。梅川サン――」

なんてのんきなことをいいながら、見る見る梅川氏に追いつく。

私はあとへとりのこされ、べつに梅川氏と水口クンが恋のさやあてというか、私を奪いあって決闘する、というのではないけれど、なんかそんな風になるかもしれないと空

想していたのに、コーベという町は、じっさい、人をノンビリ、紐をほどかせてしまうところである。

「あさみどり
　澄みわたりたる大空の
　広きをおのが心ともがな」

梅川オジンが、おしつけがましく、あるいはあてつけがましくいうと厭味にきこえるが、じっくりと口の中でくり返してみると、わるくはない。説教風でないのがいい、「心ともがな」というのだから、希望、それも、

(とってもムリだ)

と思いながら、

(まあ、出来るならば)

という、ハカない期待なのであろう。尤も梅川氏が口ずさむと、校長訓話という、しかつめらしいワザとらしさが出て、いやらしい。

中年男って、どうしてこう訓話・説教したがるのかしら、ありゃ座右銘てもんじゃなく押しつけだ。

しかし海野社長といい大信田さんといい、中年でもあんまり教訓臭のない人もいるから、それぞれ持って生れたクセであろう。

私は「不信感」が好きだけど、なぜか「あさみどり」の歌がふいに口をついて出るようになったのは、ポーアイの空がひろいから。

むろん、人工島は海の中にあるんだもの、見上げると空ばっかりなのは当り前だけど、コーベの町は背後に屏風みたいに山があるので、額縁があることになる。ポーアイはそれがない。

「ここの高層住宅に住んでたら、夜、コーベの街に灯がはいってるとこなんか、船から見る夜景といっしょやろうねえ」

と言い合った。異人館の一軒を港の先に移築してあって、そこでお茶が飲めるようになっている。

魚はイワシもサバもかかるそう、

「食えますよ」

ということだった。

それからまた車で六甲山へまわり、梅川氏はかなり運転が巧かったのだが、お昼を山頂のホテルでご馳走になって、

「ちょいちょい、こうしてご一緒しましょう」

と梅川氏は上機嫌である。

「しかし車でくると酒が飲めないのが難儀です。今度は置いてきます。カラオケバーへもいかれへん。『頓八』のタコぶつで一ぱいというわけにもいかんのが不便、水口サン、あんた飲まれますか」

と梅川氏は聞き、

「ちょっと、たしなみます」

と水口クンはまじめに答えている。

「それはよかった」

梅川氏はニコニコして、

「こういっちゃ何ですが、ワタシ、カオルさんも好きやし水口サンも好きになりましたなあ。こういう知り合いがコーベにできると楽しいです。もう、それでよろしわ」

「よろし、て何がですか」

水口クンは何にも分らないでいる。

「いや、お二人の幸福をお祈りすることにしてワタシ、オジサンになります」

「オジサン」

水口クンは呆然として、元々、「オジン」ではないか、という顔である。

「親戚の叔父サンですよ、仲良うしてほしいですなあ。ワタシ、お二人見てると、姪と甥を持ってる、そういう感じでもええ、思います。イッヒッヒ」

梅川氏はひとりで悦に入っていた。

「ワタシ考えるんですが、今まで人とつき合うてて、こういうつき合い方はじめてです。会社の仲間と麻雀する、ゴルフ友達、飲み友達、いうても会社の話でますし、な」

「そうでしょうね」

「学校友達も、近頃は、よけいなことがいえんようになった、このトシになるとむつかしいんですワ。女房《よめはん》と別れた奴、仲が悪いけど別れられへん奴、息子がグレてる奴、浪人してて焦ってる奴、中風、寝たきり、恍惚、脳軟化症、シシババ垂れ流しという親を抱え、住宅ローンも払い終ってない奴、とさまざまありまして、近況を気軽にたずねられへん」

「そうでしょうねえ」

私、そういうのは別世界みたいなヒトリモノだけど充分、想像できるから、相づちをうつ。水口クンは、まだ私より更に別世界に思えるとみえて、夢中でバタライスなんぞ食べていた。

「ほんまに会《お》うてて楽しい、いう友達あるやろか。ワタシ、そういう係累なくなって、友達からは気楽な身分や、いうて、羨《うらや》ましがられとったのですが、毎日、一人で夜帰ってメシ食うてると不味《まず》うて淋しいてねえ……カオルさんと知り合うて、コーベの街も知って、こういう生活もあるんか、思《おも》て、世の中明るうなりましたよ」

私は愛想笑いしたけど、だって私だってもともと極楽トンボじゃなく、ヤッショヤッショとかけ声かけて生きてるときもあるのだ。

「一人で夜帰ってメシ食うてると、不味うて淋しいて」というときも、それこそ、もう幾千度となく味わいつくし、その上で、ニコニコしてる、こりゃまあ、一人で生きてる人間は、男、女に限らず、そうだんべえ。

何をいまさら甘えとるのだ。

今まで、妻によりかかり、甘えてるから、いまごろ、一人になってオタオタするのだんべえ。

オジンというのは手のかかる種族だ。

「今までの友達なんて、あきませんなあ」

と梅川氏はカキフライと御飯を食べながらご述懐だ。

「職場の友達も、それなりのもの、昔の友人も、気をつかう、してみると、コーベの友達らみたいなんがいちばんよろし。――しかしこれ、トシとってくると、ちょっと淋しいですなあ。どうやってすごしたらよろしねん、それ思《おも》たら、やっぱり結婚した方がよろしか、体も動かんようになったら二人でいたわり合《お》うてる、いうほうが」

やれやれ、何だってそう先のことまで心配するのだ。オジンの取越苦労というのはしようがない。私なんか八十になったら「ハント婆さん」になろうと楽しみにしてるのに。

「あたしの死んだ母が口ぐせにいってました。貯金も生命保険も火災保険も、戦争とそのあとにつづくインフレで、パーになって、アホみたいやったって。こつこつと利子を計算して貯めてたのもパー、大事な指環もお国に献納してパー、結局、今日まで生き延びてこられたのは、体が丈夫で、気ィがたしかで、よう笑うてたから、やて」

私は梅川サンのご馳走というけど、あまりたかいものを食べたら気の毒、と思うので（「頓八」食堂で梅川氏のつましさをようく知ったので）仔牛のカツレツと御飯である。これも美味しいけど、ホテルの食堂から見る眼下のコーベの町の美しさ、色がわりした山々のめざましいだんだら模様もごちそう。

こんな景色を見て御飯食べてるだけでいいのに、なんでやくたいもないことを、しゃべらにゃならぬかと思うが、梅川氏があんまりワケの分らぬことをいうから、おしゃべりの私としては黙っていられない。

「ウチのオ母チャン、ようゆうてました、貧乏人は体が元手や。丈夫でゴハンが美味しィて、よう笑うてたら、戦争になろうが地震が来ようが鉄砲水が出ようが、どないなと持ち直れるもんや、って。そやからあたしも、あんまり将来《さき》のこと心配せず、モノを美味しィに食べて、元気で働きますねん。それでよろしやないの」

「うーむ。ええオ母チャンですなあ。しくにその、『よう笑うて』いうのが、よろしですなあ。しかし、あんまりこの年になると、笑うことも無《の》うて」

「そこまでは面倒みてられませんわね、落語か漫才見て笑うてたらよろしやろ」

「一人でですか」

「犬でも飼いはったらどうですか、犬も笑いますから」

水口クンがナプキンで口を掩って、たまりかねたように笑い出した。

「あんたらお二人は、お二人で笑えるからよろしいやろうけど」

と梅川氏はうらめしそうにいい、氏は私の日常生活を知らないからだろうけど、私なんか一日、人と会ってしゃべり、商売し、交渉してると、家へ帰って一人笑いするのが楽しみである。

カオルちゃんはおしゃべり、ということになってるが、たまに舌を休めてやらなくちゃ保《も》たない。

「ま、何にしても健康と笑い、ですな」

と梅川氏はクスリの処方箋のようにいってひとりうなずき、困っちゃうな、氏がいうと新興宗教の教義のようにきこえる。何もよき老後を送らんがための教義なのではなく、コーベの人間なら、誰でも自然と会得《えとく》してる人生のコツなのである。

べつにどうってことないのだ。

だからこそ、コーベに美味しいたべものがいっぱいあるのだ。そして美味しいたべものと、たべものを美味しく食べることは別である。安くっても美味しく食べれば、それは美味しいたべものになる。

コーベ人は、美味しいものを美味しく食べる、ということが得意みたい。食通の町ではないのだ。

何しろ、「丈夫で、笑ってくらす」ということをモットーにしてるんだもの。

梅川叔父サンは六甲ドライブウェイを走りつつ、ところどころで止めて、水口クンと二人で煙草を吸っていた。

「いつごろ結婚しますか」

なんて梅川氏は探りを入れ、

「僕？　いやまだ、仕事したいですから」

水口クンは無邪気に答えている。

「それにまだ、ヨメサン食わせられないです」

「いまはあんた、女の方が生活力あります。カオルちゃんやったら大丈夫ですよ」

「それはそやけど、男はやっぱり、自分のおかげで女を食わしてる、思いたいです」

「あんたら若い人でもそうですか」

「女の人が働くのもかめへんけど、そのカネを、亭主の小遣いに廻して欲しい。食わすのは亭主やから、亭主を尊敬してほしい。旦那を尊敬して大事にして、自分のかせいだ金は亭主の小遣いにする。そういう女房がいいです」

「それは君、ワタシでもそうやがな」

と梅川氏はいって、二人は意気投合してげらげらと笑っているのだ。

「ようい うわ」

と私がいったら、二人はいっそう笑っているが、私は水口クンが「自分が働いて女を食わしてる、思いたい」というコトバに興味をもった。それは男女差別じゃないの。

「いや、ほんまいうたらねえ、経済的なことだけやなしに、いろんなことで自分をみとめてもらいたい、いうこと。あの、ホラ、世の中には、旦那が何を考えてるか知ろうともせえへん女の人、多いでしょ。そんで、世《ひと》の中のことも知ろうとせえへん、ただもう、家の中ばっかりが宇宙や、思《おも》て暮らしてる女あるでしょ、そういうのは困るんや」

「男の人は、そういう女が好きなもんやけど、あたしもあれはさらい」

「うん、あれは困るな。自分の主義や生活信条に共感して、みんな意見一致して暮らしてもらうのでないと、いややな」

「何でも意見一致する、なんてこと、ある？　夫婦でも」

「ないかな」

「ないわよ、夫婦かて結局一人と一人よ」

これはいけない、水口クンにいろいろ教えなければならぬ、梅川氏どころではない、私も、家庭だけが宇宙と思っているような料簡のせまい女は好かないが、といって何から何まで旦那の意見にへへーッと手をついて、旦那が指で描く円周の中で生きてる、というのもいやだ。水口クンはそれを「意見一致」というコトバで表現しているけど、結局は思想統制、言論支配じゃないの。

「そんなこわいもんとちゃうけどなあ。――さっきの、健康で、よう笑うて、という生活のコツに加えて、もひとつ、『話がよう合《お》うて』というのやったらよろしいねん」

「そういうたら、わかるけど――でも話が合わなんでも仲のええのがあるわよ。『性《しょう》が合う』、『ウマが合う』というのがええわ、そしたら話も合うから」

「気むずかしや」

梅川氏が、

「お二人は、性が合うて、ウマが合うて、話も合うてますよ。ハア、結構なこってすわ」

とやけくそのようにあてこすったが、水口クンは何のことかわからないから、

「この人に逆ろうたら怖いです」

とニコニコしていた。

梅川氏は残念がっていたが、三宮でおろしてもらい、そこで別れる。

「飲みにいくんですか？」

と聞いたりして、梅川氏は自分も行きたそうだったが、車があるので帰っていった。

やれやれ。私、別にオジンに偏見があるのじゃないけど、水口クンといる方が気らくでいい、精神年齢としてはこっちの方に近いのかもしれない。私は水口クンに、「不信感」

の歌を聞かそうと思ってバー「妻」へ連れていった。つま子さんは与田チャンからテープをあずかっているはずである。

今夜は「妻」の前に氷は溶けていず、しめしめ、開いている。まだ早いので誰も来ていず、つま子さんもシラフであった。私たちがいくと早速、

「ちょいと、この間、えらい目に遭《お》うたんよ」

つま子ママは水割りをつくりながら、

「青柳おみちが、異人館の教会で漬物売ってる、なんていうからさ」

話がどんどんへんな方へねじまがってしまう。

「あのあと田淵センセとトアロードで会《お》うたことあって、そういうたら、おみちのいうてた教会、この近くやな、いってみよか、ということになって」

「ハイ、ハイ」

「いったら白い服の女の人、出て来はって『まごころで漬けます』いいはるやないの」

「やっぱり」

「どうぞこちらへ、いうて案内された部屋にへアドライヤーがあったわよ」

私はまじめに聞いていようと思うのに、つい、にやにや笑いが出て困ってしまった。

「なんとなんと、あんた、そこへいくと皆ドボンと漬けられてしまうんやて！　おみちは黙ってるからわからへん」

みちも、自分の漬けられたことは黙り通したらしいのだ。

「何を漬けるんですか」

水口クンは聞いていないし私もしゃべらないから知らない。私はママにも白っぱくれていた。

「ま、順序を追って話しますと、こうなんよ、まあ世の中にはふしぎなこともあるのよね」

ママは感に堪えたようにいう。

「そこの教会は、いった人誰かれかまわず水垢離《みずごり》をとらせるのね、アーメンさんにも水垢離があるらしいわよ」

ママは古いことをいう。

「何しろ、私と田淵センセ、何も知らずに教会へいった。すると田淵センセ、ってあんな人でしょ、山手にラブホテルがいっぱい、あるもんやから、『ママ、ちょっとこのあと、あこで休憩しよか』なんていって喜んでるのよね。『センセ、よういわんわ』いうてたら、そのうち別々の部屋へ通されて、ブカブカの部屋着に着更《きが》えて下さい、いうやないの、あたし寒うてねえ」

「ハハア」

「どうしようか、下着着たままでええのかしらん、これは漬物にバイキンがついてはいかんという予防のためかしらん、なんて思いながら、ふと窓の下を見ると、下が池になってて、田淵センセが漬けられてた」

「わッ」

「真ッ蒼な唇になって、あたまから水にぬらされてた。私、こら大変や思《おも》て、ボーとした顔になったのね」

「離人症がおこったの」

「わざとそんな症状になったのよ、だってハレルヤハレルヤ、歌うてまわりにいっぱいの人がいて逃げ出しにくいし、ね」

「どうしたの、そいで」

「私がボーとしてると、皆、心配になったらしくて、耳打ちしてていねいに帰してくれたわよ、おかげで水難にあわずにすんだ。田淵センセはがくがく震えてくしゃみして、唇の色なくして、髪の毛べったりとはりついたまま、やっと服を着て震い震い、出てきたけど、『ママ、ホテルへいって暖まろうや』とまだいうのよ。それが歯の根も合わずガクガクして――」

　私は笑ってしまう。

「妻」においてある「港っ子」のタウンニュースにも、むろん、「漬けられる教会」のことは載ってない。それに、いっぺんドボン！　をやられた人は、決して自分からしゃべらないし、雪野さくらさんのように「いいことをした」と信じてる人も、べつに吹聴しない。

　けい子に至っては、「暑かったのでプールで水遊びした」というくらいだから、その教会へいくと漬けられる、ということは全く世の中には知れていない。マスコミにも流れないし、それにそこの人々は、たいへんマジメで、しかも世のため、人のためと信じてやっているのだから私心がない。

私心がないということは現代のPR文化の風潮とは正反対のことだから世の中に弘まらないだろう。尤も、こういったって私は、あの「まごころ会」に肩入れしているわけではなく、今になったらそう怒ってるというのでもない。

ただ、世間にはずいぶん、いろんな考え方や、想像もつかないことをする人たちがいるとわかって感心してるのだ。

「この前、竹本さんが連れて来た東京の女の子が、あれからあと来て、いうてたけど」

とママはいう。

「あの子らもやっぱり、やられたって」

「へえ」

のど自慢まつりの日に私が聞いた情報はこのへんから出たらしい。あのオカッパ嬢はわりにあけっぴろげな性格らしくて、ママに逐一、しゃべったらしいのだ。そのときには竹本さんはいなかったそう。

竹本さんとオカッパ嬢がその邸を門外から鑑賞していると、例によって〈どうぞどうぞ、お待ちしていましたのよ〉と声がかかり、オカッパ嬢は、誰かが電話でも入れといてくれたのかと思ったのだそう。

〈どうぞこちらへ〉

といわれるので、二人は中を見せてもらえるのだと思ってずっと入り、竹本さんは女の子に指さして、

〈ハハア、張り出し窓《ベイ・ウィンドー》がずっとあって、鎧扉、下見板張りで白いペンキ塗り、赤煉瓦の化粧積み煙突、というところが、いっそうエキゾチックだね。ただ家具が家に比べて粗末だな。も少しアンティクなのをそろえれば、風格が上るのに。オープンベランダがいいな、ここは応接間らしいが、こう床がむき出しでは惜しいな、ここはひとついい絨毯を張りこんでほしいところだな〉

などと説明していると、また〈どうぞこちらへ〉と案内され、二階も見せてもらえるのかと行ったら、がらんとした部屋に、ストーブがあったかそうに燃えていて、仮縫室のようなコーナーで、服をぬいでくれ、といわれたそう。オカッパ嬢はずいぶんヘンだなあ、と思ったが、竹本さんに、

〈どうする？　あんた脱ぐんなら、あたしも脱ぐわ〉

といったら、竹本さんはそれより、

〈ここ、何をするところなんだろう？　板の間かせぎをやるようにも見えないし、あら手の個室喫茶とも思えないし、な。教会トルコでもなし、何だろう、何だろう〉

としきりに首をひねっていたそうである。そのうち、何べんもにこやかな婦人が〈いかがですか、ご用意できましたか〉とのぞきにくるし（それは私もいわれた）オカッパ嬢は何だか釣られてあわててしまい、面倒になって、

〈ま、いいや〉

と仮縫室のようなコーナーで、セーターから脱ぎはじめ、すると竹本さんはあわてて、

〈あれ、ほんとに脱ぐの？〉

〈だって、脱げ脱げって、うるさいんだもの〉

(もう、このへんになると催眠術に半分、かかっているのである)

〈どのへんまで脱いだ?〉

〈下着も着けちゃいけないって〉

〈いや、まだ明るいからちょっと僕は。いったい何のつもりで脱ぐのかな〉

〈ヨガでもさそうというのかもしれない、まあ、何だっていいじゃない、竹本さんも早く脱げば?〉

そこへ婦人が来て(たぶんそれは私も会った眼鏡女史にちがいない)

〈神さまのみ前で、あたらしく生れかわって生きる喜びが湧いて出るようになりますわ。そうするにはまず、今までの自分のみにくいもの、汚いものをすっかり洗い流してきれいになりませんと、新しく生れ変れませんせん。よございますか、……〉

といった。

〈べつに自分にみにくいものや汚いものはないと思いますが〉

竹本さんは反駁する。

〈いいえ、自分の目には見えませんでも、神さまからご覧になるといっぱいの汚れですから、それを洗い流して……〉

〈べつに生れ変らなくてもいいですから、いまのままで充分〉

竹本さんは私と同様、だんだんハラがたってきたらしく、

〈いったい、どういう気ですか、僕は何もそのつもりで来たんではないので、強制され

るいわれはない〉
〈いいえ、この門を入られたのは、神がお選びになって招かれたからですわ、そもそも『まごころ会』は〉
と私心のない人だから熱をこめて教義の説明をする。オカッパ嬢はそのひまに、
〈あたし、脱いじゃった〉
と白いブカブカの貫頭衣をまとって、
〈この下、ハダカなんだ〉
と無邪気にいい、竹本さんは思わずじーっと見たりして、眼鏡女史に、
〈さあ、あなたもお早く。お二人でそろって「みそぎ洗礼」を行なって頂きますわ。神さまの前では平等ですから、男性も女性もございません、ご一緒にそろって――〉
といわれている。「妻」のつま子さんに注釈させると、
「竹本さんは、二人で風呂にでも入る、というようなことを考えていたにちがいないのよね、助平根性で脱いだんだわサ」
ということになる。
「えらい風呂やねえ」
私は笑い出してしまう。
竹本さんは女史にそういわれるとなぜかあわてて脱ぎはじめ、白い貫頭衣を着て、
〈どこですか〉
と女の子と庭へ連れられてゆき、きょろきょろしていたそう。もう「ハレルヤ」の歌

声が沸き上っていて、女の子のほうは何思ったのか、水に飛びこむ前に準備運動をして、肌をこすり、ばしゃっと飛びこんで、

〈わッ、やったあ！　これで、冬に水のプールで泳いだって人にいえるわ〉

かえって何だか嬉しかったそうである。すぐ出ると、待ちうけていた女の人があったかいタオルでくるみ、髪も拭いてくれて、ストーブがじゃんじゃん燃えている部屋へつれてゆき、

〈大丈夫ですか、きつねうどんを召し上りますか？〉

〈ハイ、関西のおうどん大好きです、頂きます〉

と女の子は答え、

(なんという親切な人だろう。何という、いいところだろう、「まごころ会」って)

と思ったっていうから、私とはえらい違いなのである。人はさまざま、オカッパ嬢は、いろんな自己記録を蒐集するのが好きな子で、馬に乗ること、北海道の鶴を見ること、いい男にコーベの町を案内してもらうこと、京都の祇園さんに大晦日まいること、などを一つずつ実行し、その中に、冬のプールで泳ぐ、というのも、あらかじめきめたことではないけど、話の中で、

〈あたしは冬に冷いプールで泳いだことがある〉

といえるから、嬉しいのだそうだ。

だんだんと話しているうちに話が大きくなり、やがて〈いちめんに氷が張ってたのを、割って入った〉となってゆくクチかもしれない。

しかし一方の竹本さんは、来てみると水の冷たそうなプール、枯葉が落ちて水面に浮んでたりして、それも寒そう、わりに暖かい日和だったというけど、ともかく山手は、ふもとの町よりいつも一、二度は気温が低いから寒いのだ。

〈なんでこういうところへ漬けられねばならんのですか、君たちにそんな権利はない。実力行使するつもりかね〉

　と必死に竹本さんは踏みとどまっているのを、二階からオカッパ嬢はきつねうどんを食べながら見下し、

〈竹本さん、思い切って飛びこむと、あと、体がほかほかしてあったまるわよ〉

〈いや、僕は自分で納得しないことは。いったい何のつもりでこういうことをするのか、ちょっと君、も少し論理的に、ですね〉

〈さあ、ほんのちょっと、さっと浴びて……〉

　と眼鏡女史は水に突き落さんばかりにいい、

〈こんなところへ入ったら心臓麻痺をおこしてしまう、冗談じゃない、一一〇番を呼んで下さいよ〉

　竹本さんは水際で粘って、からくも踏みとどまっていたそう。

〈いいえ、心臓麻痺なんぞおこされた方はいませんでしたよ、ついぞいっぺんも〉

〈心臓麻痺もだけど僕はその、痔《じ》なんで、こういう水に入るというのは、考えただけでも……〉

〈そういう肉体の病いは、心が癒されると、とたんになおってしまいます。何たってコ

コロですわ、痔なんて病気はあなた、こう申しちゃ失礼でございますが、ご自分の性格がかたくなで、他人に心を開かない、うちあけあってフタゴコロないところを見せない人が罹《かか》るものですわ、いっぺん「みそぎ洗礼」を受けられると、たいがいの病気はなおります。世間では奇蹟のショック療法といっていますが、神さまのお力によるものでございますのよ、私どもには奇蹟でも何でもございません。水の中におクスリが入っているわけでもございません。水は毎日かえて、新しいきれいな、清潔な水でございますが、神さまの思し召しで、奇蹟が行なわれるのでございます。そりゃあなた、全国からお礼状がたくさん来ていますわ。あとでお見せしてもようございますが、その中には、痔のかたもいらして、「みそぎ洗礼」を受けて快癒した、と喜んでいらっしゃいます〉

弁舌ではさすがの竹本さんも眼鏡女史に勝てないのである。

オカッパ嬢はゆっくり、きつねうどんを食べ終り、いい気持になって下を見ると、まだ往生ぎわわるく竹本さんが争っていたので、

〈ねえ、まだ入れないのォ？　入ってみりゃ、そうつめたくないわよ〉

〈若いものと一緒にはならないよ〉

と竹本さんはうらめしそうにいい、

〈あら、竹本さんて、そんなにオジンだったの？〉

オカッパ嬢が何の気もなくいったものだから、竹本さんはムカムカしたのか、

〈今日は水難の日だったのかも〉

とぶつぶついって、こわごわはいり、

〈きゃっ〉

といって身を縮め、そういう人は、私の場合と同じく、あべこべに寄ってたかって漬けられるようである。

――という、オカッパ嬢の報告だったよし、

「いい色男も、カタなしだったって」

とママは気の毒そうにいって喜んでいる。大体、竹本さんは一流好みなので、美女のたくさんいる「夜の県会」「夜の商工会議所」といったバーが大好き、いつもこわれかかった椅子のバー「妻」などは、「ここで飲むとウイスキーまで小便色にみえる」などと放言してつま子さんを腐らせているので、竹本さんの受難にさして同情はもてないようであった。

ただし、竹本さんは、私がワザと「まごころ会」を教えたのかと思ったらしく、

「カオルちゃんは来るか来るか」

と気にして聞いていたそうである。私に文句をいおうと思っていたのかもしれない。私もべつに竹本さんをそんな目に遭わせようともくろんだわけでは決してないのだけれど。

ドアが開いて、珍しい花本画伯の顔がみえた。

「まあ、先生、いつニューヨークから帰りはったんですか」

「うん、こっちで個展するんで、ちょっと帰った、また向うへいく。女房《よめはん》は向うで。留守番してます」

花本さんはヒゲを生やして、それがぴったり、さまになっていた。頰から顎までを掩って、それにちょいちょい白いものがまじったヒゲは、花本さんをいっそう、イイ男にみせている。

「うん、ニューヨークはもう寒うてな。ヒゲがあると暖かい。向うはヒゲのある男、多うてな」

花本さんは、まるで昨日も逢った人のように、

「ちょっと濃いめ」

とママに注文する。

「ニューヨークでも、うちみたいな店、見つけたん?」

とつま子さんはきいていた。

「いや、家で飲んどった、毎晩、誰かかんか来るし、泊っていったりしてな」

「こっちに居てるより飲んでたんでしょ」

「うん、その代り仕事もよう、できる。仕事しか、することないからな。こっちにいてると雑用多いけど」

「そんなんいわれると、いい出しにくいな。さっき花本センセに、久しぶりで『ベル・フィーユ』の例会に来て頂いて、ニューヨークの話でも聞かせて頂こうかしらん、とちょっと思ったんやけど」

と私はいった。

「そら、いきまっせ、『ベル・フィーユ』のことやったら」

「センセ、また、鼻つまんで、色気ある声出せ、いうて無理に練習させはるねん」

「いや、色けはもう、それで沢山じゃ、女は仕事してると色け出てくる。働く女はみな、トレトレのイキのええ明石鯛みたいや」

そうそう、このセンセは、こういう表現がお得意だったっけ。

「『ベル・フィーユ』のめんめん、元気にしてるか」

「はい、みんなピチピチしてます」

「そらええけど——そういうたら、昨日、けい子に、三宮で逢うたら、これから病院へいく、いうた。どこぞ悪いのかな」

それは聞いていなかった。カゼでもひいたのかしら。

水口クンが、

「センセ、ニューヨークからですか」

というので、私は紹介してあげた。

「僕、暮れからニューヨークへいきます」

と水口クンはいそいそしていた。

「あたし、聞かなんだ、どうして？　いつきまったの？　何の用事？」

——何しろ、私は好奇心まんまんの女であるから、知らないことを聞くと、目がまん丸になって、ハゲシク追及する。しかし水口クンの場合は、好奇心だけじゃなく、ガッカリ、という気味もあるのだ。

「いや、ちょっと仕事で。——といっても、向うでの使い走りやけど、自分でもついでに調べたいことあるし、勉強したいこともあるから……」

「長くいるの」

「いや、すぐ帰ります。でもひょっとしたら、あちこちまわって……すると、半年一年位は日本を留守にする。ニューヨークにいるのは、一週間か二週間ぐらいやけど」

「なんや、半年、いてへんようになるの」

私は何だか、がっかりしたのだ。水口クンとはべつに毎日会っていたわけじゃなく「アトリエ・ミモザ」に顔を出すと、

「あ、きたの、お昼たべへん？　あたし奢るわ」

というような間柄だった。あんまり、ぺちゃくちゃしゃべる、というのでもなく、それに、水口クンはぶつぶつとひとりごとをいうクセがあり、私は耳にもとめず、それでも横にいるというだけで、気が和むところがある。いい子なのである。

そういういい子が、日本を留守にする、というだけで、私は日がかげったような淋しさを感じてしまう。

「そうかあ……じゃポートピアを見ないでしまうこともあり得るの？」


私は珍しく小説を読んでいた。

女の子が喜んで読む、廉価版のハンディな翻訳もの恋愛小説である。何冊も何冊もあって、安くて買いやすいものだから、ウチのノブちゃんらはよく買っている。

またたく間に五、六冊買ってくる。

「面白いの？」

と聞くと、

「はじめの一、二冊は面白いです。それにみんなハピイエンドで、ホッとするんです。あたし、不幸な結末がきらいなんです。テレビドラマでも、あわれなところが出るとすぐ切っちゃう」

とトシヨリのようなことをいう。

「何でやろ、へーえ」

と笑っていると、

「不幸なん見ると腹が立つからでしょ、苛《いじ》められたり、ダマされたりしているのん見ると、『ああっ、けしからん、もっとシッカリせな』なんて思ったり、うしろからいって、暴力ふるってる奴のアタマを、がいんといわしとうなったり……」

「アハハハ、あんたの方が暴力的やないの」

とまさちゃんと笑ってしまう。

「でも、そんな風に腹を立てると、ええ仕事でけへんでしょ、あたし、いつも、いい気分で服をつくりたいから、腹を立てるまい、憎らしい気分や不快な気分で仕事するまい、と心にきめてますねん」

「オーヤ、『アトリエ・ミモザ』にそんなリッパな考えの人が、いとってやった、なんて知らなんだわ。大将はさっぱり、出来がわるいのに……」

と私はいった。この場合の「大将」は私のことである。

「ちゃいますよ、センセは努力せんでもそうなっとってやけど、あたしら、まだそこまでいきませんから、これでも努力してますねん」

ノブちゃんはすましていい、この場合の「センセ」も私である。私はいった。

「あたしも、よう腹立てたりするけど、ええ気分でいてへんと、ええ服がでけへん、というのは、これはほんとよ。服って、着てええ気持になるためのもんやもの。不幸な人がつくったら、不幸な気分が、着た人に伝染してしまう。……ノブちゃん若いのに、そこに気がつくて、えらいえらい」

と私は、ノブちゃんのあたまを撫でるしぐさをしてやった。ウチの店のまさちゃんも、ノブちゃんも、若くて美人である。というより、仕事を一生けんめいして、丈夫で「よく笑う」女の子は、抛っておいても美人になってくることを発見した。

そうしてその美人性は伝染する。

ウイルスのように、とびかかってくる。まわりの人間を染めてしまう。金米糖《コンペイトー》のタネみたいなのが一粒あれば、美人はどんどんふえてふくれていくわけ、水口クンは、

「コーベは美人が多い」

といったことがあったけど、つまり、そういうことではないかしら……。

「センセのそばにいるから、しぜんに見習っちゃいますよ」

とノブちゃんはいうが、それでは私が「美人」の核のようなものではないか、ムフフフフ……。

ところでその、何十冊もシリーズで出ている翻訳恋愛小説だけど、ノブちゃんにいわ

せると、

「はじめの一、二冊は面白いけど、やがて舞台と主人公が変るだけで、同じ味なんです。チェーン店みたいなもんですね」

といっていた。で、五、六冊ないしは七、八冊もありそうな本を、店へ置いたまま、

「欲しい人にあげます」

といっていたので、私は二、三冊もらって帰り、読んでるわけである。私の書棚の中にはあまりたくさんじゃないけれど、ずらりと小説類が並んでいるが、「欲しい人にあげます」というような本はない。私は、本というのはいったん読んだあとも、人にあげる気にならない。気に入らなくても、「読んだ」ということは自分の財産が一つふえたことだから大切にする、という古風な習慣がある。（そのへんが、ハイ・ミスの、ハイ・ミスたる所以《ゆえん》かもしれないけど）要らなくなって屑屋に売ったり、駅の屑籠に抛りこんでゆく、ということはできにくい。

で、そのチェーン店小説も読んでしまうと、ちゃんと本棚にしまいこんでいるのだが、私には結構、面白かった。しかし、三冊めを読み終えたとき、どこか充足されないことに気付いて考えこんでしまった。大信田さんに訊《たず》ねれば、答えてくれるかもしれないけど……。いろいろ考え、ハタと思い当ったのは「作者」の顔がつかめないのだ。私たちは本を読むとき、著者と対話していることに気付く。著者作者の人品骨柄《こつがら》は、何となくそこへあぶり出されてくるもので、それとつきあって、共感したり反撥したり、するのである。

しかし、これらの小説には「作者」の顔がつかみにくくて、とらまえどころのない気がする。

ずっと前に読んだ本の中に、そのむかし、ハリウッド映画全盛時代に、映画会社の社長が、あたまに閃《ひらめ》いた思いつきを、ただひとこと、たとえば、

「ルネッサンス！」

と叫ぶと、それッというので、スタッフがよって、ああでもない、こうでもないと、ルネッサンスに関する時代ドラマをつくりあげる、という場面があった。その筋立ても、たくさんで寄って大衆に喜ばれるような筋を考え出して、それを練り上げる、というのである。私はチェーンストア小説を読んで、その話を思い出した。どんなに面白くても、どこか充足させられないのは、そのせいかもしれない。タッタ一人の人間の心、というのが、いちばんひびくもので、本を読むなんてそもそも、一人だけの作業なんだし。

服とおんなじで、ココロ、というのが出ていないと、人にアッピールしないんじゃないかしら。（平栗ミドリは「港っ子」で、そこんところをうまく、

「ポリシー」

と表現してくれたけど、私は外国語よりも、

「ココロ」

というコトバが好き）

コーベは「ココロとロマンの売り手」ですね、といったのは水口クンだったっけ。

私は小説本を置いて、いつか知らず、考えにふけってしまう。

何かあると、水口クンのいったことを思い出す、というのはなぜなのか。それは水口クンのコトバに「ココロ」があるからにちがいない。自分の心から出たコトバだから、人の心にひびき、その時はそう思わなくても、あとあとまで、へんにおぼえている、といったものなのだろう。

　水口クンが半年か一年くらい日本を離れる、というのは、私には淋しかった。べつに親しくもしていない男の子なのに、何でこういう気になるのかしら。私は、

「ポートピアも見られへんかも分りません。もしかして、日本に帰るのは再《さ》来年かもしれませんから」

と「妻」で水口クンがいったので、彼に腹をたてている。コーベにとっては何十年にいっぺんのフェスティバルで、私たちもはりきってるのに、それを平気で抛って、海外へ出かけてゆくなんて。

　水口クンの世界はアメリカだけでなく、もっとほかの国々にまで拡がっている、ということかもしれない、そのうち私も、ニューヨークやパリでショーをやりたい夢はあるから、そんなことを考えると、水口クンがあちこちへ出かけて「自分でもついでに調べたいこともあるし、勉強したいこともあるから」というのは当然かもしれない。

　それでも、あんないい子が、日本からいなくなるということは淋しい。いなくなる、ったって永久消滅ではなく、また帰ってくるといっているのに、こう淋しいのはなぜかしら、

「それはアンタ、水口クンが好きやからやないの」

と大信田さんが「アトリエ・ミモザ」にやってきて、いった。

「ひえっ、好きったって、いろいろあるけど、好きは好きでも……」

色恋ではない、と私はいうつもりだったが、明敏な大信田さんは遮って、

「なあに、なんかかんかいったって、やっぱり『好き』の中には、男と女として惹きあうもんがあるからよ」

「そうかなあ、年下よ、彼」

「トシなんか飛んじゃうよ、どっかへ」

「うーむ」

「コードロ見なさい、オカッパ嬢とこの頃はいつも連れだって遊んでる」

と大信田さんは竹本支局長をわるくいった。

「それから、ムラケンだって、仲いいよ、モト子さんと。あれも、ムラケンが年下なのにさ。コードロ中年とオカッパ少女ほどにはトシが離れていないけど」

大信田さんは笑うが、私はムラケンを知ってるから、ムラケンをわるくいえなくなっている。このまえ、文化ホールでお芝居を見ていたら、偶然、斜め前の席が、ムラケンとモト子さんだった。ムラケンは、モト子さんの背中にコートをかけてやり、休憩時間には紙コップに熱いコーヒーを二つ持って来て、モト子さんに手渡していた。モト子さんが半分飲み残してムラケンにもどすと、ムラケンはまたそれを受け取り、捨てにゆく。

私がうしろから見ているからそうするのではなく、ごくごく自然なしぐさで、そういう風な世話をやり慣れた、という、あるいは、世話されつけている、といった感じであ

るのだ。

もう十年も前からの夫婦みたい、モト子さんてふしぎな人だとつくづく思った。独身のときも、何だかいかにも処女くさかったが、いまはいかにも人妻くさかった。

そうして、がらっぱちで皮肉言いで酔っぱらいのムラケンが、いそいそして、モト子さんの世話をやいているのも、何だかムラケンに似つかわしく、要するにこの二人は、「ピッタシカンカン」という感じで、はまるべきところにはまりこんでる、うまくいった見本のような感じで坐っていた。

好奇心まんまんの私は、目を丸くしてじーっとそれにみとれていたが、何となく神サンのにんまりした顔を想像できた。神サンというのは、海野社長ではないけれど、実にいろんな人生を貸しつけて喜ぶ人である。

水口クンが好きかどうか、「淋しくなる」ってことは好きなのかもわからないけど、まあ、どっちつかずでおいて、その、どっちつかずぶりを娯《たの》しむだけでいいだろう。べつに私、「人間は好きになればかならず結婚しないといけない」という主義ではないんだし、そもそも結婚という概念ももうこれからは、どんどん変っていく、と思うのだ。

昔のように、結婚して子供を育て、天皇陛下と国家のために捧げないといけないということになれば、政府が結婚を奨励し、社会道徳がそれをあと押しするだろうけど……それに、昔は女一人で生活できる場も実力もなかったから、結婚は生存する手段でもあったけど、もう、少くとも私はそこからはずれてきてしまってる。

いや、私だけでなく、「結婚」について、今までとちがう観念をもってる女が多くなってる。

女性週刊誌などで、適齢期のお嫁さんさがしの男の子が、口をそろえて、

「亭主関白になりたい」

「妻には家にいてもらいたい。僕が働いて帰ったら、到れりつくせりにして喜ばせてもらいたい」

というのは、異様な感じである。少くともその男の子たちが求めているような「みめうるわしく才たけてなさけあり」という女なら、家庭に閉じこもり亭主関白に仕えるという生き方は、もうできなくなっちゃってる。

若い女の子ですら、そうなのだ。

まして「実力」、底力ある私たちは、モト子さんとムラケンの結婚生活の充実ぶりを、

(ヨカッタ、ヨカッタ)

と思うけれども、自分ではまたちがう生き方をするつもり。

水口クンに対する気持の、「どっちつかずぶり」を、ひそかに娯しむのもいい。

私は「兵庫タイムス」に用があっていった。

もうずいぶん寒くて、でも私は、コートの裏にも毛皮のチャンチャンコを縫いつけているので平気、ただズボンとかスラックスとかいうのは好きではないので、優雅にスカートをはいてゆく。ブーツもきらい、やっぱり、人間おのれを知るというのか、似合うものをちゃんとわきまえてる。けい子や大信田さんはぴっちりジーンズとか、ぐっと粋なブーツに足もとをかためても、よく似合うんだけど……。

学芸部の「バー・三階」はもう人でいっぱいだった。まだ日が高いので、置き壜は出ていないけど、イノシン先生やら、一時帰朝の花本画伯の顔も見え、個展の打ち合せや、その案内記事のことでもあるのだろうか。

そこで偶然、水口クンをみつけてしまった。

するとふしぎなことに私は、水口クンに、

「なんや、コーベに来てたん。ウチの店へも寄らずにこんなトコでトグロ巻いて」

と恨みがましい声が出たのだ。

「いや、これから、もうちょっと暗うなって寄るとこやったんですワ」

水口クンは屈託なくにこにこし、ハッちゃんをかえりみて、

「どうせ、夜、三宮をうろついてたら、カオルさんらに見つからずに居れないでしょうから、コーベへ来たら必ず表敬訪問してますよ」

と笑った。

「ほんま？」

「ほんとです。僕には、コーベとカオル先生はいっしょのもんみたいなものですから」

といいながら私は、ニヤニヤと頰がゆるんでくる。

「先生はやめてよ」

（こらッ、しっかりせんかい！）

と自分に声をかけながら、つい、水口クンを見てニヤニヤする、なんて、

（いやだよ、もう……だらしない）

しかしやっぱり、水口クンはいい子であるのです。

水口クンは手に、小型本を持っていて、

「これ、僕にもやっと、書かせてくれるところがあって、本になりました」

「何ですか、それ」

「ガイドブックです。『ラーメンうまいどころ・こっそりガイド』」

「ふーん、あんたやったら、きっとココロのこもったガイドやろうねえ」

「ココロは分りませんが、胃と舌の実感はこもってます」

「水口クン、もっと硬派のもの書く人か、と思ってたんやけど……」

私が何げなくいうと、水口クンはあたまをかいてみせて、

「それはなかなか売れません、まずとっかかりやすいところからいきます」

あはあはと笑って、いつもそうなのだが、水口クンといると私の気持も、のんびりしてくるのだ。

私は「こっそりガイド」をもらった。

「この出版記念会をせんとあかんわねえ」

「ハイ、やりましょう、今晩やりますか」

「今晩、て、人がそう急に集まらないわよ」

「二人でやったらええやありませんか、あ、先輩も誘うか」

水口クンが「先輩」というのは「兵庫タイムス」学芸部記者、ハッちゃんのことなのだ。

私は「二人でやったらいい」という水口クンのことばに、内心、だらしなくドキッとしたり、うれしがったり、している。

ハッちゃんがそこへきて、「こっそりガイド」のべつの一冊を手にとり、夕刊に広告が載ることを水口クンに教えた。小さな小さな広告だけど……。

「出版記念会、兼、壮行会ね、水口クン、アメリカへいくんやから」

と私がいったら、ハッちゃんが、

「そうそ、『毎朝』の竹本さんがかわるんやて、ねえ……。竹本さん、東京へ帰るらしい」

「転勤?」

「うん、偉《えろ》なりはんねん」

「へー。からかい相手が居なくなるとさみしい。……あ、これ、ここだけの秘密よ」

私は笑ったけど、ふっと、ミドリの「港っ子」によく載ってたコトバを思い出した。

「コーべは港

港は別れ

港には

出あいもあるが　別れもあるのだ」

水口クンと二人で「チャッチャ」へいく。海老のソースかけやら、スパゲティやら、「頓八」とちがって、なんでこう、片はしから美味しいのかというような味。

すね肉の煮込みなんていうのも絶品である。

「水口クン、アメリカへいったら、こんなん食べられへんよ」

と私はまだ怨みがましくいっている。コーベを愛してコーベの町しか知らない私は、ホカの町なんか、いいとは思えないのである。

「なあに。僕はどこへいっても、その土地のもん、美味い思うて食べますよ。どこそこのナニナニでないとあかん、ということはないから」

　水口クンならそうだろうと思うが、私としてはそうやってサバサバと、あちこち渡りあるく男というのは、すこしシャクである。自分が流れあるくことができないので嫉妬もまじっているのかもしれないけど。

「塾のセンセの口はどうするの？」

「しばらく休職、ということにしてもらいました。尤も、休んでたらサラリーは出ません」

「アメリカへいったら糸の切れた凧《たこ》みたいになってしまわへん？」

「アハハハ。そうならないように、カオルさん、糸を引っぱってつないどいて下さい」

　水口クンは冗談だろうけど、私は考えてしまうわけである。それにしても、

「なんでみなニューヨークにいきたがるんでしょ、治安は悪いし、気候もようない、というのに」

　といったら、

「そうですね、何ンか新しい発見か面白い刺戟がありそうに思えるんですね」

と水口青年は素直にいう。

「面白いことならコーベにも、たくさん、あるやないの」

「コーベは居心地よすぎて、居眠りしてしまいます」

「結構やないの、みんなで居眠りしたらええやんか、みんな楽しくトシとりましょう、という町なんやから」

と私も夢中で、海老のソースかけを食べつつ、いっていた。水口クンのいいところは、

「うん、それはたしかに、ええねんけど」

とまずいって、ショックを和らげる点である。

「あんまり洗練されすぎ、いうのんか、あんまり身内的、同人雑誌的すぎ、いうのかな、何かやっても楽屋受けするけど、もうひとつパワーがない、いうか……」

ちょっとわからないけど、水口クンのいいたいことの感じはわかるようでもある。それでも私はコーベをけなされたように思って、いい気持じゃなく、

「何さ、やる気になったらどこにいてもやれるはずよ、新しい発見や面白い刺戟がなかったら何もでけへん、なんてナマケモノの口実やわ、コーベにかて刺戟はいっぱいあるわ」

「それはコーベの女の人を見てたらわかりますよ、ホント」

水口クンは、ひやかしではなく、素直にいう。この青年は、ひやかしや皮肉、あてこすりに全く縁のなさそうな男の子なのである。現代はワルの男の子ばかりのようであるが、中にひょいひょいと、昔には見なかったような、とびぬけて気のいい男の子が、たまにいるもので、これは環境もあるが、生れつき、というのが大きな要素であろう。

そういうのは、人間の中のタカラモノのようなものである。

財産のタカラモノは売り買いできるが、人のいい、というのは売り買いできない。

何がタカラといって、こっちが、

(何という、いい人間だろう)

と思うような男、あるいは女の、その心をもらうほどのタカラがあろうか。心をもらう、というのは、親しくなる、愛を分けてもらう、気持が通じ合う、といった、要するに、心と心が結ばれ合う関係になることである。

私は水口クンを、そういうタカラモノとして見ている。恋というより人類愛に近く、人類愛というよりは、も少し、排他的なものであるが。

つまり、水口クンが「先輩、先輩」とたてるハッちゃんよりも、私の方に対して、ずっと親密にしてくれる、そういう関係でありたいのだ。

しかし、現実には私は水口クンにそう宣言して、親しいツキアイを強要するよりも、むしろワルクチを、いっている。ズケズケと、

「猫も杓子もニューヨークなんて、発想が貧困やわ、刺戟を受けるより、与えるような存在になったらええやないの」

と水口クンをきめつけているのだ。

「いやもう、コーベの女の人からは、いっぱい刺戟を与えられました。それはようくわかってますが」

「ニューヨークは食べものも不味い、いうのに。コーベがいちばん美味しいのよ」

「そうや、思います」

「これから寒うなる、というときに。ニューヨークは十月にはもうアラレや吹雪が降る、というやないの、今ごろから行くなんて、アホや」

なんでひとこと、

(アンタ行ってしもたら淋しィなるワ)

といえないのか、私はそれがいえないために、憎まれ口を叩いているのだ。

水口クンはおかしそうに笑い、

「いや、仕事でいくから、足代がタダになるんで、これを見逃すテはない、思いましたから」

「こんど日本へ帰ってきたらコーベに住みなさいよ」

「はあ。もし、帰れば、の話です。インドへでも行ったら、時間の観念おっことして、居付いてしまうかもしれへんな」

「それはいけませんよ、それは」

「まあ、そら、ないと思いますけど。お袋や兄貴にもそれ、くれぐれもいわれました。僕、よっぽど糸の切れた凧みたいにみえるのかな」

水口クンは「チャッチャ」の勘定を払い、

「しばしのお別れやから、僕が奢ります」

「あれ。壮行会やから、あたしが奢るつもりやったのに」

「いつも奢ってもらってるから悪いです」

そんなことされると、まるで「長のお別れ」みたいになってしまう。はじめての変な気持。

それにしても、水口クンとこんなにつきあってて、彼の家族の話を聞いたのもはじめてであった。そうか、お袋や兄貴がいるのか。

「兄貴は僕と違《ちご》て、かたいサラリーマンです。結婚してても子供もあります」

そんな話をしながら、コーベの夜の町を歩き、灯のついている山肌を見上げて、

「市章もしばらく見られへんなあ」

と水口クンはいっていた。

「『港っ子』のタウンニュースに『おたより欄』があるから、ニューヨーク便りを書きなさいよ、そしたら一人一人に絵葉書を書く手間がはぶけてええわ」

今日の私は、心と反対のことばかり、いっている。本当は水口クンが私にだけ絵葉書をくれればいい、と思っているのだ。しかし水口クンはそんなことはつゆ知らず、

「そうします」

などといっている。そして、

「今晩は、『妻』も『らんぷ』もみーんな廻りたい。——そういうても、スグ帰る気になるかもしれへんけど」

「きっとそうよ、コーベが恋しくなるのにきまってるわよ」

と私は確信をもっていう。

「カオルさんもついでにいきませんか」

水口クンは煙草を買うように簡単に、

「ちょこちょこっと廻って——」

「いや、あたしはコーベ離れるのん、かなわんわァ。充分、ここで刺戟的やから」

これも反対。水口クンとニューヨークへいくのなら面白いかも、と思ったのだ。

店をしばらく閉めて、ぐるっと廻ってくるかな。

べつにそうしても、いけない、ということはない。しかし、春にはポートピアがあるし、お祭り好きの私としては、見のがせないし、その前に、忘年会がある。もう会場も、生田の浮田さんのところを予約しているのだ。これをすまさなきゃ「ベル・フィーユ」としては無責任である。

「らんぷ」へいったら、平栗ミドリと木暮阿佐子さんがいて、忘年会のアイデアを考えていた。

「コーベ名物の瓦せんべいを両方からかじってゆく、というのはどうかな」

「おしまいにキスになるけど」

「だからさ、男性女性で」

「入れ歯の人も参加できるようなのを考えて下さい、若い人は遊ぶトコがたくさんあるんやから、年輩向きのゲームを」

「せんべい食い競争に参加しない人は、おしりで風船を割り合う、というのはどう。これも男女でペア。早よう割った組が勝ち」

「腰の曲った人にもできて、ええやないの」

と大騒ぎだった。べつに老人ホームのお見舞いではないのだが、わが「ベル・フィーユ」のPTAの中には、かなりご年輩もいられて一年一度の忘年会を楽しみにして下さっているので、オトナが楽しめるように配慮する。

お客に対し、かたや、こちらの「ベル・フィーユ」は花の女ざかりなので、お色けも適当にとり入れなければいけない。

「あたしらがジュバンとお腰で立ってる、そこへ男の人が着物を着せて帯をむすぶという、着付け競争、というのはどうかな」

ミドリはこういうアイデアをいっぱい考え出す。

「ひゃー、くすぐったい。想像しただけでもくすぐったいわ」

と私は笑った。べつに着付けする男の人がくすぐるわけではないだろうけど、体のあちこちさわられそうで、たぶん、「ヨーイドン」でその競争がはじまったら、場内、「ワー」「キャー」と騒然となるんじゃないかしら。

「大信田さんにぜひ、これ、採用しよう、いおうね」

ミドリは笑いすぎて目の涙をふきながらいった。

「水口サン、あんた、女の人の着物の着付け、知ってる?」

とミドリは聞き、

「知りませんよ、ウチのお袋のも、あんまり見たことないから」

水口クンはきょとんとしていた。

「女の子でも知らんのやから、男の子が知ってるはず、ないわ」

「珍妙な着物姿になる、と思うわ」

「マヌカンになった人は、一切、口出ししないこと」

阿佐子さんがいい、これは私など、さしずめ、つい、うるさく口を出して、

（ちがう、その紐をそこへしめたら、あかん、腰骨のとこ。からげの上へは伊達巻きをしめる！　あかんあかんあかん）

　といいそうである。

「絶対、教えたらあかんよ。男の人に好きなように着付けさせるんやから」

「右前になったり、帯がほどけたり」

「大波さん、海野社長、浮田宮司さん、福松センセ、ハッちゃん、イノシン先生、なんかにやらそ」

「あんがい年輩の人は知ってるかもしれない、今どきの女より」

「トシヨリでなくても田淵センセなんかはよく知ってるかも。女の人が脱いだり着たりしてるのをよく見てると思うな」

「あれはゲームから除外せえへん？　邪心がありそうでいけない。やはりゲームはフェアにゲームをたのしめそうな人でないと。大信田さんにいわせると、『ハラワタのきれいな人にゲームに参加してもらう』というにきまってるわよ、そこへくると田淵センセはタッチすると思うわ」

　阿佐子さんがいうので、また皆は笑った。

「面白そう、こんな忘年会を見ずにいくなんて、ちょっと残念です」

と水口クンがいうが、私は当り前でしょ、と思っていた。いまにニューヨークからコーベへ「刺戟と面白さ」を求めてくるようになるかもしれないのだ。

けい子が入ってきた。今夜は目もさめるようなオレンジ色のスーツだった。見れば靴もオレンジ色、けい子はちょとポーズをとり、

「どうお、これ、……」

「舞台衣裳みたい、それで『不信感』を歌えばよかったのに」

けい子は止まり木へ止まって、

「忘年会？　去年みたいな男と女の首引き競争、なんて見苦しくワイセツなん、やめてな」

と何だか気焔が上っていた。

でもそれはアルコールのためじゃないらしく、ミドリが、

「けい子、あんたも着付け競争のマヌカンになってや」

というと、

「それが、そうもまいりませんのだ」

と抑えきれぬ笑いをニヤリと洩らす。

「十二月のはじめに、『ベル・フィーユ』の会員資格はなくなるのだ」

「というとつまり」

「そうなのよ、モト子さんの次に名誉ある脱退」

「あんた、いつも『お先ッ』っていうて、あと足で砂かけて出ていくクセあるけど」

「そんなことはしませんよ、けど『ベル・フィーユ』もさ、だんだん平均年齢あがるよって、若い会員を入れて、どんどん若返り作戦せな、いまに『婆フィーユ』になるよ」

「にくらしい」

「アハハハ。……おやおや、こんどの『天幸』の例会で打上げ花火をやらかそうと思《おも》てたのに、口かるくしゃべっちゃった。あたしって何て、おしゃべりなんやろ、ちっとはしゃぎざかり」

「うーむ」

というばかりであった。

らんちゃんママが、にゅうめんをつくった。

なんとけい子は、お酒を飲みにきたのではなく、ここへ、にゅうめんを食べにきたらしいのだ。

「このところ食がほそくなってしもて、何も食べる気ィせえへんし、欲しくなくてね、ここのにゅうめんなら、はいるんだわサ」

「へんな奴」

「幸せな人は食が細いのかしらね」

ミドリが皮肉っても、けい子は、

「うふ。ふふふ」

などと悦に入って笑い、目ざわりであった。

「けい子が脱退するなんて、けしからんやないの」

「まあ、そう言いなさんな」

「やっぱり結婚なんか、したいのかねえ。無限の倦怠が待ってるだけなのに」

何をいやがらせいっても、けい子は、

「うふ。ふふふ」

と笑って、にゅうめんを食べているのだ。

「――ま、何とでもいうて下さい。でも結婚式は盛大にして遊ぼうよ。――じゃ、お先ッ!」

と帰ってしまう。

「なーに。あれ」

と、あとの連中に評判がわるいったら、ない。

「やっぱり本当やったのね」

「ま、けい子は美人やから」

阿佐子さんが呟くと、

「どういう意味や、それは」

と、ミドリや私たちの機嫌がわるくなった。

「でも、式は盛大にして遊ぶ、ってけい子さんいうてるから、いろいろ趣向を考えましょうよね」

らんちゃんママが、とりなすようにいった。

すると、忘年会より結婚式の方が先になるのか、

「もう、いっしょにしてしもたらええやないの」

と私たちはいい合った。

しかし、「十二月はじめ」といっていた日が近づくのに、連絡は入らない。例会にも来ないし、店は閉まっていて、店の女の子たちも出ていない。

けい子は入院していた。

「胃ィが具合わるうて。結婚の前にちょっとクスリで潰瘍《かいよう》、癒すねん」

と、けい子は見舞いにいった私たちにいう。

花に埋もれた日当りのいい病室には、店の女の子や、家族の人たちが、出たり入ったりしていて、けい子はその人々に、ふだんとちっとも変らぬ元気のいい声で、

「お茶、出したげて」

といっていた。

けい子はほっそりした女であるが、いまはいっそう、顔がほっそりしていた。それでも瞳にも声にも力があるのは、「結婚」という大きいたのしみごとが目の前に近づいているからかもしれない。

「忘年会と結婚式を一緒にしてしまおう、と思《おも》たけど、やはり忘年会が先になるかな」

と大信田さんがいった。

「そうねえ……もうマンションも移るばっかりになってたのに、ちょいと延期することになったから。テキは春でもいい、いうねんけど」

けい子は婚約者のことを「テキ」なんていっている。そうして私たちに紹介したそう

で、けい子の姉さんだという人や、親類の人に、

「ねえ、まだ来《け》えへんのかなあ、電話してみて。今日来るっていうてたのに」

といっていた。

私たちに見せて自慢したそうであった。私と同業みたいなものだから、そういう噂はツツぬけで入りそうなのに、今まで聞いたことがなかった。けい子はよっぽどうまく隠密にうごいていたにちがいない。それがやっと、いっしょに「ダンスできる」人とめぐり合い、これならまちがいなし、とはじめて大っぴらに皆の前でダンスをしてみせたくなったのにちがいない。

「ポートピアの開幕と一緒の日にしたらええねん。あたしら、サンバ踊ったげるわ」

とミドリがいった。

「そや、『花嫁サンバ』いうのん、与田チャンに作ってもろて、けい子一ばん先頭で踊ったらええやないの」

「踊ってくり込んだらええねん、ポーアイへ」

「生田神社の浮田宮司先頭にして」

「ポートピア結婚」

「海の上へ風船をいっぱい飛ばして」

「花自動車からお花撒《ま》くねん」

「紅白のモチの方がええかもしれへん」

「棟上《むねあ》げやな、まるで」

と私たちはいつもと同じように笑っていた。

けい子も息もできぬくらい嬉しそうに笑う。こんなに嬉しそうに笑うけい子は、はじめて見た気がする。

「花自動車の上に、花嫁花婿を乗せて、ポートピア会場一巡、というのもええかもしれへん。『花嫁サンバ』流して練りあるく」

「ふつうの恰好では面白うないし、白雪姫と王子さまとか……」

「ほんなら、『ベル・フィーユ』は七人の小人の恰好するのん」

「継母の役は、みな、地でいける人ばかり」

「よっしゃ、きまった、『白雪姫と七人のママハハ』でパレードやって派手な結婚式しよう。けい子、それまでは大丈夫やろ」

大信田さんがいうと、けい子はまだ笑いながら、

「そらもう」

といった。霞草とピンクのバラの花束を、私たちは活《い》けて出てきた。けい子の「テキ」はまだ姿を現わさず、会えない。

帰りは私と大信田さんだけ、喫茶店へ寄ってコーヒーを飲む。

「なんで、あない結婚したがるんやろ」

大信田さんは憮然としてそういう。

「ま、結構なこっちゃないの、いろいろあってもええやんか」と私。

「そら、どっちでもかめへん。あたしらみたいに、双方のええとこ——つまり、結婚生

活と独身生活のええとこ、どっちも知ってる人間から見たら、してもせんでも同《おん》なじや。どっちもええとこあるし、どっちもつまらんとこ、あるよ」

大信田さんは落ち着いた口調である。この人にいわれるとたのもしく聞える。

「どっちも淋しい部分があるし、どっちも楽しい時がある。結婚してるからこそ要らぬことで腹立てんならんときもあるし、ね」

それは充分、私には想像できる。クラス会へいったりすると友人が、

「あ、もう門限や。うちのパパ、八時までに帰ってこい！　いうてうるさいねん」

などとそこそこに帰り支度をはじめているのを見ると、私は、三十いくつのいいトシの女が、「こない縛られてよくも平気でいるものだ」と呆れてしまう。中学生じゃあるまいし、一年一度のクラス会ぐらい何時に帰ろうと夫は大目にみるべきであろう。

そんな、人をバカにしたような束縛生活は、私には堪えられそうもないな。

「そういうたら、この間、テレビ見てたら」

と大信田さんがいった。

「宝塚のスターを七、八人もあつめて、男性タレントが司会してたわよ。そのまた聞くことが阿呆らしいてねえ……『今年、結婚する予定ありますか』やて」

その番組は私も見たのだ。そのスターたちは、いまいちばん活躍してる、あるいはこれから売り出し中という、ピカピカの子たちで、とりどりに美しくって魅力的で、しかもみなそれぞれ、すごい数のファンがついているという、いずれおとらぬ才能の花々といえようか、やっとここまでたどりついて、これから、女の一花も二花も咲かせようと

いう絶頂期の女の子たちである。

そういうのに向って、

「結婚」

なんてことを聞く男司会者の、あんまり物を知らなさすぎる点に、私は、

「ビックリしたわよ」

といった。

「ほんまや。あれは男の民度の低さやな」

と大信田さんも笑う。

「百恵が仕事より結婚をとった、いうたかて、そら百恵の自由で、彼女の場合は、結婚をとることの方が、社会に対するレジスタンスやってんわ。でもそれとこれはちがう。宝塚の子ォらは、ものすごい精進の上で勝ち抜いてきた子ォらやから、これからが華の人生や、思うわ。好きなこととして、可能性の芽を育ててきたんやから、これからというときに、結婚なんて考えてられへんやろな」

「それを、あの司会者は知らへんねん」

「あんな風に持った才分を花ひらかせる、いう幸福は男でもめったにあれへん」

「結婚なんかするより、ずっと幸せや、思うわ。こういうたら何やけど、あたしも、人で仕事してる方がずっと幸せや、思《おも》てるもん」

と私は心からそういった。

大信田さんはニヤリと笑って、

「世間はそう思てへんデ。あの男司会者みたいに『今年は結婚の予定ありませんか』なんていうのだけが、世間知らずの男のたった一つおぼえの挨拶や」

「そやけど、コーベの男の人は、そんなこと、いわへん」

「梅川サンはどうなのさ」

と大信田さんはからかう。

「あれは少々、郡部の男性ですから——」

「まあ、何にしても、いま、この時点では才能のある女の子は、独身にかぎるね。将来は分らへんけど、日本の女の結婚なんて楽しくないもん。日本の男は結婚するのに適してないよ。ほとんどが甘えん坊で、自立してないから、自分がチヤホヤされることばっかり求めてる。大して金儲けもでけへんくせに、稼ぎ以上のサービスを要求するからね。そんな男の顔色見て、門限なんかにビクビクして暮らすより、やりたいことやって暮らしてる方がずーっと幸せちゃうかなあ」

大信田さんは明快にいうが、すぐ、

「ま、それもどっちゃでもかまへん、門限で縛られるのがうれしい、いう人もあるし、才能発揮して栄光に包まれてても、女ひとりじゃ淋しい、いう人もあるやろし……」

「そのときそのときで、一生けんめいせな、しょうない、ということやな」

「ただし、それを外から規制するのは、文化程度低い証拠やわ。けい子が結婚したから、あとの人間もはよ、結婚せえ、というのはこまる」

「あの男司会者みたいなんは、コーベにはいてへんで」

コーベの男性はむしろ、（結婚なんか、するなよ。そうやって仕事をもって自活してる女は、みな、オモロイ、とおだてるのである。

花本センセなんかはいつも、

（あんたら、働いてるコーベの女は、）トレトレのイキのええ明石鯛みたいなもんや）

といって下さるではないか。大信田さんは、

「けい子の旦那も、働く女のよさを認めてくれる人やとええね。外へ出さない、自分の世話だけせえ、という男はアカンよ」

「けい子がえらんだんなら、間違いないと思うけど。あの子、家庭に入る、なんて子ォと違うもん」

と私。

「男は結婚しても、『家庭に入る』なんていわへんのに、なんで女だけ、いうんやろ」

と大信田さんは呟き、私と大信田さんがしゃべっていると、いつもこういう、根源的な問題につき当るようだ。

私は「不信感」を口ずさみつつ、店へ帰ってきた。すると竹本支局長の刷り物の挨拶状が机に載っていた。東京へ転任するという文面である。

短い間だったけれど、皆さんによくして頂いてありがとうございました。今後とも一層「ご指導下さい」そうして「いまの気持は、『アイ・レフト・マイ・ハート・イン・コーベ』コーベは私の人生にとって、忘れられない町になるでしょう」と結んであった。

そりゃ忘れられないのはコーベより「まごころ会」の「みそぎ洗礼」のことではないんですか、と私はつい、にやにやする。

「ご指導下さい」ったって……ずいぶん竹本さんには、コーベの生きかたやら女の子のありかたやら「ご指導」したつもりなんだけど……。

その日は、別れが重なる日であった。夕方、仮縫日で、ノブちゃんを相手に、お客さんの仮縫をしていたら電話が掛った。

「もーしもし」

と水口クンののんびりした声なのだ。

「いま成田からです」

十五分後に、ゲートへ入るという。

「それじゃ、いってきまーす」

「水口クン、糸の切れた凧にならんときよ」

私は水口クンにこそ、「アイ・レフト・マイ・ハート・イン・コーベ」といってほしいのである。

「ハハハ。なるべくそうします」

水口クンは、酸素たっぷりの美味しい水の中へ放たれた金魚のように、ピチピチした声を出していて、イキがいい。

「帰って来たら、知らせてね……」

「ハイ。皆さんによろしく。カオルさんも元気で、いい年をお迎え下さい」

そうか。あけましておめでとうは、言えないわけか。

「水口クン、はよ帰りなさいよ、ね」

私は電話だと素直にいえるのだ。

「コーベがさびしくなってしまうよ」

さよならをいってから、ちょっと、ほんとにさびしくなってしまう。

でもそれも、すぐ馴れる。働く女はヒマ人ではないので、いつまでもそれにかかずらわってはいられない。暮れのクリスマス、お正月と、目の廻る忙しさ、それは、青柳みちも平栗ミドリも、それに春は「ポーレピア」に合せて「宇治十帖」のリサイタルをやるとはりきってる雪野さくらさんや弓ちゃんたちも大忙し、平栗ミドリは毎日とび廻っているらしく、木暮阿佐子さんや大信田さんは年末年始番組の録画録音のとりだめで、半狂乱というところ。

私の店でも、毎夜、おそくまで、

「がんばろうね」

と言い合って仕事に励む。不景気だというのに、仕事がたてこんでくるというのは、私は、

(嬉しいな)

とも、

(ありがたい)

とも思うのだ。そうして、いい人生を貸して下さった神サマに、

（ありがとうございます。上手にたっぷり——残したりしたら勿体ないから——充分に味わわせて頂きますわね）

とお礼を申しあげている。食いしんぼうの私は、すぐ食べものを連想してしまう。また、そういう神サマを教えてくれた海野社長さんにも、お礼の気持を感じている。海野さんといえば、すごいことも教えてもらった。

店で、とくに急ぐ仕事を、九時ごろまでやっていたとき、ミドリから電話で、

「ちょっと、いま聞いたけど……けい子は一昨日、手術したって」

というのであった。けい子はクスリで癒す、といっていたではないか。

「——それが、手術したんやて。どうも何かへんよ、悪いのかもしれへん」

「そんな筈、ないやないの、あんなに元気やったもの」

「昨日、あたし、病院の近くまで仕事にいったから、寄ってみたら、けい子に会えなかった、お姉さんに話を聞いたけど、冴えない顔してはった——新しくうつるマンションに、けい子が注文した家具が、どんどん運びこまれるのに、いうて、涙ためてはったもの」

「でも、どうってこと、ないんでしょ」

「様子がおかしいけど、くわしくたずねるわけにいかへんし……」

「しかし、あんなに、ふつうと変らへんなんだのに」

と私は信じられなかった。

決定的なニュースを持ってきたのはモト子さんである。モト子さんは赤い車をビルの

前に停め、「アトリエ・ミモザ」へ入ってくるなり、私に、

「けい子さん、あかんのや、てねえ……」

と、頓狂な眼を見開いていうのであった。

「もう、あたし、可哀そうで悲しィて……」

というが、この人の顔、泣いても笑っても同じようにみえる。ちょっとどこか、一拍かわっているので、熱心にいうのだが、何となし、ゆとりがあるように聞え、ほんとか嘘か、わからない。

「開けてみたら、手おくれやったって。胃ガンが転移してて、また、フタ閉めたって」

モト子さんがいうと、お弁当の箱をあけ閉めするように聞える。

「でも、けい子はそれ知らんのよ、だから言わないで下さいって、お姉さん泣いてはった。男の人、来てはったわ。一生けんめい、けい子としゃべってはった」

男の人、というのはけい子のいう「テキ」で婚約者である。わるいけどモト子さんは喜怒哀楽の「ツメ」が利かない感じの人なので、私はもどかしくなり、大信田さんに電話を入れてみる。これは、留守。外出中か、それとも東京へ旅行中か。

ミドリは出かけている。日中、「港っ子」編集室にのんびりいることはめったにないから無理ない。

モト子さんはモト子さんなりに、衝撃を受けて、いそいで私に知らせにきたのだろうけど、私から見ると、何だか（おいしい店が出来たのよ、今度の例会に使ってみれば？）というときと態度が同じように思えて、もどかしいのであった。これがミドリや

大信田さんらであると、感情の振幅が同質なので、

(ちょっと、聞いた? たいへん!)

(えッ! ほんま!)

と、うまく阿吽《あうん》の呼吸が合うのであるが。

それにしても、そんなことがあっていいのかしら。

私はあくる日、ミドリを誘って、早速、見舞いにいってみた。私はショックを受けた。けい子は、見違えるほど、やつれていた。

頰の肉が落ちて、痩せすぎ、という感じになっている。それでも表情はあかるくて、

「ウエディングドレス、ぶかぶかになってしもたら困るわ」

といっていた。

「青柳おみちにいうて、ニット作ってもろたらええねん。ニットやったら、融通きくし」

ミドリはそういい、

「ついでに、マタニティドレスにも使えてええやんか」

「うわー、やめて。あたし、赤ちゃんは作らへんねん。あたしが赤ちゃんになって、テキに可愛がってもらう方がええねん……」

とけい子はいいかけ、

「あ、ごめん。いやらしい女や、思うやろうなあ」

「思う! もう、口利くのもいややや」

と私は笑ってみせたが、ふかく息を吸いこまないと、鼻のあたまがむずむずしそうで困った。こんなに美しくてこんなに幸福そうで、オレンジ色の服があんなに似合っていたけい子が、こんなことになるなんて。

今の今までありがたいと思っていた神サマを、私は憎悪している。そして海野さんのいったことばを思い出さずにはいられなかった。私が火事にあったとき、いってくれた言葉である。

（どんな拍子に神サンは気を変えるかもしれへん。そないなったら、あんたなんか、わんぐりといっぺんに食べられてしまうデ。——神サンは肉食やから——）

けい子の枕元には、水口クンが残していった、

「ラーメンうまいどころ・こっそりガイド」

の本があった。ミドリが持ってきたのだ。

「ようなったら、食べあるこう思《おも》て、シルシつけてんねん」

とけい子はいい、全く信じ切ったさまで、

「ひと思いに手術してよかった——」

といっていた。そうして、ブティックのことで、お姉さんとこまごま打ち合せていた。

けい子はポートピアの開幕まで、

（保《も》ちこたえられるかどうか——）

というところらしい。本人はむろん、知らない。お姉さんと、けい子の婚約者、それに弟さん夫婦は、知っている。

「神サンは肉食」という言葉は、ホカの人にいってもよく理解されず、「何のこっちゃ」と思うだけであろうが、私には、なぜか、へんに身に沁みる言葉なのであった。そして思い当るのだった。

神サンはかぎりなく寛大で慈愛に溢れているが、いちめん、冷酷無残でもあるのだ。若くって美しくて幸福にみちている人間が大好物で、うしろからそっと近づいて、わんぐりと食べてしまうのだ。ねらわれたら、助からない。兇暴なヒグマのようなものだ。

私は二、三日、仕事が手につかなかった。水口クンとの別れどころではないショックだった。けい子はもう「らんぷ」でにゅうめんを食べることもできず、オレンジ色の服を見せびらかすこともできず、「妻」のワルクチをいうこともできないのだ。

その日その日の出来ごころで好きに描く、つま子さんの眉の形を笑うこともできないのだ。花自動車でポートアイランドへくりこむことも、夢になってしまった。本人はそんなことはつゆ知らず、「ラーメンうまいどころ」にシルシをつけたりしている。

「奇蹟、いうことも起るかもしれへん」

「みそぎ洗礼、やってみたらどうやろ」

などということを、大信田さんまでこっそりいうようになった。そういいながら、生きている人間の暮らしのはかなさは、次々と仕事に追われて、ずうっとけい子のそばについていてやることもできないことである。時計を見ながら仕事をしている。どうしてもお正月に着たい、という人のために、私はノブちゃんたちとせっせと夜なべする。

仕事しながらあたまの隅で、けい子が、

「お先ッ！」

といって綺麗な、いい形の脚をひるがえして出ていくときの恰好を思い出していた。けい子は人生まで（お先ッ！）と脱け出していくのであろうか。そうはいっても私はまだ、実感としてうけとめられていない。けい子は春にはまた健康をとりもどすのじゃないか、

（長いこと休んで、店が気になって気になって――）

といいつつ、粋な恰好で煙草をふかすさま、コレクションショーで、けい子らしい鋭い感覚のドレスを次々と見せるときの心のときめき、そんなものをまざまざと思い描いたりして、ここ何日かのショックは悪夢のようにさえ、思えるのだった。

それに、けい子がそういう容態だということを誰かれなしに、しゃべることができなかった。

「兵庫タイムス」のハッちゃんが、

「ちかごろ、けい子さん見えへん、思《おも》たら入院してるんやてね」

といったときも、

「ええそう、春ごろにはよくなるでしょ」

などといっていた。梅川サンが、いまでもたまに「らんぷ」へ来て、

「そういえば、長いこと、あの別嬪さんに会いませんな、やはり今も、別嬪ですか」

とへんなことをいうときにも、

「ええ、とびきり。この頃マスマスきれいになったみたい」

といっている。そうしてらんちゃんママや大信田さん、私、と、内輪三人が集まったりしたときは、けい子に関する情報が取り交されるが、怖いものみたいに短く触れて、すぐ口をつぐむ。

たとえば、

「髪が脱けてきたって、けい子が」

「あ、照射して?」

「でも、本人はちっとも疑ってないらしい、痩せすぎばかり心配してるって」

「でもこの間、卵焼きたべたい、なんていってたわ、あんがい、持ち直すかもしれへん、医学でも分らないことがあるから」

などといいあう。

女ざかりだと信じている私は、全く、いつもいつも人生のまっただ中にいると思いこんで、それがぷつりと断ち切られるときが来よう、なんて考えもしなかった。あとから考えると、人生の絶頂期と信じていたのが、最晩年だった、なんて、どうして思えようか。

夜の十二時ごろ、私は風呂から上って、香りのいいタルカム・パウダーで軀をこすりながらそんなことを考える。そして結論として、

(神サマというのは、いい人生を貸して下さってありがたい人ではあるが、また、つきあいにくい人でもあるのだ!)

ということを発見した。

私はそれを、海野社長に言いたくってしかたなかった。

暮れのいそがしさで、やっと海野さんに会えたのは、生田神社の会館の「ベル・フィーユ」の忘年会である。

この日は、もう、どんなことがあっても「ベル・フィーユ」の会員は欠席できない。招待者側だからである。この日はいつも「ベル・フィーユ」を可愛がって下さる方々を招く。女性客より、うんと男性客が多い。会費制だけれど、福引や賞品は、私たちの心入れ、しかし中には、寄贈のお菓子だの、ウイスキーだのビールだのとあって、毎年、大盛会である。

私とミドリ、阿佐子さんたちが受付にいると、続々とお客さんが会場へやってくる。「兵庫タイムス」の大波さんとハッちゃん、海野さん、イノシン先生、田淵センセ、与田チャン、市役所の局長さん、課長さん、いつも世話になるホテルの宴会課長の西尾さん、ムラケンと福松福太郎センセ、マンガ家はマンガ家づれでできた。

おどろいたことに、竹本・前コーベ支局長も、新支局長ときた。

「大阪に用事があったんでね、ついでに来ました、いいですか」

「あら、どうぞ、どうぞ」

「久しぶりだね、『きりぎりす会』の皆さんに会うの。――」

「きりぎりす？」

「『衣かた敷き　ひとりかも寝ん』――で、きりぎりす会、と命名したのは僕ですよ。ついに最後まで『ベル・フィーユ』なんて舌をかみそうで、いえなかった」

「もう、このォ……」

といいながら、しばらく顔を見なかった竹本サンは、その憎まれ口までなつかしいのであった。夢の中でケンカしたことまで思い出されて、私は愛想よくなる。

梅川サンも、顔を輝かせて、やってきた。

これは私でなく、大信田さんが、

「あのオジンも招《よ》んでやろうよ」

といったのだ。不味《まず》い「頓八」の料理を喜んでた梅川サンは、それと同じで、あまり面白くもない人生を、こんなものと思って送っていたのだろう。でも、「みんなたのしく年をとりましょう」グループへ入れてやれば、

(人生って、何て美味《おい》しいんだろう!)

と思うにちがいない、という大信田さんの揶揄《やゆ》半分の気分からだった。

ところが梅川サンは、もう大昔から「ベル・フィーユ」の連中と肝胆相照らしてる仲のように、

「や! や! いずれ劣らぬ別嬪さんぞろいですな」

などと会員に声をかけ、客同士の中へすすんで入っていって名刺を交換したりして、全く中年男というのは、(梅川サンだけかもしれないけど)協調性があるというのか、如才ないというのか。

ホールの中は立食式であるが、周囲に椅子も用意してあり、年輩者のお客のためを考えてある、とはいうものの、どうせあとは踊りになってしまうのだろう。

いつからということなく、会がはじまる。

「アラエッサッサー」

と黄色い声があがって、雪野さくらさんのご指導による私たちの安来節をお目にかけるわけであるが、何しろ会のはじまる、時間前に特訓しただけ、見よう見まねもいいところで、それでもミドリなんかは巧いものである。意外に演技力のあるのが青柳みち、お客さんたちは喝采してくれる。

踊りながら引っこむと、大信田さんが一同を代表して、

「今年も『ベル・フィーユ』のめんめんが皆さまにお世話になって、ありがとうございました」

と挨拶する。コーベの町は「パーティ・フィーバーだ」と冷くいい放っていたはずの竹本サンが、にこにこと拍手している。

「我々は、みなさまにいつも『チーとばかり助けて頂いて』女のほそ腕で、ほそぼそと仕事をつづけてまいりまし……」

大信田さんがいうと、

「うそつけ」

「女ブルドーザーが、何をぬかすか」

と弥次がとんで、会場はどっと大笑い。

「何とか女一人生きてゆけるのも、コーベの男性はみな、お心ひろく、おやさしいからだと感謝しておる次第でございます。我々はこれからも、皆さまと仲よく、庇《かば》い庇われ

つつ、持ちつ持たれつ……」

「ちゃうでぇ」

「男は持ちっ放しやでぇ！」

とまぜっ返す人あり、そのたびに笑い崩れる。大信田さんは重ねて、

「それから、モテたりモテられたり、そこはかとなく惚れたり惚れられたり、して、まあ、コーべらしい友好関係を持続してゆきたいと、願ってやまない次第でございます。コーべは、男と女が仲よくする町、というキャッチフレーズを、全国に弘めたいものと思います。その趣旨に副《そ》って、今夜は楽しくおすごし下さいませ」

乾盃の音頭は、

（この会があるよって、ニューヨークへまだ帰られへん）

とボヤいていた花本画伯であった。ビールがぽんぽんと抜かれ、その間も、まだお客さんは来る。宇崎さんの秘書氏が、

「社長、ちょっとおくれますが、確実に来ます」

なんて息せき切って報《しら》せに来たり、県庁の偉いさんが、今ごろやっと来て、

「女の子、ハダカにするゲーム、はじまったか」

なんて気ぜわしく聞く。

「いやですねえ、課長さん、ハダカにするんじゃなく、下着の上へ着せていくゲームです」

「何や、着せるのと脱がすのとでは、えらい違いや」

などと怒ってみせたりして、仕事を離れた場所なので、みんな、顔の紐はほどけている按配だ。

海野社長は、ウイスキーのグラスを手にして、私にも、水割りをつくってくれた。ここでは、どんな偉い人もセルフサービスである。

「カオルちゃん、食べたんか、あそこのソバ、美味しいデ。持って来たげよか」

といってくれるのも、いつも通り。太った海野さんは、冬でも、禿げた前額に、うすい汗を光らせている。

「食べました、あたし、あっという間に、たくさん食べるの、巧いんです。早《はや》めし早化粧、早電話……」

「しかし、早人生はあかんデ。こればかりはゆっくりしィや」

「ハイ」

といってから、私は、まるで海野さんが、けい子のことを知っていてそういったようにちょっとショックを受けた。

でも、こんなにたくさんの人なかで、しかも楽しもうとして来ている人に対して、あとさき見ずに、悲しい話などしちゃ、いけない。

いろんなことを、左を見、右を見、ずーっと見まわして、ようく考えていうのも、これは海野さんに教わった。海野さんに会ったら、けい子のこと、神サンは肉食、ということについての恨みつらみ、そんなことを言いたいと思っていたが、いまは、

（いうても仕方ないやないの……）

という気が、している。みんな自分で考え、自分で耐えていかないといけない。私は海野さんと笑いながらしゃべっている。低い舞台の上では、カップルになった二人が、ゴム風船を割ろうとして、お尻を突き出しているのだが、そのたびに風船はするりと上へ昇り、また、ふわふわ落ちてくる。与田チャンとミドリの組がいちばんすばしこく、田淵センセと青柳みちの組が、いつまでもモタモタしていて、田淵センセは、意外に不器用。

そんなようすを見て、私と海野さんは笑っているのだが、私の気持の中には、いつも何か消化できない、大きなカタマリがある。それは悲しみのカタマリ、神サンという理不尽な存在に抗議したいカタマリかもしれない。

でもそんなものを、話題にするのは、オトナのすることではない。少くともコーベの町の、こういう楽しみのさ中《なか》にすることではなさそうだ。

パーン！　とまた一つ、風船が弾《はじ》け破れた。

「去年は『ベル・フィーユ』はフレンチカンカン踊ったっけ」

と海野さんがいい、

「カオルちゃんのきれいな脚にビックリした」

「よっぽど、恰好わるい脚やと、思うとってやったん？」

と笑っていると、

「せんべい食い競争にご参加下さい」

とミドリが壇上ではり切っていた。

「カオルちゃん、いこか」

「いやですよ、あたし、あとの着付け競争に出場するんやもん」

せんべい食い競争と着付け競争、カップルの相手はクジ引きできめるのだ。

何だかいそがしげに、花本センセがすりぬけていく。福松センセがビールをつぎながら、阿佐子さんにテレビの番組のことをしゃべっていたり。

「ハイ、一番の人、手を挙げて！　男性こっち、女性は右側」

そうぞうしいかぎり。

窓の外は三宮界隈《かいわい》の灯の海で、ホールの中も、それに負けずに人いきれと歓声、

「よう泣かんと遊ぶわ、みんな」

イノシン先生がタコ焼きを食べながらいった。タコ焼きを食べてビールを飲んでいればご機嫌、というセンセのために、私たちは、タコ焼き屋さんに頼んで、屋台を出してもらっていた。

「センセ、ゲームしはれへんの？」

「やったデ。さっき風船割った」

「まだ、おしまいにサンバがありますから体力、残しといて下さい」

「任しとき。このパーティでは早退《はやび》けなんかするもん、あれへんやろ」

と笑っているセンセに、私はビールをついだ。

神サンの気まぐれでいつ人生を早退りしないといけないことになるかもしれない、それだからこそ、「人生のパーティ」は面白いのだ、と私は思った。

それまで、ふわふわと、ただ面白がっていたパーティが、いまの私には、色変ってみえた。肉食の神サンにわんぐりとやられる、それがいつ来るかわからないが、それがあるから、「神サンに貸して頂いてる」人生は、値打ちがでてくるのだ、とも思える。

「いやあ、こんな汗だくになるとは思わなかった」

なんて、せんべい食い競争に勝った竹本さんが賞品のコーヒーサイフォンを手にして、嬉しそうにやってきた。

「孝行のしたい時分に親はなし、——なんていう意味がわかった」

「どうして」

「『ベル・フィーユ』の面白さがわかったころに、もうコーベにいないから」

「ハハハ」

「でもおかげで、遊ぶことを覚えました。ハイ」

そうね、遊ぶこともだし、一人で空想を描いたり、神サンのことを考えたり、——できる人が、ホカの人と仲よくダンスできるようなものなんやわ、と私は考えた。

私は、ウイスキーをお代りした。灯だらけの窓を見てると、私は心をそそられる。ほんと、生れついての都会っ子のせいかしら、神サンの肉食を恨んだりしたこともあったけど、やっぱり、生きてるってことは楽しいな、と気を取り直させる、神サンはそういう仕掛け人でもあるのだ。私はそれを言いたさに、海野さんを目でさがす。

文春文庫

ダンスと空《くう》想《そう》

定価はカバーに
表示してあります

2011年12月10日　新装版第1刷

著　者　田《た》辺《なべ》聖《せい》子《こ》

発行者　村上和宏
発行所　株式会社 文藝春秋

東京都千代田区紀尾井町 3-23　〒102-8008
TEL 03・3265・1211
文藝春秋ホームページ　http://www.bunshun.co.jp

落丁、乱丁本は、お手数ですが小社製作部宛お送り下さい。送料小社負担でお取替致します。

印刷・凸版印刷　製本・加藤製本　Printed in Japan
ISBN978-4-16-715346-5